일본 현대문학의 기수

아베 고보(安部公房) 연구

이정희

제이앤씨
Publishing Company

나의 문학적 테마는 '변신'이다. 카프카의 『변신』은 일찍이 내 문학적 감성을 일깨운 작품이다. 세계 근대문학에서 '변신'이 갖는 기능을 최대한으로 이용한 것이 카프카의 『변신』이라 할 수 있다. 여기에는 부조리의 표출을 위해 리얼리즘 문학 공간에 '변신'을 끌어들여 소위 환상문학, 괴기소설로 불리는 등 다양한 의미를 더하면서 이야기를 전개하고 있다.

물론 이러한 '변신' 모티브는 특이한 것은 아니다. 오이디프스의 『변신 이야기』에는 '변신'이 주를 이루고 설화나 옛날이야기에는 여우나 학이 예쁜 아가씨로 변신하는 등의 이야기는 흔히 볼 수 있다.

게다가 동서양을 막론하고 자연의 신비나 불가사의, 사물의 생성과 소멸, 육체와 영혼 관계 등을 '변신'을 통해서 이야기되어 왔다. 죽음과 재생을 상징하는 통과의례를 비롯하여 윤회전생의 관념에, 또는 죽은 사람의 혼령, 요괴, 무녀의 존재 등 인간의 정신사는 '변신'에 의해 채색되어 왔다고 해도 과언이 아니다.

아베 고보의 작품 중에는 '변신'을 주제로 한 『벽(壁)』이라는 단편집이 있다. 정말 재미있다. 비현실적인 사건(예를 들면 자기자신의 이름을 잃어버린다)을 마치 이 현실 사회에서 흔히 일어날 수 있는 사건인 것처럼 묘사하고, 그 이야기의 해결 방법으로 '변신'이라는 모티브를 이용한다.

아베 고보가 그리는 '변신'은 지금까지 일본근대문학에는 없는 참신함과 보편성을 지니고 있다. 작품을 여러 번 반복해서 읽어 내려

가면 내 신변에도 그와 같은 불가사의한 일이 일어나 변신할지도 모른다는 공포감마저 느낀다. 아베 고보의 '변신'은 그 서술방법에 있어서 보편성의 부여뿐만이 아니라, 보다 더 적극적으로 '변신' 모티브를 통해서 독자들의 참여를 기대하고 있는지도 모른다. 그 '변신'은 단순히 일본에 한하는 것이 아니라 현대 사회와 문화에 대해 일종의 경종처럼 느껴진다. 이 우화 같은 '변신' 모티브의 가능성은 현대사회를 사는 인간의 내부에 잠겨 있는 보편적인 인간존재의 문제를 테마로 했다는 데에 있다고 할 수 있다. 거기에 바로 아베 고보 문학이 지니는 다중성의 의의가 있다고 본다.

아베 고보는 또는 아베 고보 문학은 1930년대 이후의 동아시아 지역에 펼쳐진 고유한 근대 역사 속에서 생성된 것이라고 본다. 즉, 아베 고보가 통찰한 사람과 시대의 시선의 원점은 1930년대의 '만주'라는 역사적 환경에서부터 시작된다. 아베 고보는 일본의 식민지 시대, 제국주의적인 망상이 초래한 '만주국'의 건국과 멸망이라고 하는 동아시아 지역의 거대한 비극이 가져다 준 역사와 함께 걸어왔다. 중국 동북부지역의 척박한 황야, 반사막, 모래, 황토벽, 건조한 공기 등 아베 고보 문학의 이미지의 원형이 '만주' 체험에서부터 태어난 것이다.

그러나 아베 고보는 이 마이너스적인 조건을 플러스적인 가치로 전환시켰다. 일본의 문화 속에서 이러한 이질적인 것을 통해 아베 고보는 현대 일본 사회, 문화에 대해서 거리를 두고 현대 일본문학의 가능성의 제시 할 수 있었다고 생각하는 바이다.

본서는 지금까지 발표한 작품론과 아베 고보의 '만주' 체험에 대해서 쓴 것이다. 아베 고보의 '만주' 체험에 대해서는 2000년도 한국학술진흥재단 신진연구과제 '일본현대문학과 식민지체험'이 선정되면서 본격적으로 연구하기 시작했다. 그 다음해 여름방학을 이용해서 아베 고보의 '만주' 체험 연구를 위해 옛만주지역, 지금의 중국동북부지역을 탐방했다. 이 탐방은 결국 작가의 발자취를 찾아가는 여정이 되고 말았지만, 오래전부터 옛 만주 지역 방문을 꿈꾸어 왔기 때문에 평생 잊지 못할 여행이 되었다.

탐방은 7박 8일로 먼저 심양(瀋陽, 옛 봉천(奉天))에 토착해서 자매 대학인 요녕대학(遼寧大學) 게스트 하우스에 머물면서 아베 고보의 궤적을 더듬기로 했다. 아베 고보의 이종 사촌인 홋카이도(北海道) 아사히카와(旭川) 향토지『아사히카와(あさひかわ)』편집장인 와타나베 산코(渡辺三子)씨가 알려준 아베 고보의 옛 자택 주소(奉天市大和区紅葉町4番地)를 근거로 해서 옛 생가를 찾기로 했다.

그러나 이미 심양은 개발 붐이 시작되어 그 주소만으로는 생가를 찾기가 쉽지 않았다. 요녕대학 역사학과 추이 리(崔莉)선생님의 소개로 요녕성청사 소속 도서관에 가서 1940년대의 심양 시내 지도 복사본을 받게 되었다. 옛 주소인 大和区는 현재 和平区가 되고, 紅葉町는 海口街로 바뀌었다. 물어물어 海口街까지는 비교적 수월하게 갔는데 4番地 일대는 아파트 단지가 들어서서 아베 고보가 어릴 때 살적 집은 물론이거니와 당시 일본인 거리였다는 흔적조차 찾아볼 수 없었다. 1994년에 발행한『신쵸 일본문학 앨범 아베 고보(新潮日本文学アルバム安部公房)』의 9쪽에 게재된 사진 속의 생가는 아쉽게도 볼 수가 없었다. 조사해 보니 1996년 겨울부터 이 주변에 개발이 시작되었다고 한다.

계속해서 아베 고보가 다녔던 초등학교, 중학교 그리고 부친의 근무지였던 만주의과대학도 방문하였다. 모두 옛 건물이 일부분 남아 있어서 당시의 번영과 옛 모습을 엿볼 수가 있었다.

심양에서 가장 인상적인 것은 시가지가 끝나는 곳에서부터 시작되는 광야였다. 지금도 광야에는 엄청난 기세로 건물이 세워지고 있을 것이다. 그러나 그러한 것에는 아랑곳하지 않는 듯이 광야는 끝없이 펼쳐져있다.

아베 고보의『S. 카르마씨의 범죄』속에 "가까이 가보니 뭔가가 지면 틈새로 머리를 쳐들고 있었다. 완두콩 싹이라도 나는 거겠지 싶어 그 옆에 앉았다. 그러자 그곳에서 나온 것은 식물이 아니라 장방형의 커다란 상자였다. 그러나 좀더 자세히 살펴보니 그것은 상자가 아니라 벽이라는 것을 알게 되었다. 벽은 대지의 압력으로 솟아나오듯이, 아니면 주위의 공허감에 흡수되듯이 쑥쑥 성장했다. 이윽고 벽은 끝없이 펼쳐지는 광야에서 하나의 선을 그으며 탑처럼 우뚝 솟았다."라는 장면이 나온다. 이것은 바로 옛만주의 개발 당시의 모습, 지면으로부터 솟아오르는 건물들의 풍경들을 그대로 그리고 있는 것은 아닌가 하고 깨달았다.

아무것도 없는 광야에 도시가 만들어져 도로가 생기고 건물이 들어서고 사람들이 이주해서 정착하게 되었다. 그러나 도시로부터 한 발짝만 나가면 그곳에는 광야가 펼쳐질 뿐이었다. 그리고 그곳에서부터 도시와 농촌 사이에 벽이 생기고, 나아가 도시에 살고 있는 도시민과 도시민과의 인간관계에도 벽이 생기고 만다.

이러한 '벽'의 최초의 이미지는 만주국 성립과 도시 개발에 의해 지면으로부터 솟아오르는 건물 그 자체가 아니었나 싶다. 나아가 거기에서 파생하는 이미지로서 인간 소외문제, 즉 고독이라든지 불안, 기성관념 등의 상징으로 표현한 것은 아닐까. 이 생생한 느낌이 만주탐방에서 얻은 제일 큰 수확이었다.

아베 고보 연구 중에서 손도 대지 못한 분야가 있다. 연극 부문이다. 아베 고보는 1973년에 연극 그룹인 아베 스튜디오를 결성하여 극작가로서 연출자로서 왕성한 활동을 하였다. 이 연극 부문에 대한 연구를 앞으로의 과제로 삼고자 한다.

2008년 10월
이정희

서장

현대 일본 문학의 가능성을
제시한 보편적·국제적인 작가

1970년대 아베 고보 모습(사진제공 <아사히카와> 편집장
와타나베 산코(渡辺三子)씨).

서 장
현대 일본 문학의 가능성을 제시한
보편적·국제적인 작가

1. 왜 아베 고보인가

전후 문학의 기수 아베 고보(安部公房).[1] 이것이 1993년 아베 고보 사망 후 그가 받은 첫 번째 평가다. 이어 '전후 현대문학의 첨단을 달려온 작가 아베 고보', '일본을 초월한 보편 문학 작가', '국제적인 작가', '일본의 카프카' 등의 평가가 신문지상을 수놓았다.[2] 아베 고보는 1951년 『벽-S·카르마씨의 범죄』(壁-S·カルマ氏の犯罪)로 제 25회 아쿠타가와(芥川)상을 받으면서 작가로서의 지위를 확립했다. 그 당시 아베 고보에 대한 평가는 '전후 문학의 수확', '새로운 문학의 전형' 등이었다. 1960년대 『모래의 여자』(砂の女, 1962), 『타인의 얼굴』(他人の顔, 1964), 『불타버린 지도』(燃えつきた地図, 1967)라는 실종 삼부작을 발표할 당시는 '무국적자', '고향 상실자', '전통을 단절한 작가', '아방가르드' 등으로 다채로운 평가를 얻었다. 그후 몇 번이나 노벨 문학상 후보에 올라 국제적인 작가상을 정착시켰다. 일생을 통해 이렇게 다양한 수식어가 붙은 작가는 아마 없을 것이다.

아베 고보 사후, 그의 다각적인 업적 예를 들어 소설·희곡·평론·에세이·사진·영화 등의 각종 장르가 다시 평가되기 시작하였다.[3] 1996년 4월 뉴욕 콜롬비아 대학에서 개최된 '아베 고보 국제 심포지엄'이 그 좋은 본보기이다.

이 학술 심포지엄은 3일 동안이었지만, 이와 병행해서 영화제·전시회·연극 공연 등 아베 고보 기념 축제가 3월 24일부터 5월말까지 계속되었다. 영화제에서는 영화「모래의 여자」, 「타인의 얼굴」, 「함정」(おとし穴), 「친구」(友達) 등을 상영하였다. 전시회에서는 유품·사진 전시와 함께 초판본과 자필 원고 등이 전시되었다. 심포지엄은 일본을 비롯하여 미국, 프랑스, 독일, 스웨덴, 폴란드, 체코, 멕시코, 그리고 한국 등에서 온 아베 고보 연구자와 번역가 등 약 100명이 모였다.

일본의 한 작가에 대해 이와 같은 심포지엄이 외국에서 열린 예는 드물다. 이것은 아베 고보가 국제적으로 잘 알려져 있고, 그리고 연구할 가치가 있다는 것을 증명해 준다. 필자가 아베 고보 국제 심포지엄에 참가하여 문득 느낀 것은 "지금 왜 아베 고보인가?" 하는 의문이었다.

그럼, 의문에 대한 답에 앞서 현대 일본 문학에서 국제적으로 폭넓게 읽혀지고 있는 작가는 누구인가를 먼저 알아보기로 한다. 일본인으로 처음 노벨 문학상을 받은 가와바타 야스나리(川端康成)를 비롯하여 미시마 유키오(三島由紀夫), 엔도 슈사쿠(遠藤周作), 아베 고보(安部公房) 그리고 두 번째로 노벨 문학상을 받은 오에 겐자부로(大江健三郎) 등을 들 수 있다. 최근에는 여기에 무라카미 하루키(村上春樹)나 요시모토 바나나(吉本バナナ)를 들 필요가 있을 지도 모른다. 이들 중에서 국제적으로 잘 알려져 있고, 그리고 높은 평가를 받고 있는 작가는 아마 아베 고보가 아닌가 한다.[4]

　이렇게 아베 고보를 국제적으로 잘 알려진 작가라고 말하는 데에
는 나름대로 근거가 있다. 첫째, 가장 객관적 증거는 아베 고보 작품
은 일찍이 1950년대부터 번역·소개되어 세계 각국에 널리 퍼져 있
다는 사실이다. 번역작업은 미국뿐만이 아니라 러시아, 유럽, 그리고
동구권에서 특히 활발히 진행되었다. 예를 들어 세계적으로 가장 잘
알려진 『모래의 여자』는 1964년 영어로 번역된 이래 37개국에 번
역·소개되었다.[5]

　둘째, 아베 고보의 문학이 갖는 '보편성' 내지는 '국제성'을 들 수
있다.[6] 아베 고보의 대부분의 소설은 그 무대가 일본이고, 등장인물
이 일본인이며, 상황도 일본적인 것이다. 그러나 일본인 연구자나
외국인 연구자가 모두 지적하고 있듯이 어디서나 일어날 수 있는 이
야기이다. 이것을 아베 고보 문학이 갖는 '보편성'이라고 할 수 있다.

　미시마 유키오와 노벨 문학상 수상 작가인 가와바타 야스나리의
경우 지극히 일본적인 배경과 상황, 인물을 그려냈다. 외국에서 호
평 받는 가장 큰 이유가 바로 이 이국정서 때문일 것이다. 그러나
아베 고보의 '보편성'은 독자의 국적에 관계없이 작품의 내용과 테
마 등에 공감대를 형성할 수 있다.

　이러한 '보편성'과 더불어 아베 고보의 '국제성'을 생각할 경우, 고
려하지 않으면 안 되는 것이 바로 '전통을 단절한 작가'라는 것이다.
여기서 '전통'을 단절했다는 것은, 우선 아베 고보가 근대 일본 문학
의 전통 내지 특수성이라고 할 수 있는 사소설(私小說)에서 탈피한
작가라는 것이다. 근대 이후 서구에서 들어온 자연주의의 영향을 받
아 일본 근대소설은 사소설이라는 독특한 형식을 만들어냈다.

　이 사소설의 만연은 일본 근대문학의 병폐라고 까지 하였고, 또한
'사소설'을 극복하지 않고는 일본의 현대문학이 나아가야 할 방향은

참담하기만 하다고까지 하였다. 일찍이 이러한 문제점을 인식한 때문인지 아베 고보는 사소설의 전통을 단절하고 이를 극복하려고 했다. 그리하여 아베 고보는 '일본적이지 않은 작가', '고향이 없는 작가', 또는 '국적이 없는 작가', '일본에서 가장 국제적인 작가'라는 평을 얻었다. 확실히 일본인 작가 중에서 이 정도로 일본 문학의 전통을 단절한 작가는 드물다.

그럼 "지금 왜 아베 고보인가"하는 의문으로 돌아가기로 하자. 아베 고보는 작품을 통해 공동체 문제, 도시문제, 언어 문제, 핵 문제, 문화 문제 등 여러 문제를 제시해 놓았다. 아마 21세기는 아베 고보가 제시한 이러한 문제들이 어떻게 전개·심화해 가는가 하는 것이 굉장히 중요한 문제로 대두될 것이다. 따라서 아베 고보는 새롭게 재평가되기 시작하였다. 앞으로 21세기를 사는 도시민은 빼놓을 수 없는 21세기의 문명 텍스트로서 아베 고보의 작품을 읽어야 할 필요성을 느낄 것이다.

이와 같은 아베 고보 문학 세계를 먼저 그의 문학의 출발점이라고 할 수 있는 '만주'체험, 그리고 그의 사상의 기반, 소설 기법, 주요 모티브, 주요 테마 등을 개괄적으로 살펴보고자 한다.

2. 문학적 출발점 –'만주'체험

파란만장한 일생을 보낸 작가가 많다. 아베 고보도 그 중의 한 사람일지도 모른다. 그는 1924년 도쿄에서 태어나 그 이듬해 만주 의대 교수인 아버지를 따라 만주로 건너가 유·소년기를 보냈다. 이 시기는 만주사변에 이어 1931년 만주국이 건국되고, 이에 따라 오족협화(五族協和), 왕도락토(王道樂土) 등을 부르짖으며 '만주'개척 이

민단이 형성되어 대거 만주로 이주해 간 시기이다. 아베 고보의 조국은 분명 일본이지만, 그는 일본 문화의 전통과 단절된 이국의 풍토에서 성장하였다. 만주국은 일본인·중국인·조선인 등 이민족 혼합 사회였다.

어린 시절 그는 이런 사회의 원색 풍경과 각각 서로 다른 이민족의 풍습 등을 엿보았음에 틀림이 없다. 만주 봉천(奉天)에서 중학교를 졸업하고 고등학교 입학을 위해 도쿄로 간 후, 만주와 도쿄를 오가며 생활하던 중 만주에서 패전을 맞았다. 소련군 침공 그리고 일본의 패전. 이러한 격동의 역사를 아베 고보는 그대로 체험했던 것이다. 이러한 체험을 안고 아베 고보는 일본의 패전과 함께 만주로부터 추방되었다. 일본의 패전과 동시에 만주국의 멸망을 목격한 아베 고보는 심한 '고향 상실증'에 빠지게 된다. 이러한 '만주'체험은 처녀작 시집 『무명시집』(無名詩集, 1947)을 비롯한 초기 창작 활동에 영향을 미쳐 그의 문학적 기반 형성에 토대가 되었다.

1990년데 들어서면서부터 일본에서는 아베 고보의 '만주'체험에 대해 관심이 서서히 높아졌지만 연구는 아직 미비하다. 그 이유로 들 수 있는 것은 아베 고보가 '만주'체험을 소재로 해서 쓴 작품과 회고록이 거의 없다는 점이다. 또한 아베 고보와 관련된 '만주'체험 자료도 거의 없다. 아베 고보는 "사람은 누구나 외부의 경력 외에도 내부의 경력이라는 것을 갖고 있다. 중요한 것은 내부의 경력일 것이다"[7]라고 말한 적이 있다. 자신의 '만주'체험=외부의 경력에 관해서는 그다지 이야기하지 않았다.

그리고 '만주'체험의 연구는 연구 방법상 비교문학의 영역에 넣을 수 있을 것이다. 지금까지 아베 고보에 관한 비교문학 연구는 주로 하이데거, 카프카 등 유럽 문학, 사상과의 비교라는 측면에서 행해

졌기 때문에 만주와의 비교연구는 그리 활발하지 못했다. 또한 일본 국문학 연구가들이 아베 고보의 '만주'체험을 이야기하는 데에는 한계가 있다고 생각하는 바이다. 왜냐하면 포스트 콜로니얼 문학 비평을 가해자 측에서 논하는 데에는 한계가 있다고 생각하는 바이다[8].

우선 필자는 아베 고보의 '만주'체험을 그의 문학의 이미지 형성이라고 하는 점에 착안하였다. 작가의 체험은 어떠한 형태로든 작품에 반영될 것이다. 게다가 그 작품이 갖는 의미는 독자가 살고 있는 시대의 환경에 의해 크게 달라진다. 즉 문학 텍스트는 가변적이며 독자층의 수준에 따라 좌우되는 측면을 갖고 있는 것이다.

이와 같은 것을 전제로 하고 아베 고보의 '만주'체험을 다음 세 가지 측면에서 살펴보고자 한다. 첫째 사막·황야·모래·벽 등 만주의 자연환경 체험에서 비롯된 이미지다. 특히 그중에서 '사막'의 이미지를 보기로 한다. 우리들이 알고 있는 영화 속의 '사막' 이미지란 대개 이런 것이다. '사막' 영화의 고전이라고 할 수 있는 데이비드 린 감독의 「아라비아의 로렌스」와 안소니 뮌켈라 감독의 「잉글리쉬 페이션트」를 보자. 이 두 영화에서는 주인공인 영국인이 시적 흥분을 금치 못해 '사막'으로 빠져 들어가도록 그렸다. 전자에서 '사막'은 로렌스의 미의식으로 환각과 같은 것이었고, 후자에서는 주인공 남녀가 얽힌 육체 그 자체와 같은 것으로 묘사되고 있다. 이 '사막'은 자연적 환경인 동시에 영국인과 아랍인, 또는 2차 세계대전으로 대표되는 정치적 의미를 내포하고 있다.

이에 비해 아베 고보는 '사막'을 인공적인 모래의 집합체로 보았으며, 정치와는 무관한 이미지를 형성하였다. 즉, 아베 고보에게 있어서 '사막'은 변경이며 인공적인 것이다. 아베 고보가 만주의 이미지의 하나로 이와 같은 '사막'을 그려낸 것은, 만주의 사막에는 만주국의 흥망을 암시하는 인공적인 지배와 피지배의 구조가 있었기 때문이다. 게다가 20세기 초 만주라는 공간은 '파멸과 재생' 그리고 '번영과 빈곤'의 역사가 반복되거나 공존한 인공적인 '도시 사막'이었다.

두 번째는 첫 번째로 든 이미지와 깊은 관계를 맺으면서 나타나는 '변신'모티브의 의미다. 이 '변신'모티브에 대해서는 제5장에서 다루기로 하고 여기에서는 생략하고자 한다.

세 번째는 초기부터 만년에 이르기까지 그의 문학에 나타난 '소유'라는 개념이 갖는 의미다. 그의 문학에 나타난 국가 또는 토지의 '소유'개념은 의식의 비유로서 하나의 서술 방법이 되었다. '소유'의 개념은 아베 고보가 그리는 도시 배경이 되었고, '변신' 모티브와 함께 인간존재에 새로운 이미지를 부여했다. 극단적으로 말하면 그의 문학 세계에서는 주인공이 소유하고 싶은 것이 있는데 그것을 직접적으로 소유할 수 없는 경우, 그것을 다른 형태로 '변신=변형'시켜 소유해 버리고 만다. 또한 인간의 모습으로 현실 세계를 살아갈 수 없는 경우에 아베 고보는 인간의 존재를 다른 형태로 '변신'시켜 이 세상에 존재하도록 하였다. 이렇게 볼 때 '변신'이라는 것은 인간존재의 형태를 다양화하는 것이라 볼 수 있다.

이러한 '변신'은 초기 1950년대 단편소설에서 보이는 우화성과 '변신의 세계'에서 찾아볼 수 있다. 게다가 1960년대에 이르면 보다 현실 세계와 밀접한 관계를 갖고 일종의 '가상공간'을 만들어낸다. 이 '가상공간'이라는 것은 일본과 만주의 이미지가 중첩되어 만들어진 곳으로 이 세계 어디에도 없는 공간이기도 하다. 따라서 역으로 말한다면 어디에도 있을 법한 공간인 것이다. 그곳에는 시종 만주국의 환영과 일본이 서로 얽히어 국가, 도시, 문화를 이중으로 하는 아베 고보의 시점을 엿볼 수가 있다.

아베 고보의 '만주'체험이 갖는 중요성은 단순히 자서전적인 소설, 또는 이민(移民)문학에 머무르지 않고, 그의 문학을 꿰뚫는 이미지로서 승화하였다는 데에 있다. 이것을 '환경적 상상력'이라고 한다[9]. 아베 고보가 만들어낸 세계가 리얼리티를 갖고 있는 것은 상상력의 근원이 실재했기 때문이다.

아베 고보의 '만주'체험에 대해서는 마지막 장에서 자세히 다루고자 한다.

3. 사상의 기반 –실존주의와 코뮤니즘, 그리고 초현실주의

아베 고보를 일컬어 '일본의 카프카'라고도 한다. 그 만큼 아베 고보 문학은 실존주의적 경향이 강하다. 전쟁 중의 폐쇄적인 공기 속에서 릴케와 니체 사이를 왕래하다가 실존주의에 빠졌고, 사르트르, 카뮈, 카프카로부터 여러 가지 시사와 계시를 얻었다고 한다[10].

뛰어난 문학가들이 시작(詩作)에서부터 출발하듯이 아베 고보 역시 시인으로 출발하였다. 릴케의『형상시집』에서 영향을 받았다는 첫시집『무명시집』을 1947년에 내놓았다. 아베 고보는 '무명(無名)'이라는 것에 세계의 모습이나 개인의 존재를 해체, 또는 변신시켜버렸다. 이러한 '변신' 이야기는 초기 단편소설에 많이 나타난다.

예를 들어 1950년 제 2회 전후문학상을 받은『붉은 누에고치』(赤い繭)는 개인의 존재가 해체되는 것을 리얼하게 묘사했다. 주인공 남자인 '나'는 자신의 안식처인 집이 없다고 호소하다가 결국 자신의 몸을 해체시켜 커다란 누에고치를 만들어낸다. 누에고치야말로 '나'가 그토록 원했던 보금자리의 상징이지만 '나'가 해체된 다음이기 때문에 그 보금자리로 돌아갈 '나'가 소멸된 것이다. 아베 고보의

실존주의 문학의 특색이 잘 나타난 작품이라 하겠다.

소련의 평론가 G.즈로빈씨는 1960년대에 발표한 『모래의 여자』와 『타인의 얼굴』을 '실존주의에 입각한 리얼리즘 작품'이라고 하였다[11]. 그가 20세기의 산물인 실존주의와 19세기의 산물인 리얼리즘의 두 축으로 아베 고보를 분석한 것은 참으로 흥미롭다. 즈로빈씨는 유럽의 실존주의 작가들은 상당히 주관적이라고 지적하고, 신의 존재를 부정하는 방법도 결국 자기도취에 의한 것에 지나지 않는다고 하였다.

그런데 이 자기 도취적인 증세는 아베 고보 문학에서 찾아볼 수 없다는 것이다. 즉 유럽의 실존주의 소설의 주인공들은 인간 존재의 부조리에서 인문학적 고독 상태에 놓인다고 하면, 아베 고보 문학의 주인공들은 사회 구조나 사회 기능 등의 외부적 요소에 의해 고독에 빠진다는 것이다. 이것이야말로 아베 고보 문학의 특징이며, 여기에서 야기되는 인간의 소외, 고독, 죄와 자유 등은 유럽의 실존주의와 상응하는 면이 있으면서도 아베 고보류의 특색을 가지고 있는 것이다.

아베 고보는 이렇듯 실존주의에서 출발하였지만 1949년부터 1962년 공산당으로부터 제명 받기까지 코뮤니즘에 접근하였다. 코뮤니즘에 접근하면서 아베 고보는 당시 아방가르드 예술 운동의 산실인 「야회(夜の會)」에 동참한다. 아베 고보는 아방가르드＝전위를 그대로 정치적인 의미에서의 전위＝혁명으로 흡수하여 예술운동이 그대로 예술이라는 입장을 표명하였다.

당시의 아방가르드는 초현실주의와 모더니즘의 총체로서 이해되었다. 아베 고보와 미시마 유키오에 대해서 평론가 사에키 쇼이치(佐伯彰一)씨는 다음과 같이 지적하였다. "아베, 미시마는 함께 출발한 이래 확고한 모더니스트로 끝까지 그 자세를 일관하였다. 단 아베 고보류의 모더니즘은 1920년대부터 1930년대에 걸친 프랑스의 초현실주의 영향이 주를 이루었고 여기에 릴케와 카프카의 문학 사상을 받아들였다. 이러한 영향은 후에 실험적인 연극과 문학 세계를 구축하기에 이르렀다.

이에 비해 미시마류의 모더니즘은 오스카 와일드의 영향을 받은 세기말적 상징주의 또는 데카당 취미로 그 영향의 궤적은 그의 고전적인 모티브 애용에서부터 만년의 장대한 신비주의에 이르기까지 일관 된다"라고 그 차이를 언급하였다[12].

여기서 주목하고 싶은 것은 아베 고보의 초현실주의 영향에 의한 실험 정신이다. 그의 실험 정신은 이미지의 자유로운 연상에 기초를 두고 있다. 이러한 기술은 유고 작품『하늘을 나는 남자』(飛ぶ男, 1993)에서 그 절정을 이룬다. 인간이 아무런 장치도 없이 하늘을 날고 있다. 작가의 머리 속에 연출되는 상상력의 드라마라는 것은 작가가 경험하는 지극히 사적인 일이겠지만, 그것이 언어를 매개로 해서 그려낸 작품 세계는 독자 누구나가 경험할 수 있는 공간이 된다.

아베 고보는 최종적으로 인간이 하늘을 날 수 있다고 하는 이미지를 형성하였다. 이것은 근대사회가 만들어낸 '공동체' 예를 들어 국가나 도시로부터 탈출하여 진정한 의미의 '자유'를 찾으려 했는지도 모른다.

4. 아베 고보의 소설 기법
‑가설 리얼리티와 버츄얼 리얼리티

아베 고보의 소설을 두고 황당무계하다, 기상천외하다고 한다[13]. 이는 아베 고보의 독창적인 발상과 그 표현 방법에 있다고 생각한다. 인간존재에 대한 실존주의적인 의문 제기, 초현실주의 수법에 의한 환상세계의 전개, 게다가 4차원적인 세계를 입체적 감각으로 구성한 장면 등은 읽는 독자들로 하여금 혼란에 빠지게 만든다. 철저한 창조성에 의해 태어난 인물과 행위를 세밀화를 그리듯이 치밀하게 묘사하는 점 또한 아베 고보 문학의 특색이라 할 수 있다.

예를 들어 『하늘을 나는 남자』를 살펴보도록 하자. 『하늘을 나는 남자』는 초능력 소년이 하늘을 나는 장면부터 시작된다. 게다가 하늘을 날면서 휴대폰으로 전화를 건다. 인간이 아무런 장치도 달지 않고 하늘을 날고 있다. 언뜻 보면 공상적인 분위기다. 그러나 이것은 초기 아베 고보의 단편소설에서 볼 수 있는 우화적 요소와는 상당히 다르다.

아베 고보는 우화로서 하늘을 나는 초능력 소년을 등장시킨 것이 아니다. 아베 고보는 『하늘을 나는 남자』의 첫 장면을 "공상적이기는 하지만 굉장히 리얼하다"고 표현하였다14). 이러한 아베 고보의 자세는 '하늘을 난다'는 모티브를 리얼하게 그리는 것에 성공했다고 확신하는 것이다. 그 자신도 인간이 '하늘을 난다'는 모티브가 갖는 비리얼리즘을 언어 표현에 의해 리얼리즘으로 전환시킬 수 있을까 하고 우려했었던 것이다. 이때 일체의 과학적이거나 합리적 설명은 필요 없다. 하늘을 나는 것, 표현 그 자체가 중요하다. 이것이 아베 고보가 생각한 '가설 리얼리티'다15).

아베 고보는 작품에 기묘하게 비현실적인 변신 이야기나 실제로 존재하지 않는 생물 등을 등장시킨다. 그리고 이것을 세밀하게 표현함으로서 현실적인 이야기나 실제로 존재하는 생물로 착각을 하게 하고 만다. 이것은 그의 '가설 리얼리티'에 의한 것이다. 그러므로 아베 고보 작품에 변신 이야기나 괴기한 생물이 등장하는 것은 판타지가 아니라 '가설 리얼리티'의 산물이다.

『하늘을 나는 남자』에서 초능력 소년의 등장도 같은 맥락에서 생각해 볼 수 있다. 즉 아베 고보가 자신의 언어로 만들어낸 세계를 구성하고 있는 리얼리티의 근거는 '가설 리얼리티'에 의한 가상 세계 그 자체이다. 그러므로 과학적 근거 등 외부적 요소를 끌어들일 필요가 없으며, 가능한 세계냐 불가능한 세계냐, 또는 과학적 근거가 있느냐 없느냐라는 논의는 무의미하다.

이러한 의미에서 아베 고보 문학 세계는 언어화가 불가능한 것을 어떻게 해서든지 언어화해 가려는 시도, 환상을 언어에 의해 일종의 리얼리티를 갖는 구조로 바꾸어 가려는 시도, 이러한 일련의 시도로 창출된 세계라고 생각한다.

이것이 바로 생소하게 들릴지도 모르겠지만 일종의 '버츄얼 리얼리티(가상현실)'라 할 수 있다. 원래 '버츄얼 리얼리티'는 컴퓨터 소프트 기술과 영상 처리 기술이 종합해서 만든 것으로, 2차원의 영상 화면에 3차원의 공간을 만들어내는 것이다[16]. 이 3차원 공간에 시스템 조종사가 들어가 공간지각이 가능하다. 특히 이 3차원 공간에 일상적인 생활 도구들을 배치할 수도 있어서, 이 도구들이 현실에 가까우면 가까울수록 현실감각을 느낄 수 있는 것이다. 이러한 '버츄얼 리얼리티'를 아베 고보는 언어 표현에 의해 가능하게 한 것이다.

『하늘을 나는 남자』는 비록 미완성이기는 하지만, 아베 고보는 이 작품에서 언어에 의한 '버츄얼 리얼리티'의 가능성을 제시하였다.『하늘을 나는 남자』는 전지적 시점이다. 전지적 시점은 게임의 조종자와 같이 스토리를 끊임없이 만들어낸다. 하늘을 나는 초능력 소년의 설정은 자유자재로 공간을 이동할 수 있는 하나의 장치이기도 하다.

5. 소설의 주요 테마 –관계의 문제와 문화의 크레올성

5.1 관계의 문제

아베 고보 소설의 중심 테마 중의 하나는 '관계'의 문제다. 인간과 공동체와의 관계, 도시와 인간과의 관계, 국가와 개인과의 관계 등 그 관계성을 지적할 수 있다. 이러한 '관계'의 문제는 1960년대의 실종 삼부작인 『모래의 여자』, 『타인의 얼굴』, 『불타버린 지도』 등에 잘 나타나 있다.

아베 고보는 이들 작품을 통해 개인과 '공동체'와의 관계를 다양한 각도에서 그리고 있다. 대표적인 '공동체'로서 국가를 들었고, 국가는 정부, 도시, 촌락, 가족, 부부 등의 하부 공동체 단위를 갖는다. 즉 두 사람 이상의 인간이 함께 생활하는 곳을 '공동체'라고 했다. 아베 고보는 이러한 '공동체'의 기본 성격을 '빼앗는 것'으로 규정하고 있다. 즉 공동체는 개인을 보호하여 안식과 보증을 제공하는 대신에 개인을 구속하고 의무를 강요한다. '공동체'에서 개인을 구속하는 수단으로 쓴 것이 법(法)이다. 즉 개인의 자유를 빼앗는다. 따라서 법을 집행하는 경찰이나 재판은 증오의 대상이 된다.

한편, '공동체'는 개인에게 노동이라는 의무를 지워주고 이를 강요한다. 그러므로 아베 고보 소설 속의 주인공들은 이러한 '공동체'를 떠나서 생활하는 것이 용납이 안 된다. 『모래의 여자』에서 주인공들은 '공동체'로부터 속박되어 생활을 영위하는 한 그 곳으로부터 도망칠 수 없으므로 도주를 반복하는 존재로 그렸다. 게다가 『모래의 여자』에서는 생활을 위해 노동을 하지 않으면 안 되도록 강요받는다.

아베 고보는 '공동체'를 증오한다. 특히 인간이 고독에 못 이겨 '공동체'에 귀속할 경우 그 '공동체'를 더욱 증오한다. 이러한 '공동체'에서 파생되는 여러 문제들은 앞으로 21세기를 사는 우리들이 풀어야 할 '관계'의 문제라고 해도 과언이 아닐 것이다.

5.2 문화의 크레올성

아베 고보가 '크레올(creole)'에 관심을 갖기 시작한 것은 1980년 대로 당시 문단에서는 아직 '크레올'이라는 단어조차 통용되고 있지 않은 때였다. 이것만 보더라도 그의 사상과 관심이 얼마나 선구적이고 늘 미래 세계로 향하고 있었는가를 알 수 있다.

'크레올'이란 단어의 뜻은 '식민지 태생의 백인'을 지칭하며, 그들 사이에 자연발생적으로 통용된 언어가 '크레올 언어'다. 이것을 언어 학에서는 두 가지 이상의 언어가 접촉한 결과로 생기는 '혼성어' 또는 '혼합어'라고 한다. 이 '크레올 언어'는 특별한 언어 학습 없이 인간이 보편적으로 갖고 있는 언어 능력으로 형성된다고 한다.[17] 아베 고보는 이 '크레올 언어'에 관심을 가지기 시작하면서 '크레올 문화' 를 해석하려고 하였다.

아베 고보는 우리 주변을 잠식하고 있는 미국 문화에 대해서 "청바지나 코카 콜라 그리고 햄버거나 디즈니랜드로 대표되는 미국산 문화는 신기할 정도로 전 세계로 퍼져 유행한다. 왜 그럴까"하고 의문을 품기 시작하였다. 이에 대해 아베 고보는 결론적으로 그것이 '전통을 갖지 않는 문화' 또는 '전통을 거부한 문화'이기 때문이라고 하였다[18]. "미국 문화는 전통에서 형성된 것이 아니라 크레올 언어 형성과 유사하다. 그렇기 때문에 특별히 교육을 매개로 하지 않아도 그 전염력이 굉장히 강할 수 있다"는 것이다. 현재 청바지나 코카 콜라는 전통적인 경로를 거치지 않고 전 세계에 퍼져 있다. 이러한 현상을 그는 '문화의 크레올성'이라 하였다.

이것은 더 나아가 국가와 국가간의 국경을 해체하고 용해하여 보다 더 유동적인 것으로 만들며 문화적·사회적 융합과 혼혈 작용에 의해 하나의 새로운 문화가 탄생할 수 있는 가능성 갖고 있다. 이를 '보편 문화'라고 할 수 있겠다. 20세기 인류학의 문화상대주의는 문화 고유의 '전통'과 '관습'에 본질적인 의의를 부여한 것으로 인류의 문화적·사회적 차이를 강조하였다. 이에 반해 아베 고보는 인류 문화의 '보편성'에 대해 하나의 설득력 있는 이론을 제시했다고 할 수 있다.

이러한 아베 고보의 사고의 출발점은 그의 언어관이다. 언어는 인간의 제2 본능이라는 가설이다. 촘스키의 '보편문법' 이론, 파브로의 '제2조건반사' 이론을 정리·종합하여 아베 고보는 언어가 유전자 레벨에 구성된 언어 형성 프로그램으로 생성되는 것이라는 결론을 내렸다. 즉 아베 고보가 주목한 것은 언어는 인간의 학습으로 습득한 문화적 산물이 아니라, 태어날 때부터 주어진 유전자 프로그램의 생성 과정에서 나온 산물이라는 것이다. 여기에서 도출해 낸 것이 바로 그의 새로운 문화관이다. 앞으로 세계의 문화는 아베 고보가 말하는 일종의 '보편 문화'가 탄생하여, 그에 따르는 여러 가지 문제를 어떻게 해결하고 정립해 나가야 하는가가 과제로 남게 될 것이다.

6. 표현가 아베 고보

한 개인이 어떻게 해서 소설가가 되었을까? 하는 의문은 한 작가를 이야기하려고 하는 사람에게는 상당히 흥미로운 것이다. 그 작가를 탐색하면서 작품 자체로부터 쉽게 공약수로 답이 나오는 경우가 있는가하면, 작품 자체만으로는 좀처럼 답을 얻어낼 수 없는 경우도 있다. 아베 고보의 경우는 후자의 전형일 것이다.

아베 고보가 일본의 식민지였던 만주에서 자랐고, 그곳에서 패전을 체험하고, 그래서 그 '만주'체험이 소위 그의 문학의 원체험이 되었다는 결론을 내리는 것은 그리 어려운 일은 아니었다. 그러나 그 '만주'체험이 문학적 이미지로 발전했을 경우 그것을 논리적으로 설명하는 일은 쉬운 일이 아니다. 게다가 『무명시집』이라고 하는 릴케풍의 시를 썼던 그가 왜 시인이 아니라 소설가가 되었는가, 또 1950년대 초기 단편소설에는 우화적인 변신 이야기가 집중적으로 많이 나타나는데, 왜 그러한 수법을 썼을까 하는 의문은 그리 쉽게 답이 나올 성질의 것이 아니다.

그는 패전과 함께 먼저 조국인 일본에 대해서도 고향인 만주에 대해서도 불신과 증오가 앞섰다. 모든 것이 무너져 갔다. 그 속에서 살고 있는 개인을 위해서는 일체를 부정하고 일체를 변혁할 수 있는 완벽한 픽션 세계를 만들어내지 않으면 안 되었을 것이다. 그 결과 아베 고보만의 독특한 '공동체'가 형성되었고, 새로운 형태의 인간 존재를 그려왔던 것이라고 생각한다.

아베 고보는 1960년대에 들어 실종 삼부작인 『모래의 여자』, 『타인의 얼굴』, 『불타버린 지도』에서 '관계'의 문제를 제시하면서 이 시대를 대표하는 작가의 한 사람으로 주목받았다. '관계'의 문제는 '공동체'와 '개인'의 관계를 중심으로 나타나는데 '개인'은 끊임없이 '공동체'의 일상으로부터 이탈하려 하고, 그 결과 작품 세계는 '비일상적' 세계를 구축하게 되었다. 그러면서도 아베 고보의 핵심은 리얼리즘의 문제였다. 어쩌면 1960년대에서 1970년대에 걸친 일본 사회는 대량 소비사회의 도래와 정보화 시대를 맞이하여 일종의 허구로 가득 찬 시대라고 해도 과언이 아닐 것이다.

그러므로 아베 고보의 리얼리즘 문제는 완벽한 허구 속에서의 리얼리티 표현이라 하겠다. 이것을 잘 표현한 작품이『타인의 얼굴』이다. 아베 고보의 '가면' 세계 구축은 1970년대에 이르러서는 실험 연극의 영역을 만들어 냈으며 최종적으로는 '버츄얼 리얼리티'를 그려 내는 데 성공했다. 실험 연극에 있어서 신체 표현 방법은 그의 언어 표현 세계를 더욱 더 풍부한 것으로 해주었다. '버츄얼 리얼리티'는 유고 작품『하늘을 나는 남자』에서 그 절정을 이루었다.

그의 작품 세계는 전후 일본이 걸어온 궤적과 떼어놓고 말할 수가 없다. 패전 직후인 황량한 1950년대, 고도 경제 성장기의 1960년대, 전후의 국가 체제가 다시금 거론되면서 현대사회의 위기에 빠졌던 1970년대부터 1980년대에 이르기까지 일본 사회는 커다란 변동을 겪었다. 아베 고보 역시 끊임없이 '새로운 문학'에의 가능성을 모색하였다. 그리고 1980년대 중반부터 1990년대의 멀티미디어 시대=정보화 시대에서도 아베 고보는 끊임없는 변모를 거듭하여 '변모하는 작가'상을 보여주었다.

이렇게 아베 고보는 변모하는 작가, 시대의 첨단을 달리는 작가, 그리고 시를 비롯하여 소설·연극·영화·사진 등의 총체적인 예술을 표현한 표현가라고 할 수 있다.

▌註 ▌

1) 일본 '전후 문학'에는 두 가지 의미가 담겨져 있다. 하나는 '전후파 문학'이고 또 하나는 '전후의 문학'이다. '전후파 문학'은 1946년부터 1950년 전후에 등장한 당시 20대에서 30대에 달한 신인 작가들의 문학을 일컫는 것이고, '전후의 문학'은 말 그대로 1945년에서부터 현재에 이르기까지의 문학을 일컫는다. 여기에서 말하는 '전후 문학'은 후자를 뜻한다.

2) 1993년 1월 22일 석간 「朝日新聞」, 「産経新聞」 등.

3) 1993년 이전까지는 일본에서 아베 고보의 연구는 비교적 적은 편이었다. 그 이유는 첫째 현존하는 작가라고 해서 연구를 기피하는 현상이 있었다. 일본에서는 현존하는 작가에 대한 연구는 금기 사항이라는 인식이 있었다. 둘째로, 아베 고보 문학의 이해 부족에서 온 결과라고 하겠다. 비일본적인 그의 문학을 난해하다고 하여 이해하려 하지 않는 경향이 있었다.

4) 한국에서는 그가 1950년대 초에 공산당에 입당한 경력이 있어서였는지는 모르지만, 그의 문학은 거의 소개되지 않았다. 한국에서 최초로 번역 소개된 작품은 1962년에 발표한 『砂の女』로 1978년 유정역 『모래의 여자』(瑞音出版)로 출판되었다. 그 뒤 1967년에 발표한 『燃えつきた地図』가 1982년 이호철역 『불타버린 지도』(중앙일보사)로 출판되었고, 2000년대에 들어와서 2001년 이정희역 『벽-아베 고보 단편집』(위덕대학교출판부)과 2007년 이정희역 『타인의 얼굴』(문예출판사)이 있다.

5) 아베 고보의 번역리스트 참조. 李貞熙「安部公房のシンポジウムに参加して-アメリカ・ニュ-ヨークのコロンビア大学にて-」(筑波大学比較理論文学会『文学研究論集』第14号, 1997. 3).

6) 沼野充義「世界の中の安部公房」(『国文学-特集 安部公房ボ-ダ-レスの思想』1997. 8)

7) 아베 고보의 자필 연보(『新日本文学全集 福永武彦・安部公房』集英社, 1964).

8) 山形和美編『差異と同一化-ポストコロニアル文学論-』研究社, 1997

9) リ-ビ英雄+島田雅彦「幻郷の満洲」(『ユリイカ』1994. 8) 리비 히데오는 아베 고보 문학의 한 특징으로서 "환경적 상상력"을 지적하였다. 여기에서 말하는 '환경'이란 일종의 '완벽한 세계'를 말한다. 환경주의자들이 말하는 환경의 의미와는 구분되는 것으로 오히려 무대장치와도 같은 것이라 하겠다.

10) 아베 고보의 자필 연보에 의함. 주 7)와 동일.

11) 武田勝彦「海外における安部公房の評価」(『国文学 解釈と鑑賞』1971. 1)

12) 佐伯彰一「ニュ-ヨ-クの安部公房」(『新潮』1996.7).

13) 遠丸立「『壁』」(『国文学 解釈と鑑賞』1971.1).

14) 1989년 12월 22일「朝日新聞」「余白を語る」

15) 아베 고보는 이러한 '가설 리얼리티'를 일찍이 에세이「가설의 문학」에서 언급하
    였다. 게다가 가설을 설정하는 것은 현실을 새롭게 증명해 보려는 것으로, 이것은
    반역과 도전의 문학이라 규정하고 있다. 예를 들어 공상과학소설에서 우주를 비행
    하는 이미지는 인간의 우주비행 꿈의 반영이라기보다 붕괴해 가는 일상생활 질서
    의 반영이라고 보았다. (1961년 6월 13일「朝日新聞」「仮説の文学-空想科学小説に
    ついて-」).

16) '버츄얼 리얼리티(Virtual Reality)'라는 말은 1989년 미국에서 컴퓨터의 한 기술
    용어로서 처음 사용하기 시작하였다. 이때부터 아베 고보는 자신이 생각해온 '가
    설 리얼리티'야말로 지금의 '버츄얼 리얼리티'라고 의식했을지도 모른다. 그는『하
    늘을 나는 남자』에서 '버츄얼 리얼리티'를 실현하려고 하였다. 原島博+広漱通孝+
    下条信輔編『仮想現実学への序曲-バ-チャルリアリティドリ-ム-』共立版, 1994.

17) Partrick Chamoiseau & Raphael Conriant 著, 西谷修訳『クレオ-ルとは何か』平
    凡社, 1995.

18) 小山鉄郎「政治的境界こえる安部文学-安部公房シンポジウムに参加して-(上)」(『週
    刊読書人』1996. 5. 24).

제1장
『덴도로카카리야』(デンドロカカリヤ)론

ワダンノキ. *Dendrocacalia crepidifolia*
(『日本の野生植物　木本』平凡社. 1993. PL.577)
『덴도로카카리야』에 나오는 식물 덴도로카카리야

제1장

『덴도로카카리야』(デンドロカカリヤ)론

1. 아베 고보는 정말 난해 한가

아베 고보 소설에 등장하는 인물들은 대부분 현대사회에서 소외된 문제아들이다[1]. 아베 고보는 그러한 인물들을 허구화된 소설 공간 속에서 움직이게 하여 하나의 실험소설을 만들어낸다. 독자들이 작가 아베 고보가 만들어낸 여러 인물들의 행동 양식이나 사고를 이해하는데 곤란을 느끼는 것은 아베 고보라는 작가의 독창적인 발상과 그 표현 방법에 있다고 생각한다. 서장의 '4.아베 고보의 소설 기법'에서도 기술했듯이 인간 존재에 대한 실존주의적인 물음, 초현실주의적인 환상세계 전개, 게다가 4차원 세계에 몰입해서 구상한 입체 감각과 장면 구성, 또 소설 공간이라고 하는 허구화된 우주에 군림하여 조물주처럼 행동하고 사고하는 독특한 조형의 인물들.

이와 같은 아베 고보의 작품 세계에서 특히 주목해야 할 만한 것이 '변신(변형)'[2]모티브라고 생각한다. 이것은 결코 관념을 이론적 도식에 맞추어 고정시킨다고 하는 자세는 아니다. 아베 고보의 상상력에 의한 인간 존재에 대한 자유로운 변형 이야기는 독자로 하여금 모험에 빠지게 한다. 점차로 변모하는 소설 공간 그곳에 아베 고보가 그리는 창조성의 결정체가 있다고 하겠다.

아베 고보의 작품은 이와 같이 소설 공간 속의 변모를 느끼지 않고 부분적으로 읽어 내려가면, 개개의 장면은 너무나 괴기하고 이상하며 기상천외한 것으로만 보일 뿐이다. 그러므로 아베 고보의 작품을 대하는 독자는 어딘가 깊은 곳에 비밀이 있는 것처럼 생각되는 것도 무리가 아닐 것이다. 이 난해성을 극복하기 위해서는 개개의 장면이 일으키는 파동에 의해 유선형처럼 변모해 가는 프로세스를 독자가 다시 재구성해서 능동적으로 읽어볼 필요가 있다. 이 능동적 영위의 조건은 보다 더 텍스트를 충실히 읽는 작업이다. 작가도 없이 다만 그곳에는 언어로 된 텍스트만을 읽는다는 것이다. 이것이야말로 언어=기호의 분석을 통해서 보이지 않는 것을 보는 작업일 것이다.

이와 같은 방법론을 통해서 아베 고보의 최초의 변신 소설인 『덴도로카카리야』(デンドロカカリヤ)를 분석해보고자 한다.

2. 『덴도로카카리야』, 그 '극악의 식물'

『덴도로카카리야』는 아베 고보가 변신 모티브를 이용해서 쓴 최초의 소설로서 1949년 8월 『표현』(表現)에 발표되었다. 『덴도로카카리야』는 그 후 1952년 12월에는 작품집 『굶주린 피부』(飢えた皮膚)에, 게다가 1960년 12월에는 『신예문예총서2 · 아베 고보집』에 수록된다. 또, 보다 넓은 유포를 위해 문고판이 1973년에 신쿄샤(新潮社)에서 발행되었는데 1996년에는 25쇄나 발행되어 있는 아베 고보의 대표작이다.

「커먼군이 덴도로카카리야가 된 이야기」·『덴도로카카리야』는 이렇게 시작된다.[3] 그리고 이어서,

> 커먼군은 문득 가슴속에서 무슨 식물 같은 것이 자라나는 것을 느꼈다. 말할 수 없이 괴로운 생리적 타락감. 불쾌하지만 쾌감마저 든다. 지구가 울기 시작했다. 흔들흔들 거리는 순간 (중략) 아, 웬일인가! 식물이 되어 버렸다.[4]

라고 이어진다.

이와 같이 시작되는 텍스트를 독자는 지금까지 "무슨 식물 같은 것이 자라나는" 기병에 걸린 커먼군이 이 기병과 필사적으로 싸우다가 결국 패배해서 '덴도로카카리야'라는 식물로 변신하고 마는 이야기라고 이해해 왔다. 이러한 플롯을 둘러싸고 에고 히로시(江後寬)씨는 식물로 변신한다는 것은 오로지 일상적인 안정을 꾀하려는 사람들의 병이고[5], 마츠하라 신이치(松原新一)씨는 인간의 식물화=자기 상실(자기 소멸)로서 해석하고 있다. 또 혼다 슈고(本多秋五)씨는 이 작품을 인간의 자발성 상실, 획일화와 유형화에 의한 비인간화(여기에서는 식물화)를 취급하고 있다고 말하고 있고[6], 쿠리야마 히로코(栗山博子)씨는 식물로 변신한다는 것은 자기 폐쇄로의 도피, 즉 현실도피라고 논하고 있다[7].

이와 같은 여러 평론가들의 논을 살펴보면, 가장 먼저 지적할 수 있는 것이 '덴도로카카리야'라는 식물로 변신한다는 것에 중점을 두지 않고, '덴도로카카리야'가 아니어도 좋은 그냥 일반 식물로 변신한 작품으로 보고 있다는 것이다. 이와 같은 해석에 대해서 필자는 오히려 '덴도로카카리야'라는 식물에 중점을 두고 그 식물 이름이

갖고 있는 의미를 통해서 작품을 해석하고 싶다.

텍스트의 첫머리는 "커먼군이 덴도로카카리야가 된 이야기"이다. 그러니까 "커먼군'이 식물이 된 이야기"가 아닌 것이다. 즉 '덴도로카카리야'는 식물 이상의 의미작용이 있다는 것을 암시해 주고 있다고 볼 수 있다. 지금까지 선행 연구에서는 '덴도로카카리야'는 가공의 식물로만 여겨왔다. 본격적인 아베 고보 특집호라고 할 수 있는 『ユリイカ』(1994년 8월)에도 『덴도로카카리야』에 관한 해설에 식물 '덴도로카카리야'에 대해서는 아무런 언급도 없이 단순히 식물 변신 소설로 보고 있다. 이와 같이 이 작품은 '덴도로카카리야'로 변신한 데 중점을 두지 않고, 일반적으로 '식물병'이라든지 '식물인간'을 주제로 한 소설로 읽혀졌다[8].

그런데, 엄밀하게 말하면 '덴도로카카리야'는 실제로 존재하는 식물이다. 국화과에 속하는 식물로 높이 1.5~4미터 되는 작은 상록수로 일본 오가사하라(小笠原)에서 서식하는 고유의 특산 식물인 것이다[9]. 이 국화과에 속하는 '덴도로카카리야'의 학명을 자세히 적으면 '덴도로카카리야・크레피디폴리아(Dendrocacalia Crepidifolia)'로 커먼군이 변신한 '덴도로카카리야'의 정식 명칭이다. 그러므로 만일 식물에 조예가 깊은 사람이 '덴도로카카리야'라는 타이틀의 책을 보게 되면 어쩌면 식물 '덴도로카카리야'에 대한 식물학 서적으로 생각할지도 모른다.

이와 같이 식물 학명이 작품의 중요한 모티브가 되어 있다면 '덴도로카카리야'라는 기호는 소설 내부에서 무언가를 의미한다거나 또는 변신 모티브의 특이성을 암시하는 기능을 담당하고 있음에 틀림없을 것이다. 즉 '덴도로카카리야'라는 표기가 채용되었다고 하는 것은 작품 세계를 지탱하는 데에 중요한 의미를 지니고 있다고 해도 무리가 없다.

사실 아베 고보는 작품 제목을 붙이는데 신중을 기하는 작가 중의 한사람이다. 아베 고보는 작품의 난해함을 푸는 열쇠로 독자에게 그것을 암시해 주는 듯한 유니크한 타이틀을 많이 사용하고 있다. 아베 고보의 작품 타이틀을 그 발상의 이미지에 의해 분류해 보면 다음과 같은 패턴으로 나눌 수 있다.

> ① 실존적인 것 : 『길 끝난 곳의 이정표에』(終りし道の標べに), 『이름 없는 밤을 위하여』(名もなき夜のために), 『짐승들은 고향을 향한다』(けものたちは故郷をめざす) 등
> ② 신화적인 것 : 『마법의 쵸크』(魔法のチョーク), 『바벨탑의 너구리』(バベルの塔の狸), 『노아의 방주』(ノアの方舟) 등
> ③ SF적인 것 : 『R62호의 발명』(R62号發明), 『수중 도시』(水中都市), 『제4 간빙기』(第4間氷期) 등
> ④ 기발하고 기괴한 것 : 『붉은 누에고치』(赤い繭), 『모래의 여자』(砂の女), 『상자 인간』(箱男) 등
> ⑤ 기타 : 『덴도로카카리야』(デンドロカカリヤ), 『치친데라 야파나』(チチンデラ ヤパナ), 『유프케차』(ユープケッチャ) 등

이와 같이 분류해 보면 '덴도로카카리야'라는 제목은 일종의 암호처럼 하나하나의 철자가 수수께끼를 푸는 비밀의 철자로 조합되어 있는 것처럼 보인다.

'덴도로카카리야(Dendrocacalia)'는 『식물학 라틴어 사전』에 의하면 'dendro'는 'dendr ; tree'로 식물·나무란 뜻이고, 'cacalia'는 'kakos(惡)+lian(정도가 심한)'이라는 뜻으로, 말하자면 '극악(極惡)'이라는 뜻이다[10]. 즉 '덴도로카카리야'는 '극악의 식물'이라는 것이다. 이와 같은 의미 표상에서 다시 한번 작품의 첫머리를 읽으면 '커

먼군이 극악의 식물이 된 이야기'가 되고 만다.

그러면 왜 이 작품의 변신 모티브에 '악(惡)'의 표상으로 '식물'이 선택된 것일까. 이 의문을 풀기 위해 식물의 정의를 살펴보기로 한다. 『대백과사전』[11)에 의하면 식물이라고 하는 단어의 두 번째 정의를 정리해 보면 다음과 같다. "양분을 자급자족하며, 감각 기관을 갖지 않으며, 자유의지대로 움직일 수 없는 생물"이다. 이와 같은 정의를 든 이유는 그 자체가 이 작품 속에 숨어있는 것을 그대로 이야기하고 있는 것은 아닐까하고 생각했기 때문이다. 그래서 이 정의를 하나하나 분석해서 식물이 '악'에 비유되는 그 타당성을 밝히고자 한다.

먼저 첫째 양분을 자급자족한다는 것이다. 동물은 먹을 것을 구하기 위해 여기저기 찾아 돌아다니지 않으면 안 된다. 반면에 식물은 뿌리를 내린 지점에서 광합성 작용을 하며 정적인 생활을 하고 있다. 그러므로 '식물'들의 입장에서 보면 인간이라는 두발 달린 동물들이 바쁘게 돌아다니는 것을 보고 쓸데없이 돌아다닌다고 생각할지도 모른다.

둘째로 감각 기관을 갖지 않는다는 것이다. 이것은 보는 눈도 들을 귀도 없다는 것으로 일체의 정보를 얻을 수가 없다는 뜻이다. 따라서 그 판단 기준이 되는 선악의 구별조차도 스스로 할 수 없다는 것이 된다.

셋째로 자유의지대로 움직일 수 없다는 것이다. 인간은 자신의 개성과 재능을 유감없이 발휘하는 데에는 자유의지로 행동한다는 것이 우선 조건이다. 인간은 이 지구상에 존재하는 한 자유의지대로 행동할 수 있는 권리를 갖고 있다. 이 자유의지는 인간 특유의 개별화의 근원이며 인간의 행위를 추진하는 원동력이 된다. 누군가의 조종에 의해 움직인다면 진정한 자기 자신이라고 말 할 수 없을 것이다.

이상과 같은 정의를 부연해 보면 '식물'은 그 본성에서도 알 수 있듯이 다이내믹한 사회에 있어서는 마이너스적인 요소를 가지고 있다고 해도 과언이 아닐 것이다. 이러한 마이너스적인 요소를 인간의 실존에 부여하면 그것이야말로 실존의 필연적인 양태로서 '악'이라는 의미 작용이 드러날 것이다. 만약 인간이 식물로 변해버린다면 그것은 사회에 대한 '악'의 표상이 될 것이다.

그런데 원래 인간의 의지는 필연적으로 선을 쫓는다고 하겠다. 그러나 그 한편으로는 타락으로 향한다거나 혹은 선한 본질에 대해 대항하려고 하는 마음이 본래의 충동보다도 때로는 강하게 작용할 때가 있다. '악의 식물'이라는 기호 작용이 표상하는 것은 이와 같은 이율배반적인 인간의 충동이라는 실존성과 관련이 있는 것은 아닐까.

그러면 이러한 충동이 소설 공간에서 등장인물인 커먼군과 아르피이에와의 관계로 표상되어 있는 것을 살펴보기로 한다.

3. 커먼군과 아르피이에 -선악의 충동

커먼군이 변신하는 데 나타나는 최초의 징후는 다음과 같은 프로세스를 통해 나타났다가 사라진다.

 ① 어느 날 커먼군은 아무 생각 없이 길바닥에 놓여있는 돌을 찼다. 이른 봄날 길바닥은 거뭇거뭇하게 습기가 배어있었다. 돌은 석탄 조각처럼 메마른 주먹만 한 크기로 눈에 띌 만한 구석도 없었는데, 왜 차보고 싶은 생각이 든 것일까. 문득 그런 아무렇지도 않은 당연한 행동들이 무슨 일인지 기묘하게 느껴지기 시작했다.12)

② 어딘가로 끌려가는 듯한 느낌, 내 마음은 그렇게도 뻥 뚫려있었던 것일까. 그렇게 생각한 그때다. 커먼군은 갑자기 가슴속에서 무언가 식물 같은 것이 자라나는 것을 느꼈다. 무어라 말할 수 없는 생리적 타락감. 불쾌했지만 나른하고 기분이 좋기도 했다.[13]

③ 그리고 나서 그 주위가 컴컴해졌다. 그 어둠 속에서 밤 기차 창문에 비추어지듯이 자신의 얼굴이 보였다. 물론 착각이다. 무슨 착각인가 하면 커먼군의 얼굴이 뒤로 돌아져버려 있었던 것이다. 당황해서 얼굴을 잡고 제자리로 돌려놓았다. 순간 모든 것이 제자리로 돌아왔다.[14]

①②③은 커먼군이 최초로 변신할 때의 장면이다. 먼저 ①은 변신의 원인에 해당하는 장면이고, 다음 ②는 변신 할 때의 기분을 나타낸 것이고, ③은 변신에서 다시 원래의 모습으로 되돌아오는 과정을 나타낸 것이다.

①에서 커먼군이 그냥 아무 생각 없이 길바닥에 있는 돌을 찼다는 것이 변신의 직접적인 원인이 된다. 이 아무렇지도 않는 동작에 대해서 의심이 들기 시작한 것은 지금까지 의식하지 않았던 행위의 주체가 자신이라는 것을 깨닫기 시작한 것이다. 자신이 지금 무엇을 하고 있는가 하는 의식은 자신이 존재한다는 의식에 의해 나타나기 시작한 것이다. 이것은 커먼군이 주체로서 자기 자신을 의식한다는 것일 것이다.

커먼군은 그리고 나서 무심코 주위를 둘러보며 다른 사람들도 그런가 하고 밖으로 눈을 돌려 살핀다. 그리고 "그 누구라도 자기도 모르는 사이에 그러고 있는 거야"하고 혼잣말을 하며 납득해버리면서 이번에는 다른 발로 힘껏 돌을 찬다. 자기 분열을 막으려고 의식적인 행위로 외부와 직면한 체험을 시도하는 것이다. 그러자 오히려 '외부'에 대한 '내부'라고 하는 관계성이 생기게 된다. 이러한 세계는 내부와 외부의 분열을 일으킨다. 이러한 내부와 외부라는 분열이 변신을 일으키는 원인이 되는 씨가 되는 것이다.

②에서 커먼군은 '어딘가로 끌려가는 듯한 느낌'을 받고 마음이 허전해 진다. 이것은 식물로 변신하기 직전의 마음 상태로 '내부'와 '외부'와의 차이가 크면 클수록 변신한 뒤의 심경은 깊은 '타락감'에 빠져버리게 된다. 그러한 심경은 동시에 나른하지만 기분이 좋아진다. 이 서로 상반되는 마음은 두 번째 변신 때에도 불길한 예감이 가슴을 파고드는 한편 기분 좋은 포만감에 취하는 기분을 맛보게 된다. 이것이 더욱 더 진행되어 세 번째 변신 때에는 갑자기 피로에 지쳐버리지만 일종의 쾌감을 느낀다. 이것은 '악'의 유혹에 대한 충동을 표상하는 것일 것이다.

③에서 알 수 있듯이 변신해버려 뒤로 돌아간 얼굴을 앞으로 되돌리면 원래 상태로 되돌아간다는 것을 알 수 있다. 그렇다면 식물로 변신하고 싶을 때에는 얼굴을 뒤로 돌려버리면 된다는 것이 된다.

여기서 뒤로 돌린다는 것과 앞으로 되돌리는 개념을 앞에서 말한 '내부'와 '외부'와의 대립과 상응한다. 그런데 여기에서 주목해야 될 것은 앞과 뒤의 대립되는 통로가 얼굴이라는 점이다. 즉 '얼굴'이라는 것이 인간에게 있어서 어떠한 의미와 기능을 갖고 있는가 하는 문제다. 이것이 이 작품을 읽는 하나의 열쇠가 된다. 『덴도로카카리야』의 변신 모티브는 인간의 신체에서 얼굴만 부각시키고 있다. 이 얼굴 즉 페르소나에 대해서 와즈지 데츠로(和辻哲郎)씨는 다음과 같이 말하고 있다.

　사람을 표현하기 위해서는 얼굴만을 갖고 이야기 할 수 있는데, 그 단면적인 얼굴은 자유로이 몸체를 회복하는 힘을 갖고 있다. 이렇게 본다면 얼굴은 인간 존재에 있어서 핵심적인 의미를 갖고 있

> 는 것이다. 그것은 단순히 육체의 일부분을 지칭하는 것이 아니라 육체가 그것에 의해 결정되어 버리는 주체적인 지표, 즉 인격의 지표인 셈이다.[15)]

즉 얼굴은 인간에게 있어서 중심적인 존재(인격의 지표)라는 것이다. 얼굴=인격이다. 아베 고보가 제시한 변신 프로세스인 얼굴을 뒤로 돌려서 변신한다는 것은 인격변환의 상징임에 틀림이 없다. 아베 고보는 『타인의 얼굴』에서 얼굴을 뒤로 돌린다는 것에 대해서 "단순히 인상을 감춘다는 소극적인 자세가 아니라 표정을 감추는 것으로 얼굴과 마음과의 통로를 차단하고 자신을 세속적인 마음에서 해방시킨다고 하는 보다 적극적인 목적이 있다."[16)]고 말하고 있는데, 이 『덴도로카카리야』의 변신 모티브가 갖는 본래의 의미로 귀결되는 말일 것이다.

변신 프로세스에 있어서 뒤로 돌린다는 장치는 앞과 뒤를 역전하는 수단이며 모티브의 중심이 그곳에 있다고 보아도 좋을 것이다. 예를 들어 사회의 질서와 혼돈은 동전의 앞면과 뒷면처럼 뗄래야 뗄 수 없는 관계인 것이다. 그러므로 이 둘은 서로 반대되는 방향을 취하고 있지만 그렇지는 않다. 질서의 뒤편이라는 것은 즉 혼돈이라는 것은 오히려 질서를 지탱해 주는 구성 요소라고 할 수 있다. 게다가 그 질서를 강화하는 데에 이용되기도 한다. 희생양이 죽음에 의해 생을 표상하듯이 뒤편에 있는 혼돈에서 질서가 만들어지는 셈이다.

'악'과 '선'에 대해서도 같은 장치로 이용하고 있다는 것을 알 수 있다. 인간의 충동이라는 것도 때에 따라서는 본연의 마음에 배반하고 싶은 마음이 '선'으로 향하고자 하는 마음보다 강하게 작용하는 경우가 있다. 따라서 뒤로 돌려진 얼굴은 타인에게는 '악'의 표상으로 비추어진다. 두말 할 필요도 없이 작품 『덴도로카카리야』의 주인공 커먼군에게 있어서 '악'의 표상으로 등장하는 것이 K식물원장 아르피이에다.

커먼군이 아르피이에를 처음 만난 것은 두 번째 변신 때이다. 아르피이에는 원래 새의 형태를 한 괴물이다. 단테의『신곡』지옥편 제13곡에 나오는 괴물이다.[17] 아르피이에는 죽은 자를 다스리는데 그 세계에서는 자살한 사람이 받는 형벌로 죽은 사람을 식물로 변신시킨다. 이때 아르피이에는 자살자가 변신한 식물에 둥지를 틀고 밤마다 잎을 갉아먹고 열매를 따먹고 배설물로 식물을 더럽히는 괴물이다. 그 식물이 낮 동안 새순이 싹트고 열매를 맺으면 밤마다 그것을 갉아먹는다. 식물로서는 이보다 더 괴로운 형벌은 없을 것이다.

커먼군은 처음에 아르피이에를 만났을 때 그의 정체를 알지 못했다. 단지 그의 눈에는 "검은 차이나 칼라에 두터운 안경을 낀 통통한 남자다. 얼굴은 울퉁불퉁하고 일그러져 있다. 얇고 뺀질뺀질한 코를 중심으로 오른쪽이 전체적으로 치켜 올라가 있고 특히 오른쪽 눈은 안경 깊숙이 동공처럼 펼쳐져 있는" 것처럼 보였다. 아르피이에는 그 눈으로 커먼군의 눈을 가슴 깊은 곳까지 꽤 뚫어 보듯이 쳐다보았다. 모든 것을 알고 있는 듯한 표정으로 노려보았다. 커먼군은 "내 얼굴을 알 리가 없는데" 하고 생각하는 순간, 또 무언가가 자라나는 듯한 느낌, 즉 '외부'와 '내부'로 분리되는 느낌을 받았다. 이때 커먼군은 "어디로 가야 할지 망설이는 그 누군가"를 즉 '내부'와 '외부'로 분열하는 자기 자신을 바라보고 만다.

여기에서 커먼군은 작품 속에서 행동하는 관찰자가 되어 '내가 나를 본다'라는 공식이 성립된다. 단지 두말 할 필요도 없이 그것은 자각된 조사 대상으로서 자기 자신을 본다는 것은 아니다. '보는 나'는 순수한 존재며 결코 행위자는 아니다. 그저 존재하고 있음을 의미하고 있다. 이것에 대해서 '보여지는 나'는 자신의 속성이나 특질을 포함한 행위자로 때로는 자기 기만적인 모습이나 배반적인 모습을 보여준다. 이 대립하는 존재의 개념이 커먼군과 아르피이에의 대립에 의해 표상된다.

아르피이에가 커먼군에게 '덴도로카카리야'라는이름을 붙여준 것은 세 번째 변신 때이다.

> 그냥 그대로였더라면 커먼군은 실제로 식물로 변해버렸을 것이다. 그때 뜻밖의 목소리에 그가 놀라지 않았다면 틀림없이 식물이 되고 말았을 것이다. 「역시 덴도로카카리야다. (중략) 일본 내에서 덴도로카카리야를 채집할 수 있다는 것은 정말로 진귀한 일이 아닐 수 없다.[18]

이 단계에 이르면 커먼군의 이름인 '커먼'의 뜻이 무엇인가를 살펴볼 필요가 있다. 커먼군의 '커먼'은 영어의 'common'에서 나온 말이라 생각된다. 물론 이 이름에 대한 설명에 대해서는 이미 다나카 히로유키(田中裕之)씨가 언급한 적이 있다. 'common'은 ①사회 일반의, ②두 개 이상의 것이 평등하게 나누어 가지는, 또는 공통의, ③흔히 발생하다, 보통의, ④(흔히 발생하는 뜻에서)누구라도 잘 알고 있는, 보급된, ⑤특권이 없는, 이름도 지위도 없는, ⑥보통 이하의 조잡한 등의 뜻을 포함하고 있다.

커먼군이 어떤 인물인가에 대해서는 초판본[19]에 다음과 같은 설명이 있다.

> 자 그럼, 커먼군을 생각해 보게. 어떠한 상상이라도 좋으니까. 무리라고! 그 이름 그대로라도 좋아. 커먼군은 커먼군이지[20].

즉 커먼군은 특별한 인물이 아니라 이름 그대로 지극히 보통 사람, 흔한 사람, 개별화시킬 필요도 없는 사람인 것이다. 이와 같은 커먼군에게 아르피이에는 '덴도로카카리야'라는 이름을 붙여준다. 이름을 붙여주는 순간 신기하게도 특별한 존재가 되어 버린다. 이렇게 생각해 볼 때 커먼군과 '덴도로카카리야'의 접목은 부자연스럽다. 왜냐하면 '덴도로카카리야'가 '극악'이라는 뜻을 함유하고 있기 때문이다. 아르피이에가 커먼군에게 '덴도로카카리야'라는 '극악의 식물'이라는 뜻의 이름을 붙여준 것은 특수화라기보다는 개별화된 인간 존재에 '악'의 낙인을 찍어 지배하려는 의도를 갖고 있는 듯이 보인다. 아르피이에는 커먼군을 '악'으로 명명했다. 그러나 커먼군 입장에서 보면 개별화된 대신에 선한 마음을 박탈당하고 본래 선으로 향하던 마음이 오히려 '악' 그 자체로 되어버린 것이다.

따라서 커먼군이 '덴도로카카리야'로 불리는 것을 거부한 것은 당연하다. 그러나 아르피이에의 눈에는 커먼군이 '덴도로카카리야'로 보이기 때문에 그렇게 명명했을 것이다. 거기에 바로 보통 인간 존재에 있어서 선악의 도착된 충동이라는 실존의 심연이 보이는 것이다.

커먼군은 자신을 식물로 변신하도록 하는 아르피이에를 죽이려고 식물원에 잠입을 하지만 실패를 하고 결국에는 '덴도로카카리야'로 변신해버리고 만다.

  ① 아아, 커먼군, 자네가 틀렸네. 그 발작(식물로 변신하는 것-인용자 주)은 자네만 걸린 병이 아닐 뿐만 아니라 전 세계라고 해도 좋을 만큼 모든 사람들이 다 걸려있다는 것을 자네는 몰랐던 것이다.[21]

  ② 어느 사이엔가 커먼군은 사라지고 그 자리에 국화와 비슷한 잎을 한 볼품없는 나무가 서 있었다. (중략) 원장은 웃으면서 카드

에 달필로 써 내려갔다. 그것(Dendrocacalia crepidifolia-인용자 주)을 커먼군의 줄기에 커다란 쇠사슬로 단단히 묶었다.[22]

①은 커먼군이 자신을 속박하려고 하는 식물원 원장인 아르피이에를 죽이고 "온실 속에 갇혀있는 동료들을 구하자"는 정의심, 즉 선으로 향하는 마음에 불타올라 식물원에 몰래 들어가지만 실패하고, 그곳에서 아르피이에에게 설득 당하는 장면이다. 식물로 변신해 버리는 병은 커먼군만의 문제가 아니라 인간이라면 누구나 일반적으로 갖고 있다는 것이다. 환언하면 아르피이에의 표적은 커먼군만이 아니었다. 인간의 마음속에 내재 해 있는 악을 충동해 불러일으키는 것이 바로 아르피이에의 속삭임인 것이다.

인용 ②는 이 소설의 맨 마지막 장면으로 커먼군이 식물로 변신되어 'Dendrocacalia crepidifolia'라고 명명되어 식물원에 갇히게 되는 장면이다.

아베 고보가 그리는 실존은 왠지 비극을 띄고 있다. 내부에 잠재해 있는 악으로 향하는 충동이 적나라하게 드러난다는 의미에서 상당히 상징적이다.

아베 고보의 변신 모티브는 해석이 다양하다. 아니 다양할수록 좋다고 본다. 거기에 이 소설이 갖는 테마를 읽어도 좋다. 이미 많은 사람들이 식물로 변신되어 식물원에 갇혀 있다고 상정해 보자. 그것은 선량한 시민에게 '악'의 낙인을 찍어 속박하고 지배하려는 지배자의 권력을 상징하고 있다고 봐도 좋을 것이다.

이러한 면에서 보면 『덴도로카카리야』는 사회 고발 소설이고 정치권력에 대한 비판을 그린 작품이라고 볼 수 있다. 단 필자로서는 그곳에 인간 실존이 좋든 싫든 간에 내재하고 있는 '악'에 대한 충동을 테마로 봤다.

4. 맺음말

이상과 같이 '덴도로카카리야(극악의 식물)'라는 식물의 외부 표상을 통해서 인간 존재의 내부에 잠재해 있는 '악'의 의미 작용이 있다고 보았다. 즉 커먼군과 아르피이에의 대립을 인간 존재의 내부에 있는 '선'과 '악'과의 대립으로 보았다. 커먼군은 아르피이에의 교묘한 설득에 처음은 저항하지만 결국에는 스스로 '악' 그 자체가 되고 만다. 커먼군은 식물로 변신해도 그것으로부터 벗어나는 방법을 알고 있었기 때문에 끝까지 저항했더라면 식물로 변신하지 않았을지도 모른다. 그러나 그는 그것을 스스로 포기했다. 그러니까 커먼군은 인간으로 되돌아오는 회로를 차단한 것이다. 이와 같은 발상에 대해서 '도시 회로(都市の回路)'라는 대담에서 아베 고보는 다음과 같이 시사하고 있다.

> 인간이 탈출한다고 하면 어디로 나갈 것인가. 나로서는 대답할 수가 없다. 아마 대답할 수 있는 사람이 있다면 그것은 어쩌면 사기꾼일 것이다. 탈출해서 갈 수 있는 세계를 말로 표현 할 수 있는 것은 종교뿐이다. 아무리 미래로 향한 창을 열어보아도 희망을 보이지 않을지도 모른다. 절망뿐이 있을지도 모른다. 그것이 인간의 영위인 것이 아니겠는가.[23]

커먼군도 처음에는 아르피이에의 집요한 유혹에 대해 저항하고 탈출구를 찾으려고 했다. 그러나 결국에는 커먼군의 변신은 아르피이에의 설득에 의한 타율적인 변신이 아니라 자신의 의지에 의한 적극적인 변신이었다. '덴도로카카리야' 또는 '극악의 식물'은 커먼군을 악으로 향하게 만들어 스스로 그 안에 갇히게 했다. 이것은 인간 존재의 실존성과 사회적 존재성 사이의 인격변환이다. 이와 같은 변신의 구조는 카프카 문학 등에서 보여지는 근대사회로부터의 소외라고 하는 변신과는 다르며 아베 고보류의 변신 모티브의 특징을 엿볼 수 있는 것이다.

∥ 註 ∥

1) 루카치는 소설은 영웅시나 콩트와는 달리 주인공과 세계 사이에 존재하는 극복하기 어려운 결렬에 의해 상징되어지는 서사시적 장르로 보고, 그 주인공을 그와 같은 세계에서 훼손되어진 것을 추구하는 문제아로 보았다.

2) 아베 고보는 작품 속에서는 '변신'이라는 용어보다 '변형'이라는 말을 사용하고 있다. '변신'은 원래 그리스어로 메타모르포시스라는 의미다. 메타모르포시스(met amorphosis)는 본래 모르페(morphe)의 변화를 의미한다. 모르페라는 것은 모습이나 외형을 의미하므로 메타모르포시스는 모습이나 형태를 바꾼다라는 뜻으로 엄밀히 말하자면 '변신' 보다는 '변형'으로 번역하는 것이 나을지도 모른다. 그러므로 아베는 '변형'이라는 단어를 즐겨 사용하였다고 본다.

3) 여기서 인용하는 『덴도로카카리야』 텍스트는 『安部公房全集 003』(전29권, 新潮社, 1997년)을 인용하였다. 인용 쪽도 그것에 따랐다. 『덴도로카카리야』의 초판본은 1948년 8월 『표현』에 발표되었는데 그 후 1952년 12월 발행한 단편집 『굶주린 피부』(飢えた皮膚)에 수록되었고 이때 원고는 초판본에 수정을 가했다. 여기에서는 논의 전개를 위해 개정판을 사용했다.

4) 『安部公房全集 003』 p.350

5) 江後寛士 「安部公房『デンドロカカリヤ』」(『現代の小説』 九州大学出版会, 1981)

6) 本多秋五 「伝統を切断する鬼才安部公房」(『物語戦後文学史・中』 岩波書店, 1992) p.320

7) 栗山博子 「安部公房『デンドロカカリヤ』論」(『大谷女子大国文』 第24号, 1994年 3月)

8) 田中裕之 「『デンドロカカリヤ』論-《植物病》の解明を中心に-」(『国文学攷』 128号, 1990年 12月)

9) 『日本の野生植物・木本Ⅰ』(平凡社,1989)

10) 豊国秀夫編 『植物学ラテン語辞典』 至文堂, 1987. 계속해서 이어지는 정식명인 크레피디폴리아(Crepidifolia)는 「Crepidis(장화)+folia(~의 잎)」으로 "장화와 같은 잎"이란 뜻이다.

11) 『大百科事典』 平凡社, 1985.

12) p.350. 번역은 인용자로 이하 인용문도 동일함.

13) p.350

14) pp.350~351

15) 和辻哲郎 「面ペルソナ」(『思想』 1935年 6月).

16) 『他人の顔』(講談社,1964) p.205

17) 『神曲・地獄篇』(寿岳文章訳, 集英社, 1987).

18) pp.356~357

19) 1949년 8월 『표현』(表現)에 게재된 『デンドロカカリヤ』.

20) 『安部公房全集002』(1948.06~1951.05), 新潮社, 1997, p.235

21) p.364

22) p.365

23) 『波』(1978년 4월).

제2장

『붉은 누에고치』(赤い繭)론

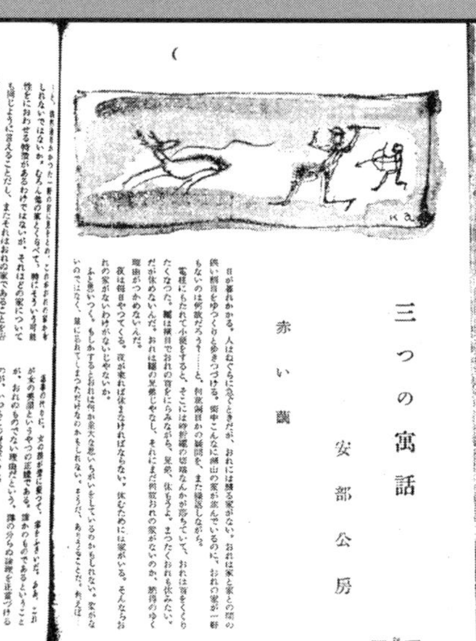

三つの寓話

赤い繭

安部公房

日が暮れかかる。人はねぐらに急ぐときだが、おれには帰る家がない。おれは家と家との間の狭い隙間をゆっくりと歩きつづける。街中こんなに沢山の家が並んでいるのに、おれの家が一軒もないのは何故だろう？……と、何度繰りかえした疑問を、また繰返しながら。

『붉은 누에고치』초출(『人間』1950.12)

제2장
『붉은 누에고치』(赤い繭)론

1. 머리말

아베 고보의 『붉은 누에고치』는 1950년 12월 잡지 『인간』(人間)에 두 편의 단편소설 『홍수』(洪水), 『마법의 쵸크』(魔法のチョーク)와 함께 '세 편의 우화'라는 제목으로 발표된 400자 원고용지 8매 정도의 짧은 단편소설이다[1]. 이 '세 편의 우화' 중에 『붉은 누에고치』만 1951년 제2회 전후문학상을 수상했다. 전후문학상은 아베 고보 수상을 마지막으로 단 2회에 끝나고 만 단명의 문학상이지만, 그 취지는 새로운 시대에 걸맞는 문학을 창출하기 위한 것으로 대담한 실험작이라고 생각되는 의욕적인 소설을 발굴하고 평가해서 널리 알리려는 것이 목적이었다[2].

『붉은 누에고치』의 전후문학상 평가[3]를 보면 노마 히로시(野間宏)씨는 "아베 고보는 자신의 방향을 분명히 표명했다. 그는 현대인을 엄습하고 있는 광기와 추악함을 그려낼 수 있는 자신만의 언어를 구축했다."라고 작품의 실험성을 높이 평가하였으며, 나아가 "그는 확실히 20대의 하나의 방황을 제시했다.”고 차세대 문학을 여는 기수로 그를 평가했다. 또 사사키 키이치(佐々木基一)씨는 “아베의 독자성은 자신을 뿌리내릴 수 없는 장소에 의외로 의연하게 살아내는 낙천성이다.”라고 평했는데 이 평가는 아베 고보 작품의 본질에 감추어져 있는 아베 고보의 인간성을 꿰뚫어 보고 있다.

물론 그렇다고 해서 이 소설의 주인공인 ‘나’라는 인물이 그렇다는 것은 아니다. 작가와 ‘나’를 혼동해서는 안 된다는 것은 새삼 두말 할 필요도 없을 것이다. 또 하니야 유타카(埴谷雄高)씨는 “새로운 스타일의 진보적인 작품”이라며 “이 작품이야말로 전후문학의 수확이다.”라고 까지 극찬을 아끼지 않았다. 이는 아베 고보의 소설에 혁신을 가져다준 실험적인 수법이 성공을 거둔 셈이다.

단편소설『붉은 누에고치』에 대한 작품론으로는 모리카와 다츠야(森川達也)씨의 ‘감상 아베 고보-단편소설의 묘미『붉은 누에고치』-’4)를 비롯해서, 다나카 히로유키(田中裕之)씨의 ‘아베 고보『붉은 누에고치』론-그 의미와 위치-’5)와 하마다 유스케(浜田雄介)씨의 ‘아베 고보 읽기 1-변형이 변혁하는 것-’6)이 있다. 이 밖에도 에세이풍의 평론과 작가론 속에『붉은 누에고치』를 논한 것 정도로 본격적인 작품론이라고는 할 수 없는 것들이다7).

이와 같이 수상 당시의 높은 평가에 비해 작품 연구가 극히 적은 것은 의외가 아닐 수 없다. 그 이유는 작품성에 있다기보다는 작품 분석 방법에 문제가 있다고 본다.

예를 들면 다나카 히로유키씨와 하마다 유스케씨는 작품 분석에 있어서 그 중점을 아베 고보라는 작가의 체험에 환원하는 것을 시도로 하여 아베 고보가 당시 코뮤니즘과 공산당에 공감을 갖고 공산당 입당에 서서히 발을 내딛었다고 하는 그 경력을 통해서 그 작품을 분석하고 있다. 특히 하마다 유스케씨는 공산당 당원과 국노조원이 범인이 아닌가 하고 의심을 받았던 시모야마(下山)·미타카(三鷹)·마츠카와(松川)사건에 대한 작가의 항의를 증거로 그의 정치적 자세와 연결 지어 이 작품을 분석하고 있다.

이와 같이 두 사람은 작품 분석에 있어서 당시의 작가의 경력 및 체험을 가능한 한 파헤쳐 그 전기적 사실에 근거하여 분석하였으므로 그 수법은 종래의 문학 연구 방법의 상투적인 수법인 것이다. 그러나 그 수법에 기초하는 한 작품론은 항상 작가론과 하나로 융합되어 구별할 수 없는 운명에 있다. 이에 대해서 모리카와 다츠야씨는 문체나 작품 내용의 형식인 '우화'에 주목해서 작품이 지니는 형식적 전위성을 분석하고 있는데, 다만 아쉬운 것이 있다면 그로 인한 주제 분석은 미흡하다는 것이다.

필자는 이들 논자들의 견해에 이의가 있는 것은 아니다. 종래의 문학 연구 방법이 지니는 유효성에 대해서도 충분히 이해가 간다. 그러나 그 한계로서 선행 연구에서도 알 수 있듯이 그 빈약함을 초래한 것이다.

아베 고보의 작품론으로 그것을 작가론과 결부시켜 논한다면 그 방법론은 아베 고보 작품의 본질이라고 할 수 있는 고유 인명, 지명, 시대를 제거하여 작가의 동시대성을 없애려는 의도, 환언하면 보편화를 추구하려는 작가의 의도와는 다른 것이다. 아베 고보 작품의 본질을 굳이 한마디로 표현하자면 모든 시대와 지역과 국적(민족)에 '열린 문학'이라고 할 수 있다. 아베 고보의 문학의 본질이 이렇다고 한다면 이『붉은 누에고치』라는 텍스트가 그 원형이고『붉은 누에고치』이후 작품의 본질에 통하는 것을 이미 안고 있다고 본다.

본 작품 연구의 목적은 이와 같은 아베 고보의 작품이 갖는 '열린 텍스트’에 접근하기 위해서는 어떠한 방법론이 가능한가 하는 것을 모색하는데 있다. 현대문학의 가능성이 엿보이는 텍스트의 비밀을 캐는 일은 필자에게 있어서도 다분히 모험을 내포한 실험이기도 하다.

2. 교과서에서 읽는 아베 고보

『붉은 누에고치』가 ‘열린 텍스트’[8]라는 것은 그것이 1965년부터 현재에 이르기까지 일본 고등학교 2학년 현대국어 교재로 사용되고 있다는 점에서도 미루어 짐작 할 수 있다[9]. 고등학교 교재로서 채용된 것은 당시로서는 혁신적인 시도였다. 소위 ‘교과서 작가’[10]로 불리는 나쓰메 소세키(夏目漱石)에 비하면 교재라는 분야에서는 완전히 이질적인 문학을 채택했다는 결과가 된다. 교재가 된 텍스트가 안고 있는 문제는 현재 고등학생(2학년)이 교재에서 무엇을 어떻게 읽으면 좋을까 하는 것이다. 여기에는 고등학생에 대해서 현재라고 하는 시대에 맞는 문학 읽기 방법이 요구되기 때문이다. 교과서에 실려 있는『붉은 누에고치』에 대한 ‘학습’이나 ‘학습 지도’를 정리해 보면 다음과 같다.

① 비유 표현상의 효과를 생각해 보자.
② 주인공이 처해 있는 상황을 생각해 보자.
③ ‘집’이 암시하는 것은 무엇인가.
④ ‘나’는 ‘붉은 누에고치’로 변신하는데 그 의미는 무엇인가.

이러한 문제들의 지도 포인트에 대해 소위 교사용 ‘지도 자료’를 보면 다음과 같이 해답의 예가 실려 있다.

예를 들어 ②에 대해서는 첫째 주인공 ‘나’는 무질서 , 반사회적, 비일상적인 존재로 설정되어 있다고 하는 것. 둘째로 주인공 ‘나’는 절망적인 상황 속에서도 주체적인 삶을 살려는 존재라는 것. 셋째로 주인공 '나'는 현실 세계에서 소외되어 있다는 것.

이 세 가지 점에 나타나 있는 해답 예가 시사하는 방법론은 지극히 흥미롭다. 왜냐하면 의식적인지 아닌지는 차치하고 이들 해답이 구조주의적인 해석이라는 점이다. 즉 이와 같은 해석이 나오기까지는 내부의 세계가 규정되어 있지 않으면 안 된다. 그것은 '현실'이라 불리는 것으로 '질서'가 지배하는 '일상적'인 '사회'인 것이다.

그리고 주인공인 '나'는 '현실'세계에 귀속하려고 원하면서도 소외당하지 않으면 안 되는 존재로 규정된다. '학습 지도'의 해답 예는 이와 같은 구조 분석에서 도출된 것이다.

다음 ③에 대해서는 이 작품에 나타난 '집'은 보금자리로 지치고 상처받기 쉬운 마음의 휴식을 취하고 다음 날 활동의 에너지를 재생하는 장소로 그것은 인간에게 있어서 자기 자신을 지키는 '존재의 기반'으로 되어 있다. 그러므로 '집'은 일상성의 표현이기도 하다. 거기에는 타성, 퇴보를 지적 할 수 있으며, 그 의미도 정체 또는 질서 그 자체라고 말 할 수 있다. 이 해석 역시 ②에서 말한 '현실'의 구체화로서 '집'을 말한 것으로 구조주의적인 해석인 것이다.

그리고 ④에 대해서는 '누에'라는 것은 '나'라는 주인공이 계속해서 찾았던 안주의 장소, 존재의 기반인 '집'인 것이다. 그런데 '나'는 자기 자신을 상실한 대가로 자신의 '집'을 손에 넣을 수 있다는 것을 의미한다고 되어있다. 즉 '학습 지도'의 해석은 '집'과 '붉은 누에고치'를 이항 대립으로 해석하였다. 그것은 바로 구조주의의 상투적인 수법이라고 해도 좋다. 이렇게 해서 변신과 그것에 동반된 '나'의 소멸에 대해서는 무엇인가 귀속되었을 때에는 그것이 지니는 질서나 일상성 속으로 들어가 주체성이나 존재를 상실해버리고 마는 현대

사회 상황을 상징적으로 결론짓고 있다.

본 작품론의 목적도 작품 내용을 분석하는 것으로 문체적 레벨에 머무르는 ①에 대해서는 언급하지 않기로 한다. 그러면 위와 같은 내용 해석에서 주목해야 할 것은 작가론과 혼동되어 버린 종래의 작품론 방법론은 그 자취를 찾아보기 힘들 것이다. 이와 같은 구조주의적 해석은 대상이 지금의 고등학생이기 때문일 것이다. 고등학생에게는 아베 고보의 작가적 체험을 통해서 작품을 읽는다고 하는 것은 무리라고 하지 않을 수 없다.

이 점에서 이 텍스트를 교재로 채용한 편집자는 이 작품의 분석에 구조주의에 의한 분석이 적절하다는 것을 드러내고 거기에 교과서의 유효성을 보고자 했던 것은 아닐까. 이것 역시 구조주의적인 해석으로 작가의 존재를 극소화하는 방향으로 소위 '작가의 죽음'이 문제가 되었던 것은 주지의 사실이다.

다만 '작품 해제'라는 항목에서 "이 작품에는 빈번한 공습으로 악화된 전후의 주택 사정이 노출되어 있다."[11]고 되어있는 곳에 구조주의적인 해석과 작가를 읽는 시대적 정신사적 배경과 연결 지으려는 의도가 있다는 것에 주목할 필요가 있다. 작품 분석에서 시대적 배경에 매개가 되는 것은 작품 속에 나타나 있는 현실 인식일 것이다.

소설의 시공간이 '나'의 '현실'이라는 것은 두말 할 필요도 없을 것이다. 그러나 교재의 '작품 해제'가 이와 같이 소설의 '현실'을 아베 고보의 '현실'로 아날로지 시키는 것이 유일한 해석일까. 텍스트를 '읽는다'라는 행위는 작가가 살던 시대와 체험을 배경으로 해야만 한다는 것은 있을 수 없는 일이다. 만약 그것만이 유일한 방법이라면 그 행위는 '닫힌 텍스트'를 읽게 되는 것이다.

이 소설의 '현실'은 역설적으로 말하면 초시간적인 '현실' 공간이다. 즉 이 소설의 시공간은 시대를 초월한 그 누구에게도 해당되는 '현실'인 것이다. 이때 이 소설이 문제가 되는 것은 '도시'라는 현실 사회에서 인간(현대인)은 타자와 어떠한 관계성을 갖게 되나 하는 것이다.

이와 같은 생각을 하면 그것은 작가 아베 고보의 눈에 비춘 '현실'이라고만 한정지을 수도 없는 문제다. 오히려 인간 존재가 보는 '현실'인 셈이다. 이러한 도시를 배경으로 한 '현실' 사회에 처해 있는 인간의 존재를 묻는 것 그것이 바로 아베 고보가 의도한 시대나 풍토, 나아가 국적(민족)에 '열린 텍스트'인 것이다.

그러므로 여기에서는 이상과 같은 '열린 텍스트'를 지향했을 아베 고보의 작품을 어떻게 읽으면 작품에 호소한 문제점을 포착할 수 있을까 하는 소설 읽기의 가능성을 검증해 보고자 한다.

그러기 위해서 필자는 먼저 첫째로 '나'라는 주인공이 처한 존재 상황을 살펴보고, 둘째로 '나'와 '그'의 관계를 고찰하고, 셋째로 주인공 '나'에 대해 선행 연구에서 언급하지 않았던 '유랑하는 유태인'이라는 정보와 관련지어 '나'의 유다이즘에 대해 고찰하고자 한다. 그리고 마지막으로 '집'이 의미하는 것과 '누에'로 변신한다는 것에 대한 의미 등을 고찰하고자 한다.

3. 경계선상의 존재인 '나'

『붉은 누에고치』가 '열린 텍스트'라는 것을 주인공 '나'의 존재 상황을 통해서 고찰하고자 한다. 이 경우 존재 상황이라는 것은 작품 속의 시공간(현실)에 '나'와 관계되는 것들과의 관계성을 말한다.

이와 같이 정의하면 예를 들어 그 관계성이 그 작품 속에서 완결되지 않을 때 그 관계성을 파헤치기 위해서는 어쩔 수 없이 작품의 외부에 있는 '현실'을 끌어들이지 않으면 안 된다. 그렇게 되면 그것은 '닫힌 텍스트'가 되고 말 것이다.

왜냐하면 그 작품은 외부와 연결시키는 것으로 그 시대에 속박되는 결과이며 그 시대를 알지 못하는 독자들에게 있어서는 작품을 공시적으로 읽을 수가 없게 된다. 그러나 만약 그 관계성이 그 작품 내에서 완결된다면 그 반면에 그 작품은 성립한 그 시대로부터 독립한 존재가 되는 것이다. 그것은 역설적으로 말하면 모든 시대의 독자들에게도 공시적 존재로서 공유할 수 있는 '열린 텍스트'인 것을 시사해 준다.

예를 들면 선행 논문 중에서 주인공인 '나'를 "프롤레타리아의 이미지"[12]라든가, "집이 없는 프롤레타리아"라[13]고 규정하고 있는 것이 있다. 확실히 전쟁으로 많은 집이 잿더미로 변해 도시 시민들의 비애가 작품 창작 당시 현실적으로 존재했으며, 또 아베 고보 자신도 패전 후 만주에서 "가는 곳마다 점령군이 집을 습격하여 시내를 여기저기 이동"[14]한 경험이나 인양 후 "극도의 빈곤과 영양실조로 거의 학교에는 가지 않고……, 시내를 방황……(3월 화가 지망생인 야마다 미치코(山田美知子)와 결혼) 나카노(中野)・코이시카와(小石川)・하코네(箱根)・고우라(强羅)……등 거취를 찾아서 옮겨 다녔다"[15]는 술회에서도 당시의 상황을 알 수 있다.

그러나 아베 고보는 스스로 작품이라는 것에 대해서 "그 시대에 겪은 생활의 궤적을 의식적으로 제거하고……작품의 궤적 이외의 일체를 제거"[16]하는 것을 문학 이념으로 삼았던 것을 간과해서는 안 될 것이다. 그렇다면 이 작품에 대해서도 당시의 현실은 의식적으로 배제되었다고 봐도 좋을 것이다. 그러므로 이 작품의 높은 결정도로 보아서 이 작품의 주제가 단순히 "집이 없는 프롤레타리아의 슬픔"[17]을 호소하는 것에 국한되지는 않았을 것이라고 본다.

그러나 그러기 위해서는 작품의 외부에 있는 '전후'라고 하는 '현실'에 있어서 전후 민주주의가 대두하는 것과 스스로 계급성을 자각하게 되는 무산계급인 '나'의 존재 상황과 연결하여 읽는다고 하는 자세를 뛰어넘을 필요가 있다.

이때 작품의 내부에서 도출해 낼 수 있는 것은 '나'라는 주인공이 자신의 신세를 읊조리면서 내뱉는 '방황하는 유대인'이라는 자기 인식의 의미다. 단, 자기 인식의 의미를 살펴보기 위해서는 미리 고찰해두지 않으면 안 되는 것이 있다. '타인'으로서 이 '도시'에 정착하려는 '나'는 이 '도시'로부터 소외되어 경계선상에 머물러있지 않으면 안 되는 존재 상황의 인식이다.

'나'는 작품 모두 부분을 보면 다음과 같다.

> 날이 저물고 있다. 사람들은 보금자리로 돌아가려고 분주하지만 나는 돌아갈 집이 없다. 나는 집과 집 사이의 좁은 틈 사이를 천천히 걷고 있다. 동네에 이렇게 많은 집이 늘어서 있는데 내 집이 한 채도 없는 것은 왜 그럴까. 수 만 번 느껴온 의문을 또 반복하면서.[18]

'나'는 돌아갈 집이 없어서 돌아갈 집을 구하려고 끊임없이 걸어다니는 인물로 등장한다. 그리고 날이 저물었다고 하는 시각은 고전에서도 잘 나타나 있지만 사람이 '집'(부인이나 연인)을 그리워하면 그곳으로 돌아갈 것을 바라는 시간대가 갖는 '경계'[19]를 통해서 『붉은 누에고치』라는 작품 세계를 들어가고 싶다. 이 경계라는 것은 낮과 밤의 경계뿐만 아니라 현실과 환상(우화)적 세계를 구분하는 경계이기도 하다.

작품은 그 첫머리를 보더라도 당시의 현실을 일탈하려는 것을 의도하고 있다고 보아도 좋을 것이다. '나'라는 등장인물이 관계하고 있는 현실은 환상으로서의 현실 또는 우화로서의 현실인 것이다.

'나'는 집을 찾기 위해 돌아다니는데 그것은 이 작품에 있어서 어느 날 하루 정해진 것이 아니다. 왜냐하면, "수 만 번 느껴온 의문을 또 반복하면서"라는 곳에서 알 수 있듯이 그 동안 수없이 되새겼다는 것을 알 수 있다. 그러니까 돌아갈 집이 없는 '나'는 지금까지도 또 앞으로도 계속해서 집을 찾아 방황하지 않으면 안 된다. 이러는 사이에 '현실'(도시)로 들어가는 '나'에게는 기묘하게 경계성과 연결되어 있다는 것을 주의할 필요가 있다. 예를 들면 날이 저물면 돌아갈 집을 찾아서 "집과 집 사이의 좁은 틈"을 걷기만 하는데, 그곳이야말로 도시에 있어서의 경계성이지 않을까.

좀더 '나'라는 인물이 끊임없이 걷지 않으면 안 되는 상황을 보기로 한다.

> 그곳에는 때마침 새끼줄 끄트머리가 떨어져있어서 나는 목을 매고 싶어졌다. 새끼줄은 곁눈으로 내 목을 노려보면서 형제여, 쉽시다. 사실 나도 쉬고 싶다. 그러나 나는 새끼줄과 같은 형제도 아닐 뿐만 아니라 더욱이 왜 내 집이 없는가, 그 납득이 가는 이유를 찾지 못했다.[20]

'나'는 새끼줄로부터 형제라고 불렸다. 새끼줄의 의인법이지만 그것은 단순히 물건을 의인화한 것이 아니다. 새끼줄이 '나'한테 걸어온 말은 '나'의 의식 속에 있는 목소리일 것이다. 혹은 이렇게도 생각할 수 있다. '나'는 발밑에 있는 새끼줄을 보고 있다. 그러나 그것은 새끼줄이 아니라 '나'의 의식 속에 나타난 새끼줄이다. 어쩌면 '나'에게 공감을 느꼈던 것은 실은 자신이야말로 돌아갈 집이 없어서 그 집을 찾아 헤매다가 결국은 포기를 하고 길에서 생활하는 노숙자를 새끼줄로 착각해서 물어본 목소리였는지도 모른다.

만약 그렇다면 '나'의 의식 그 자체도 인간과 사물의 경계가 없어져버려 '나'의 의식도 역시 경계선상에서 방황하고 있다고 하겠다.

> 왜……모든 것이 누군가의 것이고 내 것은 아닌 것일까. 아니 내 것은 아니더라도 적어도 그 누구의 것도 아닌 것이 하나 쯤 있어도 좋지 않을까.[21]

이런 생각이 들 정도로 궁지에 몰리기까지는 이미 사건이 있었다. 그것은 왜 내 집은 없을까 하고 생각하면서 우연히 지나친 어느 한 집 앞에 서서 혹시 이 집이 내 집이 아니냐고 주인에게 묻자 "여기는 내 집입니다"하고 단호하게 거절당하고 만다. 도시에 이렇게도 많은 집이 있음에도 불구하고 그 어느 집도 이미 그 누군가의 것이고 내 것은 없었던 것이다. 여기에 프롤레타리아 사상을 표방하는 무산계급인 인물을 설정했음을 알 수 가있다.

그러나 그 것보다도 오히려 '나'라는 인물의 사고에 경계가 없어져버린 모습을 나타내고자 했다는 것에 포인트를 두어야 할 것이다. 이미 자신의 집과 타인의 집과의 구별을 할 수 없게 된 것이다. '나'는 그 존재에 있어서도 또 의식에 있어서도 경계선상에 놓인 존재인 것이다. 도시 속에 살면서도 실은 도시의 경계를 왔다 갔다 할 뿐 그 내부의 세계에는 한 발자국도 들여놓을 수 없는 존재다. 환언하면 이 도시에 비집고 들어오면서도 도시로부터는 결코 환영받지 못하는 존재다.

4. '나'와 '그'의 관계

『붉은 누에고치』에는 두 모티브가 서로 교차되어 있다. 하나는 '나'라는 인물이 쉴 수 있는 '집'을 끊임없이 찾아 헤맨다는 모티브고, 또 하나는 '나'를 도시 속으로 들어오는 것을 저지하고 밖으로 추방하려는 '그'와의 관계성이라는 모티브다.

이미 언급한 선행 논문은 전자의 모티브에 초점을 두고 '나'의 계급적 자각을 주제로 한 것이다. 그러나 여기에서는 후자인 '나'와 '그'와의 관계성에 인간의 존재 상황으로서의 실존의 문제를 파헤치고 싶다.

이 후자 모티브야 말로 『붉은 누에고치』의 주제를 도출해 낼 수 있으며, '나'와 '집'이라는 모티브는 이 소설에 있어서 주제를 도출해 내기 보다는 '누에고치'로 변신하는 플롯과 연관되는 것으로 주제에서 파생된 문제로 생각하는 바이다. 따라서 이 점에 대해서는 제 6절 '집'이 갖는 의미 '누에고치'로의 변신에서 다루고자 한다.

『붉은 누에고치』는 '나' 외에도 '그'라는 인물이 등장한다. 이 '그'와의 관계에서 '나'의 '실존'[22]의 문제가 첨예하게 대두된다면 우선 무엇보다도 '그'에 관한 정보를 모두 모아볼 필요가 있을 것이다.

제일 처음 '나'의 앞에 나타난 '그'는 "곤봉을 든 그"였다. 그 모습에서 미루어 짐작할 수 있는 것이 '그'는 국가 권력에 관계되는 경관일 것이다. '그'는 '나'의 행동에 간섭하여 공원의 벤치에 누워 있으려하자 쫓아와서 다음과 같이 경고한다.

> 이 봐 일어나. 여기는 모두의 것으로 그 누구의 것도 아니다. 그런데 설마 네 것 일리가 없다. 자 빨리 일어나 저리로 가. 그것이 싫으면 법률의 문을 통해 지하실도 가게 할 테다. 그 이외의 곳에

서 쉰다면 그 곳이 어디든 간에 그 자체만으로도 넌 죄를 짓게 되는 것이다.23)

'그'는 법률의 집행자로서 '나'의 앞에 버티고 서서 '나'를 도시 내부에서 정착하려는 것을 저지하고 경계선상으로 추방한다. 그 관계성으로 보아 '나'와 '그'는 '법률'이 매개가 된 적대 관계인 셈이다. 신의 존재와도 같은 법이 도시에 있어서 타자와의 관계성을 매개로 하는 곳에 이미 소외의 구조가 깔려 있는 것이다.

'나'에 대해서 '그'는 도시 내부에서 '나'를 안내하기는커녕 처음부터 '나'를 외부인으로 규정하고 끊임없이 '나'를 배제(소외)하려고 한다. 이렇게 해서 '나'는 '그'의 법적 공갈로 인해 도시로부터 소외당하게 된다.

'나'라는 인물이 등장하는 장면은 또 한군데 있는데, 그 때는 '나'는 이미 '누에고치'로 변신한 후였다.

이 두드러지게 눈에 띄는 특징이 그의 눈에 안 들어 올 리가 없다. 그는 누에고치가 된 나를 기차 건널목과 레일 사이에서 발견했다. 처음에는 화를 냈지만 곧 신기한 물건을 주웠다고 생각하고는 주머니 속에 나를 집어넣었다. 나는 잠시 동안 그의 주머니 속에서 뒹굴다가 그의 아들에게 주어졌고, 곧 장남감 상자 속으로 옮겨졌다.24)

여기에서는 그려지는 '나'에 대해서 모리카와(森川)씨는 앞에서 나온 '그'와는 다른 인물로 보면서 다음과 같이 말하고 있다.

이 '나'를 기차의 건널목과 레일 사이에서 발견했기 때문에 '그'는 적어도 기차 건널목과 관계가 있는 인물일 것이다. 예를 들면

매일 건널목을 건너다니는 인물이라든가 또는 우연히 이 건널목을
지나던 행인이거나 둘 중의 하나일 것이다. 그러나 '그'는 기차 건
널목과 레일 사이에서 '나'를 발견하고는 '처음에는 화를 냈지만'했
는데 그것은 무슨 뜻일까. 단순히 일개의 통행인이라면 그렇게 화
를 낼 이유는 없을 것이다. 그렇다면 '그'는 일개의 통행인은 아닌
것이다. 철도와 특별한 관계를 지닌 인간, 예를 들어 철도원이라든
가 하는 평범한 샐러리맨일지도 모른다.[25]

이 모리카와씨의 견해에는 설득력이 있다. 모리카와씨는 '그'가 화
를 낸 이유에 대해서는 언급을 피하고 단지 '그'가 화를 내 것은 '나'
의 변신체인 '누에고치'가 자신이 관리하는 구역 내에서 발견되었기
때문이라고 했다. 건널목의 안전을 관리하고 유지하는 사람으로서
'누에고치'가 '그'의 눈에는 장해물로 밖에 보이지 않았던 것이다. 그
렇다면 '그'는 철도원과 같은 인물로 생각해도 좋을 것이다.

그러나 그 뒤에 '그'를 "평범한 샐러리맨"으로 본 것은 무엇 때문
일까. 이 두 사람의 '그'를 좀 특별한 인물로 설정한다면 '그'와 관계
성에 있어서 긴밀함을 상실해 버리고 만다.

플롯의 긴밀함은 아베 고보 문학의 특징 중의 하나라는 것은 이
미 주지하는 바와 같다. 그러므로 '그'가 자신의 영역에서 누에고치
를 주워 배제하려고 하는 행위에 주목해야 할 것이다. 이 작품의 플
롯에서 본다면 첫째로 '그'가 누구든지 간에 '그'라는 것만으로 특별
히 구별 지을 필요가 없는 인물일 것. 왜냐하면 '나'에 대한 관계성
이 중요하다는 것을 시사하기 때문이다. 둘째로 구조의 대조성이 보
여 지면 된다. 즉 전반에 등장한 '그'가 변신 이전의 '나'와의 관계에
대해서 후반에 등장하는 '그'는 '나'의 변신체인 누에고치와 관계가
있다. 셋째로 두 인물로 나타난 '그'는 둘 다 자신의 하는 일에 대한

안전을 관리하고 유지하려고 '내부'에서 그곳에 들어오려는 '나'를 '외부'로 배제하려는 역할을 하고 있다는 데에는 공통점이 있다. 이 세 가지 조건을 만족시키는 인물을 설정했는지도 모른다.

다시 한번 '나'와 후자인 '그'와의 관계를 살펴보자. '그'는 '나'의 변신체인 누에고치가 레일 사이에서 떨어져있는 것을 보고 처음에는 화를 냈지만 그것이 누에고치라는 것을 알고 주워서 주머니에 넣었다. 그리고 잠시 동안 '나'를 주머니 속에서 만지작거리다가 집으로 갖고 돌아와서 아무렇지도 않게 아들의 장난감 상자 속에 던져 넣는다. 이러한 '그'를 생각해 볼 때 다른 작품 그것도 창작 시기가 비슷한 작품에 등장하는 인물과 비교해 볼 필요가 있을 것이다.

제일 먼저 떠오르는 인물은 『덴도로카카리야』에 나오는 K식물원장이다. 즉 『덴도로카카리야』의 주인공 커먼군과 K식물원장과의 대립 관계는 '나'와 '그'와의 대립 관계와 닮아 있다. K식물원장은 커먼군에게 '악'이라는 낙인을 찍어 속박하여 지배하려는 권력을 상징하고 있다. 커먼군은 커먼이라는 이름이 의미하고 있듯이 지극히 평범한 도시 시민을 상징하고 있다. 즉 권력과 시민의 지배·피지배의 인간관계가 우화적으로 잘 나타나 있다. 이와 같이 생각하게 되면 지배와 피지배의 관계와 적대시와 배제의 관계와는 다소 차이가 있지만 '그'도 K식물원장도 각각 복무규정(그것은 타자에게 있어서는 '법'으로 다가 감)에 의해 충실히 임무를 수행한 인물로 설정되어 있는 것이 공통점이다. 그리고 K식물원장은 커먼군을 덴도로카카리야로 변신시켜 커먼군의 자유를 빼앗는다.

그것에 대해서 '그'는 '나'의 변신체인 누에고치를 주머니 속에 넣는 것으로 그 자유를 빼앗는다. 그것은 역시 복무규정을 철저히 지킨 권력 횡폭의 상징이라고 해도 좋을 것이다.

결국 두 인물인 '그'는 법의 폭력을 이용해서 도시 속에 안주하려는 '나'를 구속하여 자유를 빼앗고 '외부'로 추방시키고 만다. 이렇게 해서 '나'는 도시 내부로 들어올 수 없는 존재로 낙인을 찍어 즉 법을 이용한 협박으로 영원히 경계선상에 머무는 존재가 되고 만다.

5. '나'의 유태인성

도시 속에서 자신의 안식처인 집을 구할 수 없는 '나'는 이번에는 도시 속에서 공적인 장소라고 할 만한 곳을 찾는다. 그것은 '나'의 존재의 근거를 찾으려는 충동일 것이다. 그래서 '나'는 먼저 '공사장이나 재료 창고 등의 흄관'속에 들어가려고 했다.

그러나 그곳은 이미 누군가의 소유지(소유물)이고 '나'의 집은 될 수가 없었다. 그래서 그 다음에 선택한 곳이 '공원에 있는 벤치'였다. 그러자 곤봉을 든 '그' 와서 법을 앞세우며 '나'를 협박하여 범죄자로 몰아세워 내쫓는다. '그'는 '나'의 정착을 방해하고 소외시키려한다. 그러므로 '나'는 항상 도시 주변에서 방황하지 않으면 안 된다. 그러자 '나'는 다음과 같이 중얼거린다.

> **방황하는 유태인이란 그렇다면 나를 두고 한 말인가.**[26]
> (고딕 강조는 원문 그대로 임-인용자 주)

이 넋두리야말로 '나'라는 인물의 존재 상황을 잘 나타내고 있다. 즉 똑 같은 인간 유형에 보편적인 의미를 알아낼 수 있는 집합 의식(잠재의식)이 '나'의 실존적 상황을 대표해 주는 것이다.

그리스도가 십자가를 짊어지고 형장으로 끌려가는 도중에 너무 지쳐서 아스페르스라는 유태인이 사는 집 처마 밑에서 쉬어가려 했다. 그런데 아스페르스는 그리스도를 욕하고 돌을 집어 던지며 내쫓았다. 그리스도는 「내가 다시 이 세상에 태어날 때까지 너는 세상을 끊임없이 방랑하게 될 것이다.」라고 예언하고는 그 자리를 떠났다. 그 이후 아스페르스는 조금도 쉴 틈이 없이 세상을 떠돌게 되었으며 심지어는 죽는 것조차 허락되지 않았다고 한다. 이 그리스도 전설에서부터 유태인은 '방랑하는 유태인'(Wandering Jew)이라는 이름이 붙여지게 되었다[27].

이렇게 해서 유태인은 자신이 태어난 고향(조국)에서 추방되어 2000년에 걸친 긴 방랑생활을 보내지 않으면 안 되었다. 그리고 2000년간 유랑하는 동안 박해도 2000년 동안 계속되었다. 유태인의 역사는 그저 유태인이라는 이유만으로 박해를 받고 추방당했다는 것을 여실히 보여주고 있다. 게다가 왜 자신들이 박해를 받고 추방되어야 하는지를 그들은 이해할 수 없는 일이었다.

그러나 그럼에도 불구하고 그들은 그렇게 함으로서 자신들의 죄를 인정하지 않으면 안 되었다. 그들은 그리스도를 매도했기 때문에 죄를 받는 것이고 그 벌로 방랑하는 운명에 처해진 것이다.

이러한 그리스도 전설에서 보여 지는 유태인의 운명을 어떻게 해석하는가는 그야말로 다양한 해석이 가능할 것이다. 그러므로 그 해석의 하나로서 신의 은총으로부터 버림받은 인간(현대인)의 실존의 원형을 읽을 수가 있을 것이다. 즉 인간존재가 신의 은총에 싸여있을 때에는 인간존재의 근원은 끊임없이 신의 은혜에 의해 지탱되어진다고 인식한다. 그곳에 신을 매개로 하는 타자와의 관계성이 윤리라는 덕목으로 이야기 되어져왔다.

그런데 그 신에게 버림받았을 때 인간은 스스로 존재의 근거를 스스로 구할 수 없는 상황에 처해버린다. 현대 도시에 있어서 실존적 상황이라는 것은 타자와의 관계성을 매개로 해온 신을 상실해 버리고, 그것에 의해 타자와의 관계성 회로도 단절되어 버리고 마는 것에서부터 시작된다. 유태인의 유랑의 근원을 말해주는 그리스도 전설은 현대에 있어서 신이 상실된 상황을 상징적으로 보여주는 것과 함께 그에 따르는 현대인의 생의 무목적성과 마음의 불모를 암시한다.

이와 같은 현대인의 고독한 상황에 있어서 인간의 실존이 다시금 거론되는 것이다. 게다가 현대인에게 있어서 실존적 운명은 신의 상실, 즉 신에 대한 죄와 깊은 연관이 있다. 이러한 실존적 상황의 원형은 유태인의 영원한 방랑에서 찾았던 것이다.

이와 같은 실존적 상황은 또 과학적 합리성과 이윤 추구가 지배하는 도시 사회 성립과 함께 가속화되었다. 도시는 신의 존재와 모순된 원리에 따라 그 필연적인 요소에 의해 신을 배제한다. 이리하여 타자와의 관계성을 엮어온 신이 부재한 도시 사회 상황에서 현대인은 더욱더 실존적인 운명을 피할 수 없는 인생으로 여기지 않으면 안 되었다.

단, ‘나’는 자신도 모르게 문뜩 ‘방황하는 유태인’이라고 자각했을 때 그것은 결코 기독교적인 죄의 문제일 리는 없다. 오히려 방황하지 않으면 안 된다고 하는 존재 상황 그 자체가 마치 유태인의 방황과 유사하다고 볼 수 있을 것이다. 그것을 도식화 해보면 다음과 같다.

유태인---신에 의한 죄 → 벌 → 방황(유랑)
‘나’ ---법에 의한 죄 → 벌 → 방황(외부인)

이 도식에서 알 수 있듯이 ‘나’는 소외당한 이유가 그리스도의 계시에 의한 벌이 아니라 법에 의한 협박이었다. 실존적 상황이라는 인식에서 신의 부재는 아베 고보 문학의 본질이었다고 할 수 있다. 즉, 아베 고보가 그리는 실존이 어떠한 것이었나 하면, 유태인이 신이 내린 죄로 인해 유랑하는 운명을 타고나 것에 대해서 '나'는 타자(외부인)에 의해 법의 협박을 받아 그 지역에 들어 올 수가 없어서 언제까지나 그 경계에서 방황하는 존재이지 않으면 안 된다고 하는 점이 유사하다.

서양에서 현대인의 실존이 지금까지 언급한 것처럼 신의 상실에 의한 타자와의 관계성 단절에 있었던 것이며 거기에는 죄의 문제가 불가피하게 얽어져 있다. 그러나 아베 고보가 주시한 실존은 '사회'나 '집'이라고 하는 테두리에서 소외되어 고독한 상황에 처한 존재를 우선 실존이라고 이해한다면 그것은 현대인의 실존적 상황이 그 본질로서 항상 '외부인'이기 때문에 오히려 그 실존적 상황의 매개체로서 '법'과 인간이라는 관계의 문제였다. 서구의 정신사와는 다른 의미에서 실존적 상황의 파생을 주시한 아베 고보 문학의 원형을 볼 수 있다.

그러면, 법으로 인해 소외당하지 않으면 안 되는 '나'의 실존이 어떻게 아베 고보의 내면에 잉태되었을까 하는 의문이 남는다. 그것은 어쩌면 아베 고보의 '만주'체험에 의한 것일 것이다.

그러나 그렇다고 해서 반드시 그것을 아베 고보의 '만주'체험에 의한 것이라고는 할 수 없다. 도시에 속하면서 도시로부터 소외당하는 현대인의 실존적 상황이 마치 현대의 실존을 그대로 보여주고 있는 것이다. 이 『붉은 누에고치』에서 이와 같은 실존적 상황을 나타낸 것이 '법'을 휘두르는 '그'와의 관계성이 있다는 것은 두말 할 필요가 없다.

다시 한번 '나'라는 주인공이 범한 '죄'는 무엇인가 하면, 그것은 먼저 '나'의 행동은 타인(=그)의 시선을 통해서만 파악되어 가기 때문에 타자가 존재해 있는 세계와 관련지어져 있는 '나'는 존재 그 자체가 '죄'를 범하게 되는 것이다.

6. '집'이 갖는 의미 그리고 '누에고치'로의 변신

확실히 선행 논문에서 시사하듯이 작품 해석의 실마리가 되는 것은 예를 들어 '집'이 갖는 의미는 무엇일까 등이다. 일반적으로 일본 근대문학에 있어서 '집'에 대한 문제는 지금까지 가부장적인 절대적 권위 속에 속박되어 자유가 매몰되어 개인의 해방과 자유라는 개인의 정신사와 깊은 관련이 있다. 따라서 '집'에 대한 문제는 단적으로 말해서 근대적 자아의 자각 과정의 역사라 해도 과언이 아니다. 그러나 그러한 근대적 자아의 석출 과정이 일정한 매듭을 보이기 시작한 이후에 작가로 출발한 아베 고보 문학에 있어서 '집'이라는 것은 어떠한 의미와 역할을 지니며 작품에 그려진 것일까.

다카노 도시미(高野斗志美)씨는 아베 고보가 그린 '집'에 대해서 일상적인 인간들이 관계하는 장소로 정의하고, 이 작품에서 '집'이 없는 '나'를 소위 발가벗은 실존으로 이해하였다[28]. '집'이 없다는 소외감을 인간의 실존과 연결지어 '집'과 실존을 대치시킨 설정은 주목된다. 또 호쇼 마사오(保昌正夫)씨는 "내집 마련의 꿈이라는 단어를 연상시키기도 합니다"라고 말했다[29]. 여기에서 아베 고보의 '집'은 현대성을 허용하는 듯이 보인다. 또한 '집'에 대해서 데시가하라 히로시(勅使河原宏)씨의 에세이 「『붉은 누에고치』가 나올 무렵」[30]이나 이노우에 히사시(井上ひさし)씨도 현실적인 '집'과 '나'라는 주인

공이 찾는 '집'을 동일시하고 있다[31].

이와 같이 『붉은 누에고치』의 '집'의 의미를 둘러싸고 그것을 실존과 대립하는 장으로서의 '집'에서부터 현대의 마이 홈으로까지 이해되어 폭 넓게 해석되고 있음을 알 수 있다. 이러한 견해에 대해서 어느 것이 보다 더 적절한 해석인가를 판단하기보다는 워낙 『붉은 누에고치』의 '집'이 이들 해석을 모두 포용할 수 있는 장치 역할을 할 수 있다고 보는 것이 좋다고 생각한다.

단지 아베 고보에게 있어서 '집'은 핵가족으로 부부와 자녀들로 구성된 자연적인 공동체라는 의미를 지닌다고 하는 것은, 아마 작가의 의도를 뛰어넘은 것으로 작품의 외부의 현실이 반영된 것으로 보아야 할 것이다. 따라서 작가가 의도하는 '집'은 오히려 '밖'의 세계로부터 공간을 나눈 '안'의 세계로서 이해해야 할 것이다.

『붉은 누에고치』보다 2년 전인 1948년 10월에 발표된 처녀 작품 『길 끝난 곳의 이정표에』[32](終りし道の標に)의 테마는 여행(방랑)을 계속하는 주인공이 '고향'을 찾으려는 것에 있다. 이 작품은 "여행은 발이 멈춘 곳에서부터 다시 시작하지 않으면 안 된다"라는 서문으로 시작된다. 이 모티브는 『붉은 누에고치』에서 주인공이 '외부인'으로서 어느 한 사회(공동체)에 들어오는 첫 부분과 연결되어있다고 볼 수 있다.

> ・나는 두 개의 고향을 보았다고 생각한다. 하나는 위대하고 영원한 것이 사는 긍정적인 곳, 즉 태어난 생의 고향이고, 또 하나는 아직도 멀기만 한 존재의 고향이다.[33]
> ・인간은 드물게 자기가 태어난 고향을 떠나가는 일이 생긴다. 그러나 자신의 고향과 무관하기란 힘들다. 존재의 고향에 대해서도 마찬가지다. 고민, 웃음 그리고 생활하기 위해 인간은 고향을

필요로 한다. 고향은 숭고한 망각이다.34)

『길 끝난 곳의 이정표에』의 주인공은 '나'는 '존재의 고향'을 찾으러 여행길에 나선 것이다. 마음이 편해질 영혼의 고향인 '존재의 고향'은 찾는다. 주인공은 자신의 인생 여정이 만주의 변경인 한 촌락에서 끝날 것을 알고 있다. 그렇지만 그렇다고 해서 존재의 고향을 찾는 진정한 의미의 여행은 다름 아닌 여기에서부터 시작되어야 한다는 것을 알고 있다. 그것이 이 작품의 서두에 있는 "여행은 발이 멈춘 곳에서부터 다시 시작하지 않으면 안 된다"의 의미다.

또 『붉은 누에고치』보다 7년 뒤 1957년 『군조』(群像)에 발표한 『짐승들은 고향을 향한다』35)(けものたちは故鄕をめざす)에서는 주인공이 찾으려는 고향은 '일본'으로 설정되어 있다.

> · 제기랄, 마치 같은 곳을 빙글빙글 돌고 있는 게 아닌가……아무리 가려해도 한 발짝도 황야를 벗어날 수 없다……어쩌면, 일본이라는 것은 어디에도 없을지도 모른다. 내가 걸으면 황야도 함께 걷기 시작한다. 일본은 점점 도망가 버리고 있다.36)
> · 분명 나는 출발할 때부터 반대편을 향해 걷기 시작해 버렸나 보다……아마 그 탓으로 아직 이렇게 황야에서 헤매지 않으면 안 되게 되었던 것이다.37)

『짐승들은 고향을 향한다』의 주인공은 1945년 일본 패전 후 '만주'에서 고아가 되어 '일본'이라는 고향을 향해 동물적인 본능에 따라 무조건 남쪽을 향해 험난한 여정을 계속하고 있다. 그러나 일본을 바로 코앞에 두고 그는 일본 땅을 밟을 수가 없다. 그것은 마치 '내가 걸으면' 그것에 맞추어 '일본'이 '점점 도망가 버리고 있다'는 기분이 드는 것이다.

이 두 작품의 밑바닥에 흐르는 것은 고향을 잃어버린 인간의 아픔이며, 이것은 인용한 부분에서도 알 수 있듯이 고향으로부터도 소외당하는 괴로움이 깔려있다고 볼 수 있다. 『붉은 누에고치』의 '나'는 방황하면서 '집'을 찾는 것은 '고향'에 대한 동경의 한 형태일 것이다.

일본의 전후 문학은 '귀국', '귀향'에서부터 시작했다고 할 수 있다[38]. 패전 후 출정한 병사들과 일본의 식민지나 점령지에 살던 일본인들은 '고향'인 일본을 향해 '귀국'할 것을 제일 먼저 생각하지 않으면 안 되었다.

아베 고보가 만주로부터 귀국한 것은 1946년이었다. 그러나 필사적으로 돌아간 일본은 황야와 변함없는 곳이라는 환멸이 엄습해 왔다. 도달한 '일본'은 이제 더 이상 돌아가야만 할 고향이 아니었다.

이렇게 해서 아베 고보에게 있어서 '고향'이라고 하는 것은 정착에 가치를 두게 되는 원점이 되었다. 예를 들어 그것은 『벽-S. 카르마씨의 범죄』에서는 '이름'이고, 『타인의 얼굴』에서는 '얼굴'로서 나타난다고 할 수 있다. 이들 모두 원점을 찾으려는 의식의 변주라고 해도 좋을 것이다. 그렇다면, 이 의식은 『붉은 누에고치』에서는 '집'이라고 할 수 있다.

아베 고보에게 있어서 '집'은 "집……사라지지도 않고, 변형되지도 않고, 지면에 달라붙어서 움직이지 않는 집들"이라는 점에서 확고한 안주의 장소다. 그렇지만, 『붉은 누에고치』속에서 '나'는 결국 '집'을 구할 수가 없다.

'집'을 구하려는데 구하지 못한다고 하는 상황이 가져다주는 것은, '집'이 있어야만 얻을 수 있는 인간관계가 제로가 되는 것이며, 그것에 의한 존재의 불안이다. 인간은 인간관계 속에서 자기 자신을 확인하는 생물이라고 해도 좋다. 따라서 그 관계성을 제로로 한다는 것은 자기 자신이어야만 하는 존재의 근거를 잃어버리게 되는 것이다. 거기에서 무슨 일이 일어나는가 하면 확고한 존재의 근거를 찾지 못한 채 점차 인간을 멀리하고, 결국에는 인간 이외의 것과의 관계 속에서 자기 자신을 찾으려고 한다. 그 도피의 욕구가 현실로 된다. '나'의 변신이 바로 그것이다.

'누에고치'는 거기에서 탈피하는 곤충에게는 둘도 없이 소중한 안식처일 것이다. 곤충은 누에고치로 변신하지 않으면 성충이 될 수가 없다. '누에고치'로 변신하는 것은 개체로, 하나의 종(種)으로 유지하기 위해 거치지 않으면 안 되는 생을 과도기적인 상태인 것이다. 비유적으로 본다면 번데기와 성충 사이의 경계적인 존재라고 할 수도 있다. '나'는 '집'을 구하기 위해 방황하였지만 끝내 '집'을 얻을 수가 없었다. 그리고 영원히 경계선상에서 머물러 있지 않으면 안 되는 존재다.

'나'는 '누에고치'로 변신하고 마는데 이것은 확고한 존재의 근거를 찾을 수 없는 생의 과도기적인 상태, 또는 경계선상에 놓인 상태에 있다는 것을 의미하는 것이다.

'나'는 '누에고치'로 변신해서 마지막에는 '장난감' 상자 속에 던져져버린다. 이 '장난감' 상자는 결코 '집'이 아니지만 우화로서 '집'으로 보아야 할 것이다. 모리카와씨는 이 마지막 부분을 우화로 해석하고, 그것이 이 작품이 지니는 선명하면서도 첨예한 환상을 독자들에게 각인시키는 현대 소설이라고 평하고 있다[39].

즉, '장난감' 상자 속에 던져진 존재라는 결말은 리얼리티가 있는 소설 세계가 갑자기 공상의 세계(우화)로 이행해 가는 순간이라고 할 수 있다.

7. 맺음말

　　실은 이윽고 내 전신을 봉지처럼 감쌌지만, 그래도 여전히 풀려 허리에서 가슴으로, 가슴에서 어깨로 차려로 풀어나가, 풀어진 실은 봉지 안쪽에서부터 단단히 굳혀져갔다. 그리고 끝내 난 소멸했다. 거기에 커다란 텅 빈 누에고치만이 남았다. (중략) 하지만, 집이 생겼어도 이번엔 돌아갈 내가 없다.[40]

　　인용에서도 알 수 있듯이 '나'는 '소멸'해서 '누에고치'로 변신하고 말았다. 이 변신 이야기의 비현실성에 대해서 다카노 도시미(高野斗志美)씨는 "아베 고보는 일상성과 비일상성에 대한 불분명한 이원론을 제쳐두고 둘 사이의 모자이크에 의해 하나의 현실을 만들어 냈다"[41]고 말했다. 하니야 유타카씨는 "공간을 만들어 내는 표현이 소설 방법론이 되었다"[42]고 지적하지만, 그 방법론은 비현실적인 세계를 구축하는데 집중하지만, 그것은 오히려 생생한 현실을 그대로 보여주기 위한 방법이었다. 이 변신에 대해서 다카노씨는 "현실과 자의식의 내부에 2중으로 휩싸여 거기에서 저주의 몸부림을 치면 칠수록 점점 그 노예로 전락해 가는 생존의 모순을 그 근저에서부터 벗어나려고 하는 사고의 보조선에 지나지 않는다"[43]고 말했다. 하야시로 토모코(早城智子)씨는 "그 대신에 인간은 자유를 박탈당하지 않으면 안 되었다"[44]고 지적하였다.

　　확실히 '나'의 '변신'은 인간존재의 해체이며, 인간을 소외시켜 소멸시켜버리는 질서 세계나 일상성에 대한 비판일 것이다. 그러므로 '누에고치'로 변신 한다고 하는 모티브는 질서 세계에 귀속하는 보상으로 그 대신 자기 자신을 잃어버리는 이야기로 볼 수도 있다.

　　필자는 이 작품을 질서 세계나 일상성에 대한 비판으로 보기 보다는 '나'라는 주인공이 처한 존재 상황에 대한 작가의 시선을 중요시하고 싶다. '집'이 없는 상황에서 오는 인간관계의 단절과 사회로부터 소외당하는 주인공 '나'의 불안을 도시에서 생활하는 인간들의 운명으로 그렸다. 그 존재의 불안은 비유적으로 말하자면 생의 경계선상의 상태(과도기적인 상태)라고 말 할 수 있다. 여기에 '누에고치'가 지니는 의미를 엿 볼 수 있다.

소설 마지막 부분에서 볼 수 있는 '소멸'에서 '변신'까지의 과정은 일종의 창작 행위와 같이 실로 리얼하게 표현하였다. 이 변신 과정은 당연한 이야기이지만 일상적인 세계 밖에서 일어난다. 즉 '나'는 경계선상의 존재로서 현실 사회와 관계를 잃어가는 과정 속에서 현대인이 운명처럼 처해 있는 불안한 존재다. 그 상황 자체가 '누에고치'라는 과도기적인 존재 형태와 맞물려 도플갱어 되는 과정이 아닐까 생각한다.

물론 이밖에도 '변신'모티브를 이용하여 새로운 세계에 존재하기 위해 새로운 존재 형태로 볼 수도 있다, 인간이 존재의 근거를 찾으려는 것은 일종의 본능이라고 할 수 있다. 그러므로 '누에고치'로 변신 하지 않으면 안 되는 것은 그것이 인간의 한 존재 양식이기 때문이다.

▌註▐

1) 여기에서 인용하는 『붉은 누에고치』는 초출 『인간』(人間, 1950년 12월)의 38쪽에서부터 40쪽을 인용한 것이다. 인용 페이지 수도 이에 따른다.

2) 月曜書房編集部 「戦後文学賞決定まで」(『近代文学』第5巻 3,4号, 1950年)p.48

3) 「第2回戦後文学賞発表」(『近代文学』第6巻3号, 1951年 3月)pp.29~30. 選考人은 野間宏, 佐々木基一, 花田清輝, 埴谷雄高다.

4) 『国文学』4巻 8号,1969年 8月

5) 『近代文学試論』27, 1989年 12月

6) 『月刊 国語教育』13巻 6号, 1993年 8月

7) 大里添三郎「安部公房論―変身の悲喜劇」(『常葉国文』1, 1976年. 7月), 小川和美「安部公房文学についての一考察―消失・変身の意味」(『九州大谷国文』19, 1990年 7月)

8) 아베 고보의 『붉은 누에고치』는 종종 현대문학 텍스트로서 채택된다. 1994년도 쓰쿠바대학대학원 문예언어연구과 비교이론문학연구회에서 실시한 '文学読み会'에서도 『붉은 누에고치』를 텍스트로 사용하였다.

9) 현재 일본 고등학교 국어 현대문 텍스트로 채용된 것은 조사해 본 결과 세 곳이 있다. ①三省堂『新国語Ⅱ』(1986년 이후) ②教育出版『最新現代文』(1990년 이후) ③東京書籍『現代文(新訂版)』(1989년 이후). 이 중에서 ①三省堂는 1965년부터 당시 『現代国語Ⅱ』에 채택되었고, 1986년부터 『新国語Ⅱ』에 계속해서 채택되었다.

10) 大岡昇平 「漱石と国家意識」(『日本文学研究叢書 夏目漱石』p.101)

11) 教育出版 『最新現代文』p.121

12) 『高野斗志美『安部公房論』(サンリオ山梨シルクセンター出版部, 1971) p.40

13) 新鋭文学叢書2・安部公房集』(筑摩書房, 1960)花田清輝씨의 「解説」

14) 『新鋭文学叢書2・安部公房集』自筆年譜

15) 谷真介『安部公房のレトリック事典』(新潮社, 1994) pp.365~366

16) 「消しゴムで書く」(『安部公房全作品』15巻) pp.61~64

17) 高野斗志美 『安部公房論』(サンリオ山梨シルクセンター出版部, 1971) p.40

18) 『人間』(1950年12月) p.38

19) '경계'라는 것은 하나의 세계가 나누어질 때 그 나누어지는 부분을 일컬음. 그

밖에도 하나의 체계라든가 질서를 만드는 발상이다.(『国文学』1995年 7月) p.40

20) 『人間』(1950年 12月) p.38

21) 『人間』(1950年 12月) p.39

22) 여기에서 인용하는 '실존'의 개념을 짚고 넘어가기로 한다. 일본어의 실존(実存)은 진실존재(真実存在), 또는 현실존재(現実存在)라는 단어에서 두 자만을 떼어낸 말이다. 즉, 실로 현실에 있는 인간존재라는 의미를 포함하는 말이라 할 수 있다. 여기에서는 실존을 단순히 이론의 대상으로서가 아니라 어떻게 살 것인가 라는 문제와 연결되는 것으로 읽고자 한다. 굳이 실존주의 사상에 입각하자면 "실존은 본질에 앞선다"라는 사르트르의 선언 쪽에서 이해하고 싶다.(松浪信三朗・飯島宗享編『実存主義事典』東京堂出版, 1974)

23) 『人間』(1950年 12月) p.39

24) 『人間』(1950年 12月) p.40

25) 『国文学』4巻 8号, 1969年 8月

26) 『人間』(1950年 12月) p.39

27) ルイス・ワース著, 今野敏彦訳『ゲットー・ユダヤ人と疎外社会』(マルジュ社, 1981)

28) 高野斗志美『安部公房論』(サンリオ山梨シルクセンター, 1971)

29) 保昌正夫・坂田早苗「『壁』をめぐって(往復書簡)」(『解釈と鑑賞』34-10, 1969年 9月)

30) 『新鋭文学叢書2・安部公房集』付録7.

31) 『水中都市』공연 팜플렛「作家の世界・安部公房」

32) 『終りし道の標べに』(講談社, 1995)

33) 『終りし道の標べに』(講談社, 1995) p.20

34) 『終りし道の標べに』(講談社, 1995) p.20

35) 『安部公房全作品』第3巻

36) 『安部公房全作品』第3巻, p.297

37) 『安部公房全作品』第3巻, p.298

38) 川村湊『戦後文学を問う』(岩波書店, 1995) p.1

39) 『国文学』4巻 8号, 1969年 8月

40) 『人間』(1950年 12月) p.40

41)「安部公房の《キイーワード》7」「日常性について」p.6

42)「アヴァンギャルド」(『現代演劇講座』別巻, 三笠書房, 1960)

43)「安部公房の《キイーワード》2」「変形のイメージ(1)」p.6

44)「安部公房論ーメタモルフォシスの世界」(『日本文学ノート』17, 1982年 2月)

제3장
『바벨탑의 너구리』(バベルの塔の狸)론

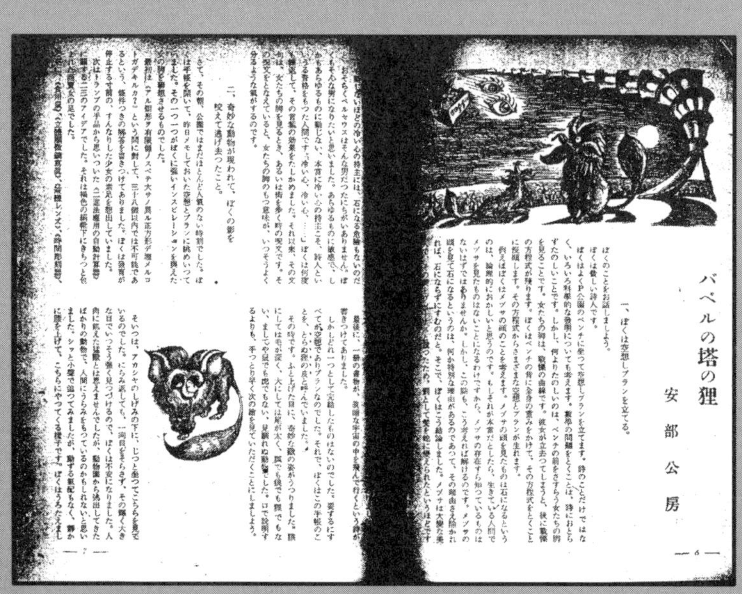

バベルの塔の狸

安部公房

一、ぼくは空想しプランを立てる。

ぼくのことをお話ししましょう。

— 6 —

『바벨탑의 너구리』초출(『人間』1951.5)

제3장
『바벨탑의 너구리』(バベルの塔の狸)론

1. 작품 세계로 들어가는 데에는 쉬르리얼리즘에 의하지 않으면 안 되는가

『바벨탑의 너구리』는 1951년 『S·카르마씨의 범죄』(2월 『근대문학』발표)에 이어서 5월에 잡지 『인간』에 발표된 것이며[1], 그 해에 간행된 아베 고보의 최초의 작품집 『벽(壁)』에도 수록되어 있다[2]. 이 『벽』에 수록된 작품 속에 가장 쉬르리얼리즘과 관련이 깊은 것은 이 『바벨탑의 너구리』라고 한다[3]. 작품 구성으로 볼 때 제7장에 "바벨탑으로 들어가는 데에는 쉬르리얼리즘의 방법에 의하지 않으면 안 된다"라는 부제가 붙어있는데, 이것으로 미루어 볼 때 중심주 제는 쉬르리얼리즘에 의한 전위 사상(前衛思想)속에서 찾아볼 수 있다.

예를 들면, 실존하는 쉬르리얼리즘의 지도적인 인물이었던 앙드레 브르통을 중요한 작중인물로 등장시키고 있다. 이런 것을 보아도 작가가 이 사상에 대해서 의식적으로 관심을 쏟고 있다는 것은 틀림이 없다.

이와 같은 아베 고보의 관심을 전제로 해서 이쿠다 고사쿠(生田耕作)씨가 「쉬르리얼리즘과 아베 고보」[4]라는 논문에서 『바벨탑의 너구리』에 대해서 쉬르리얼리즘에 의한 해석을 가하고 있는 것은 납득할 만한 일이다. 이쿠다씨는 브르통의 「쉬르리얼리즘 선언」(1924)과 「쉬르리얼리즘 제2선언」(1930)속의 사상을 가지고 이 작품에 등장하는 '잡지 않은 너구리'의 설명이나 '브르통 너구리'의 연설 내용과 비교하면서 논을 전개하고 있다.

그것에 의하면 요컨대 '잡지 않은 너구리'도 '브르통 너구리'의 연설도 브르통 사상의 패러프레이즈 또는 패로디에 불과하고 브르통의 장중한 문체를 아베 고보 식의 익살스러운 풍으로 바꾸어 놓은 것뿐이라고 지적하고 있다[5]. 이쿠다씨의 견해에는 수긍이 가는 점이 많기는 하나, 다만 아쉬운 점은 심도 있는 작품론을 전개 시켜 그 주제에 대한 분석을 깊이 있게 하지 않았다는 것이다.

이와 같은 이쿠다씨의 시점과는 다른 다카노 도시미(高野斗志美)씨와 와타나베 히로시(渡辺廣士)씨의 논지는 완전히 대조적이라고도 할 수 있다. 다카노씨의 논지는 '나'라는 주인공이 너구리에 의해 끌려간 '바벨탑'의 세계는 오히려 거기에서 탈출하지 않을 수 없는 "자기 구제의 염원으로 구성된 정신의 허상"[6]을 상징하고 있다는 것이다.

그러나 와타나베씨의 논지에 의하면 그것이 긍정적인 '인식 변혁의 꿈'의 세계로 해석할 수 있다는 것이다[7]. 이와 같이 두 사람의 해석이 대립되고 있는 것은 말할 것도 없이 이 작품의 본문이 난해하기 때문이라고 생각한다. 그러나 그것은 이 작품이 다양한 각도에서 읽을 수 있다는 열려있는 텍스트가 아닌가 하는 것을 암시해주고 있는 것이 아닐까.

필자는 『바벨탑의 너구리』라는 작품을 다카노씨와 와타나베씨가 지적하고 있는 '자기 구제' 내지는 '인식 변혁'이라는 관점에서 받아들이는 것은 일단 그대로 두고, 또한 이쿠다씨처럼 생생한 본연의 쉬르리얼리즘에 따라 작품을 해석하지는 않고, 다음과 같은 두 가지 관점에서 받아들이려고 한다.

즉 다시 말하면 먼저 첫 번째 관점은 이 소설의 작품 세계가 『S·카르마씨의 범죄』에서 나타나는 것처럼 일종의 '뒤죽박죽'으로 구성되어 있어서[8], 그 때문에 작품에 등장하는 사람이나 동물의 대화에는 아베 고보의 위트에서 자아낸 언어유희와 꼬고 꼰 논리를 키워드로 하여 해석할 수 있지 않을까 하는 것이다.

이러한 방법으로 작품을 본다면 『바벨탑의 너구리』에는 언어유희로 시작하는 여러 가지 장치가 설치되어 있는 것같이 보인다. 그리고 거기에는 언어의 레벨에 머물지 않고 말의 짜임새를 구성하는 풍부한 논리 표현에 담겨져 있는 위트나 트릭, 게다가 시니컬한 아이러니 등, 표층과 심층에 장치된 언어유희가 가득 차있다.

여기에 나타나 있는 것처럼 언어유희에는 현대문학의 하나의 방향성이 선구적으로 시사되어 있다고 보아도 좋을 것이다. 언어유희는 확실히 장난기가 엿보이기는 하나 그것은 또 기성 질서나 사상의 패러다임을 전환하는 힘을 가지고 있는 것으로, 현대문학이 그 힘에 매혹되는 것도 당연한 것이라 하겠다. 그 전환하는 힘이야말로 쉬르리얼리즘의 정신 바로 그것이라고 할 수 있다.

다음 두 번째 관점은 아베 고보의 '변신' 모티브가 갖는 특징인 형태를 바꾸어 다른 것으로 만든다는 것, 그러나 아베 고보의 '변신'은 그냥 형태만 바꾸는 것만으로 그치는 것이 아니다. 덧붙여 말하면 누구도 소유하지 않는 것이 형태를 바꾸어서 누군가의 소유로 존재한다는 프로세서를 더듬어 나가는 것이 보통이다.

여기에서 그 '변신'의 프로세서를 '소유'와 '존재'라는 관점에서 파악하고 싶다. 이와 같은 관점에 의한 분석 시도는 지금까지 한번도 해본 일이 없어 불안한 감도 없지 않아 있지만, 이 분석이 잘 이루어지면 아베 고보의 '변신'모티브에 새로운 해석이 가능하다고 생각한다.

그러므로 우선 첫째로 '나'의 시인다운 성격을 다루면서 '나'와 '잡지 않은 너구리' 와의 관계를 고찰한다. 그리고 두 번째는 '그림자'의 의미에 대해서, 세 번째는 '바벨탑'의 상징성에 대해 고찰하고자 한다. 특히 첫 번째와 두 번째의 '나'와 '잡지 않은 너구리', '그림자'와의 관계에 대해서는 '소유'와 '존재'라는 관점에서 고찰하고자 한다.

2. '나'와 '잡지 않은 너구리'

주인공 '나'는 시인이다. 어느 날 공원에서 공상에 잠겨 있었는데, 너구리같은 동물이 나타나서 '나'의 그림자를 물고 달아나 버린다.

> 아침 햇빛에 길게 늘어난 내 그림자 머리 부분에 서 있었다. 갑자기 그 동물이 격렬히 몸을 움직였다. (중략) 그 동물은 내 그림자를 물고 그것을 지면에서 벗겨낸 것이었다.[9]

그러자 어찌된 일인지 그와 동시에 '나'는 투명 인간이 되어있는 것이 아닌가.

> 나는 투명 인간이 된 것이다 !
> 생각해 보건대 난 그림자를 잃어버렸다. 그림자가 없는 한 그림

자의 원인인 육체가 사라지는 것도 당연할 것이다.10)

그리고 이윽고 '나'는 '잡지 않은 너구리'11)에 이끌려 바벨탑에 들어간다는 이야기다. 이러한 대강의 줄거리로 보면 동물을 주인공으로 하는 우화라는 설화적 레벨로 이 작품을 이해할 여지가 있으며, 그렇게 한다면 간단히 작품 해석이 가능할 지도 모른다.

그러나 우화라는 관점에서 논한 논문은 지금까지는 없었지만, 본 논문에서도 그와 같은 레벨에서 이 작품을 논할 생각은 없다. 왜냐하면 동물 우화에는 일반적으로 동물의 모습을 빌려서 인간에 대해 무언가 도덕적 교훈을 전하려는 경향이 많은데, 이 『바벨탑의 너구리』는 한번 읽어보면 알 수 있듯이 단순한 도덕적 교훈을 이야기하는 동물 우화와는 달리 아베 고보다운 지극히 현대적 테마를 내포하고 있다. 거기에는 소박한 우화의 테두리 안에 들어갈 수 없는 요소가 보이기 때문이다. 다시 한번 말해 두지만, 그렇다고 해서 본 논문은 이 작품의 테마에 관계되는 우화적인 면을 부정할 생각은 아니다.

물론 아베 고보는 작품 속에서 동물을 잘 이용하는 작가다. 『S・카르마씨의 범죄』에서 카르마씨의 가슴에 넓게 펼쳐져 있는 사막으로 동물원의 낙타가 들어가려고 하고, 『공중누각』의 가라키군은 고양이의 안내를 받아 해변 근처에 있는 '공중누각 건설 사무소'를 방문한다. 동물을 작품 속에 등장시키는 것은 아베 고보가 『이솝우화』에도 관심이 있었기 때문인지 이 『바벨탑의 너구리』에서도 이솝의 여우 꼬리 이야기를 삽입시키고 있으며, 또 『이솝의 재판』이라는 단편을 1952년에 발표하기도 했다.

이와 같은 동물들의 등장에 대해서 도널드 킹씨는 "아베 고보씨의 독특한 유머가 굉장히 멋지게 발휘되어 있다. (중략) 이러한 작품들이 노리는 것은 독자를 웃기는 것뿐만 아니고 무언가 사회적 현상을 풍자하고 있다[12)]"고 지적하고 있는데 필자도 동감이다.

1) 상상력과 분석 정신

주인공인 '나'는 이 작품의 첫머리 부분에서,

> 난 가난한 시인이다.
> 난 곧잘 P공원에 있는 벤치에 앉아서 공상을 하고 여러 가지 계획을 짠다. 뿐만 아니라 시를 짓기도 하고 과학적인 발명에 대해서도 생각한다.[13)]

라고 자기소개를 하고 시인이라면 누구나 가지고 있다는 천체망원경으로 밤하늘을 바라보고 있다. 그리고 그 망원경 속으로 너구리 비슷한 동물이 '나'의 곁에 나타나는데서 이야기가 시작된다.

이와 같이 주인공인 시인과 망원경이라는 연관성이 적은 것이 작품에서는 중요한 모티브로 되어있다. 그렇다면 이 『바벨탑의 너구리』라는 작품 세계는 마치 시인이 망원경으로 끌어들인 세계인지도 모른다. 그와 같은 세계에 있어서는 빛이 만드는 현상이 변화를 일으키고 그와 동시에 뒤바뀐 물질이 그 질량을 잃어버리기도 한다.

주인공 '나'는 늘 공원 벤치에서 공상하고 계획을 세우는 것을 일로 삼고 있는 시인이다. 그리고 공상이 떠오를 때마다 그것을 수첩에 메모해 놓기는 하지만 어느 것 하나 제대로 완성시킨 것이 없어서 '나'는 수첩을 '잡지 않은 너구리 가죽'이라고 이름 붙이고 있다. 이것은 말할 것도 없이 속담 "とらぬ狸皮算用"(너구리 굴 보고 피물 돈 내어 쓴다, 떡 줄 사람은 생각지도 않는데 김치 국물부터 마신다)

에서 따온 것으로[14] 직역하면 '잡지 않은 너구리 가죽 계산'으로 그 의미는 괄호 속의 속담과 같다.

'나'로서는 '잡지 않은 너구리 가죽'을 모으는 것이 하나의 습관처럼 되었다. 그러한 '잡지 않은 너구리 가죽'이라는 수첩 속에는 공상하고 계획 세운 메모와 발명에 대한 상념들이 너저분하게 적혀있다. 이 메모에 적혀있는 것으로 볼 때 '나'의 성격 내부에는 시인다운 상상력과 과학적 발명을 낳는 분석 정신이 병존하고 있다는 것을 알 수 있다.

이 상상력과 분석 정신에 대해 좀 더 언급하면, 상상력이란 마이너스적인 측면에서 보면, 터무니없는 말의 논리라고 해도 좋을 것이다. 이에 대해 분석 정신이란 플러스적인 측면에서 보면 현상을 분석하는 것으로 그 본질 또는 진실을 지적해 내는 힘이기도 하다.

이 상상력과 분석 정신이라는 대조적인 성격은 소설 속의 하나의 장치로서 작용하여 전자의 능력이 '잡지 않은 너구리'로서, 후자의 능력이 '눈뿐인 투명 인간'으로 분리되어 나타난다고 할 수 있다.

이렇게 보면 아베 고보의 초기 작품에 공통되는 '변신' 또는 '분리'라는 모티브가 여기서도 적용된다고 할 수 있다. 작품에서는 '잡지 않은 너구리'와 '눈뿐인 투명 인간'은 분리된 채로 끝나는 것은 아니다. 결말에 가서는 '잡지 않은 너구리'를 향해 '나'는 공상과 계획을 적어놓은 수첩을 집어던지고 너구리를 내쫓아 버리고 만다.

그러나 그 때문에 '잡지 않은 너구리 가죽'으로 이름 붙인 수첩을 잃어버리고 마는데, 그것은 한편으로 아마도 '잡지 않은 너구리'와 '눈뿐인 투명 인간'과의 합체(자기 동일화)를 암시하고 있는 것이 아닐까. 그러면 수첩을 집어던진 '나'는 어떻게 될까. 어쩌면 '나'는 그로 인하여 시인이란 자격을 잃은 채 그 자리에 그냥 멍하니 서 있는 것일지도 모른다.

이 작품과 같은 해 10월에 잡지『문예』에 발표된 소설『시인의 생애』에서도 역시 시인이 등장한다. 그러나『시인의 생애』의 주인공은 이 작품에 나타난 '나'와 같이 황당무계한 공상에 빠지는 시인은 아니고 구체적으로 사물을 관찰할 줄 알며 분석하여 통계를 하는 "가난한 사람들의 꿈과 영혼과 소망의 소리15)"를 듣고 기록하고 하는 시인으로서 되살아났다.

2) '타마누키'의 '타누키'(정신을 빼앗은 너구리)

주인공의 그림자를 물고 달아난 너구리가 다시 나타나서 "나는 네가 기른 '잡지 않은 너구리'라네. 나의 행동이나 말은 모두가 네가 염원한 것이 구체적으로 드러난 것이나 다름없는 것일세."라고 '나'에게 말한다.

왜 '나'의 그림자를 물고 달아난 것이 하필이면 '너구리'인가. 그리고 그것이 어째서 '나'의 염원이 구체화되었다고 한단 말인가. 이러한 것에 대해 우선 본문의 묘사에서 살펴보고 또한 '너구리' 또는 일본어의 '타누키'라는 문자 그 자체가 가지는 의미에서 생각해보기로 한다.

우선 본문을 보기로 한다.

  ① 문득 고개를 들어보니 이상한 짐승이 앞에 보였다. 고양이치고는 털이 길고, 개라고 하기에는 꼬리가 너무 굵고, 여우도 늑대도 너구리도 아니었다. 물론 쥐도 호랑이도 아닌 아주 낯선 동물이었다.16)
  ② "난 네가 길러준 '잡지 않은 너구리'다." 짐승은 태연하게 말

했다. "그림자를 먹고 나니 어른이 되었다. 말도 할 수 있게 되었고, 손톱이 자라서 물건을 집을 수도 있게 되었다. (중략) 난 너의 충실한 하인이 될 작정이다."17)

①에서 알 수 있듯이 이름도 모르는 '잡지 않은 너구리'는 기묘한 짐승이고 낯선 동물이다. 즉 그것이 야생 동물이며 아직 그 누구에게도 소유되어 있지 않다고 볼 수 있다. 그러나 그 동물이 ②에서는 스스로 '잡지 않은 너구리'라고 말하면서 '나'의 분신으로 또는 '나'의 소유물로 등장한다. 그리고 '나'의 소유물이 '나'를 대신해서 '나'의 신변에서 일어나는 일에 대해 무엇이든 대꾸 해주게 된다.

이 사실은 '나'라는 존재가 가지는 명료한 이미지의 하나다. 이 점으로 미루어보아 거기에 등장하는 것은 반드시 너구리가 아니어도 좋고 '잡지 않은 너구리'라는 이름을 안 붙여도 좋다.

그러나, 이것을 '타누키=狸'라는 글자에서 유추해 보면 새로운 해석이 가능하다. '타누키=狸'라는 한자는 반드시 동물학상의 타누키(=너구리)만을 가리키고 있지는 않다. 고양이나 다람쥐, 족제비와 같은 것으로도 해석하고 있다18). 이 타누키(=너구리)는 여우와 함께 옛날부터 사람을 홀리는 존재로 여겨 왔다. 여우가 교활하면서도 신령적인 존재에 가깝다는데 비해 너구리는 보다 우스꽝스러운 듯한 인상을 준다.

이것과 ①의 인용문을 보면 '토라누타누키(잡지 않은 너구리)'는 '토라데모타누키데모나이토라누타누키(호랑이도 너구리도 아닌 잡지 않은 너구리)' 혹은 '토라데와나이타누키(호랑이가 아닌 너구리)'와 같이 언어의 메타파적인 감각을 통해서도 읽어 낼 수 있다. 결국 '타누키=너구리'라는 언어유희가 작가에게 '타누키=狸'를 선택하게 한 것으로 보는 것이 좋겠다.

다음에 '타누키'의 뜻인 '狸'라는 한자가 아니고 일본어의 'タヌキ= 타누키'라는 어원을 조사해보니, ① 가죽을 타누키하다(가죽 다루다) ②사람의 혼을 빼 간다고 믿어왔기 때문에 타마누키(魂抜)의 준말이라고 설명하고 있다[19].

그렇다면 '나'라는 주인공이 '그림자'를 빼앗겼기 때문에 '눈뿐인 투명인간' 된 것은 '타마누키'(=혼을 빼다)를 하는 '타누키=狸'의 탓이 틀림없다. 옛날 일본인의 신앙에 의하면 '그림자'는 '형태'와 대어를 이루며 '형태'가 신체인데 비해 '그림자'는 혼(魂)의 표상으로 간주해 왔다[20]. 그렇다면 '타누키=狸'가 '나'의 '그림자'를 물고 달아나 버렸다는 것도 '나'의 혼을 빼앗아 달아났다는 것이 될 것이다.

'잡지 않은 너구리'는 '나'를 향해 인간('나'를 포함해서)과 '타누키=狸'와의 관계성에 관해 다음과 같이 설명 해준다.

> ① 넌 나를 만들었고 키웠다. 네 수첩은 내 이름이 되었고, 그리고 그것은 내 성장 기록이다. (중략) 난 네 의지이며 행동이며 욕망이며 존재 이유인 것이다.[21]
> ② 인간은 누구나 각자 자기의 너구리를 갖고 있다. (중략) 큰 것 작은 것 각양각색이지만 그건 그 나이와는 관계가 없고, 그 인간이 갖는 공상의 양과 질에 의하는 것이다.[22]

'잡지 않은 너구리'는 ①에서 보는 바와 같이 '공상' 또는 '욕망'의 화신이다. '공상'이나 '욕망'은 혼(魂)의 현대어라고 해도 좋을 것이다. 따라서 그와 같은 '타누키=狸'는 '나' 자신이면서 '나' 자신은 아니다. 그러나 ②에서 알 수 있는 것처럼 소위 '나'에게 '타누키=狸'는 주체의 이분화라는 형태로 체험되고 있다는 것에 주의하지 않으면 안 된다.

3) 눈의 정신

‘타마누키=혼 빼는’ 타누키(=너구리)에 의해 ‘눈’뿐인 투명 인간이 된 ‘나’는 데이트 중인 남녀를 공포에 몰아넣거나 또 거리를 가로질러 달렸기 때문에 ‘투명 인간의 출현’이라고 해서 라디오가 임시 뉴스에서 ‘화성 및 목성인의 내습’ ‘S국의 침략’등으로 방송해서 거리는 한바탕 소동이 벌어진다. 마치 H·G 웰즈의 작품을 흉내 낸 미국 방송국의 장난이 생각난다[23].

‘잡지 않은 너구리’는 그러한 사건을 일으킨 ‘나’를 질책하고 “너는 이제 이승에 머무르는 그 자체만으로 사회적 책임을 추궁 받게 된다”[24]며 ‘바벨탑’으로 함께 가자고 꾀었다.

‘눈’만 말똥말똥하게 보이는 ‘나’는 이 사회에 머물러 있을 수가 없게 되었다. ‘눈’은 본다고 하는 그 시선 자체로 사회적인 책임을 추궁 받게 된다. 시선은 사회나 인간 존재의 진실을 꿰뚫어 보는 비판 정신을 가졌기 때문일 것이다. 그와 같은 ‘눈’은 어떤 인간에 있어서는 유해한 존재인 것이다. 그렇기 때문에 ‘눈’은 이 사회에서 소외되지 않으면 안 되는 처지가 되고 만다.

그것은 예를 들면 『붉은 누에고치』에서 ‘나’는 돌아갈 집이 없어서 거리를 방황하는 것이 죄가 되어 그곳에서 소외되는 운명에 처해지는 것과 같은 상황일 것이다[25]. ‘잡지 않은 너구리’는 ‘나’의 ‘눈’에 대해 다음과 같은 말로 본질을 묻고 있다.

> ① 너구리에게도 나에게도 인간의 눈알은 해롭습니다. 인간의 시선은 우리들 존재를 진한 유산(硫酸)처럼 불태워 버립니다. (중략) 모두 이 눈알 작용에서 나온 용법입니다.[26]
> ② 눈알을 은행에 맡기고 (중략) 그 대신 종이 눈을 받고, 그것

으로 자유로운 시민 생활을 할 수 있어야만 합니다.[27]

　이런 이유로 너구리들은 '눈'을 두려워하고 있다. '눈'을 두려워한다는 이야기는 『S·카르마씨의 범죄』에서도 나온다. 카르마씨의 재판에서 카르마씨는 한 대상물을 지긋이 쳐다보면 저절로 그것이 빨려 들어와 버리는 성질을 가졌다고 하여 눈가리개를 하는 장면이 있다. '눈'은 물건을 흡수해버리는 성질이 있다.

　너구리들은 '나'의 그림자를 훔쳤지만 그 '그림자'를 빼앗겨버릴지도 모른다는 두려움이 있을 것이다. '나'는 무의식중에 '그림자'와 '육체'의 일원화—그것은 말할 것도 없이 정신과 육체의 일체성이기도 하다—를 호소하고 있는 이상 너구리들은 '그림자'를 되찾으려는 '나'의 마음을 간파하고 있다고 할 수 있다.

　　① 난 그림자를 잃어버렸다. 그림자가 없는 한 그림자의 원인인 육체가 사라지는 것도 당연하겠지요.[28]
　　② 그림자의 구조나 성분이나 성질이 해명된다면 (중략) 그 경우 얼마간 변형된 그림자로부터 재형성된 육체는 (중략) 자유롭게 자신이 희망하는 대로 새로운 육체를 획득할 수 있지 않겠습니까.[29]

　너구리들로서는 경계할 수밖에 없는 '나'의 논리 ①은 '그림자'와 '육체'의 관계에 있어 원인과 결과가 역전된 기묘한 것이지만, 그 논리의 연장선상에서 ②와 같은 계획을 세우려는 점에서는 모순이 없는지도 모른다. 즉 '그림자'를 분석해서 그 구조를 연구함에 따라 육체의 재형성이 가능해 질 수 있기 때문에 거기에서 새로운 인간관계나 사회관계를 구축하려는 계획을 지향하고 있는 것을 알 수 있다.

　'눈'만 남은 '나'이기 때문에 '나'는 분석 정신 바로 그것이다. 결국

‘그림자’를 빼앗긴 ‘나’의 말로 보아서도 이미 앞에서 언급한 바와 같이 ‘나’의 시인다운 성격에서 상상력이 ‘잡지 않은 너구리’ 쪽으로 분리되었다고 봐도 좋을 것이다.

너구리들은 당연히 ‘눈’은 즉 사물의 본질을 꿰뚫어 보는 분석 정신으로 보는데, 그 존재가 머지않아 필연적으로 ‘나’의 정신의 근거가 되는 ‘그림자’를 원할 것이라는 것을 두려워하고 있는 것이 아니겠는가.

3. ‘그림자’ ‐소유와 존재

『바벨탑의 너구리』는 ‘나’라는 주인공이 너구리처럼 생긴 짐승에게 ‘그림자’를 빼앗겨버려 눈만 남은 투명 인간이 된다는 이야기이다. ‘나’와 ‘투명 인간’이 된 ‘나’ 사이에는 ‘그림자’라는 매체가 존재하는 것으로서 양자의 변환은 가능했던 것이다. 일본문화의 전통으로 보면 ‘그림자’는 인간의 신체에서 완전히 분리해버리면 그 사람은 죽어버린다고 믿어왔다. 요컨대 ‘그림자’(=혼)가 몸속에 들어감으로 인해 몸을 충실하게 하여 생명체로 만든다고 믿어왔다.

이 ‘그림자’의 의미에 대해서는 『그림자를 잃어버린 사나이』의 슈레밀의 경험만큼 우리들에게 강하게 호소해오는 것도 없을 것이다[30]. 슈레밀은 악마에게 자기의 그림자를 팔아넘기고 대신에 마음 내키는 대로 쓸 수 있는 만큼의 돈을 손에 넣는다. 그러나 어느새 그림자가 없다는 슬픔을 맛보게 된다. 사랑이 깨지고 하인에게도 배신당하고 나중에는 돈도 그림자도 없는 존재로까지 몰락한다. 이렇게 무일푼이 되었을 때 도리어 마음의 평정을 찾게 되었다. 슈레밀은 우연히 얻은 마법의 신발을 신고 전 세계를 여행하면서 자연을 탐구하는 것으로 위안을 찾는다.

『그림자를 잃어버린 사나이』는 황당무계한 이야기이지만, 한편으로 우리들 마음에 남는 것은 그림자에 대한 우리들의 마음 속 깊은 곳에 잠재되어 있는 그 어떤 내적 진실을 느꼈기 때문일 것이다.

그러면『바벨탑의 너구리』의 '나'에게 있어 '그림자'는 어떠한 의미를 갖는 것일까.

> ① 아침 햇빛에 길게 늘어난 내 그림자 머리 부분에 서 있었다. 갑자기 그 동물이 격렬히 몸을 움직였다. (중략) 그 동물은 내 그림자를 물고 그것을 지면에서 벗겨낸 것이었다.[31]
> ② 만일 잃어버린 게 그림자가 아니라 코나 귀나 얼굴이었다면 어떻게 되었을까. 절대로 속일 수가 없는 것이다. 하지만 내가 잃어버린 건 그림자이다. 이렇게 그늘에 있기만 하면 누구도 알아차리지 못할 것이다. (중략) 그림자 따위는 사실 무용지물이다.[32]
> ③ 난 투명 인간이 된 것이다! (중략) 그림자와 함께 그림자의 원인도 잃어버리고 만 것이다.[33]

'그림자'는 사람 그 자체의 모습이면서도 손에 넣거나 만질 수 없기 때문에 ①에서처럼 지면에서 떼어낼 수는 없다. 그러나 '그림자'를 물질로 만들어버리면 지면에서 떼어낼 수도 또 먹을 수도 있는 것이다. 여기서 '소유'한다는 것에 대해 생각해 보고자 한다.

'그림자'는 ②에서도 알 수 있는 것처럼 코나 귀와는 달리 없어도 되는 것이다. 즉 자기의 소유물이라고는 하기 어렵지만 누가 보아도 자기 자신의 것임에는 틀림이 없는 것이다.

일본어에서「있을 유(有)」는 두 가지 뜻을 내포하고 있다. 하나는 '有る'라고 해서 '있다'라는 뜻이고, 또 '有つ'라고 해서 '갖는다'라는 뜻이 있다. 따라서 문자 레벨로 보면 '있다'(존재)라는 것과 '갖는다'

(소유)라는 것이 같은 의미로 쓰이고 있는 셈이다.

　바꾸어 말하면 사물 자체가 존재의 세계로 스스로를 열어나가는가, 아니면 소유의 세계로 스스로를 열어 가는가는 인식론적으로는 차이가 없다. 마르셀은 '신체는 존재와 소유의 완충지대다[34]'라고 규정했다. 그렇다면 신체의 외부에 나타나 있는 현상인 '그림자'도 같은 것이라고 말할 수 있지 않을까.

　어디서 낯선 동물이 나타나서 '그림자'를 먹어버린다는 행위는 '나'의 소유물을 빼앗는 것이지만, 오히려 역으로 그 낯선 동물은 '나'의 소유가 되고 만다는 의미를 내포한다.

　단적으로 말하면 그것은 완전한 '나'의 소유물이 되는 것이어서 작품 속에서는 '나'의 분신이라고 표현하기도 한다. 그림자를 먹어버린 동물은 '잡지 않은 너구리'라는 이름으로 '나'의 앞에 나타난다. '잡지 않은 너구리'란 '그림자'가 새로운 모양새를 하고 '나'의 소유물로 된다는 것이다.

　이렇게 생각을 하면 '나'의 그림자를 물고 '너구리'가 달아남으로써 비로소 '존재'와 '소유'의 확실한 분리가 일어나는 것이다. 그러나 '나'는 '그림자'를 빼앗긴 결과 눈만 남은 투명 인간이 되었다고는 해도 거기에 '존재'하고 있는 것이다.

4. '바벨탑' 안의 너구리들

　'바벨탑'이란 말할 것도 없이 구약성서의 창세기 제 11장에 나오는 것으로 하늘에 닿는 탑을 세우려고 했던 탑으로, 이 땅의 인간들의 오만함에 신의 노여움을 받게 되고 그로 인해 신은 인간들의 언어를 혼란시켰다는 이야기다[35].

> 인간은 하의식(下意識)의 세계에서 결속하여 바벨탑을 세워 나
> (여호와–필자 주)에게 도전했다.[36]

아베 고보가 보고 있는 바벨탑 이야기는 인간의 의식이 지배하고 있는 지상 세계에서 일어나는 일로 그것을 '하의식의 세계'로 보고, 거기에는 인간들이 동일한 언어를 사용하여 왕 한사람의 지배력이 강화되어 왕은 자신의 의지를 전 인류에 밀어붙여 강제로 사람들을 동원하여 신(여호와)에게 대항하려는 오만을 부렸다는 이야기로 받아들이고 있다. 이것만으로는 정통적인 성서학의 범위를 벗어난 것은 아니나 다만 아베 고보의 해석은 거기에 머물지 않는다.

> 하계(下界)에서는 혁명이 일어나고 있었다. (중략) 그들은 하계
> 와 천국의 유일한 통로인 바벨탑을 점령하여 독재하려고 했다. 그
> 러나 눈알만은 역시 손에 넣을 수가 없어 혼란은 끊이지 않았다.[37]

"하계에서는 혁명이 일어나고 있었다."는 것은 '바벨탑'을 세우려는 일이다. 이는 '천국'에 사는 신과 대결하려는 '하계' 인간들의 '혁명'으로 보고 있다. '바벨탑'이란 바로 같은 언어를 사용하는 전 인류의 의지의 통일을 비유했다고 본다. 그것은 말할 것도 없이 '독재'일 뿐이다.

그것을 지금 마이너스적인 의미로 바꾸어 말하면 언어의 속임수에 의한 집단의식의 지배라고 할 것이다. 그것이야말로 '바벨탑'을 점령하는 것이고 '독재'의 실현은 거기에 달려있다.

구약성서에서는 '바벨탑'은 신의 노여움에 의해 파괴되었다. 그러나 신이 부재한 현대사회에 있어서는 언어적 속임수에 대결할 수 있는 것은 사물의 진실(본질)을 꿰뚫어보는 '눈'밖에 없다. 어떠한 언

어적 속임수에도 '눈'만은 속일 수가 없는 것이다. '눈'의 통찰이 언어의 논리적 허점을 꿰뚫어 볼 수 있는 이상, 언어의 속임수를 용해시킨다고 봐도 좋을 것이다.

따라서 혹시 '독재' 또는 언어의 속임수(획일화)를 거부하게 되면, 언어의 '혼란' 즉 언어의 논리성(속임수, 획일화)이 아니라 말의 유희성이 회복되지 않으면 안 된다. 그것이 현대에 있어 언어의 필연적인 방향성인 한 혼란은 끊임없는 것이다.

지금은 기존의 가치 체계가 언어의 논리성에 의존되어 있다. 그러므로 현대의 폐쇄 상황이 이와 같은 가치 체계의 엄격한 도덕적 입장에 기인한다면 바로 '바벨탑' 또는 획일적인 언어에 의한 논리는 언어의 유희성에 의해 파괴되지 않으면 안 된다. 언어의 유희성 이야말로 현대의 폐쇄 상황을 타파하고 새로운 가치 체계를 만들어내는 요인이 된다. 거기에 현대에 어울리는 문화(가치 체계)가 창조될 것이다.

'나'는 '바벨탑'에서 탈출하여 마지막에 '잡지 않은 너구리 가죽' 즉 공허한 언어의 논리성을 내버리고 '너구리'를 내쫓은 것도 이상과 같은 우화적인 세계를 통해서 이야기하려는 것은 아닐까.

이 작품에서 '나'는 '잡지 않은 너구리'의 안내로 '바벨탑' 안으로 들어갔으나 7장 제목에 나타나 있는 것 같이 "쉬르리얼리즘 방법에 의하지 않으면 안 된다"라고 되어있다. 그 '쉬르리얼리즘 방법'이란 어떤 것인가. 탑에 들어 갈 때의 묘사에서 찾아보자.

> 갑자기 잡지 않은 너구리가 내 등 뒤로 달려들어 내 머리를 벽에 내리쳤다. 확하고 보라색 빛이 반짝반짝 빛나더니,
> 히 히 히 히
> 커다란 웃음소리가 점차 멀어져가고 달라붙은 벽이 흔들리고 지면

이 솟아올라 탑이 거꾸로 됐다고 생각한 순간 난 기절하고 말았다.

☆

38)

이 장면은 탑 벽을 뚫고 빠져나가기 위해 너구리가 '나'의 머리를 벽에 내리친 것인데, 그 때문에 '나'는 정신을 잃고 만다. 그러고 나서 정신을 차려보니 벌써 탑 안에 들어와 있었다. 탑 안에 들어가기 위한 고통. "난 기절하고 말았다"라고 하는 '나'의 모습에서 아베 고보의 시니컬한 시점에 주목을 해야 할 것이다.

그것을 바꾸어 말하면 '바벨탑'에 들어가는 데에는 정신을 잃는 것, 즉 분석 정신을 버려야만 한다는 것이다. 그렇게 하면 벽을 빠져나갈 수가 있다. 현대에 있어서 언어의 논리성과 분석 정신의 괴리를 파악하기 위해 꼬고 꼰 말투를 사용한 작자의 통렬한 아이러니가 느껴진다.

이 '바벨탑'의 내부에서 빛나고 있는 것은 역설적으로 들릴지도 모르지만 "히 히 히 히"이라는 문자 놀이인 것이다. '잡지 않은 너구리'의 기묘한 웃음소리가 점점 작아지는 것을 문자 놀이를 이용해서 표현하고 있다39).

이미 언급했듯이 '바벨탑'이 획일적인 언어에 대한 논리의 비유인 이상, 이 문자 놀이야 말로 '바벨탑'을 없애려고 하는 작가의 반항 정신이 작용했다고 해도 좋을지도 모른다.

이렇게 하여 겨우 들어가게 된 '바벨탑' 안에는 너구리들이 모두 묘하게도 한결같이 같은 표정을 하고 있다.

① 눈알의 해로움을 극복하는 방법을 발견하게 되었다. 그것은 미소라는 것이다.[40]

② 일반적으로 미소는 그 글자 뜻대로 작은 웃음으로 생각하고 있는데 그것은 잘못입니다. (중략) 완전한 무표정인 것입니다.[41]

'바벨탑'에 살고 있는 너구리들은 어느 너구리나 '미소'를 띈 '완전한 무표정'을 짓고 있다. 모두가 똑 같은 표정, 바꾸어 말하면 '미소'라는 공통의 가면을 쓰고 살아가고 있다. 거기서 잃어버린 것은 울기도 하고 노여워도 하고 아우성치기도 하는 다양한 표정이다. 표정이란 커뮤니케이션이며 침묵의 언어라고 해도 좋을 것이다.

게다가 '무표정'이란 완전히 동일한 언어의 나열에 의한 획일화된 논리의 비유이다. 거기에는 이미 커뮤니케이션이라는 것은 있을 리가 없다. '독재'란 사람들로부터 개성 있는 말을 박탈하는 것이다.

이와 같은 아베 고보의 시니컬한 아이러니를 만들어 내고 있는 것은 다양하고 개성적인 말과 언어유희를 상실한 현대 도시의 획일화된 생활로 인해 다양성의 상실에 대한 깊은 슬픔인 것이다. 현대 도시는 개인의 아이덴티티를 한없이 빼앗아 간다. 그것이 바로 아베 고보 문학의 테마와 깊이 통하고 있는 것이다.

'바벨탑'에 살면서 거만하게 구는 것은 브르통 너구리를 비롯해서 단테 너구리, 프로이트 너구리, 니체 너구리 등 문학 내지 사상에 있어서 저명한 인물을 자칭하는 너구리들이다. 그러나 그들 '너구리'들이 그렇게 스스로를 자칭한다고 해서 그들이 브르통이나 단테, 프로이트가 되는 것은 아니다.

시적 영감이나 사상도 빈약한 자들이 때로는 위대한 사람들의 시적 영감이나 사상을 모방한다. 그러나 그런 짓을 하면 그 나름의 개성도 잃고 마는 것이다.

구약성서의 '바벨탑'이라는 세계에 살고 있는 '완전한 무표정'인 너구리들의 이야기 그 자체가 각자의 개성을 잃고 획일화된 언어를 사용하는 것을 풍자했다고 본다. 풍부한 '표정'을 잃어버리고 '잡지 않은 너구리'로 사는 현대 도시를 비유한 이 작품은 그와 같은 도시의 어둡고 침침하고 추한 모습이 그대로 들어 난 '바벨탑' 이야기인 것이다. 이러한 우화에 아베 고보의 잔혹한 아이러니를 주시할 필요가 있다.

5. 맺음말

『바벨탑의 너구리』는 그 작품 구성 자체가 참으로 복잡하게 짜여져 있다. 씨실과 날실이 가로 세로 곱게 짜나가면서 여러 가지 틈새에 모양까지 넣고 있다. 그러한 모양은 상당히 주의 깊게 생각하지 않으면 관련성을 파악하기 어려운 점도 있지만, 일단 이해를 하면 좀처럼 버리기 힘든 일품이라는 것을 알게 된다.

또한 앞에서 언급했지만 다양한 시점을 가지고 다양한 해석이 가능한 작품이다. 이 작품에는 아직도 많은 해석이 얼마든지 있을 수 있는 그런 작품이다.

그 결과 여기에서 지적하는 것은 우선 첫째로 아베 고보의 풍부한 개성으로 언어의 자유로운 구사를 통해서 위트나 시니시즘 게다가 아이러니컬한 언어유희로 획일적인 언어 구사에 의한 논리의 속임수에 예리한 칼날을 들어댄 것을 엿볼 수가 있었다.

여기서 잊어서는 안 되는 것은 등장인물의 입을 빌려서 아베 고보가 말한 많은 함축성 있는 경구일 것이다. 그러한 것들은 어느 것이나 발상의 자유를 옹호하려는 아베 고보의 마음속에 침잠해 있는 정열의 결정체인 것이다.

둘째는 아베 고보의 '변신'모티브에서 여러 가지 문제점을 의식적으로 『바벨탑의 너구리』라는 구체적인 작품에서 구하려고 했던 것이다. 그것을 이 작품에서는 '소유'와 '존재'라는 관점에서 논한 것은 이후의 작품에 나타나는 여러 가지 '변신'모티브를 더듬어가기 위한 이정표로 하기 위함이었다.

끝으로 첫 부분에서 소위 일종의 수수께끼로 남겨두었던 "작품 세계에 들어가기 위해서는 쉬르리얼리즘에 의하지 않으면 안 되는가"에 대해 나름의 해답을 줄 필요가 있을 것이다. 지금까지의 논지로 봐서도 쉬르리얼리즘이야말로 '바벨탑'과 그곳에 늘 살고 있는 '잡지 않은 너구리'들을 파괴하거나 해치우거나 할 수 있는 방법이다. 그렇다면, 현대 도시에서 쉬르리얼리즘은 자유와 개인의 아이덴티티를 되찾기 위한 필수적인 전략이어야 한다는 것이 해답이 될 것이다.

▌ 註 ▌

1) 여기서 인용하는 『바벨탑의 너구리』의 텍스트는, 初出 『人間』(鎌倉文庫, 1951년 5월)의, 6-37페이지를 인용한 것이다. 인용 페이지 수도 이에 따른다.

2) 『壁』(月曜書房, 1951)에는 제1부 「S·카르마씨의 犯罪」, 제2부 「바벨탑의 너구리」, 제3부 「붉은 누에고치」로 구성되어 있다.

3) 生田耕作 「シュルリアルリスムと安部公房」(『国文学』 第17巻 12号, 1972. 9) pp.181-186

4) 注3 인용 논문, p.181

5) 注3 인용 논문, p.184

6) 高野斗志美 『安部公房論』(サンリオ山梨シルクセンター, 1971) p.48
"『바벨탑』에서 전후 세대인 '나'는 시간 조각기를 이용해 '잡지 않은 너구리'가 모여 있는 바벨탑을 탈출한다. 자기 구제의 염원에 의해 구성된 정신의 허상-바벨탑을 '나'는 탈출한다. 탑원이 당원을 의미한다면 (중략) 신들린 붉은 '잡지 않는 너구리' 무리는 실로 통렬한 비판이 아닐 수 없다"

7) 渡部広士 『安部公房』(審美社, 1976) p.22
"세상에 이름을 가진 모든 것에 대한 부정"(S·카르마씨의 범죄)과 인식 변혁의 꿈에 대한 긍정(바벨탑의 너구리)을 추구하며" 이 밖에 『바벨탑의 너구리』에 대한 평으로서는 1951년 발표 당시의 사사키(佐佐木基一)씨가 있다. 사사키씨는 『바벨탑의 너구리』에 대해 『너구리』는 아베 고보의 『파우스트』라고 하면서 다음과 같이 말하고 있다. "의식을 분리하여 다양한 시점을 동시에 설정하고 자유로이 그 시점을 이동시키고 또 물체를 상호 침투시켜 중복시키고 변환시키는 전위예술 방법을 아베 고보는 꽤 자유롭게 처리하게 되었다. 그로 인해 종래 문학의 틀을 무한한 경지에까지 넓힐 수 있게 되었다."『人間』1951年 6月, p.67)

8) 拙稿 「安部公房 『S·カルマ氏の犯罪』論」(『文学研究論集』第12号. 1995年 3月)

9) 『バベルの塔の狸』(『人間』1951年 5月) p.8

10) 『バベルの塔の狸』(『人間』1951年 5月) p.9

11) 원문에는 'とらぬ狸'로 되어있다. 이는 'とらぬ狸皮算用'에서 따온 말로, 아직 잡지 않은 너구리를 갖고 얼마나 나가겠느니 하며 계산부터 한다는 뜻으로 한국 속담에 "떡 줄 사람은 생각지도 않는데 김치 국물부터 마신다"라는 것과 같은 뜻이라고 보겠다. 그냥 일본어 발음으로 '도라누타누키'로 할까도 생각했는데 '잡지 않은 너

구리'로 부르기로 한다.

12) ドナルド キーン「『水中都市・デンドロカカリヤ』解説」(新潮社, 1973) pp.264-265

13) 『バベルの塔の狸』(『人間』1951年 5月) p.6

14) 平岡篤頼「安部公房・人と作品」(『昭和文学全集・第15巻』解説) 속에서 "『바벨탑의 너구리』는『너구리 굴 보고 피물돈 내어 쓴다』의『잡지 못한 너구리』로서 시간, 공간을 자유자재로 넘나드는 존재"라고 서술하고 있다.(小学館, 1988)

15) 安部公房『詩人の生涯』(『安部公房全作品 2』新潮社, 1972, p.187

16) 『バベルの塔の狸』(『人間』1951年 5月) p.7

17) 『バベルの塔の狸』(『人間』1951年 5月) p.17

18) 『国文学』第39巻. 12号(1994年 10月) p.13

19) 日本語表現研究學會 著『語源賀わかる言葉の事典』(PHP研究所, 1994) pp.166-167

20) 倉持弘『変身願望-人間の仮面と素顔』(創元社, 1989) p.161

21) 『バベルの塔の狸』(『人間』1951年 5月) p.17

22) 『バベルの塔の狸』(『人間』1951年 5月) p.23

23) H・G ウェールズ作 橋本槇矩訳『透明人間』(岩波文庫, 1992)

24) 『バベルの塔の狸』(『人間』1951年 5月) p.19

25) 拙稿「<おれ>の<ユダヤ性>にみる実存的状況-安部公房『赤い繭』論-」(『稿本近代文学』第20集, 1995年 11月)

26) 『バベルの塔の狸』(『人間』1951年 5月) p.31

27) 『バベルの塔の狸』(『人間』1951年 5月) p.27

28) 『バベルの塔の狸』(『人間』1951年 5月) p.9

29) 『バベルの塔の狸』(『人間』1951年 5月) p.12

30) シャミッソ著, 池内紀訳『影をなくした男』(岩波文庫, 1985). 이케우치씨는 「베타 슈레밀이 태어날 때까지」에서 그림자란 「조국」을 의미한다고 서술하고 있다. 나아가 끝 부분에 등장하는 마법의 구두는 국경을 쉽게 넘나드는 역할을 한다. 이는 국적이나 국경이 활개치고 있는 이승에서 도망치고 싶어하는 샤밋소 자신의 염원의 발로라고 언급하고 있다.

31) 『バベルの塔の狸』(『人間』 1951年 5月) p.8

32) 『バベルの塔の狸』(『人間』 1951年 5月) p.8

33) 『バベルの塔の狸』(『人間』 1951年 5月) p.9

34) ガブリエル・マルセル著, 信太正三訳(代表)『存在と所有・現存と不滅』(春秋社, 19
  71) p.80

35) 원래 「바벨(Babel)」이라는 의미는 「혼란」이라는 뜻이다.

36) 『バベルの塔の狸』(『人間』 1951年 5月) p.31

37) 『バベルの塔の狸』(『人間』 1951年 5月) p.31

38) 『バベルの塔の狸』(『人間』 1951年 5月) p.27

39) 나아가 기호 '☆'은 의식을 잃은 상태를 나타내고 있는데,『安部公房全作品 2』에는
  '★'로 되어 있다. 또, 新潮社 문고판에는 '※'로 바뀌어 있다. 이것은 편집과정에서
  일어난 잘못이지만 이 기호 '☆'는 본문 이상의 의미를 내포하고 있다고 생각한다.

40) 『バベルの塔の狸』(『人間』 1951年 5月) p.31

41) 『バベルの塔の狸』(『人間』 1951年 5月) p.31

제4장
『벽-S·카르마씨의 범죄』론

아베 고보 단편집『벽』(이정희역, 위덕대학교출판부, 2000)

제4장
『벽-S・카르마씨의 범죄』론

1. 머리말 –'뒤죽박죽' 세상

『벽-S・카르마씨의 범죄』는 인간이 벽으로 변신해 버린다는 참으로 기이한 소설이다[1]. 이 작품은 1951년 2월『근대문학』에 발표되자 기발하고 참신한 변신 모티브에 비유된 현대 도시 사회에 대한 통렬한 풍자로 높이 평가받았다. 그 해 이시카와 리미츠(石川利光)의『봄풀』(春の草)과 함께 제 25회 아쿠타가와(芥川)상을 수상했다.

당시 심사평을 보면[2] 변신 모티브의 문학적 가치를 둘러싸고 심사위원들의 의견이 둘로 나누어졌다. 후나바시 세이치(舟橋聖一)씨는 "새로운 소설의 전형"이라고 높이 평가했고, 우노 고지(宇野浩二)씨는 "『벽』은 뭐가 뭔지 모르는 난해한 소설이다"고 하였다. 이 점에서는 엔마루 타츠(遠丸立)씨의 평가도 마찬가지로 부정적이며 "황당무계한 변신 이야기"이라고 잘라 말했다[3].

확실히 『벽-S・카르마씨의 범죄』는 주인공이 자기 이름을 잃게 되자, 그 실존은 도시사회에서 소외되고 S・카르마씨 대신에 명함 즉 도시사회 속에서 인지되고 기능하는 기호(사회개념)가 회사에 출근한다는 기상천외한 플롯을 지녔다. 또한 병원 대합실에서 문득 눈에 띈 잡지 안에 있는 광야의 풍경이 카르마씨의 가슴 속에 마치 알라딘의 마법의 램프 속으로 마왕이 빨려 들어가는 것처럼 빨려 들어가거나, 동물원의 낙타를 빨아 들리려고 하는 소설이다. 그러므로 황당무계함을 느끼는 것도 무리는 아니다.

이와 같은 기상천외한 모티브(그것은 아베 고보의 원더랜드라고 해도 좋을 것이다)는 그것을 일상생활에서 벗어날 수가 없는 사고로 받아들이는 한 황당무계한 것에 지나지 않는다고 생각할 수 있다. 독자들은 아무래도 일상생활에서 일어날 수 있는 세계에 익숙해 있기 때문에 일상적인 세계를 받아들이기 쉽다.

그래서 일상생활 세계의 '뒷면'에 숨어있는 아베 고보의 원더랜드가 또 하나의 가치 체계의 세계로서 있다는 것을 믿을 수 없는 것이 아닌가. 그것을 솔직히 실존하는 것이라고 믿으려면 아이들처럼 순수함이 필요할 것이다.

그렇게 해서 만약 그것이 가능하다면 아베 고보의 '보이지 않는 세계'는 예를 들어 『이상한 나라의 엘리스』에 나오는 '뒤죽박죽' 세계, 일상적인 세계에서는 '보이지 않는' 세계, 일상생활과는 완전히 상반되는 세계가 실재하고 있다는 것을 믿을 수 있을 것이다. 그리고 그것은 아베 고보의 세계를 푸는 키워드를 쥔 것과 같을 것이다.

아베 고보도 이 소설에서 '보이지 않는 세계'와 '보이는 세계'를 '나'와 '또 다른 나'[4]를 통하여 이렇게 나타내고 있다.

> 그 순간, 나는 또 다른 나의 정체를 간파 할 수 있었다. 그것은 다름 아닌 바로 내 명함이었다. (중략) 난 재빨리 좌우 눈을 교대로 감았다 떴다 하면서 이 이중 영상(影像)의 원인을 밝혀냈다. 오

른쪽 눈에는 확실히 거울에 비친 듯한 내 자신의 모습이었지만, 왼쪽 눈에는 틀림없이 한 장의 종이에 불과했다.[5]

‘나’와 ‘또 다른 나’를 해독하는 키워드는 ‘거울’이다. ‘거울’ 속에는 ‘비쳐진 나’가 있다. ‘나’와 ‘비쳐진 나’는 반대 세계를 이루고 있다. 가령 ‘나’가 오른쪽 손을 들면 거울 속의 ‘비쳐진 나’는 왼쪽 손을 든다. 아베 고보의 원더랜드는 거울에 비추어진 세계 즉 ‘뒤죽박죽’ 세계인 것이다.

『이상한 나라의 엘리스』의 원더랜드인 ‘뒤죽박죽’ 세계란 사물의 순서나 위치가 본래의 것과 반대로 된 상태를 말한다[6]. 그 원더랜드의 원리는 말할 것도 없이 거울 속의 세계인 것이다. 실제 아베 고보는 “『S·카르마씨의 범죄』는 루이스 캐롤의 영향을 받고 있을 때 쓴 것입니다”라고 말하고 있다[7]. 그러나 그럼에도 불구하고 지금까지 『이상한 나라의 엘리스』와의 관계에 대한 연구는 나타나 있지 않다.

루이스 캐롤의 『이상한 나라의 엘리스』에 그려져 있는 원더랜드인 ‘뒤죽박죽’ 상태는 그것만으로도 아이들의 마음을 끌어당기고 웃음을 자아내는 것인지도 모른다.

그러나 아베 고보의 소설은 아이들을 위한 판타지가 아니다. 어디까지나 어른들을 위한 판타지이다. 아베 고보의 원더랜드는 일상적인 세계와 그 반대되는 세계를 설정하여 같은 가치 선상에 둔다. 그러므로 일상적인 세계에서의 상식 내지는 정상적인 것이 역전되어 버리기도 한다. 그것은 또한 당연한 것으로 생각하는 의미의 세상이 상대적으로 없어져 버리기도 한다.

이와 같이 ‘뒤죽박죽’ 세계에 숨어있는 파괴성이 긍정적으로 작용을 하면 소설 속 주인공들의 마음을 해방시키지만, 부정적으로 작용하면 그들을 소외시키는 것이다. 이러한 해방감은 느낌과 동시에 소외를 부르는 사태로 언제나 일상 세계의 억압에 대한 반응으로 나타날 것이다. 그러한 것도 해방과 소외가 늘 억압의 반작용·반발로 생겨나기 때문이며 반대 세계의 구조 그 자체에 해방과 소외가 같이 담겨져 있다.

그러나 『벽-S·카르마씨의 범죄』는 루이스 캐롤의 모방은 아니다. 루이스 캐롤에 의해 창조된 거울 속의 원더랜드는 아베 고보에 둘러싸여 있을 때, 이미 아베 고보의 고유 모티브에 의해 침식을 당하고 만다. 즉 『벽-S·카르마씨의 범죄』의 주인공은 자기의 이름을 상실함과 동시에 '또 다른 나'라는 '보이지 않는 세계'에 있어야 할 존재가 나타나서 주인공을 대신해 버린다.

그 때문에 실존 그 자체가 된 주인공은 현실 세계에서는 살아 갈 수가 없게 되어 세상 끝까지 도망간다. 그것은 현실에서 해방 아니면 소외라는 영상일 것이다. 그리고 세상 끝에서 성장해 가는 벽으로 변신해 버린다. 결국 거울 면을 사이에 두고 실재하는 세계와 그 반대 세계의 모티브는 변신 모티브의 침입에 의해 침식되고, 그것이 작품의 주제를 난해하게 하고 있다.

따라서 『벽-S·카르마씨의 범죄』의 세계를 이해하기 위해서는 '뒤죽박죽'인 거울 속의 세계와 그 반대 세계라는 루이스 캐롤적 세계 비전을 받아들임과 동시에, 그 비전에 끊임없이 침식시키고 파괴하려는 변신 모티브의 의미와 기능을 생각해 보지 않으면 안 된다. 말하자면 그 양자의 함수를 푸는 것이 요구된다.

2. a ： a′ -거울을 사이에 둔 비추어지는 상과 비쳐진 상 1

『벽-S·카르마씨의 범죄』에서는 주인공의 이름을 갖고 볼 때, 거울 면을 사이에 둔 두 가지 상반되는 세계 즉 비추어지는 상과 비쳐진 상이 존재한다. 예를 들면, S · 카르마씨와 명함 S · 카르마씨, 타이피스트 Y양과 마네킹 Y양, 게다가 그 이름에 의해 상반된 것은 아니지만(시골에 있는 아빠는 이름이 없기 때문에) 시골에 있는 아빠와 도시주의자인 어번교수 아빠도 그 예에 넣어도 좋을 것이다. 우선 이 두 가지 상반된 인물 성격을 파악하기로 한다.

먼저 'S · 카르마씨'와 '명함 S · 카르마씨'의 관계.

주인공 S · 카르마씨는 도시의 한 아파트에서 혼자 살고 있는 평범한 샐러리맨이다. 그는 N화재보험회사 자료과에서 일하고 있다. 그런데 어느 날 이상한 느낌이 가슴 언저리에 있는가 싶더니 갑자기 자신의 이름이 아무리해도 생각나지 않게 되고, 그와 동시에 가슴이 텅 비는 듯한 느낌을 받게 된다.

① 난 내 자신의 이름이 도저히 생각나지 않았다. (중략) 오히려 난 침착하고 여유 있게 명함이 든 지갑을 꺼냈다. 그런데 공교롭게도 명함은 한 장도 없었다. 이번엔 신분증명서를 보았다. 그런데 묘하게도 이름이 적혀진 부분만이 지워져 있었다.8)

② 내 마음은 이미 내 몸 보다 10m가량 앞서서 갔기 때문에 벌써 그 의자에 앉아서 있었지만, 내 몸은 아직 문 앞에서 갑자기 묘한 기분에 사로잡혀 꼼짝없이 서 있었다. 놀라운 것은 내 의자엔 또 다른 내가 앉아 있었다. 마음이 그것이 보일 리가 없었던 것이다. 환각을 보는 것이라고 생각했다. 그러나 그것이 환각이 아니라는 것을 알고는 마음도 놀라서 황급히 되돌아 왔다. (중략) 그 순간 난 또 다른 나의 정체를 간파할 수 있었다. 그것은 내 명함이었다.9)

③ 명함이 서류를 Y 양에게 넘겨주고 귓속말을 주고받더니 결심했다는 듯이 의자에서 일어났다. 하긴 한 장의 명함에 불과했으므로 왼쪽 눈으로 보면 마루 바닥에 미끄러지듯이 떨어졌다. (중

략) 그들이 명함의 정체를 간파하지 못하는 것도 묘한 일이지만 나를 식별하지 못하는 것도 역시 이상하다고 생각했다.10)

인용 ①②③은 카르마씨가 자기 이름을 빼앗기고 '마음과 몸'만 가진 'S·카르마씨'와 이름뿐인 '명함 S·카르마씨'로 분리되는 과정을 잘 나타내 주는 부분이다.

여기에서 우선 'S·카르마'라는 이름에 주목해야 할 것 같다. 카르마씨는 가슴이 텅 빈 듯한 이유를 진찰 받으려고 병원에 갔다. 카르마씨는 접수창구에서 이름을 물었을 때 갑자기 자기 이름을 '아쿠마'라고 대답해버린다. '아쿠마'는 '카르마'와 어감이 닮았지만 '아쿠마'는 역시 '악마(惡魔)'가 연상된다. 자신의 이름을 엉겁결에 '악마'라고 한 것이다.

그런데 '카르마'는 산스크리트어로 'Karman(業)'으로 업(業)은 행위와 의지에 의한 몸과 마음의 활동을 의미한다. 업(業)은 불교에서는 중생이 몸과 입과 뜻으로 짓는 선악의 소행을 말하며, 혹은 전생의 소행으로 말미암아 현세에 받는 응보를 가리킨다11). 업은 어김없이 원인과 결과를 낳는다. 인간이 지금 살고 있는 이생도 과거 업의 결과를 받는 것이다. 이러한 '카르마(業)'의 의미 속에는 선(善) 악(惡)이라는 윤리적 가치판단이 내포되어 있다고 할 수 있다. 즉 '카르마'에는 필연적으로 선악의 가치판단과 연결되어 있다.

그렇다면 암시적인 것이 'S'라는 대문자일 것이다. 거기에는 두 가지의 의미를 생각하게 한다. 같은 산스크리트어인 산사라(Samsara)와 'Sin', 'Satan'이다. 우선 산사라(Samsara)는 윤회(輪廻)라는 의미로 탄생, 죽음, 전생(轉生)이라는 끊임없이 돌고 도는 원환 속에 있는 개인들을 포함하며, 이 경험 세계에 있어서 존재의 유랑을 의미하고 있다. 인도 사상에서 산사라와 카르마의 과정은 카르마에 의해 개인의 혼이 이 세상에 존재하려고 집착하고 있는 결과라고 생각하고 있다.

또 'Sin'은 첫째(종교상・도덕상의) 죄, 죄업. 둘째(예의범절에 대한) 잘못, 과실, 위반. 셋째는, 마음이 내키지 않은 것, 어리석은 소리를 한다는 의미가 있다. 'Satan'에는 말할 것도 없이 대악마(大惡魔), 마왕(魔王)의 의미가 있다12).

그러므로 'S'와 '카르마'와의 관념 결합이야말로 악(惡)의 윤회일 것이다. 다시 말해서 그 자체가 악의 존재 형태인 것이다. 즉, 주인공 'S・카르마씨'는 악(惡)의 표상이 되는 것이다.

주인공과 악(惡)의 연결로 상기되는 것이 아베 고보의 최초의 변신담(変身譚)인 『덴도로카카리야』이다. 『덴도로카카리야』는 주인공 커먼군이 '덴도로카카리야'라는 식물로 변신해 버리는 이야기이다. 그 '덴도로카카리야'란 '덴도로(dendr)'가 'dendr:tree'로 식물, 수목이라는 뜻이 있고, '카카리야(cacalia)'는 'kakos (악)+lian (심(甚)하다)'의 뜻으로 모두 합해서 '극악의 식물'13))이 된다.

그러므로 커먼군이 '덴도로카카리야'로 변신 당하고 만다는 것은 악 그 자체가 그의 실존으로 드러나게 된다는 것이다. 악의 존재는 이 작품에 있어서도 주제와 연관되는 것으로 보인다.

즉 'S・카르마'씨가 'S・카르마'라는 이름을 상실하는 것으로 인해 '마음과 몸'과 '이름'이 분리된다. 악이라는 실존의 테마가 이 작품에도 일관하고 있는 것이라면, 그것은 이러한 모티브와 어떻게 연결되는 것일까.

'이름의 상실'이라는 점에 착안하여 마츠하라 신이치(松原信一)씨는 이 작품에서 작자가 노리는 것이 '존재감의 회복'에 있다고 지적하고 있다14). 마츠하라씨에 의하면, 아베 고보는 습관 속에 묻어버린 우리들의 '생존의 지속'을 날카롭게 파헤치고 진정으로 생생한

'존재감'을 한 사람 한 사람이 찾지 않으면 안 되는데 그 의도가 있다고 한다.

또 다나카 히로유키(田中裕之)씨는 이름의 상실은 '기성 질서로부터의 탈락'을 의미하는 것으로 보고 있다[15]. 인간이 '이름을 잃다'라는 상황 설정에 의해 일상에서 단절된다는 것은 말할 것도 없다. '이름'이라는 것은 '타인'과 구별하기 위해 쓰이는 기호(고유명사)이며 사회에 있어 개별화를 나타내는 표식인 것이다.

그러나 과연 그것뿐일까? 이 작품 속의 주인공이 이름을 잃는다는 상황은 단순한 기능으로서 기호의 상실에만 그치지 않는다. 아베 고보가 설정한 'S·카르마'라는 이름은 이름이 지니는 뜻으로 보아 악의 실존성을 표상 하는 것이라면, '존재감의 회복'이나 '기성 질서에서의 탈락'만으로는 해석 할 수가 없지 않을까.

②의 설명에서 알 수 있듯이 S·카르마씨의 '마음과 몸'과 그 이름에 불과한 '명함'과의 사이에 분리가 생긴다. 변신을 모티브로 하는 고전문학에 의하면, '마음'이 '몸'과 대립하고 그 때문에 분리가 일어나 변신하고 만다. 그런데 이 작품에서는 그런 것이 아니고 신체론적인 레벨에서 '마음과 몸'과 그 기호 표식에 불과한 '명함'과의 사이에 분리가 일어나는 것이다.

'명함'은 "나는 적으로부터 이름을 빼앗았고 적은 이름을 잃었다"라고 호언하며 스스로 'S·카르마(악)'그 자체가 된다. 이 특이한 변신 모티브 근저에는 인간의 실존 문제가 숨겨져 있다. 결국 이 '명함'의 호언에는 아베 고보 문학에서 볼 수 있는 실존과 악의 관계성이 예리한 형태로 나타나있다고 해도 좋을 것이다.

'명함'이 하는 말은 흡사 그 신체성에 대해 싸움을 걸어온 전사들의 승리의 함성과 닮아있다. 그러나 아무래도 신체성에서 분리되어 독립된 즐거움의 환호성으로는 생각되지 않는다. 아베 고보는 "적으로부터 이름을 빼앗다"고 하는 데서 혹은 실존의 분열을 암시 한 것이 아닐까. 결국 실존이란 단순한 신체론적인 레벨에 그치는 것이 아니고 신체에 붙어있는 종속물-이름도 역시 그 하나다-인 이름이라는 기호를 매개로 하여 외부의 사회성을 받아들이는데서 찾고 있는 것이 아닐까.

'마음과 몸'과 '명함'의 대결은 결코 실존과 사회성의 대결이라는 공식으로는 명확히 결론 지워지는 것은 아니다. 실존과 사회성은 하나의 인간 존재의 양면이다. 오히려 문제는 현실의 도시 사회에 있어서는 S・카르마씨의 '마음과 몸'이 필요한 것인가, 그렇지 않으면 '명함'에 의미가 있는 것인가 하는 점이다.

'마음과 몸'과 '명함'의 대결은 S・카르마씨가 사무실에 오고 나서부터 시작된다.

> ④ 도대체 당신은 뭐 때문에 날 찾아왔소. 처음부터 이곳은 내 (명함-필자 주) 영역이오. 당신이 주제넘게 나설 곳이 아니오.16)
> ⑤ "기상. 기상이다. 모두 기상이다. 혁명이다"그러자 놀랄만한 반응이 일어났다. 던져둔 윗저고리가 주르르 살아 있는 물체처럼 일어섰다. 그리고 바지도 일어섰다.17)

인용 ④에서는 명함만이 도시 사회에서 인지되고 기능하는 존재이다. 그렇기 때문에 사회에서 'S・카르마'라는 기호(명함)만으로 충분하다고 명함 카르마씨는 선언한다. 그렇다면, 이름을 잃은 신체론적 레벨의 카르마씨는 사회에서 아무런 의미도 위치도 가질 수가 없게 된다.

그래서 ⑤에서 보이는 것처럼 명함을 비롯해서 상의, 하의, 신발,

넥타이, 안경 등 카르마씨 신변에 있는 모든 것이 갑자기 인간처럼 돌아다니며 말을 한다. 그리고 명함이 말하는 캐치프레이즈는 '죽은 유기물에서 살아있는 무기물로!'[18)이다.

이 '죽은 유기물'과 '살아있는 무기물'이라는 이항 대립은 와타나베 히로시(渡辺廣士)씨에 의한 아베 고보의 발상 삼원칙에서 보면 "1. 동물·식물·광물을 인간과 같은 계열에 둘 것. 여기에서 인간과 동물·식물·광물을 서로 교환한다거나 인간을 그들로 변형시키거나 하는 발상"[19)에 해당되는 것이라고 하겠다.

그러나 그 캐치프레이즈는 단순한 현상으로 받아드릴 수 있는 대립은 아니라는데 주목해야 한다. 어디까지나 '죽은' 유기물이며 '살아있는' 무기물인 것이다. 무기물에는 본래 '살아있는'이라는 속성은 없다. 이 점에서 독자들의 사고의 전환이 요청된다. "죽은 유기물에서 살아있는 무기물로!"라는 캐치프레이즈에 의해 표방된 것은 현실이 뒤집혀진 '거꾸로'인 세상인 것이다.

현실에 존재하고 있는 신체론적 레벨의 S·카르마씨가 이름이 생각나지 않게 되자 그의 표식에 불과했던 명함을 비롯한 신체의 부속품이 살아있는 물건처럼 일어선다. 우리들 인간은 '마음과 몸'이 주체이며, 명함이나 상의, 하의, 신발, 넥타이, 안경 등은 거기에 봉사하는 종속물이나 부속품에 불과한 것이라고 믿고 있다.

그렇지만, 과연 그럴까? 루카치에 의하면 근·현대 세계는 노동에 의해 자아와 세계가 분열되고 있다고 한다. 근대 세계에 있어서는 사람과 물건의 세계에 분열이 일어나며 물상화(物象化)로 나아가고 있다. 이렇게 해서 사람과 물건과의 관계가 분열되는 것과 동시에 사람과 사람의 관계가 물건과 물건의 관계로 자리가 바뀌어 가고 있는 것이다.

아베 고보의 '거꾸로'된 세계는 근현대의 물상화 현상이 극도로 밀려오고 있는 사회 상황에 대한 아이러니컬한 풍자라고 해도 좋을 것이다.

역전은 이렇게 해서 일어났던 것이다. 신체론적 레벨의 S · 카르마씨의 존재가 현실 사회에 있어 아무런 역할도 의미도 찾아 볼 수 없게 되었을 때, 그를 대신해서 지금까지는 S · 카르마씨의 부속품이라는 '물건'에 불과했던 명함 카르마씨가 일어나서 '혁명'을 호령한다. 그것은 지금까지 인간의 '물건'에 불과했던 자신들이 신체론적 레벨인 카르마씨로부터 주체성을 빼앗는 것으로 그를 타도하고 그의 현실성을 박탈하여 역으로 그를 '물건'에 종속화 시키는 것을 노렸던 것이다.

이와 같이 사람과 사물의 역전이 형상화되고 보니 새삼스럽게 악(惡)의 실존이라는 주제가 문제시된다. 루카치는 물상화된 세상을 그리스도교적 가치관에서 '완전한 죄업의 세상'이라고 비판도 했다[20]. 이 루카치적인 가치관으로 보면 신체론적 레벨인 S · 카르마씨 '사람'과 명함 카르마씨 '물건'의 분열은 분열 자체가 '죄업'이 된다. 명함 카르마씨는 "나는 적으로부터 이름을 빼앗고, 적은 이름을 잃었다"라고 외쳤을 때, 스스로 'S · 카르마(악)'그 자체가 된다.

그렇다면, 이 사회에는 명함 카르마씨가 실존한다는 것이 된다. 이렇게 볼 경우 신체론적 레벨의 S · 카르마씨는 악의 실존으로부터 벗어나 자유를 획득했다고 해도 좋을 것인가. 분열 그 자체에는 '죄업'을 받아들이는 루카치적인 가치관으로 보면 '사람'과 '물건'어느 것에나 '죄업'이 있다고 하겠다. 현대의 도시 사회에 살고 있는 한 악으로부터 자유로운 것은 없을 것이다.

이름을 잃고 '죽은 유기물'로 변화한 S · 카르마씨라 해도 분열했다는 '죄업'은 면할 길 없다. 가령 이름을 잃은 신체적 레벨의 존재로 변했다고는 하나 그는 이 도시 사회에 존재하고 있는 한 악의 실존 그 자체인 것이다. 그렇기 때문에 세상 끝까지 도주한다는 설정이 중요한 것이다.

3. a : a′ ─ 거울을 사이에 둔 비추어지는 상과 비쳐진 상 2

타이피스트 Y양과 마네킹 Y양의 관계부터 살펴보자.

타이피스트 Y양은 카르마 씨 사무실에서 일하고 있다. 그녀는 카르마씨가 동물원에서 낙타를 훔치려다 절도 현행범으로 체포되어 재판을 받게 되었을 때, 제5의 증인으로 카르마씨와 저녁때까지 줄곧 같이 있었기 때문에 무죄라고 증언한다. 그러나 재판은 타이피스트 Y양의 생각대로는 되지 않는다. 납득이 안 되는 재판 진행을 방관하고 있던 Y양은 그 재판을 엉터리라고 생각하고 카르마씨와 도망친다. 여기서 도주라는 모티브가 변신(분신) 모티브에 얽히게 되는 계기가 된다.

그렇지만 카르마씨는 자신에게 호의를 보내는 Y양을 자신의 공허감을 달래는 수단으로 받아들이려고 하지 않았다. 이것은 "그러한 광야에 Y양 혼자서 어떻게 살 수 있을까. 가령 매일 식량을 공급해 준다고 해도 인간은 식량만으로는 살아 갈 수가 없는 것입니다"[21]라는 괴로움에서였다.

Y양을 사랑하게 된 카르마씨는 다음날 동물원에서 만날 약속을 하고 헤어졌다. 다음날 저녁 카르마씨는 약속 시간보다 늦게 동물원에 가보니 어떻게 된 일인지, Y양은 명함 S·카르마씨와 데이트하고 있는 것이 아닌가. 게다가 이름을 잃은 카르마씨가 살펴보니 Y

양은 열심히 일하고 있는 인간들을 '인간 오리'라고 조소하고 있다. 자세히 보니 그 Y양은 타이피스트 Y양이 아니고 마네킹 인형 Y양이었다. Y양도 둘로 분리가 일어났던 것이다.

카르마씨에게 있어서 일상생활을 연결해 가는 유일한 수단은 Y양이었다. Y양은 '타인'이라는 인간 연대의 균열에서 역으로 인간적인 손길을 카르마씨를 향해 내밀었다. 인간적 요소와는 반대되는 '마네킹 인형'Y양을 등장시킨 패러독스에 작가의 냉소적인 시각을 이해할 수 있을 것이다.

그러나 타이피스트 Y양과 마네킹 인형 Y양의 관계는 카르마씨와 명함 카르마씨와는 다르다. 카르마씨의 경우처럼 분리된 채로 대립하는 것이 아니고 때로는 합체되는 수도 있다.

> 타이피스트 Y양과 마네킹 인형 Y양을 좌우 반반씩 붙여서 그린 그림이었다. 한쪽은 쓸쓸한 듯이, 한쪽은 즐거운 듯이 미소를 짓고 있었다.[22)

'타이피스트 Y양'과 '마네킹 인형 Y양'의 분신은 모두가 여자다운 수동성과 복종을 상징하는 이미지를 지니고 있다. 그러나 마네킹이라는 것은 인간과 꼭 같은 모습을 하고 있으나 자기의 의지에 따라 행동을 하지 못한다. 마네킹 인형은 '사람의 모양'을 하고 늘 인간적 의미를 주장하고 싶어 하는 것 같이 보인다. 그 때문에 물상화(物象化) 되어서 움직이게 되지만, 그렇다고 해서 마네킹이 지니고 있는 본성을 끊어버릴 수는 없는 것이다.

이 방식에서도 아베 고보의 냉소적인 시각을 읽을 수가 있다. 마네킹 인형에서 여성의 면모를 보고 있는 것은 결코 아니다. 그와는 정반대로 여성 안에서 마네킹 인형의 모습을 보고 있는 것이다.

이름을 잃은 카르마씨의 눈에는 마네킹 인형 Y양이 인간 타이피스트 Y양으로 보이기도 하고, 어느 쪽이 어느 쪽인지 알 수 없게 된다. 그래서 "Y양=Y양. Y양-Y양= 0. Y양+Y양= 2Y양. Y양×Y양= ?……"과 같은 "미지수와 기지수가 뒤죽박죽이 되어 내 머리 속은 방정식으로 아주 혼란해졌다"[23].

이와 같은 Y양 모습은 때로는 분리되기도 하고 합체되기도 하며 대칭되는 성격을 나타내고 있다.

> 마네킹 인형 쪽은 재미있다는 듯이 싱글벙글 하며, (중략) 진짜인 쪽은 눈물을 머금은 채 슬프게 그의 눈에 들어오는 것이었다.[24]

이와 같이 한 여성에게서 두개의 대칭적인 이미지를 볼 수 있다는 점을 감안 할 때 여성의 속성 중 Yin(陰)과 Yang(陽)의 대립으로 볼 수도 있을 것이다.

> 음 : 타이피스트 Y양. 쓸쓸하고 슬프고 어둡다.
> 양 : 마네킹 인형 Y양. 즐겁고 재미있고 밝다.

'음'과 '양'은 한 현상의 구성 요소로써 각각 독립해 있어도 또 한 편으론 순환하는 운동법칙에 의해 서로 변화해간다. 예를 들면, 음에서 양으로, 양에서 음으로, 그리고 음 중의 양, 양 중의 음이라는 상태이다. 이와 같이 지극히 동양적인 음양 이원론이 여성적으로 서로 포개져서 Y양은 때로는 음이기도 하고 양이 되기도 하여 분리도 되고 합체도 되고 하는 것이다.

이어서 '시골'에 있는 아빠와 '도시'주의자인 어번교수 아빠와 관계를 살펴보기로 한다.

　카르마씨 가족으로서는 유일하게 아빠가 등장한다. 그러나 아빠라는 인물에도 두 가지 상반되는 이미지가 나타난다. 한 사람은 '시골'에 있는 아빠이고, 또 한 사람은 '어번교수로 자칭하는 아빠'다. 후자는 어번이라는 이름이 어번니스트(도시주의자)에서 유래된 것으로 봐서 '도시'그 자체의 상징일 것이다.

　아빠의 조형에 '시골'과 '도시'의 대립이 나타나는 것은 현대 도시의 물상화 현상이라는 위기적 상황을 '시골'이라는 자연적인 공동체로부터의 단절로 보려고 하기 때문일 것이다.

　처음 아빠가 등장하는 것은 카르마씨가 재판에서 도망친 다음 날이다. 그러나 아빠는 이름을 잃은 카르마씨에 대해서 부친이라는 태도는 하나도 보이지 않고 카르마씨 앞에서 될 수 있는 한 빨리 떠나려고 하는 아빠로 그려진다.

　두 번째로 카르마씨 앞에 나타난 아빠는 카르마씨 가슴 속에 성장하고 있는 벽을 조사하기 위해 결성된 《성장하는 벽 조사단》의 부단장인 어번교수였다. 부단장은 어번교수라고 이름을 대지만 확실히 S·카르마씨의 아빠였다.

　　역시 거대한 숫돌을 소중하게 받들고 들어온 남자. "아버지!"라고 그(카르마씨-필자 주)는 그만 자신도 모르게 외치고 있었다. 그건 분명히 아버지였다. 그러자 아버지는 무서운 얼굴로 그를 노려보며 말했다. "아버지가 아니다. 공과 사를 혼돈해서는 안 된다. 나는 부단장인 어번교수. 순수한 도시주의자다"[25]

　'도시'주의자 아빠인 어번교수는 카르마씨의 가슴 속에 있는 벽을 조사하기 위해 카르마씨의 가슴을 가르려고 했다. 그러나 그때 타이피스트 Y양과 마네킹 인형 Y양이 카르마씨에게 그것을 알리기 위해 갑자기 노래를 부르기 시작했다. 이에 카르마씨는 간신히 메스를 피해 달아 날 수가 있었고 조사는 실패로 돌아간다. 그래서 어번교수는 이번에는 낙타 한 마리를 끌어다가 낙타와 같이 그의 가슴 안으로 들어가려고 한다.

> 의사 말대로 낙타에 밀착되어 엎드리자 낙타는 어번교수와 함께 순식간에 축소되어 갔다. (중략) 낙타는 그(카르마씨-필자 주)의 눈 속에 깊숙이 들어가고 있었다.[26]

그렇지만, 카르마씨가 울어버렸기 때문에 대홍수가 나서 어번교수는 죽을 고비를 겨우 면하고 카르마씨의 육체에서 도망쳐 나왔다.

이 플롯은 『이상한 나라의 엘리스』의 '눈물의 연못'과 유사하다. 10인치 정도로 작아진 엘리스는 이번에는 너무나 커져 천장에 머리가 닿았다. 슬퍼서 눈물을 흘리며 울고 있는 사이에 주변에 눈물이 고여 연못이 되어 버렸다. 그러는 사이에 엘리스는 미끄러져 눈물의 연못에 빠져버렸고 동물들과 함께 겨우 땅위에 올라왔다. 이 장면과 어딘가 흡사하다.

'시골' 아빠는 무언가 이유를 달아 자식 카르마씨를 받아들이려고 하지 않는다. 그 때문에 '도시'의 물상화 현상의 희생자이며 빈껍데기에 불과한 S·카르마씨는 벌써 '시골'이라는 자연 공동체에서도 소외되는 존재일 수밖에 없었다.

그리고 또 얄궂게도 '도시'주의자로 나타난 어번니스트인 아빠에게 있어서도 자식은 '도시'의 물상화 현상의 희생자에 지나지 않았다. 부친이라기보다 '교수'인 자신의 사명은 물상화의 희생자를 해부하여 그 원인을 규명하지 않으면 안 되는 것이다.

이렇게 보면 카르마씨는 두 사람의 부친 관계에서도 두 개의 사회적 의미를 내포하고 있다. 즉, 하나는 부자 인연의 붕괴이며 그리고 또 하나는 말할 것도 없이 신체론적 레벨의 S·카르마씨가 이미 '도시'와 '시골' 그 어느 공동체에서도 거부되고 소외되어 버렸다는 것이다.

도시가 가지는 고전적인 비극은 자연적 지역공동체와의 단절이며 가족 관계의 붕괴였다. 도시라는 것은 인공의 소산이어서 당연히 자연으로부터의 분리를 의미한다. 도시의 이미지는 예를 들면, 오만(바벨), 부패(바빌론), 타락(소돔과 고모라), 권력(로마), 그리고 파멸(트로이) 등에서 살펴볼 수 있는 것처럼, 늘 비유적인 의미가 담겨있다[27]. 따라서 도시 주민은 그러한 비유에서 도시를 경험한다.

카르마씨는 도시에서 살면서 자기의 역할과 의미를 찾지 못하고 자기의 이름을 잃는다. 그것은 거대한 도시에 사는 사람들의 고독, 불안과 깊은 관련이 있다고 하겠다. 거대한 도시의 성장이 좋든 싫든 간에 개인에 부과된 것은 작은 자연적 지역공동체 사회에서 확고하게 차지하고 있던 자신의 위치나 역할을 희미하게 만들어버린 것이다. 드디어는 소외시켜 존재하는 것의 의미를 빼앗아 가는 고독과 불안인 것이다. 카르마씨가 이름을 잃었다는 것은 그야말로 도시 주민이기 때문에 받는 수난이라 할 수 있다.

4. '세계 끝'으로의 도주와 '벽'으로의 변신

카르마씨의 가슴 속에 넓게 퍼지는 '광야'라는 것은 도시에 살고 있었던 그가 자기의 이름을 잃는 것으로 인해 그 공백 속에 밀려드는 고독과 불안의 비유였다. 그러므로 카르마씨의 도주라는 모티브에는 적어도 두 가지 의미를 간파하지 않으면 안 된다. 그 하나는 도시에 의한 소외인가, 그렇지 않으면 도시의 고독과 불안으로부터의 탈출(자유)인가 하는 것이다. 그러나 카르마씨의 도주는 '도시'의 보완적 기능을 다한다고 믿어왔던 '시골'로 향하지는 않았다. 이는 '시골'에 있는 아빠 언동으로 봐서 아빠는 카르마씨가 시골로 오는 것을 거부하고 있기 때문이다.

카르마씨의 도주는 한계상황에서 결행된 것이라고 해도 좋을 것이다. 다만 그 한계상황에서 도주를 하게 된다면 빼놓을 수 없는 또 하나의 주제가 나타난다. 악의 실존으로부터 도주한다는 주제이다.

이미 언급한 바와 같이 '명함'은 스스로 'S·카르마(=악)' 그 자체라는 것을 선언했다. 신체론적 레벨의 카르마씨는 그 찬스를 놓쳐서는 안 된다. 악의 실존으로부터 벗어나는 도주의 기회를 잡는 것이 된다. 그리고 그 결과는 어떻게 될까.

> 끝없이 펼쳐져 있는 광야다.
> 나는 그 속에서 끝없이 성장해 가는 벽이 된 것이다.[28]

『벽-S·카르마씨의 범죄』는 이렇게 끝난다. 이 마지막 장면을 둘러싸고 林晃平씨는 "《나》는 혼돈(=광야)속에서 새로운 질서 형성자로 지위를 확립했다[29]"라고 해석하고, 이시하라 치아키(石原千秋)씨는 "나는 지평선(=무한대)과 같은 『벽』으로 변신함으로써 이름 짓기 전의 세계와 이름 짓는 행위 그 자체를 '아버지'로부터 빼앗아, 자기 자신의 반전된 세계에 열려있는 '자의식'으로 한없이 가까이 가고 있는 것이다[30]"라고 풀이하고 있다. 다나카 히로유키(田中裕之)씨도 비슷한 해석을 하고 있다. 역시 "《세계 끝》의 《광야》이기도 한 《진정한 의미의 세계 끝》에서 새로운 말 그 자체, 즉 새로운 가치·개념 그 자체가 되어 새로운 질서를 만들어낸다[31]"라는 것으로 보고 있다.

이러한 연구자들의 견해는 카르마씨가 '세계 끝'까지 도주하여 '벽'으로 변신해 버린다는 플롯에 'S · 카르마(=악)'라는 의미 작용보다 '변신'의 의미를 받아들이려고 하는 것이다.

카르마씨가 재판에서 사형을 피하는 데에는 두 가지 방법이 있다. 하나는 이름을 되찾는 것이고, 또 하나는 영사실에서 "여행 권유! 세계 끝에 관한 강연과 영화의 밤"에 의해 '세계 끝'으로 도주하는 것이다. 그래서 카르마씨는 'S · 카르마'라는 이름을 찾을 것 없이 도주라는 형식으로 '세계 끝'으로 출발하려는 것이다. 영사실에서 상영되는 '세계 끝'은 카르마씨가 가슴 속에 가지고 있는 '광야'의 풍경과 겹쳐진 것이다. '세계 끝'은 카르마씨가 유일하게 생존 할 수 있는 장소이지만, 거기에는 이름도 직장도 가족도 연인도 모두를 멀리하고 버려진 극한상황이었다.

> ① 지구가 둥글어졌기 때문에 세계의 끝은 사방팔방에서 바짝 몰면 결국 거의 한점으로 응축되어버린 것이다. (중략) 세계 끝이란 바로 자신의 방이라는 이야기를 들었으니까.[32]
> ② 세계 끝으로 출발하는 것이 벽을 응시하는 것으로 시작된다는 것엔 변함이 없습니다. 그리고 여행을 하는 자는 그 과정을 벽 속에서 발견하지 않으면 안 된다는 것입니다.[33]

요컨대 '세상 끝'은 '광야'의 그림과 일치하기 때문에 자기 몸 가까운 곳에 있는 '방'을 찾아 길을 떠나는 것이기도 하다. 그러나 동시에 그 '방'은 자유를 빼앗겼던 '독방'의 고독을 맛보지 않으면 안 되는 장소이기도 하다. 즉 한계상황 그 자체인 것이다. 카르마 씨는 그 방의 '벽'을 빨아들임으로써 '벽'이 되어 가지만, 그것은 다음과 같은 여러 가지 얼굴도 가지고 있다.

③ 시간은 다만 벽과 같이 내가 가는 길을 막을 뿐입니다.(417)

④ 여러분 자신의 방이 세상의 끝이고 벽은 그것을 한정하는 지평선 바로 그것이다.(434)

⑤ 벽은 이미 위안(慰安)같은 것이 아니고, 견디기 어려운 중압(重壓)이었습니다. 그것은 인간을 지켜 주는 자유의 벽이 아니라, 형무소에서 연장된 속박의 벽이었습니다.(438)

③과 ④에서 볼 수 있는 '벽'은 뒤에 언급할 야스퍼스의 비유와 같고 한계상황을 이미지화 하고 있다. ⑤의 설명에서는 같은 한계상황을 비유한 것이나 ③④와는 다른 두 가지 '벽'을 볼 수 있다. 즉 '자유의 벽'과'속박의 벽' 또는 '위안'과 '중압'의 벽인 것이다.

이 ⑤의 설명을 우선 하나의 단서로 해서 보면 이와 같은 대립은 스스로 자진해서 또는 타자의 강제에 의해서 일상으로부터 이탈 혹은 소외되어버린 자신이 일상의 인간적 연대와 대립하는 것이라 하겠다. 즉 비인간적 상황에 속박되어 있는 자신의 갈등을 극화한 것이라고 하겠다. 여기서 실존철학의 한 측면을 볼 수가 있다.

실존철학에서는 인간이 막다른 데에까지 몰린 한계상황을 '벽'이라고 한다. 야스퍼스는 이와 같은 상황을 '한계상황'이라고 하고, 그것을 체계적으로 세 가지 다른 범주로 구분하고 있다[34]. 그 중에서 제일 한계상황만 언급하면 '내'가 모든 가능성의 전체로서 일반적으로 존재하는 것이 아니고, 현존재(現存在)로서 늘 있는 특정의 상황 속에 한계 지워져 있다는 것이다.

인간이 이와 같은 한계상황에 직면하게 되면 자기의 좌절을 어떻게 극복하느냐는 것은 그 인간이 어떤 자가 되는가 하는 것을 결정하게 되는 것이다.

즉 한계상황에 직면했을 때 일반적으로 거기에 대비하기 위해서는 두 가지 행동이 가능하다고 한다. 하나는 한계상황을 알지 못하거나, 아니면 고의적으로 그것을 회피한다거나 하는 것이다. 또 하나는 정면으로 한계상황을 떠맡아 일단은 절망에 빠지게 되나 곧 회생되는 것을 통해 한계상황을 극복하려고 노력하는 것이다. 첫 번째 경우에는 우리들은 자기의 존재를 상실한다. 두 번째 경우는 자기가 약하고 무력함을 인정하고 한계상황을 솔직히 떠맡는다는 것이다. 그렇지만 카르마씨는 어느 쪽에도 속하지 않는 전혀 다른 모습으로 변신한다.

아베 고보는 에세이 「S・카르마 씨의 본성」에서 주인공인 카르마씨에 대해 '일종의 실존주의자'라고 언급하고 있다35). 결국 이름을 빼앗기고 현실세계에서 소외되고(혹은 탈출하여) 사막이 펼쳐진 광야로 떠나간다. 카르마씨에게는 세상 끝에서 성장해 가는 '벽'이란 말할 것도 없이 '도시' 뿐만 아니라 '시골'에서도 소외되는 한계상황 그 자체였다. 카르마씨는 자기가 처해있는 상황을 인식하고 자기의 이름을 되찾으려고 했으나 결국 그것을 단념하고 '벽' 그 자체가 된다.

인간이 벽이나 돌과 같은 무생물로 변신하는 이야기는 서구 고전문학의 오이디푸스의 『변신 이야기』36)를 대표적인 작품으로 들 수 있다. 거기에서는 동・식물 내지 무생물로 변신하는 신화가 많이 수록 되어있다. 예를 들면, 니오베는 탄타로스의 딸로서 아들과 딸이 각각 6명씩 있었다. 어느 날 니오베는 레드에게는 아폴론과 아르테미스 두 아이밖에 없다는데 비해 자기는 아이가 많다는 것을 자랑했다. 이 소리를 들은 레드의 아이들을 화가 나서 아폴론은 니오베의 남자아이를 아르테미스는 여자아이를 각각 사살해버린다. 니오베는 자식들의 죽음에 너무나 슬프고 한이 맺혀 결국 돌이 되어 버린다.

여기서 주목 할 것은 니오베가 돌로 변신한다는 것이다. 이것은 신벌(神罰)에 의해 돌이 된 것이 아니라 자식을 잃은 어미의 깊은 슬픔의 덩어리가 돌이 된 것이라고 보고 싶다. 그러므로 그 돌은 슬픔 덩어리인 것이다.

카르마씨는 자기 자신도 모르는 사이에 이름을 빼앗기고 현 생활의 터전인 도시에서 소외되어 간다. 그러던 중에 고독이라는 것이 가슴속에 생겨나 '벽'이 성장함과 함께 커간다.

그렇다면 '벽'이라는 것은 '광야'와 같은 고독의 덩어리라 해도 좋을 것이다. 그 '광야'에는 "가까이 가보니 무언가가 땅속에서 머리를 쳐들려고 했다. (중략) 그러자 얼마 안 있어 돋아나는 것은 식물이 아니고 네모꼴의 커다란 상자였다. 그런데 더 자세히 보니 그것은 상자가 아니고 벽이라는 것을 알았다"[37]고 되어 있는 것처럼 카르마씨와는 별도로 이미 '벽'이 되어 성장하고 있었다.

'벽'이 되는 것은 카르마씨 뿐만 아니고 도시에서 소외된 인간 모두가 '벽'이 되어가고 있는 것이다. 이 수 많은 '벽'은 광야에 우뚝 솟아 강한 바람이 몰아쳐 오랜 동안 풍화작용으로 점차 모래로 되어간다. 그 모래가 점점 퍼져나가서 사막이 된다. 이 사막화 현상은 "죽은 유기물에서 살아있는 무기물로!"라는 발상의 전환이라고 볼 수 있다.

이렇게 해서 도시 사막화는 그 곳에 사는 도시민들을 절망적인 한계상황으로 계속 몰아붙이고 있다. 그것은 참으로 도시 속의 고독과 불안의 표상이기도 하다.

5. 맺음말

　『벽-S·카르마씨의 범죄』는 분신과 변신이라는 두 가지 모티브에 의해 우선 '표면'과 '이면' 혹은 거울을 사이에 둔 비추는 상과 비추어지는 상과의 대립하는 세상이 구조화된 것이다. '표면'의 세상은 '이면' 세계의 '혁명'에 의해 현실로부터 소외되는 운명에 놓여 있다.

　또 거울은 아무래도 그 비춘다고 하는 기능에 의해 비추는 상과 비추어지는 상을 통해 한편에서는 허구를 또 다른 한편에서는 진실을 말한다. 이 두 가지가 대립하는 '뒤죽박죽' 세계는 다이내믹한 운동의 과정을 내포한다. 소외되는 '표면'의 세상, 거기서 비쳐 나오는 '뒤죽박죽'인 세계. 그래서 신체론적 레벨의 S·카르마씨는 세계 끝으로 도주하여 스스로가 실존의 한계상황 때문에 '벽'으로 변신하고 만다. 다만 악(惡)으로서의 실존은 이 작품에서도 아직 명확한 형상을 나타내고 있지 않아서 다양한 해석이 요구될 수 있다.

　여기서 엿볼 수 있는 것은 우선 첫째로 명함 S·카르마씨를 통해서 인간의 악을 존재의 악으로 묘사하려고 한 점이다. 두 번째는 그냥 단순히 악을 구체적 또는 상징적인 '명함'으로 소위 존재의 악으로 묘사했을 뿐만 아니라 존재의 집착 내지 갈망으로 묘사했다는 점이다.

　다만 그렇기 때문에 오히려 이름을 잃었다거나, 가슴속에 벽이 성장한다거나, 마네킹 인간이 등장한다거나 하는 기상천외한 모티브는 단순히 현대 도시 사회로부터의 소외라는 형태의 변신은 아니고, 악의 실존을 계속 지켜보는 아베 고보류의 변신 모티브를 인정하지 않으면 안 될 것이다.

∥ 註 ∥

1) 여기서 인용하는 『벽-S・카르마씨의 범죄』라는 텍스트는 『安部公房全作品』(全 15巻, 新潮社, 1972) 중에서 제2권을 이용하였고 인용 페이지 수도 그에 따른다.

2) 「第25回芥川賞選評」(『芥川賞全集・四』文芸春秋社.1982. p.444) 선고 위원으로 서는 丹羽文雄・佐藤春夫・龍井孝作・岸田国士・丹橋聖一・川端康成・宇野浩 二・坂口安吾다. 선평을 읽어보면 『벽-S・카르마씨의 범죄』는 찬반양론이 많았 던 문제작이었다는 것을 알 수 있다. 우선 찬성파는 丹羽씨와 龍井씨다. 丹羽씨는 "끝까지 재미있게 읽었다. 수작이다. 문장이 당당하고 침착하여 뛰어났다". 龍井은 "자신의 스타일을 가지고 있다. 좋은 작가라고 생각했습니다"라고 했다.
부정적인 평가로는 宇野씨와 坂口씨다. 호평도하면서 비판도하는 입장은 丹橋, 佐 藤, 川端, 岸田이다. 佐藤씨는 "그 의도와 문체의 신선함만으로도 충분하다"라고 했으며 川端는 "『벽』과 같은 작품이 나타난 것에 나는 오늘날의 필연이라고 느끼 며, 그런 의미에서의 흥미를 가진다"라고 했다. 岸田씨는 "『벽』은 주목할 만한 야 심작임에는 틀림없지만, 좀 더 다듬을 필요가 있다"고 언급했다.

3) 遠丸立「『壁』」(『解釈と鑑賞』p.445, 1971年 1月)

4) 이밖에 다른 표현으로 「놀랍게도 내 자리에는 또 다른 내가 앉아 있었던 것이다」 (p.380) 「명함이라고 해도 내 일부임에는 틀림이 없다」(p.383) 등이 있다.

5) 『安部公房全作品 002』 p.381

6) 新村出編『広辞苑』第4版(岩波書店, 1992)

7) 安部公房・ナンシ・S・ハーディン「安部公房対話」(『ユリイカ・特集安部公房』199 4年 8月)

8) 『安部公房全作品 002』 pp.378～379

9) 『安部公房全作品 002』 pp.380～381

10) 『安部公房全作品 002』 pp.382

11) 岩本裕編『日本仏教語辞典』(平凡社, 1988)

12) 岩本裕編『日本仏教語辞典』, 松田徳一郎監修『リーダーズ英和辞典』(研究社, 1992)

13) 졸고「安部公房『デンドロカカリヤ』論―또는, 「極悪の植物」への変身をめぐってー」 (『橋本近代文学』第19号, 1994年 11月)

14) 松原新一「小説家としての安部公房(『解釈と鑑賞』445, 1971年 1月)

15) 田中裕之「『S・カルマ氏の犯罪』論―作家誕生の物語」(『近代文学試論』28, 1990
    年 12月)

16) 『安部公房全作品 002』p.382

17) 『安部公房全作品 002』p.411

18) 『安部公房全作品 002』p.411

19) 渡辺広士「"コンミューン"イスト安部公房―『デンドロカカリヤ』以 後 」(『安部公房』審
    美社, 1976) p.69

20) G・ルカーチ著, 伊東・小林共訳『リアリズム論』(理論社, 1950)

21) 『安部公房全作品 002』pp.409

22) 『安部公房全作品 002』p.439

23) 『安部公房全作品 002』p.425

24) 『安部公房全作品 002』p.444

25) 『安部公房全作品 002』p.442~443

26) 『安部公房全作品 002』p.449

27) バートン・パイク著, 松村昌家訳『近代文学と都市』(研究社出 1987) p.14

28) 『安部公房全作品 002』p.451

29) 林晃平「『壁―S・カルマ氏の犯罪』の構造」(『日本文学論』39冊, 1979年 7月)

30) 石原千秋「安部公房 壁-S・카르마カルマ氏の犯罪」(『国文学』33-4, 1988年 3月)

31) 田中裕之「『S・カルマ氏の犯罪』論―作家誕生の物語」(『近代文学試論』28, 1990
    年 12月)

32) 『安部公房全作品 002』p.434

33) 『安部公房全作品 002』p.435

34) 이어서 제2한계상황은 죽음, 고뇌, 투쟁 등과 같이 누구나 어느 정도 역사에 있어
    서 일반적인 상황에서 만나게 되는 한계상황이다. 제3한계상황은 앞의 두 종류의
    한계상황을 경험한 다음에 현존재 일반을 한계상황으로 취급하고 그러한 상황에
    있어서 세계 속에 존재하는 '나'의 존재에 의문부호가 붙는 그러한 한계상황이다.
    이러한 상황은 일체 세계 속의 존재를 절대적인 역사 추이에 있어 생멸 유전하는
    무상의 존재로 보는 실존적 의식에 지나지 않는다. 松良信三郎・飯島宗亨 編『実

存主義辞典』(東京堂出版, 1988)

35)『安部公房全作品・13』p.206

36) 그리스신화를 중심으로 인간이 여러 동물이나 식물, 무생물로 변하는 이야기
   200편 정도를 모은 것으로 오이디푸스의『변신 이야기』가 있다.

37)『安部公房全作品 002』p.439

제5장

'변신' 모티브 고찰
―초기 작품을 중심으로―

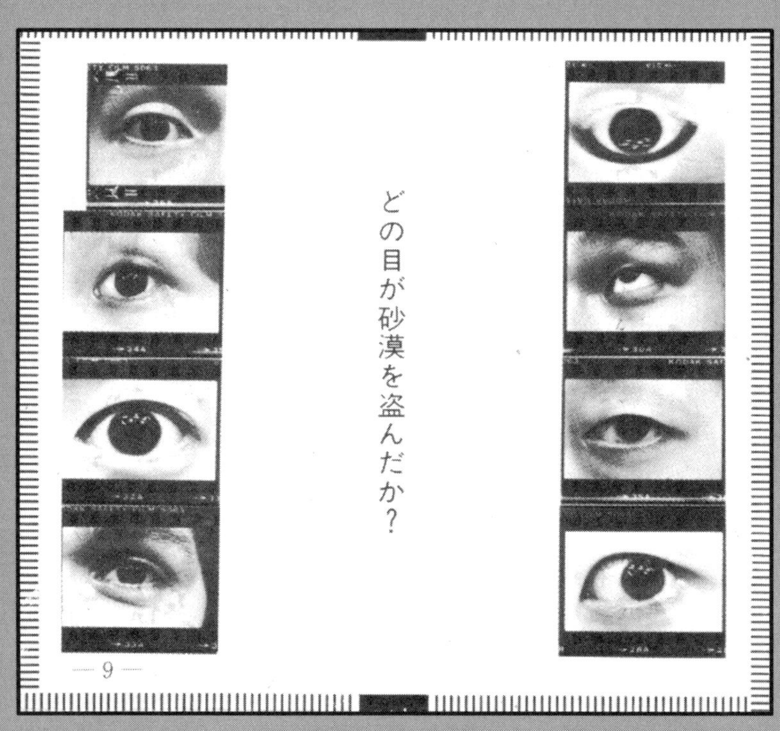

"누가 사막을 훔친 것일까"<아베 스튜디오 회원통신> 중에서
(No6.1978.10.1)

제5장
'변신' 모티브 고찰
-초기 작품을 중심으로-

1. 머리말

아베 고보의 작품에는 『덴도로카카리야』를 비롯하여 『붉은 누에고치』『S·카르마씨의 범죄』『막대기』『타인의 얼굴』 등에서 '변신'[1] 모티브가 다채롭게 전개되어 있고, 더구나 이 모티브 대부분이 작품의 주제와 연결되어 있다. 그것도 특히 1950년대 초기 단편소설에 압도적으로 많은 것이 특색이다.

이러한 작품 속에 나타난 '변신' 양상은 크게 다음과 같이 나눌 수 있다. 즉 ①인간이 식물로 변신하는 것(『덴도로카카리야』), ②인간이 벽이나 막대기 등의 무생물로 변신하는 것(『벽-S·카르마씨의 범죄』『막대기』등), ③가면에 의한 변신(『타인의 얼굴』), ④초능력에 의한 변신(『하늘을 나는 남자』) 등이 그것이다[2]. 이중에 ④『하늘을 나는 남자』는 아베 고보의 유고 작품이다.

이와 같이 볼 때 아베 고보 작품에는 '변신' 모티브가 초기의 『덴도로카카리야』이래 일관되게 나타나 있음을 알 수 있다[3].

지금까지 아베 고보의 '변신'모티브에 관한 연구는 작가의 초기 창작 시대에 마르크스주의 심취한 것이나, 코뮤니즘에 접근한 것 등 소위 작품 외부에 주목하여 그 의미를 탐구해 왔다.

예를 들면, 오사토 쿄사브로(大里恭三郎)씨의 「아베 고보 론-변신의 희비극-」4), 오카니와 노보루(岡庭昇)씨의 「변신의 논리」5), 하야사카 도모코(早坂智子)씨의 「아베 고보 론-메타모르포시즈의 세계」6), 미도리카와 타카코(綠川貴子)씨의「아베 고보의 『변신』7), 오가와 가즈미(小川和美)씨의 「아베 고보 문학에 대한 고찰-소실·변신의 의미-8), 기타카와 토오루(北川透)씨의 「메타파로 본 변신-아베 고보 『모래의 여자』까지-9) 등이 대표적이다.

특히 오카니와 노보루(岡庭昇)씨는 아베 고보를 일본 문학으로서는 드문 아방가르드의 경험자로 보았고, '변신'모티브도 그 예술 정신의 틀 속에서 분석하였다. 기타카와 토오루씨는 작가의 사상적 체험 편력보다 작품을 하나의 이미지로 받아들였다. 씨의 견해는 수긍이 가는 점이 많지만, '변신'의 해석에 대해서는 일반론적인 해석에 머물고 있다. 그렇다면 반드시 아베 고보의 '변신'이 아니더라도 좋다는 점에 불만이 남는다.

본 고찰에서는 소위 작품의 외부로 눈을 돌리기보다는 보다 텍스트를 충실히 읽는 것을 시작으로 텍스트 내부에 숨어있는 기호(記號)=언어의 작용을 분석해 가고자 한다.

이러한 방법론을 따를 경우 아베 고보의 '변신'모티브의 위상에 주의를 쏟게 된다. 거기에는 크게 세 가지 패턴을 읽어낼 수 있기 때문이다. 첫 번째는 '도주/정착'이라는 이항 대립의 개념으로 그 변신의 의미를 읽을 수 있는 패턴이다. 예를 들면, 현실의 가혹한 모순에 시달리던 주인공이 현실로부터 '도주'한다. 그러나 도주하더라도 결국에는 그를 지배하려는 자에 의해 '변신' 당하고, 그 예속 하에 '정착'하게 된다는 패턴이다.

다음으로 두 번째는 '소외/소멸' 개념으로 받아들일 수 있는 패턴이다. 이것은 주인공이 우선 기존의 질서에서 '소외'되어 외부 내지는 경계선상에서 방황하게 된다. 그 결과 '변신'이 일어난다. 그리고 그때까지의 자기 존재가 '소멸'되고 만다는 것이다.

마지막 세 번째 경우는 '소유/존재' 개념으로 해석할 수 있는 패턴이다. 이것은 우선 어디에도 소속되지 않고 소유되지 않은 것이 '변신'을 함으로 인해 제3자(또는 타자)의 '소유'가 되어, 그의 분신 내지는 장난감으로서 '존재'한다는 패턴이다.

물론 이상의 세 가지 패턴으로 읽을 수 있는 '변신' 모티브 외에도 여러 가지 위상의 변신담(変身譚)이 아베 고보 작품에 나타나 있다. 하지만 그런 것들을 다시 분석해 보면 위의 세 가지 위상의 '변신' 모티브가 서로 얽혀있다는 것을 알 수 있다.

이와 같이 '변신'의 세 가지 위상을 전체적으로 보았을 때, 각각의 위상이 고유성을 주장하고 있는 것 같이 보이며, 아베 고보의 변신담이 다양하다는 인상을 우리들에게 주고 있다.

그러나 필자는 이와 같은 아베 고보의 다양한 '변신' 모티브에서 연속성과 변용을 보고자 한다.

우선 '변신' 모티브에 일관하는 연속성이란 무엇인가. 그것은 아마도 주인공과 사회(세계라고 해도 좋다)와의 관계에 있어서 주인공이 주체적으로 세계에 관여하거나 아니면 그 세계를 질서 있게 만들어 나간다는 능동적인 태도를 나타내는 것이 아니다. 오히려 주인공은 반질서(反秩序)쪽으로 기울거나, 아니면 수동적인 자세로 세계에 몸을 위탁하고 만다. 그가 관여하는 최소한의 인간관계는 아베 고보의 말처럼 '혁명' 즉, 관계의 변혁을 요구하는 소시민적인 태도라고 해도 좋을 것이다. 이것이 초기 작품에 나타난 '변신' 모티브에 일관하고 있는 연속성이라고 하겠다.

이와 같은 연속을 모태로 해서 그 표층에서 변용이 인정되는데, 그러면 변용이란 무엇인가. 초기의 아베 고보의 문학에서 보이는 도시와 광야, 또는 안(內)과 밖(外)이라는 공간개념에 의해 변용해 가는 '변신' 모티브가 그것일 것이다. 그 모티브가 안고 있는 것은 도시에 살고 있는 현대인의 실존 상황과 불안이 변형된 형태라고 해도 좋을 것이다.

바꾸어 말하면, 초기 작품에 있어 '변신' 모티브는 작품의 테마와 깊게 관계하면서 변용해 간다. 그것은 보다 철학적인 추상성을 띠고 실존주의 철학의 명제인 영상화라는 것으로도 볼 수 있을 것이다.

이와 같은 아베 고보 문학에 있어 '변신' 모티브가 무엇보다도 필자의 흥미를 끈 것은 그것이 작품의 주제와 깊게 관계하고 있다는 것이다. 앞에서 언급한 바와 같이 그 '변신' 모티브와 주제와의 관련은 아베 고보 문학에 일관되어 있지만, 초기 작품일수록 그 관련 구조가 단순하다는 것을 특색으로 들 수 있다.

따라서 그것은 한편으론 '변신' 모티브 분석이 그대로 작품의 주제와 연결된다는 것이다. 필자가 초기 작품에 나타난 '변신'모티브에 주목한 이유의 하나는 여기에 있다. 그 때문에 아베 고보에 있어 초기 중요한 변신 소설인 『덴도로카카리야』(1949년), 『붉은 누에고치』(1950년), 『벽-S·카르마씨의 범죄』(1951년), 그리고 『바벨탑의 너구리』(1951년)의 네 편[10]을 들어 '변신' 모티브의 기능과 의미, 그리고 주제와의 관련을 고찰해 보고자 한다.

2. ‘도주/정착’에서 ‘소외/소멸’로

1) ‘도주/정착’의 ‘변신’ 모티브를 갖는 작품

아베 고보 작품 주인공들은 ‘이 세계’가 아니면 ‘이 현실’[11] 세계가 있는 한 ‘도주’를 되풀이하는 존재로 등장한다. 처녀작『길 끝난 곳의 이정표에』(1948년)의 주인공을 비롯하여 초기 작품인『벽-S·카르마씨의 범죄』(1951년), 그리고 중기 작품인『모래의 여자』(1962년)의 주인공들은 모두 ‘이 현실’ 또는 ‘이 세상’에서 ‘도주’하려한다.

예를 들면, 처녀작『길 끝난 곳의 이정표에』에서는 고향을 버리고 일본을 향해 길을 떠난 주인공의 방랑을 묘사한 작품이지만, 여기에서는 “고향을 거부하면서 고향에 붙어있게 되는” 주인공이 있다. “고향을 거부”한다는 것은 ‘도주’한다는 것이다.

이 작품은 “여행은 끝나는 데에서부터 시작하지 않으면 안 된다”라는 글귀가 전반적인 분의기를 이끌어 가고 있지만, 한번 ‘도주’한 자는 불안과 고독에 시달리며 ‘정착’과 ‘도주’를 되풀이 하고 만다. 그것이 ‘도주’하는 자의 운명인 것이다.

그러나 이와 같이 끊임없는 ‘도주’는 언제나 다른 한편으로 ‘정착’을 동경하고 있다는 것을 잊어서는 안 된다. ‘정착’에 대한 동경이 ‘도주’의 에너지가 되어있다는 부조리가 ‘만주’체험을 가진 아베 고보에게는 현대인의 실존 상황을 인식하는 원점이 되었다고 할 수 있다.

이와 같은 ‘도주’와 ‘정착’이라는 대립되는 모티브는 중기 작품인『모래의 여자』에서도 찾아 볼 수 있다. 작품 주인공은 “이 현실의 우울하고 짜증스러움”에서 ‘도주’하기 위해 해안가 사구 지대를 찾아간다. 그러나 그 사구 지대에서 사구 지대의 현실에 빠져들고 만다. 사구 지대의 현실에 빠져버렸다는 것은 단적으로 말해 주인공이 ‘정착'을 강요당한 상황인 것이다.

그렇지만 그 상황을 인식한 주인공은 이번에는 사구의 현실에서 '도주'하려고 한다. 그러나 『모래의 여자』의 결말에 이르면 사구 마을에서 새로운 희망을 찾아낸 주인공은 '도주' 할 수 있는 상태에 있으면서도 도리어 자기의 삶을 되돌아보며 '도주'를 포기하고 '정착'하려는 것으로 끝난다.

이상의 두 작품은 '도주/정착'이라는 이항 대립의 모티브가 변신담에 결부된 것이 아니라, 말하자면 그 모티브 자체가 대강의 줄거리를 형성하고 있는 작품이라고 볼 수도 있다.

이와 같은 이항 대립 개념의 모티브가 '변신'과 결부된 대표적인 작품이 『벽-S·카르마씨의 범죄』이다. 이 작품 주인공인 S·카르마씨는 자신의 이름을 잃어 버려 '이 세상'에 머무를 수가 없게 되어 '세상 끝'까지 '도주'하지 않으면 안 되는 처지에 빠진다.

> "당신이 법정으로부터 벗어나기 위해서는 세상 끝까지 가버리면 됩니다.""세상 끝까지……""쉿, 작게 말하세요. 바로 이 세상 끝까지 가는 겁니다. 당신은 떠나야만 합니다. (중략) 이 시대의 유행이죠."12)

그러나 그 '세상 끝'에서 S·카르마씨 몸에 일어난 변화는 '벽'으로의 '변신'이었다.

> 그는 바로 그것이 가슴속의 광야에서 성장하고 있는 벽 때문이라는 것을 깨달았다. 벽이 점점 커져서 몸 가득히 차버린 게 틀림없었다.
> (중략) 이윽고 그나마 남아 있던 손과 발, 그리고 목도 판자에 붙여진 토끼 가죽처럼 잡아 당겨져, 결국엔 그의 전신이 한 장의

벽 그 자체로 변형되어 버린 것이다.
끝없이 펼쳐져 있는 광야다.
나는 그 속에서 끝없이 성장해 가는 벽이 된 것이다.[13]

‘도주’와 ‘정착’이 되풀이되는 다이내믹한 상황 속에서 현대인의 실존 상황을 간파하려고 한 『길 끝난 곳의 이정표에』나 『모래의 여자』에 대해 이 작품은 그러한 실존적 상황을 ‘벽’으로 변신시켜 시각화 한 것이다.

실존주의 철학에서는 인간이 궁지에 몰린 최악의 상황을 ‘벽’이라고 한다. 야스퍼스는 이와 같은 상황을 ‘한계상황’이라고 불렀다[14].

벽을 주제로 한 변신담에는 『마법의 초크』(1950년)가 있는데, 그 작품의 주제를 심화시켜 『벽-S・카르마씨의 범죄』를 창작한 것으로 생각된다. 다만 아베 고보의 작품에 있어서는 ‘벽’이라는 말과 그 모티브는 전 작품의 근저에 흐르고 있다고 지적해 두고 싶다.

그런데 『벽-S・카르마씨의 범죄』의 주인공 이름은 「업(業)의 윤회」, 즉 ‘죄 업’이 라는 의미의 ‘S・카르마’이다. ‘카르마’씨 는 그 이름 때문에 절도죄를 범했다는 혐의를 받고 재판을 받게 된다.

아베 고보는 에세이 「S・카르마씨의 본성」에서 주인공 카르마씨에 대해 ‘일종의 실존주의자’라고 말하고 있다. 확실히 S・카르마씨는 사회 속의 존재로서 하나의 표상이라고 해도 좋을 이름을 빼앗긴 결과, 도시에서 ‘소외’되어 사막이 펼쳐진 광야로 길을 떠난다.

그러나 광야에서도 그의 존재 기반은 없었다. 도시에서도 광야에서도 ‘소외’된 ‘한계상황’ 속 에서 카르마씨는 ‘벽’ 그 자체가 되어 ‘정착’하고 만다. 따라서 ‘벽’으로 ‘정착’한다는 것은 현대인의 실존 상황을 은유했다고 볼 수 있다[15].

또한 『벽-S・카르마씨의 범죄』보다 2년 전에 발표된 『덴도로카카리야』에서도 현대인의 실존상황이 잘 나타나 있다. 『덴도로카카 리야』에서 식물원 원장인 아르피이에가 등장하여 작품의 주인공 커 먼군을 식물로 변신 시키려고 항상 따라다닌다. 커먼군은 처음에는 달아난다. 이윽고 반격을 계획하여 아르피이에를 죽이려고 식물원 에 잠입하지만 실패하고 '덴도로카카리야'라는 식물로 변신하고 만 다. 이것도 식물로 '변신'하면서 '정착'을 꾀한다고 볼 수 있다.

> "절대적으로 당신을 위해서입니다. 정부가 보증합니다." (中略)
> 눈을 감고 아직 뜨지 않은 태양 쪽으로 조용히 두 손을 내뻗었 다. 갑자기 커먼군은 사라지고 그 뒤에 국화와 같은 잎사귀가 달린 별로 보지 못한 한 그루의 나무가 서 있었다. (中略) 원장은 카드 에 달필로 써나갔다.

Dendrocacalia crepidifolia

> 그리고 그것을 커먼군의 나무줄기에 큰 못으로 박아 붙였다.16)

아르피이에가 커먼군에게 '덴도로카카리야'라고 이름 붙인 것은 세 번째 변신 할 때었다. 커먼군은 그 '커먼'이라는 이름이 시사하는 바와 같이 특별한 존재가 아니라 보통사람, 극단적으로 말하면 오히 려 개별화 할 필요도 없는 존재이다. 그러한 존재상황은 권력을 지 닌 엘리트가 지배하는 도시에 있어서는 '소외'되어 있다고 해도 좋 을 것이다.

이와 같은 구조로 보면 어떤 의미에서는 이름이 없는 대중은 언 제나 '소외'된 상황에 놓여져 있다고 보아도 좋을 것이다. 아르피이 에는 커먼군을 식물로 변신시키고 나서 '덴도로카카리야', 즉 '극악

(極惡)의 식물'이라고 명명한다17). 그 이름은 커먼군과는 달리 아주 신기하다. 그 명명에 의해 식물이 된 커먼군은 오히려 현저하게 개별화된다.

그러면 왜 아르피이에는 커먼군을 따라다니게 되었는가.

당시 커먼군은 아직 개별화되지 않은 존재였기 때문에 아르피이에가 기대하는 인간의 틀 속에 끼워 넣기에 적합하였던 것이다. 커먼군으로 대표 되는 현대인의 자기 형성이란 어떤 상위 존재에 자기 자신을 종속시키는 작업으로 환원시킨다고 해도 좋을 것이다.

따라서 커먼군 입장에서 보면 '식물'로 변신해서 '정착'하고 마는 자기 형성 욕구의 시니컬한 현실이기도 하다. 그러므로 아르피이에(권력을 지닌 엘리트)가 자기 형성을 꾀하려는 커먼군을 교묘하게 이용하여 '식물'로 변신시켜 "덴도로카카리야(=극악(極惡)의 식물)"라고 이름을 붙였다.

이것은 아르피이에가 그렇게 명명함으로써 개별화 된 커먼군에게 '악(惡)'이라고 낙인찍고, 그 시민권을 빼앗음과 동시에 지배하려는 의도를 엿볼 수 있다. 커먼군은 결국엔 개별화되기는 했으나 오히려 그 존재성을 '악' 그 자체 속에 던져버린 것이 되고 말았다. 이렇게 해서 도시라는 공간 속에서 어디에나 있는 흔한 인간 존재는 늘 선악에 도착된 충동에 따라 움직이게 되는 실존 상황을 잘 나타내 주고 있다.

2) '정착'의 금지, 또는 '소외/소멸'

인간소외라는 사회현상은 아베 고보 소설의 중요한 테마인 동시에 현대사회를 표상하는 일종의 유행어다. 다만 사회학 용어로서 '소외'라는 말은 다의적인 의미를 띠고 있다.

　그러나 그 중에서 아베 고보가 그린 '소외'의 문학적인 영상화는 말할 것도 없이 '변신'인 것이다. 거기에 대해서는 이미 앞에서도 언급한 바 있지만, 여기서는 '도주/정착'이라는 이항 대립의 개념으로 받아들이는 변신 모티브로부터 '소외/소멸'이라는 이항 개념으로 이행하는 변신에 대해 고찰하고자 한다.

　이 이항의 개념으로 받아들이는 변신은 '이 현실'에서 '소외'된다는 점에서는 앞 절의 변신담과 다를 것이 없지만, 자기의 완전한 '소멸'을 통한 프로세서가 다르다.

　『붉은 누에고치』의 '나'는 '돌아갈 집'을 찾아서 계속 방황하는 인물로 작품 속에 등장한다. 돌아갈 집이 없는 '나'는 지금까지도 그랬지만 앞으로도 계속해서 집을 찾아 헤매고 다녀야만 한다. 이렇게 하여 '이 현실'(이 거리, 이 도시)에 들어가려는 '나'에게는 권력을 가진 사람으로 보이는 '그'라는 존재에 의해 끊임없이 그곳에서 쫓겨나고 만다. 즉 '나'는 '정착' 할 수가 없는 것이다.

　어느 날 '나'는 '공원 벤치'에 누우려고 하자 '그'가 다가와서 다음과 같이 경고 한다.

　　이봐, 일어나. 여긴 모두의 것이고 누구의 것도 아냐. 하물며 네 것 일리가 없어. 자, 빨리 가란 말이다. 그것이 싫으면 법률의 문을 통해 지하 감옥으로 가든가. 그 외의 장소에서 발을 멈추면 그곳이 어디든지 간에 그것만으로 넌 죄를 짓게 되는 거야.18)

　'그'는 법률 집행자로서 '나'의 앞을 가로막아 서서, 도시에 '정착' 하려는 것을 저지하고 밖으로 추방(소외)시키려 한다. 그 관계성을 바꾸어 말하면 '나'와 '그'는 법률이 매개하는 적대 관계에 있다고 하겠다. 신(神)이 아닌 법률이 도시 사회에 있어서는 타자와의 관계성을 매개하는 한, 이미 거기에는 항상 '소외'라 는 의미가 잠재해 있다고 할 수 있다.

'나'에 대해서 '그'는 도시 내부로 '나'를 데리고 가기는커녕 처음부터 '나'를 타인으로 규정하고 외부로 추방함으로서 '나'를 '소외'시키려고 한다. 그래서 '나'는 '그'의 법적인 협박으로 도시에서 '소외'되고 '방황하는 유태인' 처럼 도시의 경계선 상을 유랑하게 된다.

이러한 상황에서 결국에 가서 '나'는 '소멸'하여 '누에고치'로 변신한다.

> 실은 이윽고 내 전신을 봉지처럼 감쌌지만, 그래도 여전히 풀려 허리에서 가슴으로, 가슴에서 어깨로 차례로 풀어나가 풀려진 실은 봉지 안쪽에서부터 단단히 굳어져갔다. 그리고 끝내 난 소멸했다. 드디어 커다란 텅 빈 누에고치만이 남았다. (中略) 하지만 집이 생겼어도 이번엔 돌아갈 내가 없다. 누에고치 안에서 시간이 멈춰졌다.[19]

이것은 확실한 존재의 해체이며 인간을 '소외'시켜 '소멸'시키는 것으로 기성 질서나 일상성에 대한 비판이라고 읽을 수 있다. 그러므로 『붉은 누에고치』를 기성 질서로 복귀하는 대가로 자기 자신을 해체 할 수밖에 없는 이야기로 받아들이는 견해도 있지만[20], 과연 그럴까?

인용문에서도 알 수 있듯이 '소멸'에서 '변신'까지의 과정이 일종의 창조 행위처럼 리얼하게 영상화되어 있다. 이 '변신' 과정은 당연히 일상적·습관적인 현실 세계 밖에서 이루어지는 것이다.

결국 '나'는 경계선 상의 존재로서 현실 사회와의 관계가 상실되는 (즉 '소멸'되는) 과정 속에서 운명 지워진 불안한 실존이다. 그로 인하여 현실 사회와의 관계가 소멸됨과 동시에 '나'도 '소멸'된다. 그것도 번데기와 성충과의 중간적인 존재 형태인 '고치'로 도플갱어되는 것이다. 이 '변신'은 현실 세계 속에서 그 관계의 '소멸'이 '나'의 '소멸'로 전화되는데서 생긴다고 해도 좋을 것이다[21].

3. '소유/존재'의 개념으로 받아들이는 변신 모티브

'소유/존재'라는 대립 개념에서 말하는 '소유'는 인간이 물질적·정신적인 관계를 통해서 대상을 능동적으로 또는 자기 풍요를 목적으로 포섭하는 것을 의미한다. 즉, 인식론적인 의미로는 대상을 소유한다는 의미다. 또는 애무함으로서 여체를 소유한다거나, 활주함으로서 설원을 소유한다는 식의 개념으로 사르트르의 『존재와 무』에서 이야기하는 소유 개념에 가깝다[22].

따라서 '소유/존재'라는 대립 개념에서 받아들이는 변신 모티브라는 것은 원래는 누구에게도 소유되지 않았던 것을 형태를 바꾸어, 즉 변신 시켜 누군가에게 소유되어 존재한다는 프로세서를 더듬어 가는 것이다.

이러한 개념이라면 예를 들어 앞에서 언급한 『붉은 누에고치』의 변신 모티브도 어디에도 귀속되지 않은 경계선 상의 존재인 '나'는 '누에고치'로 변신하여 '그' 또는 '그의 아들'의 소유물이 되어 존재한다고도 이해할 수 있다.

그렇다면 『붉은 누에고치』의 모티브는 '소외/소멸'이라는 패턴에 속하는 것과 동시에 '소유/존재'의 패턴에도 해당되는 이중 형태를 취하고 있다. 모티브의 구조 개념으로서는 크게 변용되었다고 해도 좋을 것이다.

이 밖에 『바벨탑의 너구리』는 이름도 모르는 짐승에게 그림자를 빼앗겨 주인공인 ‘나’는 눈만 남은 ‘투명 인간’으로 변신한다는 소설이다. ‘나’와 ‘눈뿐인 투명 인간’이 된 ‘나’와의 사이에는 ‘그림자’라는 매체가 존재함으로써 양자의 변환은 가능했다.

> ① 아침 햇살에 길게 늘어난 내 그림자의 머리 부근에 서 있었다. 그러다가 갑자기 그 동물이 격렬히 몸을 움직였다. (중략) 그 짐승은 내 그림자를 지면으로부터 벗겨낸 것이다.[23]
> ② 문득 고개를 들어보니 이상한 짐승이 앞에 보였다. 고양이치고는 털이 길고, 개라고 하기에는 꼬리가 너무 너무 굵고, 여우도 아니고 이리도 아니었다. 물론 쥐도 호랑이도 아닌 아주 낯선 동물이었다.[24]
> ③ “나는 너에게 사육된 너구리라네”라고 짐승은 태연스럽게 대꾸했습니다.“그림자를 먹음으로 해서 겨우 나도 제구실을 하게 되었네. 말도 하게 되고. 봐라, 손가락이 길어져서 물건을 쥘 수 있는 손이 되었다. (중략) 나는 너의 충실한 하인이 될 작정이네”[25]

‘그림자’는 사람 그 자체의 모습이면서도 손에 넣거나 만지거나 할 수 없는 것이기 때문에 보통은 ①에서처럼 지면에서 떼어버릴 수 없는 것이다. 그러나 만약 ‘그림자’가 물질화 된다면 지면에서 떼어낼 수도 먹을 수도 있는 것이다.

또 ②에서 알 수 있듯이 이름도 모르는 ‘잡지 못한 너구리’는 기묘한 짐승이고 ‘낯선 동물’이다. 바꾸어 말하면 아직 누구에게도 소유되어있지 않다는 것이다.

그러나 그 동물이 ③에서는 스스로를 ‘잡지 못한 너구리’라고 이름을 대고 ‘나’의 분신으로서 또는 ‘나’의 소유물로서 등장한다. 그리고 앞으로는 ‘나’의 소유물이 ‘나’를 대신해서 ‘나’의 신변에서 일어나는 일에 대해 무엇이든지 대답해 주게 된다.

이것은 '나'라는 존재가 가지는 이미지의 하나를 소유(분신이라고 해도 좋을 것이다)하고 있다는 것이다.

이와 같은 플롯이라면 어디선가 '낯선 동물'이 나타나 '그림자'를 먹어버린다는 행위는 '나'의 '소유'를 빼앗는다는 것으로 오히려 그 낯선 동물이 '나'의 '소유(고유성)'가 된다는 의미를 내포한다는 것이다.

단적으로 말하면 그것은 '나'에게 완전히 소유되는 것인데, 작품 속에서는 '잡지 못한 너구리'는 '나'의 분신이라고도 하고 있다. 그림자를 먹어버린 동물은 '잡지 못한 너구리'라는 이름으로 '나'의 앞에 나타난다. 그것은 '잡지 못한 너구리'라는 '그림자'가 새로운 형태로 '나'의 소유물로 된다는 것이다.

이렇게 생각한다면 '나'의 그림자를 물고 '잡지 못한 너구리'가 달아남으로써 비로소 '존재'와 '소유'의 확실한 분리가 일어난다고 볼 수 있다.

이것을 설명하면 다음과 같이 될 것이다. 즉 '나'는 '그림자'를 빼앗긴 결과 눈뿐인 투명 인간이 되었다고는 해도 그래도 거기에 '존재'하고 있다. 일본어의 '있다'에 해당되는 한자 '있을 유(有)'라는 문자는 한편으로 '가지다, 소유하다'라는 뜻도 있다.

따라서 문자 레벨로 보면 '있다'(존재)라는 것과 '가지다'(소유)라는 것이 같은 의미로 반복되어 나타난다. 바꾸어 말하면 물건 자체가 존재의 세계로 스스로를 열어 가는가, 그렇지 않으면 소유의 세계로 스스로를 열어 가는가 하는 인식론적으로는 차이가 없다는 것이다.

마르셀은 "신체성은 존재와 소유의 완충지대이다"라고 규정 한다26). 그렇다면 신체성의 외부에 나타나 있는 현상으로서의 '그림자'

도 같은 이치로 볼 수 있다.

'나'라는 '존재'에 '소유'되고 있으나 '그림자'는 결코 '나'와 동일한 것이 아니라, 어디까지나 분리된 하나의 존재라는 것이 된다.『바벨탑의 너구리』는 인식론적 레벨에서의 '존재'와 '소유'라는 실존주의 철학의 명제를 변신의 모티브에 의해 영상화해 보였다고 해도 좋을 것이다27).

4. 변신 모티브와 초기 작품의 테마

제2절·3절에서 아베 고보의 '변신' 모티브를 세 가지 위상으로 나누어 보았는데. 결국 그러한 것은 '식물화(植物化)'로 '정착'되는 변신 이야기이며, 또 '집'을 추구한 결과 결국에는 '집'은 마련했으나 이번에는 들어갈 '내'가 '소멸'되었다는 슬픈 이야기다. 또 같은 계열의 작품『S·카르마씨의 범죄』는 '이름' 상실로 인하여 사회에서 '소외'되고 「벽」으로 변신되는 이야기이다.

그렇지만, 아베 고보의 '변신' 모티브의 특색은 그것이 작품의 테마와 깊게 관계되어 있다는 것이다. '변신'이라는 선명한 이미지는 이상할 만큼 현실감을 가지고 우리들에게 다가온다. 이 강렬한 감동은 아마도 '변신'이라는 기법이나 논리를 넘어서 작품의 주제와 관계되고 있기 때문일 것이다.

초기 작품에 있어 그 테마를 크게 둘로 나누어 보면, 우선 첫째는 도시에 사는 현대 인간의 존재 형태로서 실존의 문제가 테마로 등장하고 있다. 그리고 또 하나는 언어유희(言語遊戱) 그 자체가 테마로 되어 있다는 것이다. 언어유희가 아베 고보에게 있어서 얼마나 중요한 것인가는 아베 고보 소설의 테마를 살펴보면 알 수 있다. 나아가,

그 문제는 소위 '전후(戰後)문학'에 있어 실존이라는 문제와 함께 바로 현대문학의 하나의 방향성을 시사하고 있는 것이다.

1) 실존과 악. 또는 실존과 죄

그리스 말에서 '악 (Kakos)'은 그 본성을 잃었다거나 본성을 잃었기 때문에 추하다는 의미를 가지고 있다. 그 '카고스(Kakos)'는 『덴도로카카리야』의 커먼군이 변신한 식물 이름이 지닌 어원적인 뜻이다. '덴도로카카리야(Dendrocacalia)'는 'Dendro(Dendr : tree : 식물·수목)'+'cacalia(kakos : 악 + lian : 심하다)', 즉 '극악(極惡)의 식물'이라는 뜻이다[28].

커먼군은 처음에는 '덴도로카카리야(이하 카고스로 함)'로 불리는 것을 거부한다. 그렇지만 '카고스'로 변신할 때의 심정 변화를 보면 자기도 모르는 사이에 그것을 받아들이고 있다.

제일 처음 변신할 때 커먼군은 '어딘가에 끌려가는 느낌'을 받았으며 마음은 텅 빈 깊은 '타락감'을 느낀다. 그것은 동시에 '기분 좋은 것'이기도 했다. 이 언밸런스한 기분은 두 번째 변신할 때도 불길한 예감에 가슴이 오그라드는 한편, 기분 좋은 '포화감(飽和感)'에 도취되는 형태로 나타난다.

그러나 세 번째 변신 때는 곧바로 지치고 말았지만, 거기에 '일종의 쾌감'을 느끼는 것이었다. 이것은 '카고스'의 유혹에 대한 마음의 동요를 나타내는 것으로 볼 수 있다.

그것은 변신의 프로세서에 있어 얼굴을 '뒤집는다' 라는 수법과 같은 것이다. '뒤집는다'는 즉 선(善)으로 향한다는 본래의 충동보다 악(카고스) 쪽으로 강하게 작용하는 부조리한 비유이다. 그렇기 때문에 '뒤집어진' 얼굴은 '타인'에게는 '악'의 표상으로 보이는 것이다. 말할 것도 없이 아르피이에의 눈에는 커먼군이 '악=카고스'로 보이는 것이다. 거기에 인간존재의 '뒷면(裏)'과 '앞면(表)', 즉 선악의 도착(倒錯)된 충동이라는 실존의 심연을 한눈에 볼 수 있다.

거기에서 커먼군은 자신을 '카고스'화 시켜 속박하려는 아르피이에를 없애고 "온실 속에 감금되어 있는 동료들을 구출해 주자"라는 정의감, 즉 선을 향한 충동에 불타서 식물원 안에 뛰어 들어갔지만, 그 시도는 실패하고 역으로 아르피이에에게 설득되어 버린다.

그리하여 식물로 변신되는 '병(病)'은 커먼군만의 문제가 아니며 인간존재의 일반적인 것으로 나타난다고 할 수 있다. 그렇다면 아르피이에가 노리는 것은 커먼군 뿐만이 아니다. 커먼군 마음속에 소용돌이 친 악의 충동이 실은 아르피이에의 유혹이었던 것이다.

결국 커먼군은 '카고스'를 받아들여 식물원 안에 틀어박히게 된다. 그러나 이 커먼군의 변신은 아르피이에의 설득에 의한 타율적인 변신이 아니고 자기의 의지에 의한 적극적인 변신이다.

아베 고보가 묘사한 실존은 비극성을 띄고 있다. 내부에 숨어있는 악의 충동이 명백해지는 이 '변신'은 지극히 상징적이다. 거기에 인간의 실존이 좋건 나쁘건 간에 품고 있는 '악'의 충동이라는 것을 엿볼 수가 있다.

그런데 고보 작품의 연속성에 있어 '카고스'를 받아들인 커먼군은 다음에 『붉은 누에고치』에서 방황하는 유대인과 같은 성질을 지닌 '나'로 재생된다. 이 주인공 '나'는 '유대인'과 같은 부류 신(神)의 은총을 잃는 운명에 처하는 인간(현대인) 실존의 원형(原型)을 엿 볼 수가 있다. 즉, 인간 존재가 신의 사랑을 받을 때, 인간 존재의 근거는 언제나 늘 은총에 의해 유지되는 것으로 인식된다. 거기에 일반적으로 신을 매개로 하는 타자와의 관계성을 윤리라고 말해온 것이다.

그러나 그 신으로부터 버림받았을 때 인간은 자신의 존재 근거를 스스로 구하지 않으면 안 되는 상황에 몰리게 된다. 현대 도시에서의 실존 상황이란 타자와의 관계성을 매개해 온 이 신의 은총을 상실해버리면, 그로 인해 타자와의 관계성의 회로(回路)도 단절되어버린다는 데서 비롯되는 것이다.

『붉은 누에고치』에서 '나'와 '그'와의 관계에서도 '내'가 도시에 들어가기 위해서는 '그'의 편에 있는 '법(=질서)'을 따르지 않으면 안 된다. 그리고 '나'는 스스로 문득 **"방황하는 유대인"**(강조 원문—필자 주)이라고 자각했을 때, 오히려 유랑하지 않을 수 없는 존재 상황 그 자체가 실로 유대인의 유랑과 아날로지되는 것이 죄인 것이다. 그것을 도식화 해 보면 다음과 같다.

유대인 …… 신에 의한 죄 → 유랑
'나' …… 법에 의한 죄 ← 유랑(그 자체)

이 도식에서 알 수 있듯이 '나'는 끊임없이 소외되지만, 그것은 신으로부터 받은 죄가 아니고 '법'에 의한 형벌인 것이다. 실존 상황의 인식에 있어서 신의 존재를 인정하지 않는 것이 아베 고보 문학의 본질이라고 할 수 있다.

즉, 아베 고보의 실존은 어떤 것인가 하면, 유대인이 신이 명하는 죄에 의해 유랑 생활을 운명적으로 하는데 비해 '나'는 외부 사람으로서 '법'의 처벌을 받고 그 때문에 도시에 들어가지 못하고 경계선상을 방황하는 존재로 되지 않을 수 없는 구조에 그 원형이 있다고 하겠다.

서구에 있어 현대인의 실존이 지금까지 언급해온 것처럼 신(神)

의 상실에 의한 타자와의 관계성의 단절에 의한 것이고 거기에 죄의 문제가 불가피적으로 연결되어있다. 그러나 그에 대해서 아베 고보가 보는 실존은 '사회'나 '집'의 내부적인 인간관계에서 소외되어 고독한 상황에 놓이게 되는 존재를 말하고 있다.

여기에 아베 고보의 독특한 현대인의 시선을 엿볼 수가 있다. 현대인의 존재 상황이 그 본질로서 늘 외부 사람이라는 인식에서 현대인의 실존 상황이란 그 존재 상황이 매개하는 형태로써의 '법'과 인간과의 관계의 문제였다. 서구의 정신사(精神史)와는 다른 일본인의 실존 상황을 보는 아베 고보 문학의 원형이 여기에 있다고 하겠다.

그러면 '법'에 의해 소외될 수밖에 없는 '나'의 실존이 어떻게 아베 고보의 내면에 잉태되었을까? 그것은 실로 아베 고보의 '만주' 체험을 배경에 둔 인간 존재 상황에 대한 통찰에 있었다고 하겠다. 그러나 그렇다고 해서 반드시 그것을 아베 고보의 '만주' 체험에서만 구할 필요는 없다고 본다.

도시에 살면서도 도시에서 소외되는 현대인의 존재 상황이 실로 현대의 실존을 정확히 지적하고 있다고 하겠다. 이『붉은 누에고치』에 있어서 이러한 실존 상황을 영상화하는 것이 '법'을 휘두르는 '그'와의 관계에 있는 것은 말할 필요도 없을 것이다.

다시 한번 '나'라 는 주인공이 범한 '죄'란 무엇인가를 묻는다면 이 '나'의 '죄'라는 것은 타인(=그)의 시선을 기준으로 보면 언제나 '나'의 행동은 '죄'를 짓게 되고 마는 것이다. 그러므로 '나'에게 '죄'가 있는 것은 타자(=그)와의 관계에서만 성립된다. 환언하면 타자가 존재하고 있는 세계와 관계하게 되는 '나'라는 존재는 존재 그 자체가 '죄'를 범하고 있다고 하지 않을 수 없다.

『벽-S·카르마씨의 범죄』에 등장하는 '카르마(죄업)'씨의 비극은

‘카르마’라는 이름에서 상징되는 것처럼, 자기의 존재 그 자체가 죄악이라는데 있다. 이 작품에서도 아베 고보의 독특한 실존철학이 일관되고 있다.

이 작품에서는 ‘카르마’라는 죄악의 이름을 둘러싸고 쟁탈전이 벌어진다. 이 싸움에서 이긴 ‘명함’이 “나는 적으로부터 이름을 빼앗고, 적은 이름을 잃었다”라고 호언하는 순간 명함은 스스로 ‘카르마’그 자체가 되어 악의 존재로서 ‘이 현실’에 남는 것이다.

한편 그 이름을 잃음으로써 악 이라는 실존에서 탈각된 카르마씨는 도리어 그 현실 사회에서 소외되는 처지에 빠진다. 그 때문에 ‘세상 끝’까지 ‘도주’하나 결국 ‘벽’으로 변신하지 않을 수 없었다.

이러한 ‘도주’로 상징되는 실존주의에 있어 ‘악’이란 구체적으로 현실적인 그리고 개별적 상황 속에서 의지에 따른 결의·결단에 의해 자기 자신에 도달하는 것으로부터 도피하는 것을 일컫는다[29].

즉 ‘도주’ 그 자체가 실존에 있어 ‘악’인 것이다. 카르마씨는 자연적인 지역공동체와의 단절, 또는 가족 관계의 붕괴를 안고 있는 도시에 사는 동안에 자신의 본래 역할과 의미를 찾을 수 없게 되어 자신의 이름을 잃는다. S·카르마씨는 그와 같은 도시가 가지는 전형적인 비극적인 삶을 살아왔다고 해도 좋을 것이다.

거대한 도시의 성장이 좋든 싫든 간에 소시민(개인)에게 가져다준 것은 인간관계가 농밀한 자연적인 지역공동체나 가족 구성원 간에 확고하게 차지하고 있던 자기의 위치나 역할이 미약해 지고 결국에는 잃어버려 거기에 존재한다는 의미를 상실해 버리는 고독과 불안이었다.

이와 같이 현대의 도시 사회에서 소외라는 형태의 ‘변신’을 통해서 ‘악’의 실존을 보아왔던 아베 고보 류의 변신 모티브를 이쯤에서 그 특징을 파악하지 않으면 안 될 것이다. 그러므로 '변신'의 모티브와 주제와의 관계에 아베 고보의 초기 소설의 본질이 있었다고 생각되는 것이다.

2) 언어유희

『바벨탑의 너구리』에는 언어유희로 실마리를 풀어 나가는 여러 가지 방식을 제시하고 있다. 즉 거기에는 말의 레벨 정도로 끝이지 않고 말을 만들어내는 논리 표현에 숨어있는 위트나 트릭, 게다가 시니컬한 아이러니 등 표층과 심층에 걸쳐있는 언어유희가 넘치고 있다.

생각건대 여기에 나타난 것처럼 언어유희에는 현대문학의 하나인 방향성이 선구적으로 시사되어 있다고 봐도 좋을 것이다. 언어유희는 확실히 장난이기는 하나, 그것은 또 기성의 질서나 사상의 패러다임을 파괴하는 힘을 간직하고 있는 것으로 현대문학의 담당자가 그 힘에 매혹되는 것도 당연한 것이다.

이 작품의 키워드로서는 말의 논리를 비꼬는 언어유희를 비롯해서, 소리·문자·의미·표현 등의 언어유희를 들 수 있다. 이러한 언어유희의 예로써 대표적인 것 몇 가지를 들어 '변신' 모티브와 관련지어 보기로 하자.

『바벨탑의 너구리』는 '나'라는 주인공이 '잡지 않은 너구리'에게 그림자를 빼앗기고 눈뿐인 투명 인간이 되어 '잡지 않은 너구리'에 이끌려 '바벨탑'에 들어간다는 이야기다.

이 '바벨탑'이란 구약성서가 이미 상징화하고 있는 것처럼 언어의 파괴라는 문제를 안고 있다. 그 탑 안에 살면서 뽐내고 있는 것은 브르통 너구리를 비롯해서 단테 너구리, 프로이트 너구리, 니체 너구리 등 문학사 혹은 사상사에서 저명한 인물을 사칭하는 너구리들이다.

더구나 이들 너구리들은 각자 자신만의 몽상에 매달려 그 몽상을 통해서만 세상을 바라보고 있어 커뮤니케이션의 상실이라는 바벨적 테마로서 사술(詐術), 또는 논리에 대한 아베 고보의 통렬한 아이러니를 느낄 수 있다. 그래서 언어유희에 의해 그것을 파괴하지 않으면 안 된다고 생각한 것이 아닐까.

『바벨탑의 너구리』의 주인공 '나'는 언제나 공원 벤치에서 공상하고 계획을 세우고 하는 것을 일과로 하는 시인이다. 그리고 공상이 떠오를 때마다 그것을 수첩에 메모해 놓기는 하지만, 어느 것 하나 똑바로 된 것이 없어서 '나'는 수첩을 '잡지 않은 너구리 가죽'이라고 이름 붙이고 있다.

이것은 말할 필요도 없이 속담의 "너구리 굴 보고 피물 돈 내어 쓴다" 차용한 것인데, 그 의미도 이 속담과 다를 바 없다. 여기서 일부러 수첩에 '잡지 않은 너구리 가죽'이라는 이름을 붙인 것은 '너구리'에 그 수수께끼를 푸는 열쇠가 숨어있는 있다고 보아도 무리가 없을 것이다.

그러면 왜 하필 '너구리'인가. 우선 '너구리'라는 문자에서 생각해 보기로 하자. '리(狸)'라는 한자는 반드시 동물학상 너구리를 가리키고 있는 것은 아니다. 고양이나 다람쥐·족제비와 같은 것으로도 보고 있다. 그럼 일본어 발음인 '타누키'라는 뜻의 한자 리(狸)는 여우와 같이 옛날부터 사람을 호리는 존재로 간주해 왔다. 여우는 교활하면서도 그리고 신령적인 존재에 가깝다는데 비해 너구리는 보다 우수꽝스러운 인상이 있다고 말한다[30].

문득 눈을 고개를 들어보니 이상한 짐승이 앞에 보였다. 고양이
치고 는 털이 길고, 개라고 하기에는 꼬리가 너무 굵고, 여우도 아
니고 이리도 아니었다. 물론 쥐도 호랑이도 아닌 아주 낯선 동물이
었다. 말로 설명하는 것보다 얼른 다음 그림을 보는 게 빠를 것이
다.(p.6)

'잡지 않은 너구리'(とらぬたぬき) 라는 것은 '호랑이도 너구리도
아닌 잡지 않은 너구리'(とらともたぬきともとられぬ), 혹은 '호랑이
가 아닌 잡지 않은 너구리'(とらとはとらぬたぬき)라는 것처럼 '발음
놀이'의 감각으로 볼 수도 있다. 즉 '너구리'의 언어유희가 작가에게
'타누키'를 선택하게 한 것으로 보는 것이 좋겠다.

그러면 이번에는 '너구리'를 의미하는 '狸'라는 한자에서가 아니고,
일본어의 '타누키'라는 어원을 조사해보면, ①가죽을 타누키(가죽 다
루는 일)하다라는 말에서부터, ②너구리가 사람의 혼을 빼 간다고 믿
어왔기 때문에 "타마누키"(魂拔き)의 준말이라고 설명하고 있다[31].
그렇다면 '나'는 '그림자'를 빼앗겨서 '눈뿐인 투명 인간'이 되었는데
이는 '타마누키'(혼 빼기)를 하는 '타누키' 탓이 틀림없다.

옛날 일본인의 신앙에 의하면 '그림자'는 '형태'의 대어로 '형태'가
신체인데 대해 '그림자'는 혼(타마)의 표상으로 간주해 왔다. 그리고
보니 '타누키'가 '나'의 '그림자'를 가지고 달아나 버렸다는 것도 '나'
의 혼을 빼앗아 달아났다는 것이 될 것이다. 여기에서 '나'와 그림자
와의 분리가 생기고 변신 현상이 나타나는 것이다.

또 하나 이 작품에서 주의해야 할 것은 "말로 설명하는 것보다 얼
른 다음 그림을 보는 게 빠를 것이다"라는 문장이다. 이 문장에 호
응하는 삽화를 보면 틀림없이 한 마리의 동물이 그려져 있다. 이는
언어로 설명된 문장이 그림이 되어 나타났다고 볼 수 있다.

즉 언어의 변신인 것이다. 독자는 스토리를 읽어내려 가면서 삽화를 보는 순간 한 눈에 어떤 동물인가를 눈으로 이해하게 된다. 그리고 그것을 통해 아베 고보의 언어유희를 접하게 된다.

갑자기 잡지 않은 너구리가 내 뒤로 달려들어 내 머리를 벽에 내리쳤다. 확 하고 보라색 빛이 빤짝빤짝 빛나더니,

히 히　히　히　히

난 기절해 버리고 말았다.

☆　　　　　　(p.24)

즉, 여기서 작품이 말해주고 있는 것은 〈바벨탑〉에 들어가는 데는 현실 세계의 의식을 그대로 지니고 들어갈 수 없다는 것이다. 즉 의식을 잃어야만 가능하다는 것이다. 여기에 작자의 통렬한 아이러니가 느껴진다.

게다가 정신을 잃은 상태를 기호 '☆'로 표현하고 있다. 그렇지만 이 기호가 『아베 고보 전 작품』에는 '★' 표로 되어있다[32]. 또 신쵸샤(新潮社)에서 출판된 문고판에는 '＊' 표로 바뀌어져 있다[33].

이것은 엄밀히 말해서 편집할 때 신경을 쓰지 않은 예로 편집자는 초판본인 원본에 충실할 의무가 있다. 하나의 기호는 그것이 어떠한 형태이든 간에 본문 이상의 의미를 가지고 있기 때문이다. 우리는 흔히 기절할 때 별이 보인다고 한다. 이러한 것을 그대로 기호로 나타내려고 한 것이다.

또한 "히 히　히　히　히"는 아베 고보의 위트를 엿볼 수 있는 대목이다. 이는 '잡지 않은 너구리'의 기묘한 웃음소리가 점점 작아지는 것을 문자로 표현한 것이다. 이러한 문자 표현만 보더라도 왠지 웃

음소리가 점점 작아지는 느낌을 받게 된다.

　이상과 같은 '언어유희'는 언어의 비유인 '바벨탑' 내부에서 빛나고 있다. '언어유희'야말로 획일적인 언어가 지배하는 '바벨탑'의 의미를 없애는데에 목적이 있으며 이는 작가의 반항 정신의 발로라고 할 수 있을 것이다.

5. 맺음말

　아베 고보의 작품은 실로 복잡하게 짜여져 있다. 씨실과 날실로 가로 세로 곱게 짜 나가면서 여러 가지 무늬까지 넣고 있다. 더구나 이들 무늬도 주의 깊게 보지 않으면 그 관련성을 파악하기 어렵게 되어 있다, 그러나 일단 이해를 하게 되면 버릴 수 없는 훌륭한 일품이라는 것을 알게 된다.

　따라서 이 논문에서 언급한 것처럼 작품을 파악하는 데에는 여러 각도가 있다. 어떤 한 관점으로 이 작품을 읽었다고 해서 그게 전부는 아니나 것이다. 다른 관점으로 이 작품을 읽으면 또 신선함을 느낄 것이다. 아베 고보의 작품에는 아직도 끝없이 다양한 관점이 얼마든지 있다는 것이다.

　이러한 전제하에서 본다면 본 논문에서는 우선 제 2절에 '변신'이 일어나는 원인으로써 도시에 사는 현대인의 실존 상황과 연결되는 '도주'와 '소외' 모티브를 다루었다. 적극적이든 소극적이든 현대인이 사회의 외부로 내쫓기면, 결국 한편에서는 자기 자신의 '소멸'을, 또 한편에서는 법에 의한 강압으로 종속에 의한 '정착'을 하지 않을 수 없는 것이다.

　제 3절에서는 '변신'이라는 현상을 '소유/존재'라는 개념으로 받아

들여 봤다. 이것은 '변신'이라는 모티브를 받아들이는 새로운 시점으로 초기 이후의 작품 해석에 풍부한 키워드가 나올 것으로 기대한다.

제 4절에서는 테마와 '변신'의 모티브가 어떻게 관계되는가를 고찰한 것으로 그 결과 초기 작품에서는 현대인의 실존 상황 그 자체가 '악' 또는 '죄'라 는 아베 고보의 실존주의적 니힐리즘이 작품 전반에 흐르고 있다는 것을 알았다.

그리고 또한 『바벨탑의 너구리』에서 아베 고보의 언어 운용의 묘미를 엿볼 수 있으며, 작가의 위트와 시니시즘, 게다가 아이러니컬한 언어유희에 의해 획일적인 언어 표현에 의한 논리의 사술성(詐術性)에 예리한 칼날을 들어대고 있다는 알 수 있었다는 것이다.

이때에 잊어서 안 될 것은 등장인물의 입을 빌려서 아베 고보가 말하고 있는 많은 함축성 있는 경고일 것이다. 그러한 것들은 모두가 발상의 자유를 옹호하려는 아베 고보의 숨어있는 정열의 결정체라고 할 수 있다.

이와 같은 초기 작품의 '변신' 모티브 분석을 통해서 실감한 것은 초기 '변신' 모티브가 다양하게 변용 되면서 중기 이후의 작품에 나타나 전개되어간다는 관점을 알게 되었다는 것이다.

▌ 註 ▌

1) 여기에서 말하는 '변신'의 의미는 인간이 성격적·정신적·사상적으로 변하는 것이 아니라, 글자 그대로 인간의 외형적인 모습이 바뀌어져 식물이나 동물, 광물 등으로 변신하는 것을 이른다.

2) 이밖에도 ①인간이 차례로 액화되는 이야기(『홍수』 1950년 12월), ②벽으로 변신하는 이야기(『마법의 초크』 1950년 12월), ③눈뿐인 투명 인간이 되는 이야기(『바벨탑의 너구리』 1951년 5월), ④몇 번이나 변신을 거듭한 후에 총알이 되고 마는 이야기(『손』 1951년 7월), ⑤책과 일체가 되어버리는 이야기(『시인의 생애』 1951년10월), ⑥물고기가 되는 이야기(『수중 도시』1952년 6월), ⑦ 로봇으로 변신하는 이야기(『R62호의 발명』 1953년 3월) 등이 있다.

3) 오오에 겐자부로씨는 「유고작은 (中略) 아베 고보씨의 출세작인 「벽」과 통하는 성질의 것이다. 출세작에서부터 절필 때까지 아베 고보씨는 멋지게 일관했습니다」라고 말하고 있다(『朝日新聞』1993年 2月 13日)

4) 大里恭三郎「安部公房論−変身の悲喜劇」(『常葉国文』1巻,1976.7)

5) 岡庭昇「変身の論理」(『第三文明』1977年 9月)

6) 早坂智子「安部公房論−メタモルフォシスの世界」(『日本文学』17巻, 1982年 2月)

7) 緑川貴子「安部公房の『変身』」(『日本文学論集』10巻, 1985年4月)

8) 小川和美「安部公房文学についての一考察−消失·変身の意味」(『九州大谷国文』19巻, 1990年 7月)

9) 佐藤泰正編『文学における変身』(笠間書院, 1992)

10) 여기에서 인용하는 4편의 텍스트는 각각 그 초출을 쓰기로 하고 인용 페이지 수도 그에 따른다. ①『덴도로카카리야』(「表現」 1949년 8월), ②『붉은 누에고치』(「人間」 1950년 12월), ③『벽—S·카르마씨의 범죄』(「近代文学」 1951년 2월), ④『바벨탑의 너구리』(「人間」 1951년 5월).

11) 「이 세계」(『벽−S·카르마씨의 범죄』), 「이 현실」(『모래의 여인』)

12) 『壁−S·カルマ氏の犯罪』(「近代文学」1951年 2月) p.71

13) 『壁−S·カルマ氏の犯罪』 p.88

14) 松浪信三郎·飯島宗亨編『実存主義辞典』(東京堂出版, 1968年)

15) 졸고「安部公房『壁−S·カルマ氏の犯罪』論」(「文学研究論集」第12号, 1995年 3月)

16) 『デンドロカカリヤ』(「表現」1949年 8月) p100

17) 졸고 「安部公房『デンドロカカリヤ』論——または『極悪の植物』への 変身をめぐって」
(「稿本近代文学」第 19号, 1994年 11月).지금까지 선행논문에서는 '덴도로카카리
야'를 가공의 식물로만 보아왔지만 '덴도로카카리야'는 엄밀하게 말하면 국화과에
속하는 식물로, 높이 1.5~4m 상록수 나무로 오가사와라(小笠原)지역의 고유의
식물이다(이 지적은 塚谷裕一 「『デンドロカカリヤ』異聞」(『漱石の白くない白百合』文
芸春秋, 1993年)에 나타나 있다). 또한 '덴도로카카리야(Dendroca calia)'는 『식물
학 라틴어 사전』에 의하면, "Dendro"는 "Dendritree"로 식물·식목의 뜻을 나타내
고, "cacalia"는"kakos(악)+lian(심하다)"의 뜻으로 즉 '극악'의 의미이다. 즉 '덴도
로카카리야'는 '극악의 식물'이라는 뜻이다. 이러한 의미에 대해 고찰한 논문은 지
금까지 없었으며 필자가 처음으로 밝혀냈다고 본다.

18) 『赤い繭』(「人間」1950年 12月)p.39

19) 『赤い繭』p.40

20) 教科書『新国語Ⅱ』(三省堂, 1992)『指導者料』

21) 졸고 「<おれ>の<ユダヤ性>にみる実存的な状況-安部公房『赤い繭』論」(『橋本近
代文学』第20号, 1995年 11月)

22) サルトル著, 松浪信三郎訳『存在と無(第二分冊)』(人文書院, 1956)

23) 『バベルの塔の狸』(「人間」1951年 5月)p.8

24) 『バベルの塔の狸』p.7

25) 『バベルの塔の狸』p.17

26) ガブリエル・マルセル著, 信太正三訳『存在と所有・現存と不滅』(春秋社, 1971) p.80

27) 졸고 「『影』をくわえて 逃げ去る『狸』-安部公房『バベルの搭の狸』論-」(『文学
研究論集』第13号, 1996年 2月)

28) 豊国秀夫編『植物学ラテン語辞典』(至文堂, 1987)

29) 河野真『実存における悪』(『人間と悪』以文社, 1987) p.98

30) 本語表現研究会著『語源からわかる言葉の事典』(PHP研究所,1994) pp.166-167

31) 日本語表現研究会著『語源からわかる言葉の事典』(PHP研究所,1994) pp.166-167

32) 『安部公房全作品』第2巻(新潮社, 1972) p.109

33) 『壁』(新潮文庫, 1969) p.188

제6장
『침입자』(闖入者)론

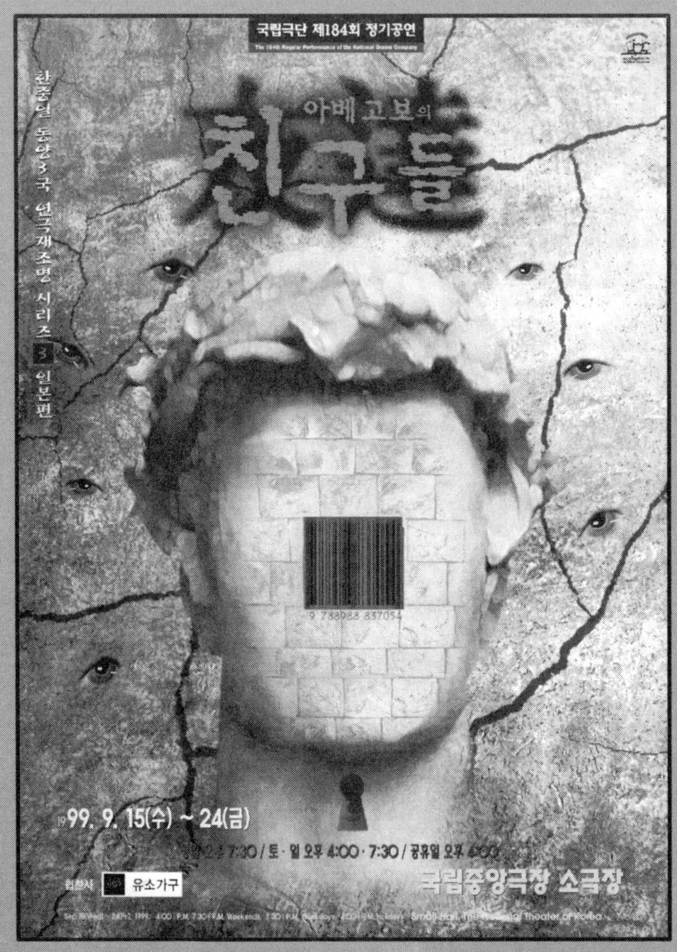

『침입자』를 모태로 해서 쓴 희곡 『친구들』 한국 공연 팜플렛(1999. 9. 15.)

제6장
『침입자』(闖入者)론

1. 머리말

1999년 9월 15일부터 24일까지 국립 극단에서 '한·중·일 동양 3국 연극 재조명 시리즈③-일본 편-'으로 아베 고보의 『친구들』(友達, 1967)을 상연하였다. 국립 극단이 일본 연극을 번역해서 공연한 것은 사상 처음이었다. 국립 극단은 양국간 고급문화 교류의 물꼬를 트기 위한 의욕적인 무대라고 말했다.[1]

『친구들』은 일본에서 1967년에 처음 공연된 작품으로 우의성이 짙은 블랙코미디로 전후 일본의 희곡을 대표한다. 그 내용을 살펴보면 다음과 같다.

어느 날 밤 결혼을 앞둔 독신 남자가 사는 아파트에 아홉 명의 낯선 일가족이 들이닥친다. 그들은 서서히 남자를 곤경 속으로 몰아세웠고 얼떨결에 그들을 집에 들어오게 했던 남자는 나중에 사태의 심각성을 알고 경찰도 불러보고 몸으로 저항도 해보지만 낯선 침입자는 막무가내로 집안을 휘저어 놓는다. 일가족은 성격도 9인 9색이다. 엉뚱한 짓만 하는 할아버지, 중재역을 맡는 듯한 아버지, 아파트 주인인 남자를 걱정하는 듯한 어머니, 남자의 뒷조사를 해온 듯한 장남, 남자에 대해 묘한 관심을 나타내는 장녀 등등 제각기 역할과 성격이 다르다. 겉으로는 선의와 이웃사랑을 내세우며, 저항하는 남자를 몰아세우는 가운데 남자는 감금 아닌 감금 상태에 처하게 된다. 휴머니즘이라는 미명 아래 폭력적인 상황이 증식되어 가는 모습을 보여준다.

결국 주인공을 독살시키는 것으로 막을 내리는 이『친구들』은 일본이라는 특수사회에서만이 아니라 세계 어느 곳에서나 일어날 수 있는 보편적 상황을 묘사하여 세계 각국에서 꾸준히 공연되어온 작품이다. 특히 체코에서는 프라하의 봄을 연상시키는 작품이라며 아베 고보가 유명해지기 시작했다.[2]

우리도 이러한 내용의 작품을 선정한 데에는 나름대로의 이유가 있지 않았나 본다. 예를 들어 일제 식민지 지배만 보더라도 친선과 우호를 내세워 이 땅을 점령하여 통째로 지배를 하였고, 그에 대해서 우리는 저항은 했지만 우리의 땅임에도 불구하고 우리의 것을 주장하지 못하고 만 상황과 어딘가 흡사하지 않을까. 뿐만이 아니라 1960년대 베트남전쟁 당시 미국과 베트남의 경우도 마찬가지이다. 이렇듯 다양한 역사적 사건과 현실적인 상황 속에서 하나의 교훈을 상기시키려는 의도가 읽혀진다.

『친구들』은 1967년 9월에 다니자키 준이치로(谷崎潤一郎)상을 수상했으며 1996년에는 스페인에서는 영화「The Friend」로 제작되어 관심을 모으기도 했다.

그런데 이 희곡『친구들』은 1951년 11월『신쵸』(新潮)에 발표한 단편소설『침입자(闖入者)』[3]를 발전시킨 작품이다. 즉『침입자』가『친구들』의 모태 소설인 것이다.

두 작품 사이에는 16년이라는 시간의 격차가 있는가 하면 장르도 다르다. 내용 면에서도 상황 설정은 비슷하지만 소설에서는 끊임없이 대항하다가 남자가 자살을 하지만, 희곡에서는 특별한 대항도 보이지 않고 독살 당하고 만다. 시점도 소설은 피해자에 의한 1인칭 시점이지만, 희곡은 좀 더 복잡한 시점을 취해 피해자 측과 가해자 측에서 보는 시점이다.

두 작품을 비교하면서 그 변화를 고찰하는 것이 본래의 목적이지만, 여기에서는 우선 단편소설『침입자』만을 갖고 고찰하고자 한다. 먼저『침입자』에 대한 선행 연구 검토 및 아베 고보 문학에 있어서 『침입자』가 차지하는 위치를 살펴본 다음 작품 분석에 들어가기로 한다.

2. 선행 연구 검토 ―왜 연구가 미흡 한가

지금까지『침입자』에 대한 연구를 살펴보면 작품론이라고 할 만한 것은 없고,『친구들』과 비교한 인상적인 비평 정도가 고작이다. 그러므로『침입자』는 아직 무어라고 정의되지 않은 작품이기도 하다. 흔히 전후 민주주의 또는 의회제 민주주의를 비판한 작품이라고들 한다[4].

그렇다면 왜 이렇게 연구가 안 되어 있는 것일까.

물론 작품론쯤 되면 작품 선정에 있어서 작품이 갖는 작품성이 중요한 척도가 될 것이다. 이에 비록『침입자』는 일본 국내에서는 주목을 받지 못했지만, 일본 이외의 다른 나라에서 더 주목받고 있는 것을 보더라도 작품성 운운은 문제가 되지 않을 것이다.

작품성 이외에도 기준이 되는 여러 가지 조건들이 있겠지만, 무엇보다도 일반적으로 일본에서는 아베 고보 작품을 '어렵다' 또는 '무겁다'고 하여 연구하는 것을 기피하는 성향이 있지 않나 하는 생각이다.

그러나 사실 기피하는 이유는 그의 작품의 난해성에 있다고 보지는 않는다. 여기에는 아베의 성장 과정이나 아베의 사상 내지는 작품 세계에 일본 독자들이 그를 기피하는 요인이 있다고 보는 바이다.

아베는 주지하는 바와 같이 지금의 중국 동북부 지역인 옛 만주(滿洲)지역에서 유·소년기를 보냈다. 일본이 패전할 당시 아베는 만주에서 그 패전을 맞았다. 일본의 패전과 함께 만주는 이 지구상에서 존재하지 않는 나라가 되어버렸다.

만주라는 나라의 실태와 패망을 목격한 아베는 1946년 일본으로 인양되어 온 이후 "벚꽃은 예쁘지만 싫어한다."는 말과 함께 일본의 전통을 단절하려 했고 일본에 대해 부정적인 시각이 싹텄다. 일본이라는 국가를 객관적, 또는 무관심으로 바라보는 글을 썼으며, 기법으로는 대체적으로 초현실주의적인 작품을 많이 남겼다. 대부분 건조한 분위기로 일본에 비판을 가한 작품들이 많았다.

이러한 작가의 작품을 그의 첫 독자들인 일본인이 좋은 눈으로 바라다 볼 리가 없다. 『침입자』역시 '일본의 색' 내지는 '일본적인 것'을 배제한 작품으로 부조리한 일본 사회 체제를 신랄하게 풍자한 것으로 생각한다.

게다가 일본이 동아시아의 여러 나라를 식민지화한 역사적 사실이 있었던 터이라 '친선우호'를 내세우며 그들의 대동아공영권을 실현하려고 했기 때문에 그와 비슷한 내용을 담은 소설은 자연히 기피하게 마련일 것이다. 그러므로 일본에서는 소위 사랑을 받지 못했다.

또 한 가지 일본인 독자들로부터 사랑을 받지 못했던 이유로 생각할 수 있는 것은, 같은 해인 1951년 2월에 발표한 『벽-S・카르마 씨의 범죄』가 제 25회 아쿠타가와(芥川)상을 수상했기 때문에 그 영향으로 『침입자』가 가려져 있지 않았을까 하는 것이다.

『침입자』는 비록 일본에서 넓은 독자층을 확보하지 못했지만 유럽을 비롯하여 아메리카 등지에서 오히려 더 주목받고 있다. 아베 고보를 코스모폴리탄이니 보더리스라 불리는 이유도 일본 이외의 수많은 나라에서 폭넓은 독자층을 확보한 보편성을 지니는 작품이 많기 때문이다5).

아베 고보 사후(1993.1) 그에 대한 연구가 활발히 진행되고 있다. 앞에서도 언급했지만 스페인에서는 영화로 제작되어 1996년 아베 고보 국제 심포지엄6)에서 처음 선을 보였다.

어쩌면 이 시기에 각국에서 보편성에 대한 가치 추구라는 잣대를 갖고 그를 연구하는 것은 그를 더 가치 있게 만드는 일 일지도 모른다.

3. 아베 고보에게 있어서 『침입자』는 어떤 작품인가

1951년 12월에 발표된 『침입자』는 아베 고보의 초기 단편소설과 비교해 보면 나름대로 독특한 점을 지니고 있다. 예를 들면 1949년 8월에 발표한 『덴도로카카리야』(デンドロカカリヤ)7)나 1950년 12월에 발표한 제2회 전후문학 상을 수상한 『붉은 누에고치』(赤い繭)8), 1951년 2월에 발표한 제 25회 아쿠타가와 상을 수상한 『벽-S・카르마씨의 범죄』(壁-S・カルマ氏の犯罪), 그리고 1955년에 발표한 『막대기』(棒)등에는 모두 '변신'이라고 하는 모티브가 다채롭게 나타나 그 '변신'모티브가 작품의 주제와 밀접한 관계를 맺고 있다.

이들 작품은 대부분 패전 후의 황량한 일본 사회를 '변신'모티브를 이용해서 일종의 우화소설로 풍자하였으며, 작품 속에서 보이는 초현실주의적인 수법이 돋보인다.

그런데『침입자』는 이들 작품과 비교하면 리얼리티를 가지며 게다가 스토리가 명쾌하다. 대개 초기 '변신' 이야기들은 내용을 파악하기도 힘들뿐더러 내용 파악이 큰 의미를 지니지는 않았다. 물로 그렇다고 해서『침입자』가 내용을 중시한 작품은 아니라고 본다. 다만 이전 단편소설과 비교해 볼 때 비교적 내용이 명쾌하다는 뜻이다.

게다가 이 작품도 다른 작품들과 마찬가지로 주인공을 다른 것으로 변신시켰어도 되었을 터인데 주인공을 죽음으로 몰아갔다. 이것도 시사하는 차이가 크다고 본다. 물론 '죽음'이 '변신' 만큼이나 상징적인 의미를 지니겠지만 왠지 불완전함을 느끼게 된다.

이러한 불완전함이야말로『침입자』가 다른 '변신' 소설과는 달리 리얼리티를 갖는 작품이기 때문이다. 아베 고보 작품에 있어서 리얼리티를 갖는 작품들은 대개 1960년대 이후의 장편소설들이다. 아베 고보의 초기 단편소설에는 특징적으로 우화적인 소설이 많고, 하나의 이미지가 하나의 메시지로서 진실을 전하려고 했다.

이에 대해 장편소설은 아무래도 현실이라고 하는 것을 매개로 하지 않으면 안 되므로 현실 세계가 펼쳐진다. 예를 들면 도시 사회라고 하는 현실을 리얼리티가 있는 구조 내지는 장치를 통해 그려낸다. 이 수법이야말로 아베 고보에게 있어서 장편소설과 단편소설의 차이라고 할 수 있다.『침입자』는 바로 단편소설이면서도 장편소설의 가능성을 보인 작품이 아닌가 생각한다. 그러므로 1967년 희곡이라고 하는 형식을 빌려 발전시킨 것이 아닐까.

희곡『친구들』은 1967년 3월에 신주쿠(新宿)에 있는 키노쿠니야

홀(紀伊國屋ホール)에서 상연(초연)되었으며, 그 해 9월에 다니자키 쥰이치로(谷崎潤一郎)상을 수상했다. 그 후 1968년에는 오사카(大阪)의 마이니치 홀(毎日ホール)에서 상연되었고, 1972년에는 호놀룰루에서 상연되었다. 1974년에는 소위『친구들』의 결정판이라고 불리는 개정판『친구들』이 세이브 극장(西武劇場)에서 상연되었다. 이후에도 아베 스튜디오가 이끄는 아메리카 순회공연에도『친구들』이 상연되고 호평을 받았다.

『침입자』는 1956년 체코에서 빈게르헤 훼로바씨에 의해 체코어로 번역 소개되었는데 아베 고보 작품에서 최초로 번역되어 외국에 소개된 작품이다. 훼로바씨에 의하면 체코가 공산화 된 후에 당시 교직에 있으면서 일본 문학 텍스트로 이『침입자』를 택해서 강의를 하였는데, 1968년 당시 소련군 전차가 강제로 침범해 들어와 공산화한 프라하의 봄을 연상시켰기 때문에, 강의 금지를 당한 적이 있다고 한다. 훼로바씨는 이에 굴하지 않고 겉으로는 다른 교재를 쓰는 척하면서 계속해서『침입자』를 갖고 강의를 했다고 한다9).

게다가 1975년에는 주일본 폴란드 대사였던 헬싱크 리프시츠씨는 귀국해서 한 연극 잡지로부터 일본의 현대연극과 현대 희곡을 소개해 달라는 의뢰가 있어서 아베 고보에게 상담했더니 "『친구들』이 좋지 않겠습니까"라는 답변에『친구들』을 번역하였다고 한다. 그리고 폴란드에서 연극으로도 상연되어 많은 공감대를 형성하였고, 이를 계기로 동구 유럽에서는 아베 고보가 더욱더 유명해지기 시작했다고 한다10).

그러므로 아베 고보에게 있어서『침입자』는 단편 중심의 창작 스타일에서 장편이라는 장르로의 이동을 가능하게 한 작품이기도 하며, 발표 당시로서는 드물게 적극적으로 사회를 비판한 작품이라고 볼 수 있다.

4. 작품 구조

소설 『침입자』는 수기 형식을 취하고 있다. 수기 형식이라기보다는 작품 첫 장 제목 옆에 '수기와 에필로그'라는 부제가 달려있다. '수기'는 7절(작품 속에는 숫자만으로 구분되어 있는데 편의상 '절'이라고 함)로 되어있으며 분량은 200자 원고지 135매 정도이고, 대단원인 '에필로그'는 200자 원고지 2장정도 분량이다.

수기인 만큼 소설의 시점은 K라는 '나'에 의한 1인칭 시점이다. 즉 한 가족에게 침입 당한 피해자 '나'의 시점을 통해 작품은 구축되어있다. 단 '에필로그'는 1인칭 시점이 아니라 전지적 시점으로 되어 있다.

내용을 살펴보면 다음과 같다.

어느 날 한 밤중에 K라는 주인공 아파트에 신사와 그의 부인, 할머니, 그리고 20세 전후의 장녀·장남에서부터 아기를 안은 소녀에 이르기까지 모두 합해서 9명이나 되는 일가족이 들이닥친다. 그리고 그들은 "실례합니다"하며 우르르 집안으로 들어왔다.

K는 당황해서 왜 남의 집에 함부로 들어오느냐고 대항하자 가족들은 집으로 되돌아온 것뿐이라며, 누구의 집이냐는 것을 안건으로 내세워 민주주의의 원리인 「다수결 원칙」으로 투표를 하여 침입 가족의 집임을 증명하고 만다. 게다가 이 한밤중에 노인과 아이들을 길거리에 어떻게 내쫓을 수 있느냐며 휴머니즘 원리를 내세워 K의 의사를 완전히 무시하고 방을 휘젓고 다닌다.

이를 반대하는 K를 '파시스트'나 '폭력범'으로 내세우고, 결국에는 K의 노동력마저 철저히 착취하고 혹사한다. K는 온갖 대항을 해보지만 모두 허사로 돌아가고 그의 호소는 아파트 주민은 물론 도시민들에게도 전달되지 않는다.

오히려 침입 가족들은 어느새 아파트 사람들과 우호 관계를 맺는다. K를 둘러싼 침입 가족들은 K가 자기주장을 펴면 펼수록 한층 더 단결하여 그를 숨 막히게 한다. 그러다 결국 K는 자살하고 만다.

작품을 읽다보면 독자들은 답답함을 느낄 것이다. K는 끊임없이 무언가를 하나 그의 노력은 외부 세계에 미치지 않는다. K는 분명 집을 비롯하여 자신의 소유물이 자기의 것임에도 불구하고 그것을 증명하지 못해 빼앗기고 그리고 다만 안절부절 하면서 자멸해 간다.

이 작품에서 무엇보다도 주목해야할 것은 역시 '가족'이라는 집단이다. K가 처해있는 상황, K와 '가족'과의 관계를 주목해야 할 것이다. 또, 왜 하필이면 그들을 틈입자(闖入者)라고 하였나 하는 점이다. 이에 대한 설명은 어디에도 없다.

사실 '틈입(闖入)'과 '침입(侵入)'은 엄밀하게 보면 좀 다르다[11]. 이 '침입'('틈입' 포함)에는 두 가지 패턴이 있다. 하나는 선의(善意)에 의한 침입과 악의(惡意)에 의한 침입이다. 이들은 우선 침입의 메카니즘이 다르다.

예를 들어 탈옥수가 갑자기 우르르 침입해서 일상적인 가정이 파괴되는 영화가 있다. 이 경우는 침입자와 피침입자의 심리적 대응 관계가 전제로 성립된다. 도둑놈과 샐러리맨, 탈옥수와 일반인이라는 대응 관계는 허구 구조 속에서는 심리적으로는 완전히 안정되어 있다. 따라서 침입자인 탈옥수는 우선 물리적인 공간에 침입하기 위해 교묘한 기술이 요구되고 그에 따라 전개된다. 압도적으로 수단과 방법을 가리지 않고 속임수가 발동을 한다.

그렇다 하더라도 침입자와 피침입자의 관계가 심리적으로 안정되어 있으면 일상생활은 파괴되지 않는다. 그러나 탈옥수와 일반인이라는 심리적 안정이 깨어지고 일상생활 내부에 잠재하는 인간과 인간과의 관계가 보이기 시작할 때 그 물리적 공간도 일상성도 파괴되고 만다.

반면, 선의에 의한 침입이라는 설정은 비교적 새로운 모티브라고 할 수 있다. 이 경우는 완전히 역으로 물리적으로는 안정되어 있어도 서로의 관계를 확인하는 일상성 속에서 심리적인 불안감을 느끼게 된다.

그러므로 작품『침입자』의 경우 왜 '틈입'이라는 상황을 설정하였나 하는 것은 나름대로 의도가 있다고 본다. 우선 '틈입'이라고 하는 상황은 일상적인 공간을 유지하면서 부조리한 요소에 의해 긴장감을 불러일으켜 변화를 요구한다.

이 작품 역시 '틈입'이라고 하는 전략을 중심으로 남의 영역에 들어온 자와 일방적으로 침해당한 자와의 관계가 명확해진다. 주인공 K는 아파트에 혼자 살고 있다. 처음 침입 가족들의 목소리를 들었을 때 너무나도 가족적인 분위기에 좋은 사람들이라는 생각에 사로잡힌다. 그래서 그만 경계심이 사라지고 문을 열어 주었더니 혐오감이 동반되는 그 위력에 눌려 꼼짝 못하고 만다. K의 일상과 평화를 침해하는 것으로 이야기는 급진전을 한다.

즉 작품 속의 구조는 '틈입'이라고 하는 설정은 악의의 침입과 선의의 침입 요소가 복합적으로 나타나 있으며 그것이 소설의 주제와 기법에 잘 융화되어 있다고 본다. 이에 본고에서는 '틈입'의 의도를 파악하는 것은 이것으로 일단락 짓고 K와 가족과의 관계를 중심으로 고찰하고자 한다.

5. '가족' 집단의 의미

1) 'K'와 침입 가족과의 관계

이 작품은 어디까지나 피해자 K인 '나'의 시선을 통해 그려지고 있다. 그러면 K가 처해있는 상황과 함께 가족과의 관계를 살펴보고자 한다.

K는 처음 찾아온 가족에 대한 이미지가 그렇게 나쁘지만은 않았다. 너무나도 가족적인 분위기, 상대방에게 방해를 주어서는 안 된다는 듯한 조심스러운 발자국 소리에 그만 경계심이 사라지고 말았다.

K는 도시의 한 아파트에 사는 독신 남자다. 현재 사귀는 연인은 있지만 가족 관계에 대해서는 일체의 정보를 얻을 수가 없다. 도시에 살면서 가족에 대한 그리움 내지는 외로움에 가족적인 분위기를 그리워했는지도 모른다.

K는 새벽 3시가 지났는데도 아무런 경계심 없이 문을 열어주고 말았다. 자기를 찾아온 용건에 대해 묻자 신사는 갑자기 태도를 바꾸어, "내 집에 왔는데, 무슨 용건으로 왔다니 그게 무슨 말이지? 자네 참으로 이상한 질문을 하는구먼"하는 것이 아니겠는가.

이 때부터 상황은 급변한다. 일단 방에 들어온 가족은 나가려하지 않고 모든 일의 처리를 다수결의 원칙에 의해 정해버리고 만다. K가 그것에 반항을 하자 "자네는 민주주의 원칙인 다수결이 쓸모없다는 건가", "파시스트 녀석!"하며 매도하는 것이다. 그래도 대항하며 나가 줄 것을 요구하자 이 한밤중에 노인과 어린아이를 내쫓을 수 있느냐며 다수의 연대에 의해 K는 구타를 당하고 기절하고 만다.

여기서 침입 가족들은 민주주의 휴머니즘을 내세우면서도 폭력을 휘둘러 K를 굴복시키고 만다.

다음 날 K는 출근하기 위해 일어나 방안 풍경을 보고 아연 질색을 한다. 자신은 책상 밑에 쭈그리고 잤음에도 불구하고 이불을 비롯하여 집안을 점령한 침입 가족들은 온 집안에 흩어져서 자고 있는 것이 아닌가.

> "여기는 내 방이다. 녀석들이 하라는 대로 한 것이 화가 나는군. 모두 불러 깨워서 추방하는 것이 당연하지 않은가" 당연할 정도로 당연한 생각을 하면서도 동시에 어제 밤 폭력을 생각해내고는 역시 두려움에, "이것은 합법적으로 해결하지 않으면 안 된다. 누구든지 이런 부당함을 아니 비상식적인 행위를 잠자코 지켜볼 수는 없을 것이다. 그러니까 이 사회에 약속이라는 것이 있는 것이다."12)

K에게 도저히 상식적으로 이해할 수 없는 일이 벌어진 것이다. 자신의 부당한 처지를 어떻게 해서든지 알리려고 외부에 도움을 청한다. 맨 먼저 아파트 관리인을 찾아가 불법 침입자가 있음을 알리면서 그 아파트가 K의 아파트임을 증명해 달라고 부탁을 한다.

그러나 관리인은 자기는 관리비만 받으면 됐지 그 아파트에 누가 살던 상관할 바 아니라며 외면한다. 두 번째로 찾아간 곳은 파출소다. 순경들은 그들이 K와 남이라는 것을 증명 할만한 물적 증거를 제시하라며 웬만하면 잘 지내라고 타이르는 것이다.

K는 자신의 소유라는 것이 이토록 불확실한가 하며 완전히 회의적이 되었다.

K에게는 S라는 연인이 있다. K는 S를 만나 자신이 처한 상황을 이야기하려고 했으나 그녀가 당황해 할까봐 이야기하는 것을 그만 둔다. 대신 월급봉투를 주면서 보관해 달라고 했다. 어리둥절해하는 S와 헤어져 집으로 돌아오면서 침입 가족들에게 항의할 문구를 생각한다.

집으로 돌아오자 침입 가족들은 둥그렇게 둘러앉아 식사를 하고 있었다. 침입 가족은 어떻게 K의 월급날이라는 것을 알았는지 월급봉투를 내놓으라고 요구했다. K가 거부를 하자 강제로 몸수색을 하였다. 돈은 나오지 않고 S의 사진이 나오자 S에게 월급봉투를 맡긴 것을 알아내고 말았다. 장남이 S를 만나 월급봉투를 빼앗아왔다. 그러는 사이에 K는 침입 가족들로부터 집안이 좁다는 이유로 창고로 쫓겨난다.

이 모두가 다수결에 의해 결정된 사항이다. K는 저항을 해보지만 그의 저항은 아무런 소용도 없었다. 마음속으로 복수할 생각만 하고 있었다.

다음날 K는 법적인 도움을 청하러 법률사무소를 찾아갔다. 그 사무소에는 이상하게도 가족들이 많았다. K가 찾아가자 여러 어른들과 아이들이 번갈아 가면서 내다보다가 마지막에 피로에 찌든 변호사가 나타났다. K는 자기가 처한 상황을 설명하면서 도움을 청하자 변호사는,

> 나도 침입 가족에게 습격당했습니다. 보셨지요. 13명이나 되는 가족입니다. 당신과 같은 독신인 경우는 몰라도 나와 같이 가족이 있었던 사람은 비참합니다. 아내는 아이를 데리고 나가버렸습니다[13].

라고 자신이 처한 경우를 말한다. 변호사 역시 침입 가족한테 혹사당하고 있었던 것이다.

여기에서 알 수 있는 것은 침입 가족한테 당한 사람이 K 이외에도 있다는 사실이다.

K는 더 이상 도움을 청할 만한 사람이 없어졌다. 그러는 사이에

그는 아파트 내에서도 창고에 살면서도 감시를 당해 그곳에서 감금 아닌 감금 상태에 처하게 된다.

대단원인 '에필로그'에는 다음과 같은 내용이 담겨져 있다.

> 바람 부는 날, 밤마다 K군이 사는 아파트의 지붕 한 틈에서 전단이 흘러나왔다. 수십 장, 수백 장, 수천 장이나 되는 전단이 바람을 타고 시가지에 뿌려졌다. 아무도 그 전단이 어디에서 날아오는지 몰랐다. 그러나 수십, 수백, 수천 명의 피해자들이 그것을 읽었다.
>
> 침입자들은 어느 날 그 전단에 대해서 묘한 공소를 제기했다. 그 전단에는 위험한 박테리아가 부착되어 있다는 것이었다. 시 보건소에서 나와 검사한 결과 분명 박테리아가 있다고 인정하였다. 양심 있는 변호사가 그 정도의 박테리아라면 살균 장치를 하지 않는 한, 어느 물건에 다 있다고 표명을 했음에도 불구하고 묵살되어 전단 살포 금지 명령이 내려졌다. 그러나 그 결정이 발표되기 몇 일 전 이미 아파트 지붕에서는 전단을 뿜어내는 일이 중단되었다. 협박과 굶주림에 지쳐서 K군은 그만 《쉬고 말았다》. 낮은 기둥에 목을 매고 무릎을 꿇었다.[14]

'에필로그'의 전문을 인용하였지만, 결국 K는 모든 것을 빼앗긴 채 자살하고 말았다. K는 도망갈 곳도 없이 자유마저 박탈당하고 좌절과 절망으로 결국 영원한 휴식으로 죽음을 택한 것이다.

이상과 같은 K와 침입 가족과의 관계를 요약해 보면 다음과 같다.

첫째, K는 혼자(개인)이고 침입 가족은 대다수(집단)다. 이 관계는 상반되는 관점에서 볼 수 있다. 하나는 개인의 의사가 집단이라고 하는 공동체에 묵살되고 만다는 관점이다. 또 하나는 집단이라는 공동체에 적응하지 못하면 결국에는 소외당하고 만다는 개인의 모습을 그렸다고 보는 관점이다.

집단은 그것이 지역공동체이든 국가든 간에 그 내부에 소속되어 있는 인간은 조직이라고 하는 테두리로 인해 외부의 압력으로부터 보호받을 수 있다는 안도감이 있다. 그런데 K는 절대적인 고독에 쌓여 있으며 어떠한 권력도 그를 보호해 주지 않는다. 어쩌면 그를 지탱하게 해 준 것은 작은 아파트의 벽일지도 모른다. K는 그곳에서 달팽이처럼 틀어박혀서 살고 있었는지도 모른다.

둘째, 침입 가족은 자기 집에 돌아왔을 뿐이라고 주장하고 이에 대해 K는 자기 집이라는 것을 증명하지 못한다. 즉 소유권에 대한 주장을 하지 못한다.

셋째, K는 가족들에게 민주주의 다수결원칙 하에 파시스트라 매도를 당해도 그것에 대항할 만한 그 무엇이 없을 뿐만 아니라 가족들은 민주주의를 내세우면서도 K의 의사를 무시하고 개인의 독립을 가로막는다. 결국 죽음으로 몰아간다.

어리석고 게다가 의미 없는 다수결을 합리화하는 민주주의, 다수 지배를 비합리적 강압으로 감행하는 휴머니즘. 이러한 것이야말로 정의로 포장된 폭력임에 틀림이 없음을 시사해 주는 듯하다.

넷째, 월급마저 압수당한다. 즉 재산권마저 박탈당한다. 이는 두 번째에 지적한 소유권을 둘러싼 문제와도 일맥상통하는 문제라 하겠다. 자본주의 사회에서 자신의 소유물에 대해서 소유권을 주장하지 못한다는 것은 그것에 대한 권리를 주장하지 못한다는 것과 같은 의미를 지닌다.

이러한 소유권을 주장하려면 인간이 만든 다양한 법이 작용을 한다. 결국 이 사회를 살아가는 우리들은 자신들의 권리를 위해 만들어 놓은 법에 의해 소외당하고 권리를 박탈당하는 일면을 그대로 보여주고 있는 듯 하다.

다섯째, K 편이 되어 K를 도와 줄만한 사람이 아무도 없다. 이 작품에서 K가 전혀 낯선 지역에 들어간 것이 아니라 K가 살고 있는 도시에 낯선 사람들이 들어온 것이다. 그럼에도 불구하고 K가 곤경에 빠져 도움을 청해보지만 그를 진정으로 도와주는 사람이 없다. 왜냐하면 그의 말을 귀담아 들으려는 사람이 없었고 심지어는 연인인 S 마저 K 곁을 떠나고 만다.

여섯째, K와 같이 침입 가족에게 피해를 당한 사람이 많이 있다.

2) 새로운 가족 형태

아베 고보 문학 세계의 특징 중의 하나가 의례나 의식을 부정한다는 것이다. 그래서 작가 자신은 실제로 딸의 결혼식에도 참석하지 않았다고 생전에 밝히기도 했다. 아베가 말하는 의례적인 것의 부정은 작품 속에서 근대 가족제도의 붕괴 내지는 해체로 나타난다. 아베의 1950년 초기 작품들을 보더라도 이미 가족은 해체되어 있다.

예를 들어 가족이 없는 독신이거나, 가족이 있다 하더라도 함께 살지 않는다. 부모는 아버지나 어머니 어느 한 쪽 만으로 구성되어 있다. 게다가 아버지는 아들을 이용하려고만 하거나 아니면 능력 없는 아버지로 그려진다. 이것이 1973년 『상자 인간』(箱男)에 이르면 가족은 아예 없고 노숙자들만 등장시킨다.

이러한 맥락에서 볼 때 『침입자』에 나타난 침입 가족을 두 가지 측면으로 집약해서 보고자 한다.

하나는 전근대적인 시대의 잔재로서의 가족 형태와 근대적인 형태의 가족 형태가 혼합되어 있다는 것과, 또 하나는 새로운 스타일의 가족 형태라는 점이다.

우선 작품에 나타난 침입 가족들의 모습을 살펴보기로 한다.

① 검은 색 예복에 나비넥타이를 한 신사와 그 부인인 듯한 숙녀가 팔랑팔랑 나부끼는 의상을 입고 생글생글 웃고 있었습니다. 바로 그 옆에는 백 살쯤이나 되어 보이는 주름살투성이인 노파가 지팡이를 짚고 비틀거리며 잇몸을 드러내며 웃고 있었습니다. 그 뒤에는 20세 전후로 보이는 건장한 청년에서 어린아이를 안고 있는 소녀에 이르기까지 얼른 보아 몇 명인지 셀 수 없을 정도로 많은 아이들이 복도를 가득 메우고 하나같이 고개를 갸웃거리며 미소를 짓고 있는 것입니다.15)

② "나는 유도 5단이고 경찰학교에서 지도를 맡은 적이 있다"고 신사가 말했습니다. "나는 대학에서 레슬링 선수였다"고 장남이 말하자, "나는 복싱 선수였지"하고 차남이 말했습니다.16)

③ 그 팔랑팔랑 거리는 의상은 대낮에 보니까 참으로 괴이했습니다. 오페라에서 외국인(어느 나라 사람이라도 그렇게 느낄 것입니다.)을 대표하는 듯한 그런 특별한 의상입니다. 주름이 많은 녹색 드레스에 엉성하게 이어 맞춘 생선 비늘처럼 복숭아 색깔의 작은 천 조각들이 달려 있었습니다.17)

④ 우리 가족은 서로 각자 자기의 일을 갖고 있다. 그 어느 것도 사회에 도움이 되는 훌륭한 학문적인 일이다. 장남은 실험적 범죄 심리학을 전공하고 있다. 차남은 갱년기에 있어서 여성의 성애 심리라는 특수한 연구를 하고 있고 내 마누라가 좋은 실험 대상물이지. 내 어머니는 지금은 일선에서 물러나 있기는 하지만 옛날에는 남성 심리 연구가인 동시에 백화점 판매원들의 심리 연구로 이름난 권위자였다. 지금은 그 뒤를 어린 두 남매가 맥을 잇고 있지. 누나 쪽이 좀 색다르게 느낄지도 모르지만 시를 쓰고 있다. 곧 《인류애》라는 시집을 낼 것이다. 제일 어린 막내는 아직 제대로 말도 못하면서도 훈련에 의해 이의 없다는 표시로 거수를 할 줄 알고, 게다가 개에게 말을 가르치기 위한 연구에 아주 좋은 실험 재료가 되고 있다.18)

인용문이 길어졌지만 인용①은 가족들이 처음 K를 방문할 때의 모습이다. 이들은 한결같이 미소를 짓고 있다. 모두 9명 가족이다. 인용②는 K가 대항을 하자 그를 협박하는 말이다. 아버지는 검은색 예복에 나비넥타이 차림에 유도 5단 보유자로 이전 경찰학교에서 유도를 지도한 적이 있다. 지금은 동물 특히 개에게 언어를 가르치면 말을 할 수 있을까 하는 연구를 하고 있다. 장남은 범죄심리학을 전공했으며 대학에서 레슬링 선수였고, 차남은 여성 심리학 전공으로 대학에서 복싱 선수였다.

인용③은 침입 가족이 들이닥친 그 다음 날 일찍 일어난 K의 눈에 비친 잠자고 있는 침입 가족들의 모습 중에서 특히 부인의 모습을 묘사한 장면이다. 의상 묘사 부분에서 우리는 쉽게 일본의 전통 의상이 아님을 알 수 있게 한다. 일본의 전통 의상이 아니더라도 심지어는 국적을 알 수 없는 그런 의상이다.

인용④는 아버지가 K에게 자기 가족을 소개하는 장면이다. 여기서 할머니는 남성 심리학 연구자이자 판매원 심리 연구자였다. 이러한 할머니의 영향으로 딸은 시인이며 게다가 제일 어린 아기는 말을 하지 못하지만 거수로서 자신의 의사를 표현할 줄 안다.

이렇게 보면 이 일가족은 상당한 인텔리 집안이다. 스포츠에 능하고 심리학자 집안이다. 대가족임에도 불구하고 각자가 제각기 전문적인 일을 갖고 있다. 게다가 분위기가 외국에서 살다가 돌아온 듯한 느낌이다. 이것은 이 가족이 K집을 들어가면서 마치 자기 집에 되돌아 온 듯이 말하는 부분에서도 생각해 볼 수 있는 문제다.

패전 후 일본은 아시아를 비롯하여 각지에서 인양해 들어온 일본인들이 수없이 많았다. 일본인뿐만 아니라 외국인들도 들어와 정착해 버린 경우가 많다. 아베 고보 역시 패전 당시에 만주에 있었으므로 1946년 만주에서 인양선을 타고 일본으로 들어왔다.

한편, 새로운 스타일의 가족이라고 보고 싶다. 이는 최근 미국에서 랜트 패밀리(대여 가족)라든가 버츄얼 패밀리(사이버 가족)가 등장하고 있는데 그에 비추어서 보고자 하는 시각이다.

랜트 패밀리라는 것은 혼자 사는 사람들을 위해 개발된 상품으로 가족을 필요로 할 경우 한 가족을 구성하여 방문해 가족이 되어 주는 것이다. 이러한 가족들을 모델로 랜트 패밀리 소설이나 버츄얼 패밀리 소설이 나오고 있다. 그래서 『침입자』를 랜트 패밀리 소설, 내지는 버츄얼 패밀리 소설의 선구라고 보는 경향도 있다[19].

『침입자』에 나오는 가족들은 어떻게 보면 그 어떠한 필요에 의해 만들어진 가족 같은 느낌이 든다.

6. 맺음말

주인공 K는 도시라는 사회 속에서 혼자서 자기만족을 하면서 살아온 개인이다. 도시라고 하는 공간은 집단에 의해 움직이는 사회라기보다는 독립된 개개인에 의해 움직이는 사회라고 할 수 있다. 즉 개인의 삶이 중요시되는 사회, 가족이라는 테두리에 얽매이지 않고 개인의 자립이 가능한 사회라고 하겠다.

이는 일본이 패전 후 내건 민주주의 논리이기도 했다. 1945년 패전을 기준으로 일본은 그 이전에는 민주주의 내지는 개인주의를 악(惡)으로 내걸었다. 그런데 패전 후 손바닥 뒤집듯이 민주주의를 찬사하면서 민주화를 슬로건으로 내세웠다. 이러한 민주화 전개 위에 누구나가 가졌던 생각 중의 하나가 공동체의 부정이었다. 전근대적인 공동체, 봉건적인 공동체로부터의 극복이 주어진 과제이기도 했다. 다시 말해서 전후 공동체론의 과제는 공동체로부터 개인의 자유 획득에 있었다. 이것이야말로 민주주의와 자본주의의 정상적인 발전을 꾀하는 기준이라고 여겼다.

이러한 사회 분위기 속에서 아베는『침입자』를 통해 한 개인이 이상한 집단에 의해 파멸되어 가는 것을 그렸다. 무엇을 이야기 하고자 하는 것일까.

당시 일본의 전후 민주주의는 민주화에 의해 공동체가 개선되어 가면서 개인의 자유와 개인이 존중되어 가야하는데 민주주의의 다수결이라는 원칙 하에 봉건적인 공동체의 질곡이 남아있었다. 즉 민주주의가 농촌이나 도시에 정착되지 않고 잘못된 방향으로 진행되어 가고 있었다. 다수에 의한 독재 또는 다수의 연대 의해 개인의 삶이 결정되어 버리고 말았다. 이러한 현상을 통렬히 풍자한 것은 아닐까.

▌註▌

1) 국립 극단 제184회 정기 공연 『아베 고보의 친구들』 팜플렛.

2) 1996년 4월 19일부터 21일까지 미국 뉴욕 콜롬비아대학에서 '아베 고보 국제 심포지엄'이 개최되었다. 이때 각국에서 아베 고보 연구자들 약100명이 모였다. 그 중에서 특히 체코에서 아베 고보 연구자로 유명한 빈게르헤 훼로바씨의 발표에서 아베 고보의 『친구들』은 체코의 '프라하의 봄'을 연상시키는 작품으로 인기가 있었다고 했다.

3) 원제는 『틈입자』(闖入者)이지만 여기에서는 『침입자』로 한다. 그 이유로서 한국어 표현에서 '틈입자'라는 것이 자연스럽지 않기 때문이다. 물론 엄밀하게 보면 '침입(侵入)'과 '틈입(闖入)'은 좀 다르다. '침입'은 남의 영역에 불법으로 밀고 들어오는 것이고, '틈입'은 말(馬)이 문으로 불쑥 머리를 들이대면서 들어오는 것처럼 미리 양해도 구하지 않고 갑자기 끼어드는 것을 의미한다. 그러므로 여기에는 불법이냐, 아니면 불법이 아니냐 하는 문제와 연결하여 생각할 수 있다. 또 '틈입'에서 동물성과 연결하여 생각할 수도 있다. 그러나 여기에서는 이미 합법을 가장한 침입을 전제로 해서 논을 전개하므로 '침입' 이라고 해도 논리상 큰 하자는 없으리라 본다. 텍스트는 『安部公房全集 003』(新潮社, 1997)를 사용한다. 인용문의 쪽수도 텍스트의 쪽수와 같이 한다.

4) 小田切秀雄 「鑑賞 安部公房」(『日本短篇文学全集』第48卷, 筑摩書房, 1969)

5) 沼野充義 「世界の中の安部公房」(『国文学』42卷 9号, 1997年 8月)

6) 1996년 4월 19일에서 21일까지 미국 뉴욕 콜롬비아대학에서 '아베 고보 국제 심포지엄'이 개최되었다. 심포지엄은 3일 동안 열렸지만 아베 고보 기념 축제는 한 달 동안 계속되었다. 스페인에서 제작한 'The Friend'는 심포지엄 마지막 날 저녁에 상연되었다. 필자도 이때 심포지엄에 참가하여 영화를 감상하였다.

7) 주인공이 식물 '덴도로카카리야'로 변신하는 이야기.

8) 집이 없는 주인공이 집을 찾아 헤매다가 자신의 몸이 해체되어 커다란 누에고치로 변하고 마는 이야기다.

9) 1996년 미국 뉴욕 콜롬비아대학에서 개최된 '아베 고보 국제 심포지엄'에서 훼로바씨가 이야기 한 에피소드 중의 하나다. 이정희 「安部公房国際シンポジウムに参加して-ニューヨークのコロンビア大学にて-」(筑波大学比較・理論文学会 『文学研究論集』14号, 1997年 3月) 참조.

10) 1996년 미국 뉴욕 콜롬비아대학에서 개최한 아베 고보 국제 심포지엄에서 헬싱크 리프시츠씨는 '아베 고보의 『친구들』과 아베 스튜디오의 추억'에 대한 발표가 있었다. 이정희 「安部公房国際シンポジウムに参加して-ニューヨークのコロンビア大学にて-」(筑波大学比較・理論文学会 『文学研究論集』14号, 1997年 3月) 참조.

11) (주3)의 '틈입'과 '침입' 설명 참조.

12) 『安部公房全集 003』 p.112

13) 『安部公房全集 003』 p.129

14) 『安部公房全集 003』 p.131

15) 『安部公房全集 003』 p.109

16) 『安部公房全集 003』 p.111

17) 『安部公房全集 003』 p.112

18) 『安部公房全集 003』 p.124

19) 巽孝之・久間十義「アヴァン・ポップの故郷」『ユリイカ』 1994. 8.

제7장
『모래의 여자』(砂の女)론

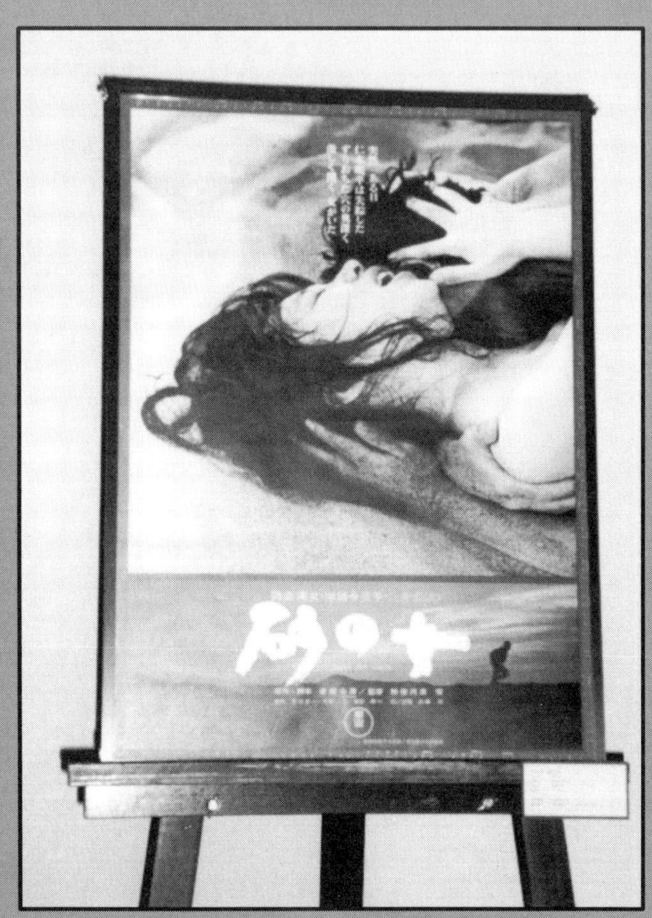

영화 <모래의 여자> 포스터

제7장
『모래의 여자』(砂の女)론

1. 머리말

아베 고보는 작품 속에 등장하는 인물들을 특징 없이 그려내고 있다. 등장인물들은 이렇다 할 신체적 특징이나 얼굴 특징 등이 거의 나타나 있지 않다. 이 뿐만이 아니다. 처음부터 이름이 없다거나 개인의 생활사를 드러내지 않고 거의 추상적인 형태로 나타내고 있다. 게다가 대부분 혼자 고립해 있거나 종교적인 색채도 없거니와 인간사회에서 누구나가 인정하는 가치에 대한 기준도 없다.

그러므로 아베 고보의 작품을 읽는 독자들은 주인공과 같이 고독하고 무기력한 타자에 적응하지 않으면 안 된다. 게다가 아베 고보는 등장인물들에 대한 정보는 등장인물들의 행위와 말 이외에는 형상화되어 있지 않다는 것을 염두에 둘 필요가 있다. 그것은 의심할 여지없이 아베 고보의 창작 기법이기도 하다.

그런데 등장인물 중에서도 특히 여성을 주요 인물로 하는 작품은 별로 찾아볼 수 없다.

초기 단편을 보면 『덴도로카카리야』(デンドロカカリヤ, 1949)에서는 한번쯤 사랑했음직한 여성이 나오는데 그저 '그녀'로 등장하여 한번도 그 모습을 드러낸 적이 없다. 『벽-S・카르마씨의 범죄』(壁-S・カルマ氏の犯罪, 1951)에서는 주인공이 사랑에 빠지게 되는 여성으로 Y양이 등장하는데 그녀는 특이하게도 마네킹 인형과 교차되면서 나타난다. 남자 주인공은 Y양을 사랑하면서도 자신이 사는 고독한 세계로는 끝내 끌어들이지 않는다. 『붉은 누에고치』(赤い繭, 1950)에서는 여성이 단 한번 등장하는데 그녀는 결국 주인공에게 있어서는 일종의 '벽'과도 같은 존재로 등장한다.

이와 같이 초기에 나타난 여성들을 보면 여성은 등장해도 그만 등장하지 않아도 그만 하는 식으로 큰 비중을 차지하지 않았다. 이는 남성과 대립하는 여성이 아니라 하나의 인간으로 그리려 했고, 여성성이 강조되어 있지 않은 점으로 미루어보아 작가 아베 고보의 관심이 다른 곳에 있었음을 미루어 짐작할 수가 있다.

초기 단편소설 이후 전면적으로 여성이 주인공으로 드러난 작품은 『모래의 여자』(砂の女, 1962)다. 이밖에 몇몇 작품의 장면 장면에서 본다면 여성이 묘사는 적지만 그 장면에서 의미 있는 중요한 존재가 되는 작품은 찾아볼 수 있다.

그 대표적인 예로서 『불타버린 지도』(燃えつきた地図, 1967)의 '하루(波瑠)'와 『상자 인간』(箱男, 1973)의 간호원일 것이다. 『불타버린 지도』에 등장하는 '하루'에 대해서는 주인공의 부인으로 성적 욕망을 상징하는 인물로 등장할 뿐 그 속성은 알 수가 없다. 이와 비슷한 성격으로 『상자 인간』에 나오는 간호원은 군의관의 불륜 상대로 나오며 지나치게 여성성이 강조되어 있어 성적 욕망을 상징하고 있다.

이것이 『모래의 여자』 이후에 등장하는 아베 고보 문학에 나타난 여성상의 한 특징이다. 게다가 묘사가 적은 여성 등장인물에 대해서도 이야기가 전개됨에 따라 그 서술은 점차로 줄어들어 결국에는 소멸해 버리고 만다.

예를 들어 『타인의 얼굴』(他人の顔, 1964)에서 주인공인 '나'의 부인은 소설 결말에 편지를 남겨둔 채 '나'의 곁을 떠나 자취를 감추어 버린다. 『밀회』(密會, 1977)에 나오는 여성은 이미 실종해 있는 상태로 설정되어 이야기는 시작된다. 그래도 여성이 가장 많이 묘사되어 있는 『모래의 여자』역시 이야기 끝 부분에 '여자'는 자궁외 임신이라는 선고를 받고 마을 사람들에 의해 모래의 집을 나와 어느 사이엔가 이야기 밖으로 나가버린다.

이와 같이 아베 고보 문학에 있어서 여성의 설정은 여성에게 어느 특정한 가치라든가, 표상 혹은 이미지를 부여하기 위해 그려지고, 그 기호화된 여성들이 이야기 전개상 전환이 예상되거나 할 때는 어떠한 형태로든 이야기 밖으로 소멸해 버리고 만다.

그러면 왜 아베 고보는 어느 작품이건 여성을 등장시키지만 작품 전면에 그 모습을 드러내지는 않는 것일까. 게다가 여성이 등장해도 늘 '여자'(女)나 '그녀'(彼女)로 불리며 어떠한 모습을 한 여성인지는 일체의 정보를 주지 않는 것일까.

물론 아베 고보의 관심이 일반적으로 여자·남자의 문제가 아니라는 것쯤은 미루어 짐작할 수가 있다. 이것은 그의 초기 단편소설에서 자주 나타나는 변신 모티브에서도 엿볼 수가 있다. 아베 고보의 작품에 나타난 '변신'은 인간의 모습이 아닌 다른 것으로 변형되지 않으면 살아가지 못하는 인간존재의 문제에 대한 통렬한 비판이기도 하다.

즉 아베 고보의 관심은 남자·여자를 포함한 인간존재 그 자체에 있었다고 하겠다.

본고에서는『모래의 여자』를 '여자'의 인물 조형에 초점을 맞추어 작가 아베 고보는 어떻게 여성을 그리고 있는지를 고찰하고자 한다.

2.『모래의 여자』가 차지하는 위치

아베 고보에게 있어서 장편소설『모래의 여자』가 차지하는 위치를 살펴보자. 그러기 위해서 작품의 시대적 배경과 그리고 아베 고보의 창작 스타일의 변천 과정을 보기로 한다.

『모래의 여자』는 아베 고보의 대표작으로 널리 알려진 작품인 것은 두말 할 나위 없다. 게다가 아베 고보는『모래의 여자』발표 이후 『모래의 여자』가 베스트셀러가 되어 일약 스타가 되었다. 게다가 요미우리(読売)문학상을 수상했으며『모래의 여자』는 영화로도 만들어졌다[1]. 더욱이 1964년 영어로 번역된 이래 37개국어로 번역・소개되었다[2].

이와 같은 작품 발표 후의 경과를 보면『모래의 여자』는 널리 독자나 평론가들에게 회자되어 그 당시까지의 아베 고보가 발표한 작품 중에서 가장 뛰어나 작품이라고 하는 동시대의 평가를 얻고 있다.

이러한 평가는 작품의 완성도에서 오는 것이라고 할 수 있지만, 당시의 시대 상황에 따른 작품의 탄생에도 큰 관련이 있다고 본다.

제2차 세계대전이 끝나고 나서 10여 년간이라는 소위 일본의 전후 시대는 패전국 국민이라는 것에서 오는 사람들의 의식의 변화와 더불어 전후의 헌법・규율의 근본적인 개정, 농지개혁, 재벌 해체 등에서부터 정치형태와 산업 구조에 대폭적인 변화가 있었다.

그리고 그러한 변화 속에서 사람들은 일상생활 그 자체의 변화 속에서 혼란을 맞이했다. 동시에 지금까지 한번도 만끽해보지 못했던 시민 스스로의 주체성에 의한 꿈과 희망이 모순 속에 있다는 것을 직시한 시대였다. 사람들은 그 모순의 해결과 충족을 위해 변혁을 요구하기 시작했으며 때와 장소를 막론하고 행동에 옮겼다. 즉 전후 10년간이라는 시대는 적어도 달성하지 못했던 꿈을 달성하기 위해 변혁에 대한 꿈을 꿀 수 있었던 시대였다고 할 수 있다.

이에 비해 1960년 전후는 이케다(池田)내각의 국민소득 증가 계획에서부터 고도 경제 성장을 위한 제 정책의 책정으로 시작된 고도 경제 성장의 개막이었다. 이와 더불어 제도의 고정화에 기초한 관료화 시대가 도래 하였다.

사람들은 오히려 그토록 절실했던 정신적인 갈망도 육체적인 갈망도 경제 성장과 사회질서 정비가 가져다 준 안정감에 점차로 꿈을 망각해버리고 일상생활에 안주해버리기 시작했다. 적어도 지금 있는 생활이 전부이고 그 이외의 생활은 있을 수 없다고 믿어버리게 된 일상생활이 아주 착실히 정착하기 시작한 시대였던 것이다.

환언하면, 전후라는 10년간은 비록 꿈과 현실과의 모순이 여기저기에 드러나도 그것을 직면하면서 사람들은 항상 사회규범에 동화되지 않고 항상 자신이 있어야 할 상황에서 위화감을 느꼈던 것이 분명하게 보였다. 게다가 그것을 지켜 볼 수 있었던 의지를 지녔던 시대이기도 했다. 그러나 소위 "이제는 전후가 아니다"라고 외쳤던 1956년을 계기로 1960년 이후는 현실 사회의 안정을 기본으로 한 보다 더 다양화된 사회로 정신적 육체적 갈망은 망각해 버렸다. 이전까지 분명히 보였던 자신들의 소외된 모습은 이제 보이지 않게 되고 나아가 자신들이 소외되어 있는지 어떤지에 대한 자각조차 둔해져버린 시대였다.

이러한 시기에 『모래의 여자』가 발표되었는데 시대 상황을 보면 전술한 바와 같이 전후에서 소위 포스트 전후로 전환해 가는 시대인 것이다. 실종을 테마로 한 『모래의 여자』는 시대를 반영하듯이 독자들의 마음을 사로잡았다고 생각한다.

다음으로 아베 고보의 창작 스타일의 변천 과정을 살펴보자. 1950년을 전후로 한 아베 고보의 창작 스타일을 보면 데뷔작이라고 할 수 있는 장편소설 『길 끝난 곳의 이정표에』(終りし道の標べに, 1948)와 『기아동맹』(饑餓同盟, 1954)을 제외하고는 대부분 단편소설이다. 그리고 1954년의 『노예사냥·1』(奴隷狩り·1, 1954) 『제복』(制服, 1954)을 시작으로 희곡을 발표하였고, 특히 연출가 센다 고레야(千田是也)씨와 제휴해서 연극 활동이 두드러지게 되었다. 이때 라디오 드라마나 영화 시나리오도 많이 발표되었다.

이와 병행해서 단편소설도 발표했지만 점차로 장편소설화 되어 『짐승들은 고향을 향한다』(けものたちは故鄕をめざす, 1957), 『제4간빙기』(第四間氷期, 1959)를 발표하였다. 게다가 이들 장편소설에 이어 발표한 『모래의 여자』이후에는 단편소설은 거의 자취를 감추고 3, 4년 혹은 그 이상의 간격을 두고 장편소설을 발표하는 패턴으로 정착되어 갔다.

이러한 작품 창작 스타일의 변천을 볼 때 먼저 알 수 있는 것은 점차로 단편소설 작가라는 타이틀에서 탈피하였다는 것이다. 희곡·라디오·드라마·영화 시나리오 등 다방면으로 그 영역을 넓혀 가면서도 무엇보다도 창작 활동 중에서 장편소설에 주력해 가는 작가로 그 위치를 굳혀갔다.

장편소설 중에서도 특히 『짐승들은 고향을 향한다』는 드물게도 자서전적인 요소가 강하고, 『제4간빙기』는 일본에서 최초의 본격적

인 SF소설이라는 평가를 받고 있으며, 『돌의 눈』(石の眼, 1960)은 다큐멘터리 풍의 추리소설이라 할 수 있다. 이렇듯 장편소설의 방향이 제각기인 것은 소위 장편소설 창작의 시행착오 단계를 말해 주는 듯하다.

이러한 경위를 거쳐 『모래의 여자』가 발표될 때에는 그때까지 반수 이상이나 차지했던 단편소설은 자취를 감추었다. 이 시기부터 비로소 본격적인 장편소설 작가로 소설 창작 에너지를 장편이라는 스타일에 쏟아 부었다. 즉 작품 창작상의 스타일 변천 과정을 보더라도 『모래의 여자』는 아베 고보의 진정한 본격적인 장편소설 시대의 개막을 알리는 작품인 것이다.

그런데 아베 고보는 『모래의 여자』를 발표하기 한 해 전인 1961년에 일본 공산당과의 항쟁에 들어갔고 『모래의 여자』가 발표된 1962년에 일본 공산당에서 제명되고 말았다. 그러므로 『모래의 여자』는 한편으로는 아베 고보가 그때까지 주장해온 "예술의 혁명과 혁명의 예술과를 통일"하여 이룬 아방가르드를 다시 한번 총 점검을 하고 결산한다고 하는 과제를 짊어진 작품이기도 하다3).

즉 아베 고보가 당과의 대립을 계기로 해서 자기 자신이 주장한 제일 테마인 예술적인 전위가 동시에 정치적인 전위인 것을 지속하려는 것이 얼마나 어려운 일인가를 깨닫게 된다. 그러므로 아방가르드의 본질인 "예술의 혁명"과 "혁명의 예술"의 통일을 포기하고 점차 "예술의 혁명" 쪽으로 기울어 갔다고 해도 좋을 것이다.

그러므로 『모래의 여자』야말로 작품 창작 과정에 있어서 스타일의 전환기에 주목할 만한 작품인 동시에 아방가르드 작가로서의 전환기를 맞게 되는 시기이므로 주목할 만한 작품이기도 하다. 즉 전환기에 있어서 아베 고보의 전체상을 비추고 있는 작품이라 할 수 있다.

3. 『모래의 여자』의 평가에 대해서

　오쿠보(大久保)씨가 지적하듯이 아베 고보에 대한 평가는 『모래의 여자』이후 급속히 높아졌다[4]. 작가 아베 고보는 『모래의 여자』이전에는 본격적인 작가론조차 없었으며 주위의 몇몇 비평가나 작가들의 사이에서만 평가되어져 왔다.

　그러나 『모래의 여자』가 발표되자 작가 아베 고보는 이단적인 아방가르드라는 위치에서 현대문학의 기수로 자리 메김 하기에 이르렀다. 게다가 이러한 주목과 평가에 답하듯이 아베 고보는 계속해서 『타인의 얼굴』과 『불타버린 지도』를 발표하여 소위 '실종삼부작'이라고 해서 현대사회에 있어서 인간존재와 소외 문제를 독특한 수법으로 그렸다.

　이러한 『모래의 여자』에 관한 논문은 다른 작품에 비해 많다. 아베 고보를 논할 때 반드시 거론되어지는 작품으로 아베 고보 문학 중에서 가장 많이 연구되어져 있다고 해도 과언이 아닐 것이다. 그러한 만큼 여러 평론가들은 다양한 관점에서 『모래의 여자』를 분석하고 있다.

　『모래의 여자』에 대한 평가를 검토해 보면 동시대에서 현재에 이르기까지 두 방향으로 나누어 볼 수 있다. 하나는 작품 전체를 뒤덮고 있는 듯한 '모래'의 박력과 불모지인 '모래'의 세계에서 자신을 극복해 가는 주인공의 행동에 대한 긍정적인 평가다.

　이 견해가 하나의 통설로 자리 잡은 것은 사사키(佐々木)씨의 논평이다[5]. 사사키씨는 사구의 촌락에 유폐된 교사가 그곳을 탈출하려는 과정을 가혹한 상황 속에서 변혁을 시도하는 인물로 평했다. 그리고 주인공의 극한상황을 극복하는 자세에 감동했다고 말했다.

　게다가 이 소설은 첫 머리 부분에서부터 주인공이 행방불명된 사실을 알리고 있다. 즉 주인공의 부재라는 결말이 작품의 첫머리에 제시되어 있는 것이다.

그런데 2절(편의상 '절'이라고 부름) 이후에는 작품은 행방불명된 본인이 현재의 시점을 묘사하는 형태를 취하여 끝까지 현재 존재하는 '남자'의 기록으로 되어있다. 이때 '남자'의 행동 기록을 통하여 그 상황에 맞는 논을 전개해 가는 것이 보통일 것이다.

여기에 모래의 세계를 현대사회로 보고 부조리한 현대사회에서 긍정적으로 살아가는 인물이라는 인식이 전제가 되는 셈이다. 모래를 불모성의 은유로 보는 견해는 영화 『모래의 여자』 비평에서도 볼 수 있는 일반적인 경향인 것이다.

또 하나는 이러한 평가에 대한 의문 또는 비판에서 출발한 것이라 할 수 있다. 그 대표적인 예가 미키(三木)씨, 다나카(田中)씨, 후쿠모토(福本)씨들의 견해다[6]. 그들이 주장하는 것은 주인공이 일상성을 확인해 가는 과정이 자신을 극복하는 것으로 볼 수 있는가 하는 것이다.

그들은 '모래'가 나타내고자 하는 것이 현대사회의 불모성이라고 한다면 저수 장치의 발견이라는 스토리 전개에서 현실을 개혁한다는 구도로 보는 것은 무리가 있다고 주장한다. 게다가 '남자'가 사다리가 놓여져 유폐 상태에서 벗어날 수 있었음에도 불구하고 도망가지 않았다는 것은 결과적으로 현실도피의 반복에 지나지 않는다고 보고 있다. 그러므로 그 결말로 그 후의 '남자'의 장래를 예측하는 것은 곤란하다는 견해다.

이것은 결말 부분에 덧붙여진 2장의 공문서가 '남자'의 행동 기록에서부터 약 6년 반이나 된다고 하는 문제와 연결된다. 31절 끝 부분에서 말미에 있는 공문서 기록으로 이동하는 텍스트는 한 페이지에 지나지 않는다.

그러나 작품 세계 내에서는 6년 반이 경과되어 있어 그때까지의 기록의 속도를 비교해볼 때 엄청난 비약이 보인다. 그 공백기간에 대해서는 "특별히 서둘러서 도망갈 필요가 없다. 지금 그의 손안에 있는 왕복 기차표에는 행선지도 도착지도 본인의 임의로 써넣을 수 있도록 여백이 남겨져 있다. (중략) 도망가는 것은 내일 또 생각해 봐도 좋을 일이다."라는 암시 밖에 나타나 있지 않다.

이 기간에 대한 해석은 고스란히 독자에게 맡겨져 있다고 해도 과언이 아니다. 이러한 완미한 결말은 해석의 여지를 남겨둔 채 스토리가 끝났다고 밖에 생각할 수 없다.

단지 이러한 견해는 작품 첫 머리 부분에서 보이는 실종을 알리는 실종 보고와 말미의 2장의 공문서가 작품 세계와 깊은 관련이 있다고 상정할 필요는 있다.

즉 이러한 상정을 하는 것이야말로 앞서 말한 자기 극복의 견해와 다른 것으로 여기에서는 '남자'의 행동보다는 오히려 작품의 구조 그 자체로 시점이 이동되어 있는 것이다.

이밖에 『모래의 여자』의 결말 부분을 놓고 논지가 분분하다. 먼저 마츠하라(松原)씨는 "이 결말 부분에서 작가가 일상성과 타협을 했다고 보는 것은 정당하지 않다."고 지적하였다[7]. 그는 인간 생활의 변혁이라는 현대의 보편적인 과제가 달성하려면 '모래의 여자'가 묵묵히 그 생활을 받아들이고 그 속에서 견뎌내는 듯한 일상성과의 싸움 없이는 아무리해도 이룰 수 없다는 작가의 결의를 읽어낼 수가 없다고 지적하였다.

사사키씨의 견해도 "주인공이 자유가 된 순간에 다시 모래의 세계로 들어간 것은 탈출 기도의 허무함을 느끼고 무조건적으로 현실

을 받아들이고 전향했다는 것을 의미하는 것은 아니다."라며 현실
긍정이라는 논지를 부정하고 있다[8]. 현실 세계로부터 탈출할 것이
냐 아니면 다시 복귀할 것이냐 하는 문제를 떠나서 그 놓여진 상황
그 자체를 변혁하기 위해 적극적인 자세를 취하고 있다고 했다. 사
사키씨는 결말 부분에서 주인공이 현실을 변혁해 간다는 가능성을
인정하면서도 결국은 현실 도피의 한 방향이라고 지적하고 있다.

이러한 결말 부분에 대한 해석의 문제는 단순히 부분적인 것에
대한 논의는 결코 아니다. 결말 부분의 주인공에 대한 해석은 작품
전체의 평가와 직결되어 있는 것이다.

최근의 연구 관심은 '모델'을 찾으려는데 있다. 『모래의 여자』라는
소설이 실제 모델이 있다는 설이다[9]. 공간적인 배경은 야마가타(山
形)현에 있는 사카타(酒田)시로 사구 지역으로 유명한 곳이라고 한다.

실제로 1960년대초 이 사구 지역으로 정치활동을 하다 쫓기는 몸
이 된 한 젊은이가 숨어 들어와 살다가 어느 해 여름 태풍으로 사구
지대가 파묻혀 버린 사고가 있다고 한다.

그 사건을 모델로 하고 있다는 설이다. 그러나 이에 관한 구체적
인 논문은 아직 발표되지 않았지만, 이 관계 논문이 발표된다면 『모
래의 여자』에 대한 새로운 시각이 나올 것이다.

4. '남자'의 인물 설정

『모래의 여자』에 등장하는 인물들은 '남자'와 '여자 그리고 마을
사람들이다. 우선 '남자'의 인물 설정을 스토리 전개에 따라 '모래'와
연결시켜 고찰해 보고자 한다.

『모래의 여자』의 남자 주인공 '남자'는 어느 날 해안가로 곤충채집

을 하러 떠났다가 행방불명이 된다. 작품 첫머리에 "8월 어느 날, 한 남자가 행방불명이 되었다."로 시작되어 독자는 갑자기 이름도 성격도 모르는 한 남자의 실종 소식을 접하게 된다. 독자들은 이 기상천외한 첫 문장에 매료되어 읽어감에 따라 '남자'가 처하게 되는 세계를 경험하게 된다.

'남자'는 모래 사구의 깊숙한 곳에 사는 모래의 집에 갖이게 되어 아무리 탈출을 시도해도 실패하고 만다. 이러한 '남자'의 모습을 냉담하게 바라보는 마을 사람들과 '남자'를 그곳에 머무르게 하려는 '여자'가 있다는 사실을 알게 된다. 이때쯤이면 독자도 '남자'가 또 탈출에 실패하겠지 하면서 점점 작품 세계로 빠지게 된다.

'남자'의 이름과 용모에 대한 정보가 독자에게 처음으로 전달된 것은 제11절이다. 작품 전체가 31절로 되어있으므로 스토리 전개상 3분의 1정도 경과 된 후에야 '남자'에 대한 정보를 알 수 있다. '남자'가 자신이 행방불명되었다는 사실을 알고 틀림없이 교무주임이 수색원을 낼 것이라고 추측하는 부분에서다.

> 성명 니키 준페이(仁木順平). 31세. 158cm, 54kg. 머리는 숱이 약간 적고 올백으로 뒤로 넘김. 헤어 오일은 사용하지 않음. 시력은 오른쪽 0.8, 왼쪽1.0. 피부는 약간 검고 얼굴이 길쭉한 편. 양미간이 좁으며 코는 낮은 편. 네모진 턱과 왼쪽 귀밑에 검은 점이 눈에 띤다는 특징 이외는 이렇다 할 특징이 없음. 혈액형은 AB형. 혀가 꼬부라진 것 같은 더듬거리는 말투. 내향적으로 고집이 세며 대인관계는 특별히 나쁜 편이 아니다.[10)]

얼핏 보면 상세한 프로필 같지만 이 정보에서 독자가 니키(仁木)의 모습을 그린다는 것은 그리 쉬운 일이 아니다. 얼굴 생김새 등이 자세히 그려져 있다고 생각되지만 오히려 그 이미지는 확산되어져 갈 뿐 뚜렷한 모습은 떠오르지 않는다.

그것은 이 정보가 부분 부분에 포인트를 둔 소개에 그쳐 전체적인 이미지를 파악하는 데에 꼭 필요한 정보는 아니기 때문이다. 게다가 시력이나 혈액형에 대한 정보는 그의 속성이기는 하나 작품 세계와 관련된 기능성을 띈 정보는 아닐 뿐더러 작품 속에서 두 번 다시 언급되는 일이 없는 정보다.

작품 내에서 내레이터는 이 작은 체구의 등장인물을 일관해서 ‘남자’로 부르고 있다. 그의 이름인 ‘니키’로 부른 적은 없다. 오히려 주도면밀하게 ‘니키 쥰페이’(仁木順平)라는 이름을 회피하고 있다. 내레이터가 ‘니키’라는 이름을 부르지 않고 왜 일관해서 ‘남자’라고 부르는가 하는 의문도 그 옅은 인상 밖에 주지 않는 그의 정보와 무관하지 않다고 본다.

물론 작품 속에서 의도적으로 ‘남자’라는 호칭을 사용하는 데에는 또 다른 이유가 있다. 그것은 작품 속의 스토리 전개상 현재라는 시점은 이미 ‘니키 쥰페이’가 실종 후 사망이 인정되어 그가 법적으로는 사망한 존재라는 사실을 환기시켜 주는 호칭이기도 하다.

내레이터는 독자들에게 ‘니키 쥰페이’가 법적으로 존재하지 않는 이름을 상실한 한 ‘남자’에 지나지 않는다는 것을 시사하면서 작품의 3분의 1시점에서 프로필을 제공하는 것으로 독자들에게 ‘니키 쥰페이’라는 ‘남자’ 대한 정보를 흘리는 것이라 하겠다.

그러나 이 정보가 ‘니키 쥰페이’라는 이름과 연결되지 않으면 아무런 의미를 지니지 않는 정보라는 것쯤은 미루어 짐작할 수 있다. 우리들은 상대방의 이름이나 속성을 연관 지을 때 비로소 상대방을 규정하는 정보로서 기억한다. 그러나 이름이 없는 상대방의 속성을 파악하기란 쉬운 일이 아니다.

내레이터는 지금은 이름이 없어져버린 '남자'가 '니키 쥰페이'였던 시절의 정보를 독자에게 제공해 주는 반면, 작품의 현재 시점에 있어서는 '이름'을 갖고 사회적인 정보를 일체 얻을 수 없게 된 '남자'라는 사실을 환기시켜 주는 역할을 해 준다. 이것은 이야기 속의 7년간이라는 시간 흐름 속에 점점 이름이 잊혀져 가는 것과 함께 그의 존재도 희박해져 가는 듯한 소실 감각을 독자에게 안겨주는 셈이다.

이러한 '남자'가 처한 상황에 빨려들 듯이 작품에 빠져들게 되는 것은 다름 아닌 모래의 흡인력일 것이다. '남자'가 모래에 대해 갖는 이미지는 소설 전반부와 후반부는 확실히 다르게 나타난다. 이러한 차이가 나타날 수 있는 이유로 생각할 수 있는 것은 '남자'의 내부에 무슨 변화가 일어났을까 하는 것이고, 또 하나는 작가가 '남자'의 눈을 통해서 모래를 어떻게 인식해 가는 것일까 하는 것이다.

'남자'는 초시류(鞘翅類) 가뢰 속의 무당가뢰와 비슷한 곤충을 채집하기 위해 해안으로 온 것이다. 이 곤충이 모래 지대에서 서식한다는 이유 때문에 모래에 관심을 갖기 시작했다. 그러다가 점점 모래에 대한 새로운 성질을 발견하기 시작하면서 충격과 흥분을 맛보게 된다.

'남자'는 모래가 갖는 "결코 쉬는 일이 없이 흐르는" 유동성에서 자유를 발견하게 된다.

그 끊임없는 유동으로 인해 어떠한 생물이건 간에 일체 받아들이려 하지 않는 성질이 있는 것 같다. 사시사철 달라붙어 있는 것만을 강요하는 이 현실의 번거로움에 비하면 이 얼마나 큰 차이일까. 모래는 분명히 생존에는 적합하지 않다. 그러나 정착이 생존하는데 절대 불가결한 것인지 어떤지. 정착을 고집하려고 들기 때문에 그 꺼리는 경쟁도 벌어지게 되는 것이 아닐까. 가령 정착을 그만두고 모래의 유동성에 몸을 맡겨버린다면 그때에는 경쟁도 있을 수 없을 것이다. 사실상 사막에도 꽃이 피고 벌레며 짐승도 살고 있다. 강력한 적응 능력을 이용해서 경쟁권 밖으로 빠져 나온 생물들이다.[11]

‘남자’는 “모래는 분명히 생존에는 적합하지 않다. 그러나 정착이 생존하는데 절대 불가결한 것인지 어떤지.”하며 회의를 하는데 여기에서 이미 현실 사회에서 한 발짝 밖으로 나와 있는 것처럼 보인다.

그러나 이 시점에서는 ‘남자’는 아직 현실 사회에 속해 있으며 자신이 행방불명되리라고는 꿈에도 생각 못한다. ‘남자’는 곤충채집이 취미이지만 그 목적은 신종 곤충을 발견하는데 있다. 그것으로 인해 자신의 이름이 도감에 올라가 반영구적으로 후세에 남겨지길 원한다.

곤충채집에는 좀더 소박하고 직접적인 희열이 있다. 신종 발견이 바로 그것이다. 그것에 걸리기만 하면 기다란 라틴어 학명과 함께 자기 이름도 이탤릭 활자로 곤충대도감에 기록이 되어 그리고 반영구적으로 보존될 것이다. 비록 벌레의 도움을 빌려서라도 오래도록 사람들의 기억 속에 머물 수 있다면 노력한 보람은 있는 것이다.[12]

교원이면서 곤충채집 마니아인 ‘남자’는 생의 보람을 ‘곤충’에 의해 충족하려 한다. 바꾸어 말하면 ‘곤충’을 매개로 하여 타자의 세계와 관계가 가능하다고 본 것이다. 그것은 “비록 벌레의 도움을 빌려서라도 오래도록 사람들의 기억 속에 머물 수 있다면” 더 바랄 것이 없는 것이다. 그것이 곤충대도감에 실리고 그 도감의 권위와 그것을 인정하는 타자의 존재에 의해 그의 행위는 보증을 획득하는 것이다.

이렇듯 영원에 대한 이 '남자'의 집착은 그것이 강하면 강할수록 현실 사회의 기반이 약하다는 것을 암시적으로 말해 주는 듯하다. 인간의 이름조차 점차 의미를 잃어 가는 도시 사회에서 곤충의 신종 발견으로 인해 자신의 이름이 영원히 남겨진다는 것은 이 '남자'에게 있어서는 매력적이 아닐 수 없다.

여기에서 '남자'가 권위와 타자의 시선을 의식하는 존재라는 것을 알 수 있다. 물론 이것은 '남자'의 직업이 교사라는 것과도 무관하지는 않다.

> 사실 말이지, 교사만큼 질투의 본능에 사로잡혀 있는 존재도 드물다.……학생들은 해마다 냇물처럼 자기들을 타고 넘어서 흘러가고 마는데 그 흐름 밑에서 교사들만이 깊숙이 파묻힌 돌멩이처럼 언제나 버림을 받고 있어야만 하는 것이다. 희망이란 타인에게 말할 성질의 것이지 자신이 꿈꿀 것은 못된다. 그들은 자신을 넝마 조각처럼 느끼고 고독한 자학 취미에 빠지든가 아니면 늘 타인의 무궤도를 고발해대는 의심 많고 덕이 있는 선비가 되고 만다.[13]

'남자'는 교사로서의 일상생활에 만족해 있지 않다. "깊숙이 파묻힌 돌멩이처럼"이나 "넝마 조각"이라는 표현에서 쉽게 느낄 수 있다. 동료 교사들의 모습은 그의 눈에는 "평소의 회색에 피부색까지 회색이 되어 가는 작자들"로 비추어 "회색 종족들은 자기 이외의 인간이 빨강이건 파랑이건 초록이건 회색 이외의 색깔을 가졌다고 상상하는 것만으로도 그만 견딜 수 없는 자기혐오에 빠지고 만다."[14]고 해석하고 있다.

'남자'의 일상은 일개의 교원으로서 시민 생활을 보내면서도 한편으로는 일상성을 멀리하면서 같은 동료들과 다른 의식을 갖고 생활하려 하고 있다.

이러한 그가 모래의 매력에 이끌리게 된다. 앞서 인용했듯이 모래의 유동성에 대한 매력은 "사시사철 달라붙어 있는 것만을 강요하는 이 현실의 번거로움"을 새삼 인식시키고 만다. 그는 역시 '정착'보다는 '유동'에 매력을 느끼고 있는 것이다.

그리고 '남자'가 "경쟁권 밖으로 빠져 나온 생물"들을 쫓아 사구 지대로 발을 들여놓게 된 것이다. 그의 의식 속에는 모래에 동화되어 가는 것으로 현실로부터 '유동'하고 싶은 소망이 있었기 때문이다.

그러므로 '남자'의 인물 설정은 자신의 이름을 영원히 남기고 싶은 꿈을 꾸면서 교사라는 일상성으로부터는 탈피하고 싶은 그런 인물이었다. 즉 '남자'는 일상성에 찌든 어디에서나 볼 수 있는 그런 인물이라 해도 과언이 아닐 것이다.

그런데 '남자'가 '여자'와 성적 관계를 맺고 나 후에는 '남자'에게 있어서 모래에 대한 인식에 변화가 생긴다. 간단하게 말하면 모래가 '남자'의 현실 세계 속으로 밀착해 들어 온 것이다. '희망'이라고 명명한 저수 장치를 만든 '남자'는 그 곳에 물이 고이는 것을 발견하고는 모래가 갖고 있는 현실적인 유효한 생산성에 놀란다.

그리고 '남자'는 이 발견을 누군가에게 말하고 싶어 한다. 물론 말할 대상은 마을 사람들 이외에는 없다. 그러므로 이 단계에 이르면 이미 '남자'는 외부에서 흘러들어 온 고독한 타인이 아니다. '남자'에게 있어서 마을은 "증오의 대상"이 아니라 "서둘러서 도망 갈 필요가 없는" 곳으로 바뀌게 된다.

별로 서둘러서 도망 갈 필요가 없다. 지금 그의 손안에 있는 왕복 기차표에는 행선지도 도착지도 본인의 임의로 써넣을 수 있는 여백이 남겨져 있다. 생각해 보면 그의 마음은 저수 장치에 관한 이야기를 누구한테 하고 싶다는 욕망으로 터질 듯이 부풀어 있었

다. 이야기한다고 하면 이곳 부락 사람들 이외는 상대자는 달리 없
을 것이다. 오늘 아니면 아마도 내일은 남자는 누구에게 털어놓고
말 것임에 틀림없다.15)

모래의 세계에서 탈출한다고 하는 것은 '남자'의 지상 과제였다.
그런데 그것이 실현 가능한 순간에 그는 그 기회를 이용하기는커녕
저수 장치에 정신을 빼앗겨 탈출할 생각을 저버리고 만다. 그것은
'남자'가 발견한 저수 장치라는 것은 이 마을에게서만 그 의의가 있
는 것이다. '남자'가 그 순간 탈출해 버리면 저수 장치가 갖는 의의
가 없어져버려 그가 참담한 노력 끝에 이룬 성과가 의미를 잃게 되
고 만다.

또 이 저수 장치에 대해서 말한다고 하는 것은 스스로 자신의 '무
기'를 마을 사람들에게 보여주게 되므로 그가 탈출을 하는 데에는
결코 이로울 것이 없다. 마을 사람들 입장에서 본다면 그가 발견한
저수 장치는 중요한 것이지만 그렇다고 해서 더 중요한 모래 퍼내는
작업의 주요 요원을 아무 조건 없이 해방시켜 줄 이유는 없는 것이
다. 모래에서 물을 얻는 것과 모래를 퍼내는 작업은 다른 차원의 문
제인 것이기 때문이다.

그러나 '남자' 자신이 저수 장치를 발견한 것을 마을 사람들에게
이야기하고 싶은 마음이 일기 시작하여 점차 그 욕구가 커져갔다고
하는 것은 '남자'가 마을을 탈출하고자 하는 것보다는 자신이 발견
한 것을 이야기하려는데 더 큰 의미를 두고 있다. 이는 늘 경계의
대상이었던 마을이 어느 정도 '남자'와 가까워졌다는 것을 의미한다
고 해도 좋을 것이다. 즉 '남자'는 이 마을에서 자신의 존재 가치를
발견하고 싶었던 것이다.

이것은 그가 생활했던 사회에서 곤충에 의해 자신의 존재 이유를 발견하려 한 것과는 다른 것이다. 즉 '남자'는 이 마을에서 모래 퍼내는 요원으로 살기보다는 스스로의 힘으로 삶의 방식을 발견하여 마을 사람들에게도 모래를 퍼내다 팔 수 밖에 없는 불모성을 변혁시킬 수 있는 기회를 주고자 했음이 틀림이 없다하겠다.

'남자'의 변화는 처음 이 마을에 들어와 자신에 대한 존재의 무의미를 느끼고 탈출만을 꿈꾸던 때와 비교해 보면 그 차이는 분명해질 것이다.

5. '여자'의 인물 설정

『모래의 여자』에 등장하는 여자 주인공 '여자'의 인물 설정을 성(性)의 의미와 '여자'의 생활을 이루는 노동의 의미를 통해서 고찰해 보고자 한다.

우선 『모래의 여자』(砂の女)라고 하는 제목을 살펴보기로 한다. 특이한 점은 '모래'와 '여자'라는 보통 그 연관성이 적은 이미지가 '~의(の)'라는 조사에 의해 연결되어 있다는 것이다. 이 조사 '~의'의 의미는 일반적인 비유나 속성의 의미도 아니고 장소나 소속의 의미도 아닐 것이다. '~의'가 의미하는 것은 무엇보다도 '모래'와 '여자'와의 관계라 할 수 있다.

아마 독자가 『모래의 여자』라는 제목에서 상기되는 것은 '모래'도 아니고 '여자'도 아닌, '모래의 여자'라는 하나의 실체인 '여자'일 것이다.

『모래의 여자』의 '여자'는 사구에 살고 있는 한 '여자'로 등장한다. 그러나 이 '여자'는 그녀가 '남자'의 묘사를 통해서만 표현이 되므로 작품 세계의 전면에 나타나는 기회는 적다. 그러므로 '여자'의 경력 등을 알 수 있는 정보는 거의 없다.

그렇다고 해서 '여자'를 무시할 수는 없다. '여자'의 위치 내지 그녀가 차지하는 역할은 크다.

『모래의 여자』에 나오는 '여자'의 성격에 대해서는 흔히들 수동적이라 지적한다. 특히 '남자'에 대해서는 거의 순종적이라고 한다. 미키씨는 이러한 '여자'의 성격에 대해서 "참고 순종하는 것에 익숙한 평균적인 일본 여자의 개념과 일치"한다고 지적하고 있다[16]. 게다가 순종적인 '여자'의 특징적인 행위로 침묵을 들고 있다.

> ① 그래도 상대방은 대답이 없었다. 같은 자세로 그저 머리를 좌우로 흔들 뿐이다.[17]
> ② 무슨 말을 해도 여자가 대답을 해주지 않으면 어쩌지……그것이야말로 가장 무서운 대답이었다. 더구나 그럴 가능성은 충분히 있다. 여자의 그 완강한 침묵……저 무릎을 대고 엎드려 있는 완전히 무방비한 희생물의 자세……[18]
> ③ 여자는 역시 대답하지 않았다. 물에 갈아 앉아 버리는 돌처럼 다시 그 수동적인 침묵으로 되돌아가고 만 것이다.[19]

이와 같은 '여자'의 침묵은 분명히 "참고 순종하는 것에 익숙한" 성격을 나타내려 한 것일지도 모른다. 그러면서도 '남자'가 생각하듯이 '여자'의 침묵은 "가장 무서운 대답"이고 '남자'를 초조하게 만들어 버린다.

게다가 이러한 '여자'의 성격을 모래에 비유하고 있다.

> 모래는 참으로 온순하여 작업도 진전이 잘 될 것 같았다. (중략) 상당히 파낸 것 같은 데도 통 성과가 오른 것 같지 않다. (중략) 머

리 속에 그렸던 단순한 기하학적 프로세스와는 어딘가가 몹시 달랐다.[20]

이것은 '남자'가 '여자'와 언쟁하다가 모래를 파내어 밖으로 나가려고 하는 장면이다. 그러나 모래벽은 계획대로 파지지 않고 지치기만 해 결국에는 위에서 무너져 내리는 모래를 뒤집어쓰고 만다.

이러한 모래와 침묵하는 '여자' 모습에는 공통점이 있다는 것이다. '여자'도 모래도 '남자'에게 있어서는 순하면서 결코 '남자' 뜻대로 되지 않는다는 면이다. '여자'는 침묵함으로서 '남자'의 언어를 흡수해 피로하게 만들며, 모래는 '남자'의 힘을 흡수해버려 '남자'를 지치게 만든다. '여자'의 수동성은 모래의 수동성과 좋은 호응이 된다고 할 수 있다.

그러므로 흔히들 『모래의 여자』의 '여자'는 '모래의 성질을 갖고 있는 여자' 즉 '모래와 같은 여자'라고 말한다.

그러나 필자는 『모래의 여자』에서 '여자'를 참고 순종하는 것에 익숙한 일본 여성을 그렸다고는 생각하지 않는다.

『모래의 여자』의 내레이터는 주요한 등장인물인 여자를 '남자'의 경우와 마찬가지로 시종일관 '여자'로 부른다. 그 이유로 생각할 수 있는 것은 '남자'의 경우처럼 이미 현실 사회에서는 사망 선고가 내려진 '여자'일지도 모른다.

그러나 그렇다고 해서 '남자'라는 호칭이 주는 느낌과 '여자'라는 호칭이 주는 느낌은 같지 않은 것은 왜일까.

젠더(gender) 표현 연구에서도 '여자'라는 표현이 '남자'라는 표현과 비교해서 분명한 것은 부정적인 의미가 포함되는 경향이 있다는 것이다. 이 부정적인 의미라는 것은 성(性)적인 의미로, 즉 '여자'를 성적 대상물로 본다는 의미다. 그러므로 남자=인간, 여자≠인간이라는 개념이 생긴 것이다.

그런데 『모래의 여자』에서는 이러한 개념이 통용되는 듯 하면서 실은 통용되지 않는다는 것이다. 또 '남자'에게도 사회의 논리=남자의 논리라는 것이 통용되지 않는다. 즉 남자=인간이라는 성차별·가부장제도·남성 지배 사회라는 이데올로기를 지탱하여 정당화 해 온 기능이 붕괴되어 있다고 볼 수 있다.

우선 작품 속에 설정된 모래 세계에서의 생활은 '남자'는 할 수 있고 '여자'는 할 수 없는 일이란 게 없다. '여자'는 '여자'로서의 역할을 하며 게다가 '남자'이상으로 '남자'의 역할을 해낸다. 예를 들어 중요한 일인 모래 퍼내는 일은 '여자'가 훨씬 능숙하다.

또 가사 전반에 걸친 일은 '남자'는 일체 손도 안 댄다. 즉 '남자'는 없는 편보다는 있는 것이 낫지만 없다고 해도 별 문제가 없는 존재로 그려져 있다.

아베 고보는 1964년 2월에 「내가 쓰고 싶은 여자」(私の書きたい 女)에서 다음과 같이 말하고 있다.

> 나는 인류가 인간과 여자의 합계라고 하는 보수적인 사회의 남성 논리에 가담할 수 없다. 또 언젠가는 성적으로 구별되는 남자, 여자가 사회적 인간으로 통일될 것이라는 안이한 이상주의자에게도 그리 쉽게는 동조하지 못할 것이다. (중략) 나로서는 역시 현재 있는 그대로의 혼돈한 사회 논리에 구애받지 않을 수 없다. 예를 들어 『모래의 여자』와 같이 여자보다는 모래에 주목하는 것으로 잔다르크와 마릴린 먼로의 중간인 다양한 여성상을 추구하고 싶다. 그것은 단순히 여자와 인간 사이의 모순 관계 뿐만이 아니라 그것은 그대로 남자와 인간 사이의 모순에도 관계되는 문제이기 때문이다.[21]

아베 고보는 문학작품을 통해서 여성을 그릴 때에는 남성의 눈에 비친 여성을 그리기보다는 인간의 눈으로 본 여성을 그리려했다고 생각한다. 여성들의 모순이라는 것은 남성과의 관계보다는 오히려 인간이라는 테두리 속에서 나타나는 모순이 더 크다고 했다.

이러한 예로 든 것이 대표적인 두 여성인 잔다르크와 마릴린 먼로다. 얼핏 보면 아무런 관련이 없어 보이지만 유사점을 제시하고 있다. 특히 두 여성의 죽음에 대해서 한쪽은 화형 또 한쪽은 수면제라는 차이는 있지만 두 여성은 당시의 사회가 만들어 놓은 인간과 '여자'라는 틀을 뛰어넘으려 했던 시대의 희생자로 보았다. 잔다르크가 '여자'를 거부하고 순수한 인간이고자 했다면 마릴린 먼로는 반대로 인간이기를 거부하고 순수한 '여자'가 되기를 원했을 것이라고 지적하고 있다.

유럽 역사상 잔다르크와 같은 여성은 없을 것이다. 잔다르크는 그녀가 마녀, 이단, 마술사라는 죄목으로 종교재판에서 유죄판결을 받아 화형에 처해지는 순간까지도 '여자'라는 속박의 틀을 과감히 깬 영웅이라 해도 과언이 아니다.

당시 여자라는 것은 사회적으로는 열등한 위치에 있었다. 성적 종속화로 남자에게는 무조건 복종하며, 남자의 강함과 폭력에는 굴복해야만 했고 남자에게 성적으로 이용당하였다. 그렇지 않으면 세계로부터 버림을 받을 수밖에 없는 숙명으로 시민으로서의 자질을 박탈당한다.

잔다르크는 이러한 종속 상황과 성(性)을 거부했던 것이다. 그녀는 여자가 갖는 사회적 의미 전체를 거부하고 어떠한 부분도 삭제된다거나 생략되는 일이 없는 여자로서의 완전한 존재성을 주장했다. 그러나 그녀의 이러한 몸짓도 결국 당시 사회의 희생으로 형장의 이

슬로 사라지고 말았다.

이와는 대조적으로 먼로는 관능적인 몸매로 남자들의 사족을 못 쓰게 만들었다. 처음에는 그런 자신의 몸을 먼로는 싫어했지만 점차 그것에 익숙해졌고 나중에는 소위 '여자'라는 것을 이용할 줄 알게 되었다.

즉 인간이기보다는 여자로 살기를 택했다고 할 수 있다. 그러나 그녀의 눈부신 육체는 수차례에 걸친 낙태와 유산, 그리고 약물중독으로 시들어 갔다. 그리고 그녀의 죽음. 어쩌면 마릴린 먼로는 살해됐다고 해도 과언이 아닐 것이다. 결국은 그녀는 아메리카 사회에서 성적인 희생양이 되어갔던 것이다.

이러한 아베 고보의 여성관을 통해서 볼 때 『모래의 여자』에 나타난 '여자'를 어떻게 그리려 했을까. 모래의 세계라는 혼돈된 사회 속에서 '여자'와 인간의 모습을 함께 그리려했던 것은 아닐까. 그러므로 '남자', '여자'라는 최소 구성 요인인 개인과 개인을 선출해서 모델로 삼으려 했는지도 모른다.

『모래의 여자』에 나타나는 남녀 관계의 설정 즉 '남자'를 둘러싼 '남자'와 '여자'의 관계와 남편과 부인 관계는 이러한 설정을 뒷받침해준다고 하겠다. 남편과 아내라는 사회성에 근거한 남녀의 계약 관계와 오로지 생존하기 위한 남자·여자관계를 설정해서 모래를 매개로 하여 그 가능성을 보려고 했다고 할 수 있다.

여기에서 확실하게 드러나 있는 것은 '성(性)'과 '생(生)'의 관계가 명료하다는 것이다.

대개 인간의 성을 내포하는 요소로서는 생식, 쾌락 그리고 사랑을 들 수 있을 것이다. 동물적인 본능으로서의 성은 그 자체가 종속 보존을 위한 생식을 의미한다. 인간도 동물인 이상 성은 먼저 생식적인 요소를 갖는다.

그러나 동물에게서 보이는 발정기라는 자연의 섭리에서 해방된 인간의 성은 동시에 성적 욕구 그것을 목적으로 하는 쾌락적인 요소를 갖는다. 성적 욕구의 충족은 기본적으로는 자기 자신 이외의 타자, 즉 이성을 필요로 하고 그 타자와 결합을 하는 성적 관계 속에서 달성된다. 중요한 것은 그 관계가 단순한 동물적인 암컷, 수컷과의 관계가 아니라 서로 인격을 갖는 주체로서 서로 마음이 맺어지는 남녀 관계라는 점이다.

모래의 세계에서는 이러한 생식적인 요소에서 오는 성적 욕구와 쾌락적인 요소를 자연스럽게 연출하고 있다. 어떻게 해서든지 관심을 여자보다는 모래에 집중시키려 했다는 것을 엿볼 수 있다.

다음으로 ‘남자’가 ‘여자’를 처음 만나는 장면을 살펴보기로 한다. 이 점에 대해서는 히로세씨의 지적을 보기로 한다.[22]

곤충채집에 여념이 없던 ‘남자’는 하룻밤을 마을에서 묵기로 한다. 이때 묵을 장소를 알선해 준 사람들이 그 마을 사람들이었다. 마을 사람들은 ‘여자’를 향해 ‘할멈’(婆さん)이라고 불렀다. 그런데 ‘남자’가 추측 하건데 ‘여자’는 30전후밖에 보이지 않았다.

그럼에도 불구하고 ‘여자’는 “할멈”이라고 부르는 것에 대해 아무런 위화감을 느끼지 않는다. ‘여자’의 이름이나 나이 등은 작품 세계에서는 전혀 알 수가 없다. 단 ‘여자’가 다른 외지에서 이 마을로 흘러들어 왔으며, 남편과 자식을 이 마을에서 잃고 이곳을 뜨지 못하고 있다는 것은 알 수 있다. 그러니까 미망인이기 때문에 ‘여자’가 ‘할멈’으로 불리는 것은 왠지 부자연스럽다. 이러한 인간관계가 성립할 수 있는 인간관계에 대해 히로세(廣瀨)씨는 다음과 같이 말하고 있다.

그녀에게 있어서 마을은 외부 세계가 아니다. 모래 속의 집과 그 주변의 사구 촌락은 그녀에게 있어서는 유일한 자신의 세계인 것이다. 이것을 포위하고 있는 도시야말로 무관계 한 외부의 세계다. (중략) 그러므로 애향 정신이나 의리를 들추어내는 그녀는 공동체의 논리에서 그리 떨어진 존재는 아닐 것이다. 완전한 무명성을 획득한 그녀는 물론 일반 사회의 모든 규범으로부터 자유로운 모래의 여자인 것이다. 그녀는 마을 사람들과 대등한 '계약'을 맺고 있다. 마을은 그녀가 이 사구에서 생활하기 위한 자유를 보장해주고 식료품이나 생활필수품을 제공한다. 게다가 그녀는 모래 퍼내는 일을 한다. 이 노동은 단순하면서도 가혹한 육체노동이다. 이 노동에 의해 그녀 자신은 자기 자신의 존재 의미를 느끼고 있다. 그녀의 생존=모래 퍼내기는 그녀의 전부다. 생의 목적과 수단이 일치되는 생활이다. 정착을 갈구하면서도 공동체의 애증에는 자유롭다. 이것이 모래의 여자의 새로운 모습이다.[23]

히로세씨가 지적하듯이 마을 사람들이 '여자'에게 바라고 있는 것은 모래 퍼내는 노동 이외에는 없다. 단, '여자'의 노동력만으로는 끊임없이 흘러내려 오는 모래로부터 집의 침식을 막을 수가 없다. '여자'가 '남자'에게 "정말 여자 혼자서는 무리죠. 여기 생활은……(중략) 앞으로 점점 북풍이 불어와 다가올 모래 태풍이 걱정이다" 하고 설명하는 그대로이다.

그러므로 '여자'가 노동이라는 의무를 포기하면 그녀와 마을 사람들과의 관계는 끊어진다는 것을 쉽게 알 수 있다. 이것은 '여자'가 사는 집 주위는 가혹한 모래 퍼내기와 감금 아닌 감금 상태라고 하는 "노예 생활에 만족하고 있는"것이었다.

만약 '남자'가 이 '여자'의 집이 아닌 다른 집, 예를 들면 마을의 중심 지역에 있는 집에 묵었다면 이런 감금 상태에서 애써 탈출하려고 하는 행동은 할 필요가 없었을 것이다. 즉 '여자'가 이 마을에서 중심적인 위치에 있지 않다는 것을 알 수 있다.

여기에서 중요한 것은 '노동'이라는 개념을 어떻게 보느냐하는 것일 것이다. '노동'을 자기 자신의 창조적인 요소로 볼 것인가 아니면 권위주의적인 공동체로의 종속이라는 네가티브한 요소로 볼 것인가 하는 것이다.

『모래의 여자』에서 '여자'는 여성성을 강조한다거나 하기보다는 무엇보다도 그녀가 처한 상황은 우선 매일 남자가 하기도 힘든 '노동'을 하지 않으면 안 된다. '여자'는 '노동'을 함으로써 마을 사람들과의 커뮤니케이션은 유지되지만 오히려 '노동'을 하면 할수록 그녀는 현실 사회에서는 없는 것과도 같은 존재가 되고 만다.

아베 고보가 이러한 상황을 남자가 아닌 여자를 등장시켜 '노동'의 의미를 부각시킨 데에 큰 의의가 있다고 보는 바이다. 현대사회에서는 각 개인은 공동체로부터 탈출해서 고립적인 상태에서 생산적인 일을 담당하게 된다. 각 개인은 자신을 위한 노동이지만 자신도 모르는 사이에 사회와 연계를 갖게 된다. 이는 노동이야말로 외부 세계와의 커뮤니케이션이 가능케 하는 수단인 것이다. 그러므로 노동은 현대사회에 있어서 인간 소외의 핵심이라고도 할 수 있다.

6. 맺음말

아베 고보 작품에서 여성을 주인공으로 하여 여성을 가장 많이 부각시킨 작품은 역시 『모래의 여자』다. 그럼에도 불구하고 이 작품에서 가장 다루어지지 않았던 것은 바로 여성에 대한 고찰이었다. 작품 연구에 있어서 커다란 모순점이라고 해도 과언이 아니다.

이는 어쩌면 당시 아베 고보에게 있어서 그의 관심이 여성이 아니었기 때문일지도 모른다. 아베는 『모래의 여자』를 통해서 여성의 여성성을 묘사했다기보다는 여성의 성의 문제와 여성에게 있어서 노동의 문제를 그리려했다고 보는 바이다.

　『모래의 여자』이후에 발표한 「내가 쓰고 싶은 여자」에서도 밝혔 듯이 잔다르크도 아닌 마릴린 먼로도 아닌 그런 여자를 그리고 싶었 던 것이다. 그러면서도 여성에게 성적인 의미를 부여하기 위해 모래 의 세계라는 폐쇄된 사회 속에 전혀 관계없는 남자를 등장시켰다. 또, 여성에게 남성과 동등한 위치를 주기 위해 노동이라는 것을 매 개로 하여 그 관계를 보려 했다고 하겠다.

▌註▌

1) 1964년 제작해서 상연됨. 감독은 데시가하라 히로시(勅使河原宏). 아베 고보가 직접 각색을 했다. 영화는 칸느영화제에서 심사위원 특별상을 수상했으며, 마이니치(每日)영화 콩크르 일본영화상 등을 수상했다.

2) 아베 고보의 번역 리스트 참조. 李貞熙「安部公房のシンポジウムに参加して-アメリカ・ニューヨークのコロンビア大学にて-」(筑波大学比較理論文学会『文学研究論集』第14. 1997. 3.)

3) 「アヴァンギャルドの方法とは, 芸術の革命と, 革命の芸術とを統一することであり」『あの朝の記憶』(『文学界』1969. 3)

4) 大久保典夫「同時代評の変遷からみた安部公房」(『解釈と鑑賞』1971. 1.)

5) 佐佐木基一「脱出と超克」『新日本文学』1962. 9.

6) 三木卓「非現実小説の 陥穽」『新日本文学』1963. 11.
   田中裕之「『砂の女』論-その意味と位置」『日本文学』1986. 12.
   福本良之「『砂の女』試論-『溜水装置』をめぐる一考察」『天窓』1981. 9.

7) 「開かれた文学への道-安部公房論」『文芸』 1980. 2.

8) 「脱出と超克」『新日本文学』1962. 9.

9) 1997년1월31일 필자와 아베 네리(安部ねり)씨와의 인터뷰에서.

10) 『砂の女』新潮社, 1962. p.72 번역 인용자(이하 동일)

11) 『砂の女』p.1 3

12) 『砂の女』p.9

13) 『砂の女』p.71

14) 『砂の女』p.88

15) 『砂の女』p.71

16) 「非現実小説の 陥穽」『新日本文学』1963. 11.

17) 『砂の女』p.45

18) 『砂の女』p.49

19) 『砂の女』p.54

20) 『砂の女』p.63

21) 『安部公房全作品15』新潮社, 1973, p.94

22) 広瀬晋也「メビウスの輪としての失踪-『砂の女』私論-」(『近代文学集』1987. 11.)

23) 広瀬晋也「メビウスの輪としての失踪-『砂の女』私論-」(『近代文学集』1987. 11.)

제8장
『타인의 얼굴』(他人の顔)론

『타인의 얼굴』(이정희역, 문예출판사, 2007)

제8장

『타인의 얼굴』(他人の顔)론

1. 머리말

장편소설 『타인의 얼굴』은 1964년 1월에 『군상(群像)』에 발표되었다. 그리고 같은 해 9월에 개정 증보되었고, 다시 또 단행본으로 고단샤(講談社)에서 발행되었다[1].

이 작품이 간행된 후 얼마 되지 않은 1966년 7월에는 아베 고보 자신이 직접 각색하여 같은 제목으로 영화가 제작되었다. 문학작품과 영상을 유니트로 발표하는 형식이 현대문학의 하나의 방향성이라고 한다면, 아베 고보의 실험은 그 선구를 이룬 것이라 하겠다.

또 현대문학이 가지는 또 하나의 방향성으로서 빼 놓을 수 없는 것은 그 해 곧바로 미국과 덴마크에서 이 작품이 번역되어 세계 각국에 소개되었던 것이다[2]. 이와 같이 번역이라는 문화 행위가 상징하는 현대문학의 보편성, 즉 세계 문학으로 지향이라는 것은, 현대작가에 부여된 요청이라는 것을 시사하는 것이다. 부언하면 1996년 10월 『군상』의 제7회 노마문예번역상(野間文芸翻譯賞)에 스페인어로 번역된『타인의 얼굴』이 수상작으로 뽑혔다3).

이와 같이『타인의 얼굴』은 아베 고보의 대표작『모래의 여자』과 함께 세계 각국에 소개되어 세계 문학의 하나로서 확고한 위치를 차지하고 있다. 이것을 증명이라도 하듯이 1996년 4월 19일부터 21일까지 미국 뉴욕에서 개최된 '아베 고보 국제 심포지엄'에서도『타인의 얼굴』은 크게 부각되었다. 전후 50년의 일본문학사의 흐름 속에서 빼놓을 수 없는 중요한 의미를 갖는 작품으로 새삼스럽게 높은 평가를 받고 있다는 것을 눈으로 실감했다4).

『타인의 얼굴』에 대한 발표는 프랑스의 아베 고보 연구자 제리 브로크씨의 「아베 고보・가면의 창시자-소설과 영화에 있어『타인의 얼굴』」과, 피츠버그 대학의 멕도널드 게이코 씨의 「아베 고보『타인의 얼굴』에 있어서 데시가하라 히로시(勅使河原廣)의 변모」 등의 발표가 있었다. 두 사람의 발표는 이미 언급한 바와 같이 작가자신이 의도한 소설 언어와 영상에 의한 다중 표현으로 영화『타인의 얼굴』과 소설『타인의 얼굴』을 유니트로 논한 것이었다.

영상과 문학 언어의 유니트에 관한 과제는 필자에게도 극히 매력적인 것이지만, 그러나 본고에서는 굳이 영상은 언급하지 않고 소설 텍스트만을 고찰의 대상으로 설정했다. 그 이유는 말할 것도 없이 본고의 테마와 관련이 있기 때문이다.

필자는 주로 아베 고보의 단편 작품 고찰을 통해 '변신' 모티브의 전개와 변용을 타마로 작품론을 연구해 왔다5). 그러한 시점에서 새삼스럽게 이『타인의 얼굴』을 읽어보면 그 중요한 모티브인 '얼굴'이 단편소설에 일관하는 '변신' 모티브의 변주라는 것을 깨닫게 되었다.

그러한 인식에서 '얼굴'이 가지는 의미와 기능은 '변신' 모티브의 통시적인 시점에 따라 읽는 것이 가능하다고 생각된다. 그러므로 여기에서는 이 작품의 '얼굴' 모티브를 '변신'에 연결시켜 고찰하는 것을 시도하기로 한다.

이 시도를 따르면 영상과 문학 작품을 유니트로 논하는 것이기도 하고 공시적으로 현대와의 관계를 묻는 것이 아니라 통시적인 관점에서 이 작품을 고찰하지 않으면 안 된다. 그 때문에 영상론 관점을 덧붙이게 되면 논지가 번잡해지므로 감히 영상을 제외시키지 않을 수 없었다.

여기에서는 통시적인 작품 분석을 통하여 '얼굴'에 의한 '변신' 드라마 속에서 도시 사회 내의 인간관계의 붕괴, 혹은 인간관계의 부재와 아울러 야기되는 개인의 인간존재의 불안에까지 미치는 현대의 상황을 바라보는 아베 고보의 시점을 고찰하고자 한다.

2. 주제 형성 과정

우선 이 작품의 줄거리를 대강 살펴보면 다음과 같다.

주인공이 어느 날 액체질소 폭발 사고로 얼굴이 켈로이드에 덮여 본래의 얼굴을 찾아 볼 수 없게 된다. 주인공은 본래의 얼굴을 되찾기 위해 또한 그것에 의해 다시 한번 인간관계를 회복하기 위해 '타인의 얼굴'을 한 인간의 피부와 똑 같은 가면을 만든다. 그리고 완성된 가면을 쓰고 타인으로 변신하여 자신의 아내를 유혹한다. 그러나 곧 그는 이 모든 사실을 아내에게 고백하려고 세 권의 노트를 자신이 숨어사는 아파트에 남겨두고 아내에게 그곳에 오도록 연락해 놓고 그는 자신의 집으로 돌아와 연락을 받은 아내의 태도를 주의 깊게 관찰한다. 그러나 아내는 처음부터 모든 것을 알아차리고 이러한 남편의 행위를 계기로 남편 앞으로 편지를 남겨놓고 모습을 감추어버린다.

이상과 같은 줄거리를 가진 『타인의 얼굴』에 대한 선행연구 논문을 검토해 보면 나미가타 츠요시(波潟剛)씨의 「아베 고보의『타인의 얼굴』론-문장 구성의 형태와 테마를 중심으로-」6)이란 논고의 「삼부작에 있어서『타인의 얼굴』의 특질과 지금까지의 평가」라는 부분에서 종래의 견해가 잘 정리되어 있다. 나미가타씨의 정리를 참고로 보면 종래의 견해는 대강 세 가지 계열로 나눌 수 있다.

첫 번째 계열은 고마츠 사쿄(小松佐京)씨를 비롯한 동시대 평가에서 볼 수 있는 점과 윌리엄 칼리씨 등에 의한 연구에서 주로 주인공의 '얼굴' 상실에 의한 남자의 행동에 초점을 맞추어 도시로부터의 인간소외 문제를 다룬 견해가 압도적이다.

두 번째 계열은 오카니와 노보루(岡庭昇)씨로 대표되는 시각으로 작품 후반에 등장하는 아내의 편지가 지니는 역할에 주목하는 견해이다. 이 두 계열의 공통적인 견해는 '가면' 모티브에 초점을 맞춘 것으로 개성 상실로 인한 인간존재의 소외라고 할 수 있다.

이에 비해 세 번째 계열은 이와 같은 종래의 작품론에서 볼 수 있는 '가면' 중심의 모티브에 대한 논지와는 달리 '읽는' 행위에 초점을 맞춘 견해다. 나미가타씨의 논지도 이 계열에 속하는 것으로 문장 구성 및 비소설적 부분을 면밀히 분석한 후 거기에서 '실종'이라는 테마를 이끌어 내려는 논점에 새로운 의미가 보인다.

이상의 선행 연구 중 '가면'의 문제를 언급한 논문 가운데에는 '가면'과 '얼굴'과의 관계에 관점의 미묘한 차이가 보인다. 예를 들면 윌리엄 칼리씨의 「가면-커뮤니케이션의 벽·아베 고보『타인의 얼굴』-」7)에서는 '얼굴'과 '가면'의 역전에 대해 언급하고 있지만, 오카니와씨의 「가면의 의미-『모래의 여자』와 『타인의 얼굴』-」8)에서는 「얼굴」과 '가면'을 대립적으로 받아들이고 있는 점이 그것이다.

이 오카니와씨의 논문을 발전시킨 위치에 있는 것이 다케이시씨의 「『타인의 얼굴』시론-<쓴다>는 것과 <읽는다>는 것으로 본 <타인>-」이라는 논고일 것이다. 그것에 의하면 '얼굴'을 심층(진짜인 나)으로 하고 '가면'을 표층(가짜인 나)으로 받아들이고 있는 시점이 새로운 의미를 부여한다는 점에서 좋은 평가를 받고 있다고 할 수 있다.

그러나 그 세 논문에 공통되는 전제는 '가면'을 '가면'으로만 받아들이고 있다는 점이다. 필자는 이러한 전제만으로 좋을 것인가 라는 의문을 느낀다. 확실히 주인공은 얼굴을 되찾기 위해 '가면'을 만들지만, 그것은 단순한 '가면'이라기보다 '가면'을 '얼굴이라는 현상' 혹은 '또 하나의 얼굴'이라는 관점에서 볼 수 있는 것은 아닐까.

이러한 시점을 필요로 하는 것은 '가면'이 '표정'과 결부되어 있다는 점에 있다. 일반적으로 '가면'에는 표정이 없다. 혹 표정이 있다고 해도 그것은 하나의 고정된 표정이며 표정의 변화라는 것은 없다.

그러나 이 작품 속에서 '나'라는 주인공이 만든 '가면'에는 인간의 피부와 같을 뿐만 아니라 게다가 '표정'도 살아 있다. 이 특징이 필자에게 의문을 갖게 했던 것이다. 그것은 말하자면 '살아 있는 가면' 혹은 '얼굴과 똑 같은 가면'이라고 정의 할 수 있다. 즉 작품에 나오는 '가면'은 일반적인 '가면'이 아니라 '또 다른 얼굴'이라고 해도 좋을 것이다.

『타인의 얼굴』은 내용을 보아도 분명 중요한 모티프가 되는 것은 '얼굴'이라는 것은 말할 필요도 없다. 필자가 주목하는 것은 '머리말'에서 언급한 것처럼 아베 고보 작품을 통시적 개념에 따라 읽을 때 이 '얼굴'모티프가 단편소설에서 보이는 '변신' 모티프의 연장선상에 있는 것으로 하나의 변주로 간파할 수 있다는 것이다.

최초의 변신담인 『덴도로카카리야』[9] 중에서 '얼굴'의 기묘한 움직임을 묘사하고 있는 곳에서 그 일면을 찾아볼 수 있다.

> 어렴풋이 얼굴이 보였다. 잘 보니 뒤집힌 얼굴이었다. 게다가 몸 전체가 식물로 되어 있었다. 풀도 나무라고도 할 수 없는 기묘한 식물. (중략) 본적이 없는 식물. 두려움에 굳어져서 이젠 잘 움직일 수 없게 된 몸을 필사적으로 움직여 겨우 얼굴을 붙잡아 끌어당겨 간신히 앞(表)으로 돌리는 순간 모든 것이 본래 되로 되었다[10].

주인공 커먼군이 식물로 '변신'해버려 뒤집힌 '얼굴'로 '덴도로카카리야'라는 식물이 되지만 그것을 앞으로 되돌리면 본래대로 된다. 그렇다면 식물로 변신하고 싶을 때는 '얼굴'을 뒤집으면 되는 것이다. 이 '변신'의 장치로 앞(인간)과 뒤(식물)라는 대립하는 통로가 '얼굴'이라는 것에 주목해야 할 것이다. '얼굴'이라는 것이 인간에게 어떤 의미를 지니며 어떠한 기능을 하는가 하는 문제에 아베 고보가 일찍부터 깨달은 것을 이 작품에서 잘 보여 주고 있다고 할 수 있다.

아베 고보에 의하면 '얼굴'이라는 것은 어떤 매체와 매체 사이의 통로가 되는 것, 더구나 그 통로는 변화하는 것으로 받아들여지고 있다. 그 변화란 인간 내부에 숨어있는 다중적인 인격이며 이 작품에서는 선과 악으로 대립되어 나타내고 있다[11]. 이것이 아베 고보의 '얼굴'에 대한 원형적 이미지였다.

이 '얼굴' 모티브나 구상과 주제와의 만남은 단편소설인 『붉은 누에고치』[12]에서도 나타나 있으며 여기에도 '얼굴'의 변형이 훌륭히 묘사되어 있다.

> 실은 이윽고 내 전신을 봉지처럼 감쌌지만, 그래도 여전히 풀려

허리에서 가슴으로, 가슴에서 어깨로 차례로 풀려나가 풀려진 실은 봉지 안쪽에서부터 단단히 굳혀져 갔다. 그리고 끝내 난 소멸했다.13)

이 서술이 묘사한 것은 발밑에서 풀어진 실이 허리에서 가슴으로 이어서 가슴에서 어깨로 차례차례 풀려 문장 속에서는 볼 수 없지만 '얼굴'도 없어져버려 결국에는 '나'는 소멸해 버리고 만다는 것이다.

이러한 자기 소멸의 과정은 일종의 창조 행위와 같이 너무나도 사실적으로 영상화되어 있다. 이와 같은 언어 이미지의 전략적 수법은 인간 존재를 자유자재로 상실시키거나 확대 또는 확장시키는 장치로서 그 역할을 수행한다는 점이라 할 수 있다.

'변신'에 대한 아베 고보의 흥미는 초기 작품에서 만년 작품에 이르기까지 일관되게 나타나 있다. 따라서 '변신' 모티프는 당연히 장편소설에서도 나타난다. 우선 1960년대에 들어서면『타인의 얼굴』에 집중해서 나타난다. 바로 '가면'에 의한 '변신'이다. 나아가 1970년대의 '변신' 장편소설로서는『상자 남자』14)로 대표되지만 여기에서는 '가면'이 아니라 '상자'가 하나의 '변신' 도구로서 사용되고 있다. '상자'는 그것을 덮어쓴 개인 그 자체를 타자의 눈으로부터 숨기는 역할을 한다.

아베 고보에게 있어 '변신'의 궁극적 목적은 개인의 존재성을 아무런 의미 없는 것으로 없애버리는 것이었다.『상자 남자』에 있어 '상자'는 스스로 개인 존재를 상실시키는 것으로 오로지 '눈'만 남게 하는 즉 '보여지는 것'을 없애고 '보는 것'만 남는다는 것이다.

이와 같이 '변신'은 더욱 변용 되어 아베 고보의 미완의 장편 유고 작품『하늘을 나는 남자』15)에서는 초능력에 의한 변신이 나타나게 된다. 이 작품은 초기의 우화성에 대한 회기일지도 모르지만, 그 주제는 이 논지에서 벗어난다고 생각되어 그 이상은 다루지 않겠다.

이와 같이 아베 고보의 작품을 통시적으로 따라 보면 초기부터 만년에까지 일괄되게 나타나 있는 모티브의 하나로서 ‘변신’이 등장하게 된다. 필자가 이 작품에서도 ‘얼굴’과 결부시켜 ‘변신’에 주목하는 이유는 바로 여기에 있다.

이와 같은 관점에서 다시 『타인의 얼굴』에 있어서 ‘변신’ 모티프가 ‘얼굴’과 결부되어 있는 부분에 주목하면 다음과 같다.

> ① 얼굴 따위……있을 때에는 별로 생각해 보지 않았는데 없어지고 보니 세계의 반을 빼앗아 가버린 듯한 느낌이 든다.[16]
> ② 가면으로 인해 모든 게 변해버린 것이 틀림없다. 나뿐만 아니라 세계까지 통째로 포장되어 새롭게 나타난 것이 아닐까?[17]

인용①은 주인공이 사고로 얼굴이 심하게 손상되었는데 그것을 “(얼굴이) 없어지고 보니까”라는 표현을 사용하고 있다. 이 표현에는 작품의 주제가 ‘얼굴’이 가지는 의미와 기능에 있는 것을 서두에서부터 시사하고 있다고 보면 좋을 것이다. 그리고 인용②를 보면 손상된 얼굴을 되찾기 위해 가면을 사용해 그것을 쓰게 된다.

여기서 ‘가면’이라는 도구와 ‘변신’이라는 모티프에 주목하는 부분이 나타난다. “모든 게 변해버린 것이 틀림없다. 나뿐만 아니라”라는 말로 알 수 있듯이 ‘가면’을 쓴 ‘나’는 ‘변해 버린다’는 것이다. 더구나 ‘나’의 ‘변신’은 말할 것도 없이 인격 변환으로 ‘세계’를 보는 ‘나’의 시선도 변해버린다.

지금까지 아베 고보의 변신담 중에서 ‘가면’에 의한 변신을 시도한 작품으로서는 『타이의 얼굴』이 처음이지만, 이 인격 변환 도구에서 아이덴티티 상실 도구로 발전시켜 나간 것이 『상자 남자』라고 해도 과언이 아닐 것이다.

이와 같이 통시적인 시각에서 아베 고보의 '얼굴'과 '변신'의 사상(관념)을 살펴보면 『타인의 얼굴』은 '얼굴'과 '변신' 모티브가 결부되어 주제를 드러내고 있다는 것을 알 수 있다. 아베 고보는 그것을 1960년대의 고도 성장기에 급속하게 변모하면서 팽창 일로에 있었던 인공적 공동체 도시 생활과 결부시켰다.

거기에 '얼굴' 혹은 '또 다른 얼굴'에 도시 사회와 인간 존재(개인 존재)의 관계성을 상징적으로 그리려는 의욕을 지속해 왔던 것을 엿볼 수 있다. 거기에 『타인의 얼굴』의 주제가 형성되었다고 해도 좋을 것이다.

'가면'에 의한 '변신' 모티브는 개인의 아이덴티티를 지탱하는 '얼굴'을 '손상'시키거나 '상실'시킴으로써 실은 '얼굴'이 개인과 사회와의 관계를 매개하는 것이라는 것을 역설적으로 말하는 것이었다. 따라서 어떤 도시 생활자가 '얼굴'을 상실했을 경우 그 개인과 사회의 관계가 어떻게 변하는지를 그리려했다고 할 수 있다.

이와 같은 문제성 즉 '얼굴'을 탈중심화(脫中心化)할 때의 개인 존재와 인간관계의 '손상'이라는 주제는 지금까지 여러 시도를 거쳐 『타인의 얼굴』에서 집대성되어 있는 것 같이 보인다.

3. '얼굴'은 '나'와 타인을 연결하는 통로인가

우선 『타인의 얼굴』에서 '얼굴'에 대한 설명 중 작가 내부에 잠재되어 있는 관념의 동요를 단적으로 엿볼 수 있는 부분부터 살펴보자.

③ 얼굴이라는 것은 결국 표정이라는 것이지요. 표정이라는 것은……어떻게 말하면 좋을까……요컨대 타인과의 관계를 나타내는 방정식 같은 것이지요. 자기 자신과 타인을 연결하는 통로이지요.[18]

④ 과연 얼굴만이 유일무이한 통로일까.[19]

'나'는 얼굴이 손상되어 '가면'을 만들려고 하였다. 그때 K라는 인물을 만나게 된다. 인용문 ③은 K가 한 말인데 종래의 선행 논문은 이 내용을 근거로 하여 『타인의 얼굴』의 '얼굴'에 관한 아베 고보의 개념은 "자기 자신과 타인을 연결하는 통로"로 인식되어왔다는 결론에 이르고 있다.

과연 그럴까. 필자가 의문을 품게 된 것은 인용문 ④에서 볼 수 있는 '나'의 독백 때문이다. '나'의 의문처럼 인간의 '얼굴'은 자신과 타인을 연결하는 유일한 통로일까라는 것이다.

여기서 작가 내부에 잠재되어 있는 마음의 동요를 읽어야 할 것이다. 우선 '얼굴만이'라는 말에 신중을 기해야 할 필요가 있다. 그것이 얼굴 이외의 가령 언어나 신체성에도 타인과의 관계를 맺을 수 있는 가능성이 있다는 의미로도 해석될 수 있기 때문이다.

즉 또 하나의 얼굴, 예를 들면 표정이 고정된 얼굴만으로도 타인과의 관계를 맺을 수 있다는 의미로도 해석할 수 있다. 이 후자의 의미 속에는 복잡한 표정이라는 관념이 남아 있다.

생각하건대 아베 고보는 이 양자의 해석을 내포한 '얼굴'의 관념을 이용하고 있다. 이와 같은 '나'의 말을 중시한다면 선행 논문이 단정하는 것처럼 '얼굴'이 "자기 자신과 타인을 연결하는 통로"라고는 결코 말할 수 없게 된다.

예를 들어 '얼굴'만이 자신과 타인을 연결하는 통로라고 한다면

"맹인에게는 인간의 자격이 없는 것이 되고 만다"[20]는 것이다. 얼굴
을 볼 수 없는 그래서 얼굴 표정을 읽을 수가 없는 맹인에게는 인간
관계가 성립되지 않는다는 것일까.

'나'의 의문 또는 아베 고보의 의도는 여기에 있다고 봐야 할 것이
다. '얼굴'만이 전달 통로라고 생각하는 것은 "습관에서 오는 일종의
선입관"[21]인지도 모른다. 따라서 "백년간 얼굴을 서로 마주보고 있
기보다 한 편의 시, 한 권의 책, 한 장의 레코드가 훨씬 마음을 깊게
나누는 길"[22]이 된다고 생각하는 것도 결코 신기한 것은 아니다.

타인의 존재는 '얼굴'이라는 시각의 대상에 의해 인지된다기보다
'얼굴'의 복잡한 변화도 포함되고, 그 이외의 표현 매체를 통해 '타
인'을 경험하기 시작하는 것이 아닐까. 이 작품에서는 '나'의 노트 세
권과 아내의 편지가 중요한 내용으로 작용하는데 그 기능과 의미는
바로 '타인'을 인지하기 위한 표현 매체라고 해도 좋을 것이다.

아베 고보는 도시에 사는 자기 이외의 인간을 '타인'이라고 부른
다. 아베 고보는 '타인'이란 모든 타자 존재를 포함한 존재라고 본다.
그러므로 자기 자신 안에서도 '타인'을 발견하기도 한다. 『타인의 얼
굴』에서도 이 모티브가 이야기 줄거리를 꾸며 가는 구실을 하고 있
는 것은 말할 필요도 없다. 도시 사회 속에서 자기 자신과 '타인'의
관계를 되묻는 문제는 아베 고보의 큰 테마의 하나라고 할 수 있다.

『타인의 얼굴』은 '나'의 사고 즉, 액체질소의 폭발로 인해 부상당
해 얼굴 전체가 켈로이드로 뒤덮인 것에서부터 시작된다. 다음 인용
문은 그로부터 얼마 지나지 않아 부상당한 얼굴을 거울에 비추어 보
았을 때의 장면이다.

⑤ 얼굴을 싼 붕대를 풀기 시작했다. (중략) 다 풀고 나자 내 얼

굴에서 기어 나오는 거머리 덩어리……서로 엉키어 검붉게 부풀어
오른 켈로이드 거머리……정말 뭐라 표현할 수 없는 추악함이
다.[23]

⑥ 내 얼굴에 뻐끔히 파인 깊은 구덩이가 입을 벌렸다. 그 구덩
이에는 내 몸이 다 들어가도 여유가 있을 정도로 깊게 파여 있었
다. 썩은 충치에서 나오는 고름과 같은 액체가 여기저기서 스며 나
와 찔찔 소리를 내면서 떨어지고 있다.[24]

‘나’의 얼굴은 켈로이드로 되기 쉬운 체질이었다. 사고 때 액체질
소로 인해 끊임없이 안면 피부가 녹아들어 흉터가 이상 증식하여 불
룩 솟아버렸다. 인용문 ⑤와 ⑥은『타인의 얼굴』중에서도 ‘나’의 얼
굴 표정이 가장 처참하게 표현되어 있는 부분이며, 안면 파괴가 기
분 나쁜 ‘거머리 덩어리’로 비유되었다. 인용 ⑥의 파괴된 ‘얼굴’ 표
현에서 현대인의 존재가 상징적으로 잘 나타나 있다고 보는 것이 오
에 겐자부로(大江健三郎)씨이다.

주인공에게 일종의 실존적인 위엄을 주는 것은 무엇인가? 그것
은 즉 소설 전개상 이 단계에 있어서 주인공의 회심 또는 결심이
마법의 지팡이에 한 번 닿은 것처럼 소설 전체를 바꾸어 버린다.
뻐끔히 파인 깊은 구덩이가 입을 벌린 인간의 총체적인 존재론의
추궁으로 바꾸기 때문이라고 언급하고 있다.[25]

그러나 오에 겐자브로의 설명은 얼굴에 뻐끔히 파인 깊은 구덩이
가 입을 벌린 인간의 총체적인 존재론의 추궁에 그쳐 있고, 그 이상
파고들려고 하지 않았다. 다만 그 여운을 남긴 해설에서도 아베 고
보가『타인의 얼굴』에서 인간의 얼굴 파괴에 의해 인간존재가 어떻
게 파괴되어 가는가를 묻고 있다고 오에는 겐자브로는 받아들이고

있는 것 같다.

　확실히 인용문 ⑥에 나타난 '얼굴'은 이미 얼굴이 아니다. 도저히 '얼굴'이라고는 할 수 없는 그로테스크 한 '덩어리'이다. 그래서 '나'는 '얼굴'을 붕대로 감추지만 그것은 역으로 '얼굴' 이외의 신체 부분, 즉 신체성을 강조하는 것이 되고 만다. '얼굴'에 집약된 커뮤니케이션의 기능을 신체성 쪽으로 양보하는 것이라고 해도 좋다.

　결국 붕대의 은폐성이 오히려 육체의 존재감을 눈에 띄게 하는 것이 된다. '얼굴'과는 달리 코드화의 정도가 작은 신체가 '얼굴'에서 커뮤니케이션의 기능을 떠맡으면서 그것도 아직 기능화 되지 않은 또는 기호화되지 않은 상태로 목전에 있는 것이다.

　이렇게 해서 '얼굴'이외의 언어 매체 또는 신체성 매체의 문제가 '또 하나의 얼굴'인 '가면'이 갖는 신체성과 함께 바로 나타나게 된다.

　단, 여기에서는 선행 연구의 세 번째 계열인 언어 매체의 문제는 다루지 않기로 한다. 그것보다도 신체성 매체로서 중요한 성(性)의 문제를 '가면'과 결부시켜 다음 장에서 다루기로 한다.

　도시 표상에는 여러 가지 속성이 지적되는데 그 중에서 아베 고보가 가장 중요시하고 있는 것은 도시의 유동성일 것이다. '얼굴'을 표정의 변화로서 받아들이는 아베 고보의 관념은 이것과 대응한다. 따라서 이 유동하는 도시에서 인간관계를 추구하는 『타인의 얼굴』에 있어서는 변화·유동하는 '얼굴'이라는 것이 자기 존재를 증명하는 매체라고도 할 수 있다.

　다시 말하면 표정의 변화라는 것은 도시가 도시 생활자의 내면에까지 침투하여 다중 인격자로 살도록 강요하는 것을 의미한다고 볼 수 있다. 이와 같이 거대하고 복잡한 도시 공간 속에서는 인간의 퍼스낼러티는 얼굴이 만드는 한두 개, 또는 그 이상 다수의 표정으로 자리 매겨진다고 한다면 과연 '얼굴'은 "자신과 타인을 연결하는 통로"라고 말할 수 있을 것인가. 점차 다양화되는 매체에 대응하기 위해서, 도시 생활자의 자기표현의 매체(통로)도 그에 따라서 다양화시킬 수밖에 없지 않을까.

4. '가면' 또 하나의 얼굴

1) '얼굴' 복제

『타인의 얼굴』에서 '가면'이란 앞에서 언급한 것처럼 도시의 유동성과 대응하는 도시 생활자들의 표정의 변화라기보다 다중적(多重的)인격을 유지하고 살아야 하는 강요된 생활 모습을 상징하는 장치라고 할 수 있다. 그러므로 그것은 단순한 마스크가 아니라 '또 하나의 얼굴'이어야만 했다.

이러한 해석이 가능하다면 이미 '가면'과 '얼굴'이라는 소박한 이원론은 위험해 진다. 아니면 오히려 아베 고보는 '가면'이라는 장치를 통해서 그러한 이원론의 해체를 기도했는지도 모른다.

그렇다면 『타인의 얼굴』속에서 '가면'이란 무엇인가를 문제시 할 경우 단적으로 말해서 '또 하나의 얼굴'이란 무엇인가를 문제시해야 한다. '또 하나의 얼굴'에 대해서 고찰하려고 할 때 그와 당면하여 '얼굴' 복제라는 측면에 주목할 필요가 있을 것이다.

우선 '얼굴' 복제라고 하면 연상되는 것이 초상화나 얼굴 동상 또는 얼굴 사진 등일 것이다. 그러나 이 작품이 만들어내는 '얼굴' 복제는 실제로 살아 있는 인간의 '얼굴'을 복제하는 것이다. 그것은 가면이라는 틀을 초월한 것으로 피부의 질감을 살린 인간의 얼굴 그대로인 진짜 '또 하나의 얼굴'인 것이다.

그 가면 만들기, 즉 '얼굴' 복제 과정을 보기로 한다.

우선은 가면 안쪽 면의 틀을 만든다. 이 작업에 대해서는 얼굴이 쏙 들어갈 정도의 세면기를 준비하여 그 속에 알긴산의 칼륨염과 석고·인산소다·실리콘을 혼합해서 부은 다음, 모든 근육의 긴장을 완전히 없앤 상태에서 재빠르게 그 속에 얼굴을 담근다. 그 다음에는 얼굴 틀을 얻어야 한다. 얼굴 틀은 피부의 섬세한 부분까지를 재현하기 위해 누군가 남의 얼굴을 빌려야 한다. 이 때 다른 사람으로부터 빌리는 것은 피부의 질감이 나타날 얼굴 표면뿐이다. 그것을 나중에 자기의 골격에 맞게 변형시키는 것이다.

이러한 제작 과정은 실로 과학적이고 현재로서는 영화 등의 SFX(특수 효과)에서 사용하고 있는 방법과 거의 같다. 여기서 중요한 것은 역시 '피부'다. 이 '피부'에 착안하여 『타인의 얼굴』에서 '피부론'에 주목하게 된 것은 1989년의 안드레아 드워킹의 '피부의 상실' 이후이다[26]. 그 영향을 받아 1994년 『유레카』특집 아베 고보론 속에서 다니카와(谷川)씨의 '아베 고보의 피부론'이 더욱 그 논리를 전개시키고 있다[27]. 피부론의 참신성은 탁월하나 너무 주제를 좁게 한정시킨 것 같은 느낌이 든다.

물론 '피부'의 관점을 포함해서 『타인의 얼굴』에서 '얼굴'의 복제라는 문제는 다시 다각적으로 검토해야 한다고 생각되지만, 여기에서는 피부론적 관점은 생략하고 이야기를 전개하고자 한다.

이와 같이하여 얼굴 원형을 뜬 얼굴은 그 조직적이고 체계적인 방법을 반복하면 더욱더 대량생산이 가능하고, 한 명의 인간이 동시에 두 명으로도 세 명으로도 분열 할 수 있다. 이른바 클론 인간의 탄생이라는 문제로도 연결된다.

언뜻 공상적이라고도 생각되는 가면의 제작 과정은 유전자 공학적 레벨에서 보면 놀랄만한 미래의 세계상·인간상의 문제를 내포하고 있다.

그것은 예를 들면 '지금, 여기'라는 시공간 외에도 별개의 시공간에 '또 다른 자기'의 존재를 상정해버리는 것 같은 환상을 불러일으킨다. 이 더블 이미지는 작품 속에서는 가면을 쓴 '나'와 붕대를 감은 '나' 사이에도 존재한다. 더블 이미지의 효과는 타자의 시선으로부터 자신을 보호할 수도 있고, 그것과는 반대로 '가면'에 의해 '또 다른 (얼굴)'이라는 타자를 개입시켜 보다 많은 타자나 세상을 엿볼 수 있지 않을까.

실제로 도시 자체의 구조가 이러한 더블 이미지를 한 개인에게 강요하고 있다는 것을 아이러니컬하게 보면 도시의 복잡함이 인간에게 다중적 인격을 유발시키고 있음은 말할 필요도 없다.

2) '나'와 아내와의 관계

이 작품은 '나'의 기록이라고 할 수 있는 세 권의 노트와 그 노트 마지막에 아내로부터 받은 편지를 '나'는 베끼고 있는 것으로 두 사람의 관계가 끝났다는 것을 짐작 할 수 있다. 세 권의 노트가 아내와의 관계를 회복시키려던 '나'의 의도에서 쓰기 시작한 것이었는데 대해 아내의 편지는 '나'와의 관계를 단절시킨 역할을 하고 만다.

아베 고보의 '얼굴'에 대한 관념과 인간관계의 결속을 말하는 가장 전형적인 설명은 이러한 아내의 편지로 집약되는 '나'와 아내의 심리 변화에 내포되어 있다. 그러므로 '나'의 심리 변화 과정을 더듬으면서 결국 아내의 편지로 인해 파국을 맞는 두 사람의 관계를 '얼굴'이라는 모티브를 중심으로 고찰하기로 한다.

아내가 첫 번째의 '타인'(타자)라는 설정부터 보기로 하자. 이는 도시 생활자의 핵가족화 추세 속에서 아내가 가장 친근한 존재이지만 혈연관계를 갖지 않은 이상 관계가 붕괴될 수 있다는 가능성을 내포하는 타자성(他者性)을 가진 존재다.

'나'는 '얼굴'을 상실한 이후 부부 관계가 끊어진 아내와의 관계를 되찾으려고 한다. 그래서 '나'는 몰래 제작한 '가면'을 쓰고 완전히 딴 사람인 체 행동하며 아내를 유혹할 것을 계획한다. '가면'을 쓰고 이름도 신분도 연령도 없는 "아무도 모르는 인간"이 된 '나'는 왠지 무엇인가로부터 해방된 것 같은 자유를 느낌과 동시에 자신의 생존의 목적은 자유의 소비에 있다고 생각하게 된다.

그러나 시스템화 된 법의 정비로 오히려 자유가 속박된 현대사회의 자유는 그 시스템화 된 법이라는 제한을 깨트리는 것 말고는 존재하지 않는다. 그것은 말할 것도 없이 범죄이며 모독인 것이다. 더구나 범죄나 모독 중에서도 그 자체가 욕망의 충족에 해당하는 행위여야 한다. 그것에는 방화나 치한이 가장 잘 어울린다.

이와 같은 망상을 한 '나'는 이윽고 자신의 욕망의 충족이 "치한적 행위"라는 것을 알게 되었다.

> 확실히 치한적 행위라는 것은 추상적인 인간관계의 성적(性的)인 측면이라고 말할 수 있을지도 모른다. 너무 멀어서 상상력이 미치지 못해 추상적인 관계에 머물러 있는 한, 타인에게는 아무래도 적이라는 추상적 대립물이 될 수밖에 없고 그 중에서 성적 대립부분이 결국 치한적 행위가 된다는 것이다. 즉 추상적인 여성이 존재하는 한 남성의 치한적 행위는 피하기 어려운 필연적인 것이다.[28]

이러한 망상에 의하면 "치한적 행위"는 '타인'을 모두 '적'으로 생각하는 "추상적인 관계"에서 "성적 대립 부분"이라고 단정하고 있다. 이러한 '나'의 논리에서 주의해야 할 것은 '적' '추상' '대립'이라는 개념이 특이하게 나타난다는 것이다.

이러한 개념 사용 배경에는 오래된 가족제도에서 아내의 역할이라는 인습적 관념이 '나'의 내부에 되살아나 오래도록 남아 있었다는 것을 상정할 필요가 있다. '나'에게 있어 아내는 가정을 지키고 자식을 낳고 남편에게 정절을 지키는 역할을 다하지 않으면 안 된다. 그러한 아내 상이 붕괴되었을 때 아내라는 '타인'은 '적'이 된다.

그리고 부부 관계가 무너졌을 때, 아내의 모습에서는 현실의 아내 상(그것은 어디까지나 '나'의 쪽에 맞춘 것)이 상실되어 '추상'적인 존재가 된다. 그렇지만 제도로서 부부 관계가 남아있다고 하면 그 관계는 친화가 아니라 '대립'으로 밖에 생각할 수 없다. 따라서 부부 간의 성적 교섭은 '대립'이라는 '치한적 행위'가 된다는 것이다.

단 '나' 경우는 불행하게도 '치한적 행위'라는 무법화 된 타자의 실현에 의해 부부 관계를 다시 새롭게 되돌리려고 하는데 있다. 따라서 '나'는 '가면'을 쓰고 있다고 의식하는 한 상대인 아내도 '가면'을 쓰고 있다고 밖에 인지하지 않을 수 없다. '나'에게 있어 타자성은 정확히 '나'의 의식을 거울에 비춘 모습일 수밖에 없다. 그 사실은 밀회 후에 나타난 '나'의 심리에서 엿볼 수 있다.

> 그래서 너를 대등한 장소까지 끌어내릴 수 있다면 무장해제 해도 좋을 것이다. 그러나 계산을 해 보니 너무 불리하다. 아무리 너의 위선을 벗긴다 해도 너의 가면은 수천 장이나 되어 벗겨도 벗겨도 계속 새로운 가면이 나오는데, 내 가면은 한 장일 뿐이고 그 뒤에는 본래의 얼굴 한 장밖에 남지 않는다.[29]

‘나’에게 있어 ‘가면’은 ‘무장’이며 ‘위선’으로 밖에 생각되지 않는다.‘나’에게 타자성이란 어디까지나 환상일 뿐이고 ‘본래의 얼굴’에 대립하는 ‘거짓 얼굴’이다. ‘본래의 얼굴’은 이미 해체된 가족제도에 있어서 부부의 환영이었다.

그것에 대해 아내 쪽에서는 오히려 ‘가면’을 쓴 인간관계가 먼저 전제되어 있다는데 주의해야 할 것이다. 아내는 타자성의 인지에서부터 인간관계는 시작된다고 생각하는 데 그것을 다음 편지에서 알 수 있다.

> 당신의 가면이 나(아내-필자 주)에게는 몹시 기쁘게 생각되었습니다. 나는 행복한 기분이 들었습니다. 사랑이라는 것은 서로가 가면을 벗어버리는 것인데 그렇게 하기 위해서도 사랑하는 사람을 위해 가면을 쓰는 노력을 해야 한다고 생각합니다. 가면이 없으면 그것을 벗기는 즐거움도 없기 때문입니다.[30]

‘나’와 아내와의 타자성에 대한 인식의 차이는 인습적인 인간관계에서 얼마만큼 거리를 유지하고 있는가 하는 점에 있다. 아내에게는 과거의 유물에 불과한 가족제도에서 부부 관계의 환상은 처음부터 갖고 있지 않았으며 ‘본래의 얼굴’ 같은 것은 존재하지 않았다. ‘나’의 문맥에 따른다면 ‘가면’을 쓴 존재일 뿐이다.

타자와 타자가 새롭게 결합하는 인간관계의 시초가 아내로서는 부부 관계였다. 따라서 아내 쪽에서 보면 그와 같은 새로운 인간관계가 어떻게 심화 전개되는가 하는 것과 “그것을 벗겨 나가는 재미”였을 것이라는 뜻이다.

지금까지의 선행 논문을 살펴보면 대부분 아내의 편지가 ‘나’에게는 ‘치명적’이라는 점에 초점을 맞춰 부부 관계 파탄을 언급하고 있다. 결국 그 '치명적'이라는 것은 '나'의 '가면'을 꿰뚫어 보면서도 계속 속은 체 해온 아내의 폭로에 의해 발생한 것이라고 말하고, 그로 인해 '나'의 존재가 부정적으로 받아들여졌다고 인식하고 있다[31].

그러나 이것은 어디까지나 '나'라는 남편 쪽의 일방적인 해석이고 아내가 '가면'에 부여한 의미와는 완전히 다르게 파악하는 인용문에서는 결코 '나'의 부정은 찾아 볼 수 없다.

아내를 대할 때 '나'는 없어진 '본래의 얼굴'을 고집하면서 '가면'을 쓰고 있다는 의식이 있는 이상, 아내가 '나'의 정체를 알아차린 것은 당연한 것일 것이다. 그럼에도 불구하고 아내가 '나'의 정체를 알았으면서도 속은 체 한 것은 남편의 변신이 남편 자신의 타자성이라는 자각에 의한 것이라고 생각했기 때문일 것이다.

그러나 '나'는 아내의 태도에 의심을 품게 되고 결국 부정한 아내라고 생각하게 된다. 이렇게 하여 '나'는 혼자서 계획하고 스스로 자기모순에 의해 허무감에 빠지게 된다.

> 당신이 필요한 것은 내가 아니라 분명 거울인 것입니다. 어떠한 타인도 당신에게는 모두 자신을 비추는 거울에 지나지 않기 때문이니까. 그러한 사막과 같은 거울 속으로 나는 두 번 다시 돌아가고 싶지 않습니다. 한 평생이 걸려도 다 소화해 내지 못할 정도로 우롱 당한 기분이어서 내 오장은 이제 찢어질 것 같습니다.[32]

이러한 아내의 말은 '나'에게는 쓰디쓴 아픔이었다. 아내와 '나' 사이에서 너무나 다른 '가면'에 대한 인식의 차이가 존재한다. 자기 자신 속에 잠재해 있는 다중 인격성에 대해 눈을 뜬 남편은 아내와의 관계에서는 역시 '가면'의 남자가 아닌 '본래의 얼굴'을 가진 자기 자신이 있다는 환상에 사로잡힌다. 아내가 사랑했던 것은 자기가 아니라 '가면'의 남자라고 생각하게 된다. 어느 사이에 '나'는 또다시 '가면'과 '본래의 얼굴'과의 대립 틀 속으로 빠져 들어가 버린다.

이와 같이 태도가 완전히 바뀐 점으로 보면 '나'의 자의식에 대한 위험성이 간파된 반면 남자의 에고이즘이 나타난 것이 아닐까.

한편 아내는 자신이 남편의 타자성(<가면>의 남자)을 알아차린 것과 같이 남편도 아내의 타자성을 알아주기를 원했다. 그러나 남편은 자기의 타자성에 대해서는 자각하고 있어서면서도 아내의 타자성은 알려고 하지 않았다.

게다가 이러한 모순을 간파한 아내가 볼 때 만약 '나'의 생각대로 인간관계를 요구하게 되면 남편은 자신만 비치는 거울을 바라보는 것이다. 아내는 지금까지 남편에게 그러한 '거울' 같은 존재였다.

그러나 '나'는 가면극을 통해 타자성에 눈을 뜬 아내를 오히려 부정한 여성이라고 의심하였다. 이것을 알게 된 아내는 더 이상 '거울'과 같은 존재는 되기 싫다며, 그동안 황량한 '사막'과 같은 부부 관계를 혐오했다. 이미 '나'는 비집고 들어갈 여지는 없어졌다. 이렇게 해서 아내는 분노를 품은 혐오의 정을 '나'에게 집어던지고 사라진 것이다.

5. 맺음말

『타인의 얼굴』은 특이한 플롯으로 되어있어도 비일상적인 세상을 그린 작품은 아니다. 아주 일상적인 도시 생활 속에서 평범한 시민에게 스며드는 존재의 위태로움을 묘사한 것이다. 더구나 이 텍스트에서는 단순한 메시지 중심 노선에서 이탈해 가는 즐거움 또는 리얼리티를 가진 유모어가 넘쳐나는 것을 느낄 수 있다. 이것은 아베 고보의 초기 단편소설과 중기 이후 장편소설의 변모라고도 할 수 있는 점이다.

아베 고보의 단편소설에 나타난 특징으로서는 우화적 요소가 많이 보이며 하나의 이미지가 하나의 메시지로서 진실을 말하려고 하는 점이라 할 수 있다. 이에 비해 장편소설은 아무래도 현실이라는 것을 매개로 하지 않을 수 없기 때문에 보다 리얼리티가 있는 세계를 그리고 있다.

도시 사회라는 현실을 항상 변화하는 '얼굴'이라는 '변신'을 내포한 모티브에 집약시켜 리얼리티가 있는 구조나 장치를 도입했던 것이다. 이것은 단편소설에서 장편소설로 실질적인 전환을 엿볼 수 있는 것으로 아베 고보 문학에 있어서 일종의 전환을 의미하는 것이라고 해도 좋을 것이다.

『타인의 얼굴』이 발표된 당시는 핵가족화가 진행되고 규격화 된 집단 주거 환경이 조성되기 시작했다. 게다가 시민이 주역이 되는 대량 소비사회로의 진행과 교통=정보=미디어의 확대로 도시 생활에서 인간 상호관계가 종래와는 크게 달라진 상황이었다.

결국 우리들이 세계나 사물을 보고 있는 것이 아니라, 세계가 사물에 보여 지고 있다는 것 같은 전환이라고도 할 수 있는 시기다. 이와 같은 가치의 전환에서 오는 인간존재의 불안 즉 도시 시민의 눈초리가 갑자기 험해져가면서 1970년대는 보기만 하는 인간, 예를 들어 '상자' 얼굴을 한 '상자 인간'이 등장하게 된 것도 우연이 아닐지도 모른다.

아베 고보의 이와 같은 '얼굴'이라는 '변신'모티브는 얼굴의 변형이나 가공, 또는 손상 나아가서는 신체의 로봇화와 함께 일찍이 도시 사회에 나타나는 하나의 기호로서 작용하여 신체 표상을 불러일으켜 드러나게 한 것이다.

▌註▐

1) 여기에 인용하는 『타인의 얼굴』의 텍스트는 1964년 9월에 발표된 단행본을 이용한 것으로 인용 페이지 수도 그것에 따랐다. 『他人の顔』講談社, 1964.

2) 지금까지 세계 각국에서 번역된 아베 고보의 작품을 조사해 「<자료> 아베 고보 작품 번역 리스트」를 만들었다. 필자의 조사에 의하면 187건이다. (筑波大学比較・理論文学会 『文学研究論集』 第14号, 1997年 3月)

3) 노마문예번역상은 고단샤 창사 80주년 기념사업의 하나로 1989년 창설되었다. 국제 상호 이해의 증진에 기여하기 위해 일본 문예작품을 해외에 번역 소개한 우수한 번역자를 표창하는 것이다. 1996년 제7회 수상자는 스페인의 페르난도・로도리게스・이스키엘도씨였다.

4) 졸고 「安部公房国際シンポジウムに参加しいてーアメリカ・ニューヨークのコロンビア大学にて」(筑波大学比較・理論文学会 『文学研究論集』 第14号, 1997年 3月)

5) 졸고 「安部公房の小説における<変身>モチーフをめぐってー初期作品を中心として」(国文学研究資料館 『国際日本文学研究集会会議録』 第19回, 1996年 10月)

6) 波潟剛 「安部公房 『他人の顔』ー文章構成の形態とテーマをめぐって」(筑波大学比較・理論文学会 『文学研究論集』 第13号, 1996年 3月)

7) ウィリアム・カリー著, 安西徹夫訳 『疎外の構図ー安部公房・ベケット・カフカの小説』(新潮社, 1975)

8) 岡庭昇 『花田清輝と安部公房ーアヴァガルド文学の再生のために』(第三文明社, 1980)

9) 『表現』 1949년 8월호에 발표된 단편소설

10) 『テンドロカカリヤ』(『表現』 1949年8月)p.87

11) 졸고 「『デンドロカカリヤ』論ーまたは, 『極悪の植物』への変身をめぐって」(筑波大学日本文学近代部会 『橋本近代文学』 第19集, 1994年11月)

12) 『人間』 1950년 5월호에 발표된 단편소설

13) 『赤い繭』(『人間』 1950년 8월) p.40

14) 「純文学書き下し特別作品」으로서 1973년 3월에 新潮社에서 간행된 장편소설

15) 『新潮』 1993년 4월호 '安部公房追悼特輯号'에 게재된 미완의 유고 작품

16) 『他人の顔』 講談社, 1964, p.137

17)『他人の顔』p.120

18)『他人の顔』p.31

19)『他人の顔』p.35

20)『他人の顔』p.35

21)『他人の顔』p.35

22)『他人の顔』p.35

23)『他人の顔』p.13

24)『他人の顔』p.20

25)『他人の顔』新潮文庫,「解説」, p.278

26) アンドレイ・ドウォーキン著, 寺沢みづほ訳 「皮膚の喪失」(『現代思想』1987年 1月)

27) 谷川渥 「安部公房の皮膚論」(『ユリイカ』1994年 8月)

28)『他人の顔』p.165

29)『他人の顔』p.236

30)『他人の顔』pp.256-257

31) 岡庭昇 「仮面の意味ー『砂の女』と『他人の顔』-」(『花田清輝と安部公房ーアヴァガル
ド文学の再生のために』第三文明社, 1980)

32)『他人の顔』pp.258-259

제9장

『상자 인간』(箱男)론

-현대인의 새로운 존재 형태-

純文学書下ろし特別作品

箱 男

安部公房

都市には異端の思いがだちこめている。人は自由な参加の機会を求め、永遠の不在証明を夢みるのだ。そこで、ダンボールの箱にもぐり込む者が現れたりする。かぶったとたんに、誰でもない存在になってしまえるのだ。だが、誰でもないということは、同時に誰でもありうることだろう。不在証明は手に入れても、かわりに存在証明を手離してしまったことになるわけだ。匿名の夢である。そんな夢に、はたして人はどこまで耐えうるものだろうか。　　著　者

『상자 인간』초판

제9장
『상자 인간』(箱男)론
-현대인의 새로운 존재 형태-

1. 머리말

『상자 인간』[1]은 '상자 인간'에 관한 기록이다.

나는 지금 이 기록을 상자 안에서 쓰기 시작했다. 머리 위로 뒤집어 쓰면 푹 들어가 버려 허리까지 오는 골판지 상자 안이다. 그러니까 지금 상자 인간은 내 자신인 셈이다. 상자 인간이 상자 안에서 상자 인간에 관한 기록을 해 두는 것이다.[2]

시작 첫 장부터 독자에게 의아함을 안긴 『箱男』(이하『상자 인간』)는 1973년에 발표한 아베 고보의 장편소설이다. 발표하자마자 베스트셀러에 올라 평론가들의 평론 대상이 되어 화제를 불러일으킨 작품이기도 하다. 작가 아베에게 있어서도 『불타버린 지도』(燃えつきた地図, 1967)를 발표한 이래 6년 만에 나온 것으로 오랜 침묵을 깨고 제시한 새로운 문제소설이라고 할 수 있을 정도로 독자로부터 큰 반향을 불러일으킨 작품이라고 해도 과언이 아닐 것이다.

그런데『상자 인간』은 아베 고보 작품 중에서도 가장 난해한 작품이라 할 수 있다. 독자를 혼돈 속으로 몰아버려 방향을 분간 못하는 황야에 홀로 내버려두는 그러한 느낌이 드는 소설이다. 방금 전까지 분명히 거기에 있었다고 생각했던 것이 어느 사이에 어디론가 가버려 자기 자신이 누구인지 잊어버리게 되고 마는 세계가 바로『상자 인간』의 세계다. 그렇다고 해서『상자 인간』이 너무 난해해서 아무런 의미를 찾아볼 수 없는 그런 작품은 아니다. 독자를 혼돈 속에 빠지게 하는 것이 이 작품의 목적은 물론 아닌 것이다.

『상자 인간』은『불타버린 지도』와『밀회』(密會, 1977) 사이에 위치하고, 그 이전인 예를 들면『모래의 여자』(砂の女, 1962)와 비교해 보면 물론 어느 의미에서는 난해한 작품이기는 하지만 이들 작품을 잇는 줄기에서 크게 벗어나지는 않았다고 본다. 즉『모래의 여자』로 막을 연 아베 고보의 새로운 여행에서 중간 지점에 도달했다고 할 수 있는 작품인 것이다. 어쩌면『불타버린 지도』이후에 쓰지 않으면 안 되었던 필연성마저 배제할 수 없는 작품이다.

『상자 인간』에 대한 평가는 다양하지만, 먼저 동시대 평가를 살펴보면 작품론보다는 서평에 가까운 것들이 많다. 본격적인 작품론으로는 1985년에 발표된 하가 유미코씨의 「아베 고보『箱男』세계」[3]와 1991년에 발표한 타니구치 카오루씨의 「『箱男』구조」[4]를 들 수 있다. 하가씨의 논문에서 신선한 면은 <상자 인간이 되고 싶다>라는 시점에서 소설을 분석하려 했던 점이다. 또 타니구치씨의 논은 주로 작품 구조에 초점을 맞추어 내레이터를 분석하여, 누가, 언제, 어디서 '상자인간'을 보고 쓰는 것일까 하고 치밀하게 고찰하여 작품이 갖고 있는 본래의 가치를 추구하려 한 점은 신선하다.

그밖에 주목하지 않으면 안 되는 것으로 아베 고보 사후에 나온

『유레카』(ユリイカ) 아베 고보 특집호다.[5] 이 특집호에는 『상자 인간』에 관한 논문이 4편이나 실렸다. 이는 이 시점에서 『상자 인간』에 대한 본격적인 연구가 시작되었다고 해도 과언이 아니다.

　『상자 인간』은 여러 방면에서 해석이 가능한 작품이라고 작자 자신도 언급한 적이 있다.[6] 정말로 『상자 인간』은 다면적이고 또한 다중적인 성격을 갖고 있다. 따라서 이와 같은 작품에 대해서 한 방면에 대해서 평가를 내렸다 하더라도, 그 결과로 전체를 파악하는 것은 어려울 것이다.

　그러므로 본고는 그 한계성을 충분히 자각하면서 『상자 인간』이 나오지 않으면 안 되었던 상황과 아베 고보가 고집스럽게 주장해온 테마가 어떻게 나타났는지 살펴보고, '상자 인간'이라는 존재가 어떠한 존재인가를 분명히 하고자 한다.

2. 작품 구조

　『상자 인간』은 이중 괄호 《 》안에 소제목이 붙여진 24패러그래프와 8장의 사진으로 구성되어있다. 각 패러그래프(이하 편의상 '장'이라 한다)는 주로 '나'라는 인물이 노트에 기록한 형태의 글이 주를 이루고, 이밖에도 신문 기사를 그대로 적어 놓은 듯한 것도 있는가 하면 편지 형식의 글도 있다. 그런데 신문 기사 체제를 갖춘 글은 부랑자에 관한 기사이기는 하지만 『상자 인간』내용 전개상 큰 관련이 없는 것으로 보이며 사진 또한 마찬가지이다. 이는 『상자 인간』이 노트 형식이라는 점을 감안해 놓고 볼 때 나중에 삽입한 것이 아닐까 하고 생각하는 바이다.

　『상자 인간』은 앞서 인용한 첫 장면에서도 알 수 있듯이 골판지 상자를 뒤집어 쓴 사람이 '상자 인간'에 대해서 쓰고 있는 것이다. 즉 '상자 인간'은 골판지 상자를 뒤집어쓴 사람인 동시에 '상자 인간'에 대한 기록을 하고 있는 사람이기도 한 것이다.

그뿐만이 아니라 계속해서 시점이 전환되는 불연속적인 각 장은 서로 위치를 바꾸어도 스토리상에는 별 문제가 없는가 하면, 누가 언제 어디서 쓰고 있는지 조차 불분명해진다. 그러므로『상자 인간』의 스토리를 요약한다는 것은 무의미 할 뿐이다.

오히려 그러한 구조를 즐기면서 읽어 내려가 제일 마지막 장에 다다르면 자신도 모르는 사이에 자신이 '상자 인간'이 되어 상자 안에서 '상자 인간'에 대한 기록을 읽고 있는 듯한 착각에 빠지게 된다.

『상자 인간』의 스토리는 여러 '상자 인간'들의 이야기가 옴니버스 형식으로 전개되어간다. 카메라맨에서 '상자 인간'이 된 '나', '상자 인간'을 공기총으로 쏜 뒤 자신도 '상자 인간'이 된 A, 사체로 발견되는 '상자 인간' B, '상자 인간'의 상자를 구입하고자 하는 가짜 의사 C, 간호원 하코(葉子)[7] 등 다양한 경력을 지닌 '상자 인간'이야기가 전개된다.

이들 이야기는 '나'라는 인물이 엿본 것을 노트에 기록하는 행위로 시작된다. 즉『상자 인간』이라는 작품은 상자 속에서 엿보는 행위의 시선과 엿보임을 당하는 사람들의 드라마로 읽을 수도 있다.

이 소설의 구조에 대해서는 지금까지는 '보는 것'과 '보여지는 것'과의 관계 속에서 여러 분석이 이루어졌으며 대부분 엿보는 '상자 인간' 입장에서 작품의 구조를 보아왔다. 그러므로 새로운 시점론은 나오고 있지 않는 것이 지금의 실정이다.

본고는 이러한 시점론은 일단 접어두고 '상자 인간' 이라는 존재에 대한 새로운 해석을 시도해 보고 싶다. 도대체 '상자 인간'은 어떤 존재인가에 초점을 맞추고자한다. 그러기 위해서 우선 무엇보다도 '나'의 주변 상황을 분명히 하고 그가 어떤 존재인가를 등장인물과 그를 둘러싼 사건을 중심으로 살펴보고자 한다. 그리고 '상자 인간'의 특성을 분명히 하고자 거지와 부랑자 또 홈리스들의 성격을 분석해 보고자 한다.

3. '나'의 경우 ─'상자 인간'이 되기까지

'나'는 카메라맨이었는데 '상자 인간'이 된 인물이다. 그 이유에 대해서는 명확히 밝혀져 있지 않았지만 다음 문장을 통해서 그 이유를 알아보기로 하자.

　① 보는 것에서도 보여지는 것에서도 그저 도망가고 싶었던 것이다.[8]
　② 내가 점차 근시안이 되고 …(중략)… 그리고 거기에서 상자 인간이 되기까지는 아주 자연스런 한 과정에 지나지 않았다.[9]

인용 ①에서 알 수 있듯이 '나'는 '보는 것'에도 '보여지는 것'에도 지쳐있기 때문에 도망가고 싶었다고 한다. 그의 직업인 카메라맨은 파인더를 통해서 끊임없이 보는 일로 시작해서 보이는 피사체(대상)와의 사이에 형성되는 긴장 관계 속에 있다. 카메라맨은 그 관계 속에서 자신의 존재를 증명해 보이려 한다. 그러나 카메라맨이 본다고 하는 행위에 대해서 회의가 들고 양심의 가책을 느껴 괴로워한다면 그 대상과의 긴장 관계는 깨져버리고 말 것이다.

그가 피사체와의 긴장 관계 속에서 견뎌내지 않으면 안 되었던 것은, 뉴스 중독증에 걸릴 정도로 철저한 직업의식을 갖은 인물인

점에서도 알 수가 있다. 그는 끊임없이 새로운 뉴스를 입수하지 않으면 불안해서 견딜 수 없는 것이다. 그런데 어느 날 길에 쓰러져 죽어 가는 남자를 발견하고 '나'는 먼저 카메라를 꺼내 여러 각도에서 구도를 잡아보았지만 셔터를 누르지 않았다. 왜냐하면 '나'는 그런 일은 절대로 뉴스거리가 되지 않는다는 것을 알고 있기 때문이라고 나중에 변명을 한다.

작중인물의 변명이 반드시 사건의 본질을 꽤뚫지 못한다는 것은 흔히 있는 일이다. 여기에서 '나'의 변명은 진실을 이야기하지 않고 있다. 어쩌면 '나' 자신도 깨닫지 못하고 있는지 모른다. 필자는 죽어가는 사람을 앞에 두고 그 사람을 구하려고도 하지 않고 냉철하게 사진을 찍으려 했던 행위 속에는 '나'라는 인물이 분명히 사물을 보는 것과 보여지는 관계에서만 보려했던 자신에게 자기혐오와 양심의 가책을 느꼈음에 틀림이 없다고 생각한다.

1996년 퓰리처상을 수상한 카메라맨이 빈사 직전의 아이를 독수리가 낚아채려는 순간을 찍어 상을 탔지만, 그 아이를 구하려 하지 않았던 것에 대해서는 국제적으로 비난을 받아 결국 자살로 생을 마감한 사건이 있다.

카메라맨인 '나' 역시 이와 같은 체험 속에서 "나의 추한 모습을 잘 알고 있다"[10]고 고백하고 그러한 자신으로부터 도망하려 했다고 본다. 이 과정은 인용 ②에서와 마찬가지로 '나'라는 인물이 '상자 인간'이 된 것은 극히 자연스러운 일이었을지도 모른다.

그럼 '상자 인간'이 나타나기 시작한 전후 상황을 살펴보기로 한다. '상자 인간'이 나타나기 전후인 일본의 1960년대에서 1970년대 전반까지의 사회를 보면 고도 산업화, 정보화, 도시화라는 변화에 따라 먼저 '사적 영역 지향'과 '미디어 인간', '캡슐 인간' 등을 만들어냈다.

‘상자 인간’이 되기 전에 ‘나’의 방에는 신문 7종류와 텔레비전 2대, 라디오 3대가 있었다. 각종 미디어는 외부 세계와 연결해 주는 매체였다. ‘나’는 하루 종일 방에 틀어박혀서 오로지 뉴스를 듣거나 읽거나 했다. 이것이 인용 ②에서처럼 점차 ‘근시안’이 되는데, 고립되어 있으면서도 외부 세계와의 통로는 갖게 된 셈이다. 그러므로 좁은 방이 ‘나’의 생활공간으로 전부였던 것이다.

이와 같은 자신만의 공간이 어느 사이에 ‘상자 속’으로 이동되었다고 해도 과언이 아닐 것이다. 또 미디어라는 매체는 엿 보는 취미로 전환한 것뿐이다. 따라서 그러한 상황에서 ‘상자 인간’이 되기까지는 아주 자연스러운 한 과정에 지나지 않았다는 것이 ‘나’의 실감이다. ‘나’는 ‘상자 인간’이 된지 벌써 3년이 되었다.

다만 ‘상자 인간’이 된 그에게도 쾌락이 필요했다. 그것이 상자 속에서 오로지 타인을 몰래 엿보는 행위인 것이다.

4. ‘나’에게 일어난 사건

어느 날 ‘상자 인간’인 그가 공기총에 맞는 도발적인 사건이 일어났다. 소설의 스토리는 이 사건에서부터 시작된다. 총에 맞는 순간 ‘나’는 ‘상자 인간’인 ‘나’에게 전염된 ‘상자 인간’ 지원자가 과격한 형태로 접근해 온 것이라고 직감한다. 왼쪽 어깨를 다쳤지만 그 때 재빨리 카메라맨이었던 프로 정신에 입각해서 공기총을 옆구리에 끼고 도망가는 범인의 뒷모습을 찍었다.

그런데 그때 한 여자가 자전거를 타고 나타나 돈을 주며 병원을 가라는 말을 남기고 떠난다. ‘나’는 고통을 참아가며 그 여자가 시키는 대로 병원에 찾아가자 의사가 바로 저격범이었고, 간호원은 자전거를 타고 왔던 여자였다. 간호원과 의사는 『상자 인간』의 상자가 필요해서 그랬다며 상자를 구하려고 한다. '나'는 아는 '상자 인간'의 상자를 5만 엔에 사주겠다고 약속한다. '나'는 약속 한대로 다리 밑에서 상자를 뒤집어쓰고 기다리다가 다음과 같은 생각을 하게 된다.

> 존재하지 않는 것과 같은 상자 인간이므로, 아무리 살해했다 해도 살해했다는 것이 성립되지 않는다.[11]

인용과 같이 '상자 인간'은 이 사회에 존재하지 않는 것과 같은 존재인 것이다. 왜냐하면 '상자 인간'은 자신의 존재를 증명할만한 모든 것을 스스로 버렸기 때문이다. 그는 살아있기는 하지만 사회에서는 부재자인 셈이다. 그러므로 아무리 살해된다 해도 살해된 것이 성립되지 않는다는 것이다.

그래서 만일을 대비해서 범인에 관한 증거를 남기지 않으면 안 된다는 생각이 들어 도망가는 범인의 뒷모습을 찍어 그 기록을 적고 있는 것이다. '나'는 이 사진을 노트에 끼워놓고 사건을 상기하면서 노트에 기록을 하고 있는 것이다. 이 사진을 '나'는 '안전장치'라 불렀다. 그런데 그에 해당되는 사진은 작품 『상자 인간』 속에는 아무리 찾아도 없는 것이다.

5. '상자 인간'이란

1) 거지와 부랑자

흔히 '상자 인간'을 사회의 낙오자로 생각한다. 그러므로 일반적으로 사회의 낙오자로 보는 거지와 부랑자들과 비교해서 그 차이를 살펴보고자 한다.

> ① 아무리 세상을 등지고 상자 속에 틀어 앉아 세상에서 종적을 감추었다 해도 원래 상자 인간은 (중략) 부랑자와는 다르다.[12]
> ② 거지나 부랑자 쪽에서 보면 꽤 차이를 의식하고 있는 것 같다.[13]
> ③ 거지가 상자 인간이 되었다는 이야기는 아직 들은 적이 없다.[14]
> ④ (상자 인간은-필자 주)거지나 부랑자와는 다르다. (중략) 사치스러운 것이 아니라 위생 관념의 문제다. (중략) 특히 그 악취에는 질려버린다.[15]
> ⑤ 낙오자 의식과는 전혀 관계가 없다.[16]

'상자 인간'은 결코 현실 세계로부터 '소외' 또는 '실종'한 것도 아니고 존재 형태로는 얼핏 보면 거지나 부랑자와 다를 바 없지만 엄밀히 따져보면 다르다. 다만, 일반 시민들의 눈에는 '상자 인간'의 외견이 거지나 부랑자와 별다를 것이 없다고 본다.

그 이유로 '상자 인간'에 대해서 "신분증을 갖지 있지 않고 직업과 일정한 주거가 없으며, 이름과 연령을 밝히지 않으며 식사와 수면을 위해 일정한 시간과 장소를 두지 않는다."[17]고 말하고 있지만 결코 '상자 인간'은 인용 ①에서도 보듯이 거지나 부랑자와는 다르다. 그러므로 '상자 인간'이 어떠한 존재 형태인가를 좀더 명확히 하고자 거지와 부랑자와 비교하지 않으면 안 될 것이다.

먼저 인용 ④를 보면 거지나 부랑자를 '악취'라는 멸시를 내포한 혐오감에 의해 타자와 구별하려는 것을 알 수 있다. 즉 '악취'라는 속성으로 거지나 부랑자를 이야기하고 있다.

전후 일본 사회에서 사회로부터 버림받은 층 속에는 거지나 부랑자들도 있었다. 일본에도 이전에는 시골에 누더기를 걸친 거지들이 마을을 배회하며 동냥을 받거나 폐품을 수집하거나 하는 모습을 자주 볼 수 있었다고 한다. 게다가 그들은 국민으로서 해야 할 의무로부터도 해방되어 있기 때문에 비교적 자유로이 일정 지역을 배회하였다.

그러한 거지가 있는 풍경이 어느 틈에 사라져버린 것은 그리 오래된 일은 아니다. 도시나 마을에서 거지들을 추방하는 생활 정화 운동이 일어난 것은 1960년대 후반부터이다. 이 시기야말로 법률의 규제와 함께 그들을 도시나 마을에서 배제하기 시작했던 것이다. 그들은 격리된 시설에 수용된다거나, 운이 좋아 수용에서 면했다하더라도 도시의 지하도나 공원 등을 차지하게 되었다.

도시 한가운데 움트기 시작한 거지나 부랑자들은 전후 사회의 혼란기라는 제도적 공백 속에서 나름대로 자유인이라는 것을 구가했지만, 그것조차 박탈당해 단순히 구걸하는 거지로 전락해 갔다.

도시로 모여들기 시작한 그들은 도시 풍경의 일부를 차지하면서도 도시로부터는 항상 배제의 대상이 되는 마이너스적인 존재였다. 그들은 시민사회 내부에는 두 번 다시 들어오는 것이 허용이 안 된 존재로서 사회적으로는 죽음을 선고받은 것이나 다름없는 사람들이었다. 소위 '죽은 시민'과 같은 레벨에서 취급되어 왔다.

이와 같은 사회적 위치에 대해서는 구걸하는 거지나 '상자 인간'은 같은 범주에 들어간다. 다만 거지는 신분이나 주소가 증명이 되면 당국으로부터 일감이 주어지는 등의 혜택이 있으므로 자진해서 등록을 하려는 사람도 적지 않는 반면에 '상자 인간'은 신분도 주소도 밝히지 않는 존재인 것이다.

아니 오히려 모든 '등록'을 거부했다고 하는 편이 나을지도 모른다. '상자 인간'만이 완전히 사회에 대해서 의무와 권리를 포기한 존재인 것이다. '상자 인간'은 스스로 자신의 존재를 사회로부터 소외시킨 일탈자들인 것이다.

인용 ③에서도 알 수 있듯이 거지에서 '상자 인간'이 된 사람은 없다. '상자 인간'에게는 인용 ⑤에서와 같이 낙오자 의식은 전혀 없으며 스스로 주거 공간인 상자 속을 꺼림칙하게 느낀 적도 없다.

2) 홈리스

일본에서는 1980년대 말부터 거지나 부랑자들을 홈리스라고 부르기 시작했다. 거지나 부랑자라는 말은 인간 차별 용어라 하여 기피한 것이다. 그런데 놀라운 일은 1994년부터 '상자 인간'이라는 말이 홈리스를 지칭하게 되었다는 것이다. 마치 아베 고보가 1973년에 만들어낸 '상자 인간'이 되살아난 것 같기도 하고, 실제 신쥬쿠(新宿)역 주변에 가면 그들의 모습을 볼 수 있다. 모리카와 나오키 씨의 『당신이 홈리스가 되는 날』[18]에서 보면 독서하는 '상자 인간'을 그리는가 하면 아사히(朝日)신문 1995년 1월 1일에서 9일까지 연재된 '신쥬쿠 일기'에도 '상자 인간'에 관한 기사가 있었다.[19]

『상자 인간』속에는 홈리스라는 단어는 없지만 '상자 인간'을 홈리스로 부르는 이상 홈리스는 어떠한 존재인가를 살펴보고자 한다.

홈리스라고 하는 단어는 1981년 아메리카에서 탄생한 명칭이다. 아메리카에서는 1970년대 말부터 공공장소에서 밤을 보내고 소지품이 담긴 쇼핑백을 들고 거리를 헤매며 쓰레기통을 뒤져 먹을 것을 찾거나 길가는 사람들한테 구걸을 하는 사람들이 급격히 늘어났다. 그래서 매스컴에서는 이러한 부류의 사람들을 홈리스(Homeless)라 부르게 되었다.[20]

일본에서는 1980년대 말부터 홈리스라는 단어를 매스컴에서 사용하기 시작했는데 그 표기는 괄호를 쳐서 '홈리스(노상생활자)'또는 '노상 생활자(홈리스)'로 하였다. '노상 생활자'라는 용어는『상자 인간』에도 나오므로 한 번 살펴보고자 한다.

> 우리들(상자 인간-필자 주)과 같은 노상 생활자는 대부분 일용품은 습득물로 만족하고 또 그것으로 충분하지만, 건전지와 같은 소모품은 그렇지가 않다. 노트에 글을 쓰기 위해서 손전등을 사용하는 사치는 허용되지 않는 것이다.[21]

'상자 인간'도 당시 매스컴 용어로 말한다면 노상 생활자다. 노상 생활자를 그들의 입장에서 말한다면 노상에서 살수 있는 권리를 획득한 사람들인 것이다. 그들에게 있어서 노상은 일체 생활이 이루어지는 장소다. 그런데 도시 시민사회의 고도화에 따라 그들의 생활 터전이라고 할 수 있는 노상을 빼앗겨버렸다.

일본 헌법에서는 거주의 자유가 보장되어 인간 차별에 기초한 부랑죄라는 형법상의 죄는 없어졌지만, 그 대신에 시민 생활을 보호한다는 명목으로 경범죄법에 의한 부랑죄, 출입금지 위반죄 등을 내세워 노상을 차지한 그들을 현행법으로 체포하기에 이르렀다.

'상자 인간'의 존재 형태를 좀 더 명확히 파악하기 위해서 '상자 인간'과 노상 생활자를 엄밀히 구별하고자 한다면, 노상 생활자들은 노상에서 살 권리를 획득한 사람들이고 '상자 인간'은 그러한 권리조차 스스로 포기한 사람들이라고 할 수 있다.

그럼『상자 인간』에 나와 있지 않는 홈리스를 살펴보는 이유는 실은 그것이 아베 고보 사상의 원류와도 통하는 것으로 중요하다고 인지했기 때문이다. 홈리스는 영어의 'Homeless'를 말한다. 일본어로

역하면 "집이 없는 사람"이 된다. 다만 'Home'이 '집'으로 의미상 대응이 되는지가 문제이므로 'Home'이라는 단어의 정의를 살펴보지 않으면 안 될 것이다.

당시 아메리카에서는 'Home'이라는 말을 자신의 소유물이 놓여져 있고 언제든지 돌아갈 수 있고 안심하고 잘 수 있는 특정한 장소를 'Home'이라고 했다.[22] 그러므로 특정한 주소를 갖고 있지 않는 사람들을 'Home'을 갖고 있지 않는 사람이라 했다.

그러나 아메리카에서 1980년대에 들어서자 'Home'의 정의가 모호해지기 시작했다. 'Home'이라는 것은 수면을 위해 준비된 개인 공간으로 그 속에서 잘 수 있는 법적 권리를 갖고 있으며, 타인의 출입을 거절할 수 있는 곳을 일컬었다. 그러므로 'Homeless'라는 하는 사회적 존재의 개념은 이와 같은 'Home'에 대응해서 성립했다고 볼 수 있다. 즉 'Homeless'는 일시적이라도 자신의 개인적인 공간을 갖지 못한 사람을 의미한다.

그렇다면 아베 고보가 제시한 '상자 인간'은 이 'Homeless'와는 다르다고 할 수 있다. '상자 인간'은 노상이든 어디든 '상자'라는 집을 갖고 있는 셈이다.

'집'이라고 하는 공간에 대한 집착은 아베에게 있어 중요한 테마 중의 하나다. 초기 단편 『붉은 누에고치』(赤い繭, 1951)에서는 집이 없는 주인공이 집을 찾아 헤매다가 결국은 누에고치라는 집이 생기게 되는데, 그때 그 집으로 돌아갈 자기 자신이 없어져버린다. 그것이 『모래의 여자』(1962)에 이르러서는 모래의 집이 만들어지고 그 속에서 '죽은 시민'과도 같은 남녀가 살고 있으며, 『상자 인간』에 이르자 모래의 집은 상자로 변형되고 주인공은 그 속으로 들어가 버린다.

3) '상자 인간'

그럼 도대체 '상자 인간'은 어떠한 존재인가. 좌우지간 그들은 거지도 부랑자도 아니고 더더군다나 홈리스도 아닌 것이다.

그동안 '상자 인간'에 대해서 카와무라 지로씨는 '상자 인간'을 아나키스트로 보았다.[23] '등록'을 거부했다는 것을 계속 파고 들어가면 국가라는 공동체로부터 탈피했다고 하는 것에 부딪치고 말 것이다. 이러한 이유에서 카와무라씨는 '상자 인간'을 아나키스트로 보았다고 할 수 있다. 또 이시다 요시사다씨는 『호죠키』(方丈記)와 비교해서 현대의 은둔자로 보았으며,[24] 타츠미 타카유키씨는 '상자 인간'을 고도 경제 성장기 속에서 나타난 존재로 자본주의적 가부장제 사회에서의 탈락자로 보고 있다.[25]

이와 같이 '상자 인간'에 대해서 여러 각도에서 다양한 해석이 이루어지고 있는데 본고에서는 우선 다음 인용을 보기로 한다.

①상자 인간이 되는 데에는 상당한 용기가 필요하다. (중략) 상자 속에 누군가가 들어가 거리로 나가면 상자도 아니고 사람도 아닌 것으로 변해버리고 만다.[26]
②특별히 이상한 행동을 했다는 의식은 없다. 지금이 훨씬 자연스럽고 편안하다. 지금까지 불편했던 독신생활까지 전화위복이 된 것처럼 느껴졌다.[27]
③상자 인간은 역시 역 주변이나 북적거리는 상가 주변이 더 편하고 어울린다.[28]
④상자 인간의 눈은 속일 수가 없다. 상자 속에서 몰래 내다보면 뒤에 감춰진 거짓말도, 흑심도 내다보인다.[29]

『상자 인간』에는 여러 가지 타입의 '상자 인간'이 등장하지만 인용

부분은 일반적인 특징을 이야기한 것이다.

설명에 들어가기 전에 《상자 만들기》장에 나오는 상자 고르는 법부터 살펴보고자 한다. 상자의 크기는 뒤집어쓰기에 충분하면 어떠한 것이어도 상관이 없다. 단 될 수 있으면 규격품이 좋다. 상자의 조건으로 가장 중요한 것은 다른 상자와 구별하기 곤란한 것일수록 좋다는 것이다.

이와 같은 상자를 인용 ①과 같이 뒤집어쓰고 거리로 나가면 그 모습은 사람이어도 개개인의 구별이 전혀 불가능한 존재로 바뀌어져버린다. 즉 '상자 인간'의 특징 중의 하나는 존재하지 않는 것과도 같은 존재라는 점이다. 인용 ③에서처럼 '상자 인간'이 역 주변이나 복잡한 상가 주변에 서있으면 사람 눈에 띄지 않을뿐더러 있어도 있는 것 같지 않는 존재가 되고 만다.

'상자 인간'은 도시의 시민으로써 일체의 '등록'으로부터 벗어난 사람들로 거지나 부랑자와는 다른 생태를 지녔다. 그들은 현대사회가 빚어낸 도시 속의 새로운 존재 형태라 할 수 있다. 이러한 '상자 인간'이 인간으로서 남아있는 기능, 또는 무기라고 할 수 있는 것이 있다.

그것은 인용 ④에서 알 수 있듯이 상대방 모르게 상대방을 엿본다는 것이다. '상자 인간'은 상자 속에서 엿보는 행위에 무한한 기쁨을 얻는다. 어쩌면 그의 눈은 도시 속의 인간 존재를 보는 또 다른 눈이 아닐까 생각한다.

6. 맺음말

『상자 인간』은 '상자 인간' 이라는 조어에 의해 탄생한 새로운 도시형 사람에 관한 이야기이다. 그러나 그 새롭게 탄생한 그들의 생태나 행동 양식 등을 밝히는 일은 그리 쉬운 일은 아니다. 그래서 '상자 인간'의 존재를 분명히 하기 위해서 거지와 부랑자, 그리고 홈리스와 비교해 보았다.

비교해 본 결과 말할 수 있는 것은 그들은 거지도 아니고 부랑자도 아니며, 홈리스도 아니라는 것과 '상자 인간'이 탄생한 배경은 현대사회 속의 도시 공간이라는 것이다.

'상자 인간'은 1970년대에 들어와서 나타났지만, 그의 존재는 출현은 이미 예견되어 있지 않았나 하는 생각이 든다. 1950년대의 『벽-S·카르마씨의 범죄』에서처럼 세계의 끝까지 도망할 수도 없게 되었고, 1960년대의 『모래의 여자』나 『불타버린 지도』에서처럼 실종이나 증발도 할 수 없게 된 상황에서 나타난 존재라 하겠다. 도망도 증발도 할 수 없게 된 도시에서 그들은 온갖 증명이나 등록을 거부하면서 그 도시에 머물러 있는 존재다. 이는 어쩌면 앞으로 도시 사회에서 필연적으로 나타날 새로운 존재 형태일지도 모른다.

물론 이러한 흐름은 역시 『상자 인간』이 나온 시대 배경을 무시할 수 없는 것이다. 『상자 인간』이 나온 1973년은 오일 쇼크로 인한 경제적 불황과 인플레이션으로 고도 경제 성장이 파국을 맞게 된 해였다. 게다가 1967년 『불타버린 지도』가 나온 이래 6년간의 사회 변화라는 것은 전후 일본 사회 흐름 속에서 볼 때 큰 의미를 갖는다.

우선 대학 투쟁으로 대표되는 문화혁명에 의한 전후 민주주의에의 반발을 들 수 있다. 고도 경제 성장의 정점을 지나 사회구조 자체에 의문을 제기하게 되는 와중에 미시마 유키오(三島由紀夫)가 자결을 하여 사람들의 시점은 국가나 민족이라고 하는 커다란 틀에서 벗어나 자기 자신을 둘러싸고 있는 세계로 옮겨져 갔다. 즉 집단에서 개인이라고 하는 가치관에 변화가 일기 시작했다.

그러한 사람들의 사회관이나 의식의 변화가 격심한 시대 속에서 자라난 것이 다름 아닌 『상자 인간』인 것이다. 그 중에서 특히 도시 구조의 변화에 초점을 맞추어 사회 전체가 개인주의로 변화해 가는 사회 상황을 그려보고자 했던 것이 아닐까 생각하는 바이다.

▌註 ▌

1) 『箱男』는 발표한 이듬해 1974년부터 영어를 비롯하여 러시아어·독일어·프랑스어 등 10개국어로 번역되어 널리 알려진 작품이다. 한국에서는 아직 번역되지 않은 작품이어서 제목을 붙이는데 고심을 했다. 영어로는 『BOX MAN』으로 번역되었으며, 1996년 한국문화정책개발원에서 나온 『일본 문학의 세계화 과정 기초 연구』에서는 『상자 속의 사나이』로 소개되었다. 『상자 속의 사나이』라는 제목은 작품의 내용을 분석하여 엄밀히 따져볼 때 틀리지 않았나 하고 생각하는 바이다. 『箱男』에 나오는 '箱男'은 '상자 속의 사나이'가 아니라 상자를 뒤집어쓰고 있는 그 존재 자체를 말한다. 즉 '상자 남자'인 셈이다. 그런데 필자는 과연 '男'을 그대로 여자의 대응으로서의 '남자'로 볼 것인가 하는 의문을 제시한다. 현대사회에 보이는 인간의 새로운 존재 형태라는 점에 주목하여 『상자 인간』으로 번역하였다.

2) 인용한 텍스트는 『箱男』(新潮社, 1973)를 사용했으며 인용 쪽수는 텍스트 쪽수와 같다. 번역은 필자로 이하 동일하다. p.5

3) 芳賀ゆみ子「安部公房『箱男』の世界」(『目白近代文学』6号, 1985年)

4) 谷口香織「『箱男』の構造」(『金沢大学国語国文』1991年)

5) 『ユレイカ』(安部公房特輯号) 青土社, 1994年 8月

6) 安部公房「都市への回路」(『海』1978年4月)

7) 간호원 이름은 "葉子"로 아베 고보는 일부러 "はこ"(하코)라고 히라가나를 붙였다. "葉子"는 흔히 요오코라고 할 터인데 하코라고 했다. 하코라는 발음은 상자인 箱(はこ)와 같다. 이는 箱男 뿐만이 아니라 箱女의 출현을 예견하고 그렇게 이름 붙여졌는지도 모른다.

8) 『箱男』新潮社, 1973. p.94

9) 『箱男』p.95

10) 『箱男』p.94

11) 『箱男』p.24

12) 『箱男』pp.22-23

13) 『箱男』p.23

14) 『箱男』p.23

15) 『箱男』p.156

16) 『箱男』 p.23

17) 『箱男』 p.23

18) 森川直樹 『平成大不況-あなたがホームレスになる日』サンドケー出版局, 1994.

19) 아사히(朝日)신문에 1995년 1일부터 9일까지 「新宿年越日記」라는 기사가 연재 되었다. 이는 기자가 직접 신쥬쿠에서 홈리스들과 생활하면서 적은 일기 형식의 글로 그 중에 아베 고보의 『箱男』를 인용하면서 독서하는 '상자 인간' 이야기를 한다.

20) Christopher Jencks著/大和弘毅訳 『THE HOMELESS』図書出版社, 1995년.

21) 『箱男』 p.20

22) James D. Wright著/浜谷善美子訳 『ホームレス-アメリカの影』三一書房, 1993년

23) 川村二郎 『文学の生理』小沢書店, 1979年, p.30

24) 石田吉貞 「『方丈記』と隠者の生活-安部公房 『箱男』との比論」(『古典への慕情』談交社, 1975年).

25) 僕孝之 「箱女の居場所-笙野頼子または, 境界領域文学の夢想」(『日本文学』43, 1994年, 11月).

26) 『箱男』 p.11

27) 『箱男』 p.17

28) 『箱男』 p.31

29) 『箱男』 p.31

제10장

『하늘을 나는 남자』(飛ぶ男)론

-텍스트 생성 과정을 중심으로-

『하늘을 나는 남자』초판

제10장
『하늘을 나는 남자』(飛ぶ男)론
-텍스트 생성 과정을 중심으로-

1. 머리말

아베 고보 사망(1993. 1. 22) 후, 그의 플로피 디스켓에서 미완성 유고 작품 『하늘을 나는 남자』(飛ぶ男)가 발견되었다. 유고 작품이 플로피 디스켓에서 발견된 것은 아마 일본문학사 상 아베 고보가 처음일 것이다. 이를 기념이라도 하듯이 그해 12월 <新潮 전자 라이브러리>라는 디지털 북 『하늘을 나는 남자』가 제작되었다.

이러한 전자 텍스트가 문학작품을 연구하는 데 필요한 텍스트로서 이용되면 앞으로의 문학 연구는 어떻게 달라질까. 전자 텍스트는 현대문학을 연구하는데 있어서 하나의 새로운 과제라 하겠다. 현재 전자 텍스트에 의한 문학 연구 방법론을 체계화시킨 저서는 눈에 띄지 않지만 머지않아 구체적인 방법론이 제시되지 않을까 기대하는 바이다.[1]

아베 고보의 『하늘을 나는 남자』가 발표되고 나서 4년 뒤인 1997년부터 전집 작업이 진행되었다. 이 『安部公房全集』(新潮社)의 특징 중의 하나는 장르 별 편성이 아니라 아베 고보의 창작 궤적을 알아 볼 수 있도록 편년체로 했다. 그러므로 다수의 미발표 작품이 활자화되면서 각 작품의 초고에 관한 관심이 높아졌다.

아베 고보는 방대한 양의 초고를 남겨놓았다.[2] 물론 분실된 초고도 있지만 남겨진 초고의 분량이 압도적으로 많다. 여기에서 주목하고 싶은 것은 플로피 디스켓에서 프린트한 원고(이하 워드프로세서 원고라고 함.) 초고다. 창작 메모를 비롯하여 스토리 구상, 그리고 수정에 수정을 거듭한 원고 등이 워드프로세스 원고로 남아있다. 그러므로 종래의 초고 연구의 어려움, 예를 들어 여백이 새까맣게 혹은 새빨갛게 되도록 가필·수정한 원고를 읽는 어려움은 없다.

그러나 워드프로세서 원고는 가필·수정된 부분이 그대로 입력되어 나온 원고이므로 어느 부분이 어떻게 바뀌었는지를 알아보기 위해서는 일일이 그 전 단계 작업 원고와 대조해 보지 않으면 알 수 없는 번거로움은 있다.

여기에서 고찰하고자 하는 것은 『하늘을 나는 남자』의 성립 궤적이다. 『하늘을 나는 남자』는 간행본 『하늘을 나는 남자』에 이르기까지 여러 개의 초고가 남아있다. 아베 고보의 저작권 계승자 아베 네리(安部ねり)[3]씨에 의하면 전집 편찬 준비 등으로 하코네(箱根) 집에 있던 플로피 디스켓과 워드프로세서 원고를 정리하는 과정에서 발견하였다고 한다. 『하늘을 나는 남자』와 관련된 것으로 '창작 메모'를 비롯하여 초고, 초고와는 또 다른 내용의 워드프로세서 원고, 가필 워드프로세서 원고 등 모두 9종류나 된다. 그런데 그 중에서 '창작 메모'를 제외하고는 모두 미완성 작품이다.

좀더 구체적으로 말하자면 먼저 초기의 것으로 '창작 메모'는 가장 간결하며 여기에는 테마나 제목에 관한 것, 주인공 이름들, 서명,

신문 기사 발췌, 그리고 2~3행의 단편적인 문장 등으로 되어있다. 문장은 그야말로 메모라고 할 수 있을 정도로 압축적인 내용이 많아 때로는 의미를 알 수 없는 것도 많다. 그 중에는 대화만으로 된 창작 플랜을 적어 놓은 것도 있다.

다음으로 워드프로세서 원고를 보면 이 원고에도 여러 단계가 있어서 최종 원고에 가까운 것이 있는가 하면 추고에 추고를 거듭한 것도 있다. 그러므로 간행본에 선행하는 여러 워드프로세서 원고를 비교·검토하면 작가가 어떠한 의도로 또는 어떠한 구상으로 작품을 쓰려고 했는가가 분명해 질 것이다. 물론 최종 원고라고 해도 작가가 죽음에 의해 중단된 것뿐으로 죽기 직전의 것이 최종 원고라고 할 만한 증거는 없다.

그런데 왜 아베 고보는 한 작품을 쓰기 위해 이렇게 많은 텍스트를 남긴 것일까? 도대체 작가의 작품이라고 하는 것은 어느 단계의 텍스트를 이르는 것일까?

게다가 현 간행본 『하늘을 나는 남자』는 작가 아베 고보 자신의 수정에 의한 최종 원고가 아니라 실은 아베 고보 사후에 부인 아베 마치씨가 수정을 한 것이라고 한다.[4] 이러한 경우 과연 간행본 『하늘을 나는 남자』는 아베 고보 텍스트인가, 그렇지 않으면 부인 아베 마치씨와의 공동 집필 텍스트인가? 이러한 문제는 현대문학에 있어서의 작가와 편집자의 관계가 독자층의 변용과 함께 대두되는 문제라 할 수 있다.

이와 같은 문제를 염두에 두면서 간행본 『하늘을 나는 남자』가 나오기까지의 텍스트 생성 과정을 살펴보고자 한다. 이때 전술한 9종류의 『하늘을 나는 남자』에 관한 텍스트 군을 꼼꼼히 살펴볼 필요가 있을 것이다.[5]

이것을 '표'로 만들면 다음과 같다. 텍스트 군은 집필 순(추정)으로 나열했고, 설명하기에 편리하도록 일련번호를 붙였다.

<표> 간행본 『하늘을 나는 남자』가 만들어지기까지의 텍스트 군

원 고	집필연도 (추정)	집필 추정에 관한 자료	분량*	분문 구성 및 관련 사항	기 타
①<창작메모> (創作 MOME) ·워드프로세서 원고	1985. 3~ 가을	·코린느 브레의 인터뷰 「子午線上の網渡り」 (『リベラシオン 』 1985.3)	120매		·1984. 11 『방주사쿠라호』 간행
②<창작메모> ·워드프로세서 원고	1986. 1 이전	·코린느 브레의 인터뷰 「子午線上の網渡り」 (『リベラシオン 』 1985.3)	70매		·1985.5~ 1985.12 <두더지 일기> 작성.
③『초능력 소년에 관한 리포트』 (スプーン曲げ少年 にするレポート) ·워드프로세서 원고	1985.3~ 1985.6이전	·구리츠보 요시키 (栗坪良樹의 인터뷰 「再生と破滅」 (『すばる』1985. 6)	140매	·1장~2장, 추신 ·르포 형식. ·아베, 燕市에 있는 스푼 생산 공장 취재 예정.	
④『초능력 소년』 (スプーン曲げの少 年) ·1차 원고 ·전자 텍스트	1985.6~ 1986.1이전	·고바야시고우지 (小林恭二)의 인터뷰 「御破算文學」 (『海燕』1986. 1)	180매	·1장~6장까지. ·플롯은 <창작 메모>②과 같고 스토리가 다름. ·1993. 11, <新潮 전자 라이 브러리>에 수록.	
⑤『초능력 소년』 (スプーンを曲げる 少年) ·2차 원고 ·워드프로세서 원고	1985.6~ 1986.1이전		184매	·④와 비교해서 변동이 있다. ·스토리는 ④와 비슷하다.	·1986. 9 『죽음을 재촉하는 고래』간행.

⑥『초능력 소년』 (スプーンを曲げる 少年) ・최종 원고 ・워드프로세서 원고	1986~1,2 년		276매	・1장~8장까지. ・④에 7장, 8장 가필. ・④⑤⑥은 1986년 부터 1년이나 2년 에 걸쳐서 집필한 것으로 추정된다.	
⑦『나는 남자』 (飛ぶ男) ・원제는＜초능 력 소년＞ (スプーンを曲げる 少年) ・1차 원고 ・작가 수정 원고	1989.12월 경	・구로즈미데츠로 (黛哲郎)의 인터뷰 「餘白を語る」 (『朝鮮日報』 1989. 12. 2)	294매	・1장~8장까지. ・소설 시작부분에 소년이 하늘을 날 고 있다.	・1990.7 하코네 집에서 쓰러짐. ・2개월 입원. ・집필 중단
⑧『하늘을 나는 남자』(飛ぶ男) ・최종 원고 ・워드프로세서 원고	1991.7~ 1992.12	・『波』인터뷰 「われながら変な 小說」 (『波』1991. 12)	322매	・사후 하코네(箱 根) 집 플로피 디스켓에서 발견한 것 ・⑦에 7, 8장 가필, 9장 추가 ・이 시기에 제목을 『하늘을 나는 남자』로 바꾸었다 ・『하늘을 나는 남자』 집필 추정은 1991. 7~1992. 12.	
⑨『하늘을 나는 남자』(飛ぶ男) ・부인 수정 원고	1993~1,2 개월		324매	・1993. 4 『新潮』에 발표. ・1994. 1 단행본 『하늘을 나는 남자』 간행.	・1993.1~1993.2 「여러 아버지」연재, 잡지『新潮』 ・1993.1.22 아베 사망. ・1993.9.22 마치부인 사망.

※분량은 200자 원고지로 환산한 것

　본론에서는 ①~⑨의 텍스트에 대해서 가능한 한 자세한 해설과 함께 텍스트의 생성 과정을 더듬어 보고자 한다. 단 ①과 ②인 '창작 메모'는 창작을 위한 메모로서 텍스트③과 ④를 설명할 때 언급하기로 한다. 또 ④는 디지털 북에 수록되어 있는 것을 텍스트로 삼고『초능력 소년』의 성립으로 보고 살펴본다. ⑥에서 ⑦까지는『초능력 소년』에서『하늘을 나는 남자』로 개고한 단계로 본다. 그 이유에 대해서는 본론에서 보기로 한다.

그리고 마지막으로『나는 남자』에서는 아베 고보 최종 원고 ⑧과 마치부인에 의한 교정 원고 ⑨를 비교하면서 텍스트의 존재 의미를 살펴본다. 이때 작가는 왜 텍스트를 그토록 변형시키기 않으면 안되었나 하는 것을 고찰해 본다.

2.「초능력 소년에 관한 리포트」(표③)

「초능력 소년에 관한 리포트」[6](이하 생략하여「리포트」라고 함)는『하늘을 나는 남자』에 관계된 텍스트 중에서 그 기점이라고 할 수 있는 최초의 원고다.

먼저 집필 시기를 추정해 본다. 1984년 11월『방주 사쿠라호』가 간행되고 난 후 그 다음해 6월 구리츠보 요시키(栗坪良樹)씨와의 인터뷰에서 아베는 새로운 작품 구상으로 다음과 같은 이야기를 하였다.

> 몇 년 전부터 이 테마(스푼 구부리기, 또는 초능력-필자 주)를 논픽션으로 쓰려고 했다. 나는 초능력 따위는 믿지 않는다. 초능력 소년 그룹은 사기 그룹이라 익명으로 몰래 잠입해서 트릭을 폭로하는 르포 형식이다. 그런데 그렇게 구상하는 동안에 다른 측면이 보이기 시작했다. '초능력 소년'의 내면을 상상하는 동안(중략) 논픽션이 픽션으로 변해버렸다. (중략) 빠른 시일 내에 니이가타(新潟) 츠바키시(燕市)에 있는 스푼 생산 공장에 가서 초능력 시험에서 왜 스푼을 구부리는지, 스푼이 아니면 안 되는지를 알아보고, 그 제조 과정을 살펴 볼 예정이다.[7]

여기서 말하는 '논픽션'에 해당하는 것이 텍스트③「리포트」다. 따라서 이 텍스트의 집필 시기는 1985년 6월 이전으로 추정하는 바이다. 이「리포트」는 '나'라는 보고자가 초능력 소년이 초능력에 의해 스푼을 접는 것이 아니라 뭔가 트릭이 있을 것이다 생각하고 소년을 찾아가 그 트릭을 폭로하려는 내용을 논픽션 형식으로 쓰려는 것이다.

텍스트는「보고Ⅰ 협력자에게」와「보고Ⅱ 협력자에게」, 그리고 각각의 보고 뒤에 '추신'이 붙어 있으며 마지막 페이지에 '본 주제인 초능력론', '음악론' 등 몇 개의 키워드가 나열된 채로 끝나 있다. 이러한 구성으로도 알 수 있듯이 텍스트는 아직 작품 전체의 반도 미치지 않고 있다.

그럼 간략히「리포트」내용을 보기로 한다.「리포트」는 다음과 같이 시작된다.

> 이것은 초능력으로 스푼을 구부리는 한 초능력 소년에 관한 리포트다. 초능력이 실재하는가에 대한 일반적인 의문에 답하려는 것이 조사의 목적은 아니다. 설령 소년의 염력이 초능력에 의한 것이라고 느끼더라도 그것은 내가 □는 것에 불과 할지도 모른다[8].
> (공백 □은 원문 그대로임-인용자 주)

우선 원문을 살펴보면 네모(□) 공백은 프린트 할 때 컴퓨터의 인쇄 기종이 달라서 생긴 것이라고 생각한다. 원문을 보면 "ぼくが□されただけのことかもしれない"이므로 □공백은「騙(たま)された"의 '騙'라고 생각한다. 이 때 사용한 프린트 기종은 알 수 없지만 소설의 주제를 파악하는 데에는 큰 지장이 없다고 본다.

여기서 주목하고 싶은 것은 '리포트'라는 서술 형식이다. 이 소설이 '나'라는 르포라이터에 의한 1인칭 시점 논픽션이라고 하는 것은 지금까지의 아베의 장편소설 형식을 답습하는 것과 동시에 동시대의 사회현상에 밀착하는 리얼리즘을 지향하고 있음을 엿볼 수 있다.

그러나 이것이 역으로 아베 고보 문학의 한계를 나타내고 있다고도 볼 수 있다. 아베 고보는 이 최후의 소설에 있어서 미완의 여러 텍스트를 남긴 것은 오히려 현대문학에 있어서 리얼리즘의 한계와 격투한 흔적이 아닌가 싶다. 미리 결론부터 말하자면 『하늘을 나는 남자』에 이르기까지 그토록 텍스트를 변모시킨 것은 현대문학에 있어서 우화의 가능성을 재발견하려는 과정이라고 본다.

「리포트」를 '리포트'라는 리얼리티에 주목하면 그 초점은 자연히 '나'라는 인물 설정으로 모여진다. 이 화자에 대해서 아베 고보의 창작 플랜인 '창작 메모'를 보기로 한다.

> ① 자신이 자신을 르포 하는 스타일→돈을 벌고 손을 씻는다.
> ② 실제로는 르포라이터의 트릭.
> ④ 만약 전체를 나(르포라이터)라는 일인칭으로 하면 발표를 위해 쓴 부분과 그 작품을 정리함에 있어서 행한 자문자답을 어떻게 구분할까.
> ⑥ 나(르포라이터)는 잡지 X사의 작품 공모에 당선하는 것이 목표다. 초능력 소년을 인정하는 것이 유리한가 아니면 부정하는 것이 유리한가는 고려 중.[9]

메모①은 「리포트」의 구성 중 어느 위치에 해당하는 가는 모르겠지만 "돈을 벌고 손을 씻는다"라는 점에서 '나'는 잘 팔리지 않는 르포라이터임을 알 수 있다. 그러므로 메모①과 메모⑥에서 '나'의 목적은 초능력에 대한 매력에 의한 것도 아니고, 그렇다고 해서 트릭을 폭로해 진실을 말하려는 것은 더더욱 아니다. 단지 지금 매스컴에서 유행하고 있는 '스푼을 구부리는 초능력 소년'에 관한 것을 흥미 위주로 써서 모 잡지사에서 모집하고 있는 현상에 응모해서 상금을 받아내는 것이다.

「리포트」는 텍스트의 첫 머리 부분에서도 밝혔듯이 초능력이 실재하는가에 대한 일반적인 의문에 답하려는 것이 목적이 아닌 것을 알 수 있다. 아무튼 속물근성을 지닌 '나'라는 르포라이터는 염력으로 스푼을 구부리는 초능력이 당시 이상할 정도로 붐을 일으킨 사회현상에 대해서는 비판적인 시선을 가졌지만, 초능력 붐 현상을 이용해서 돈을 벌 생각을 하고 있다. 그에게는 모든 사회현상이 돈을 벌 수 있는 소재나 주제가 되는 것이다. 그러므로 이와 같은 '나'의 시선이야말로 비속한 리얼리즘이라고 하겠다.

그런데 왜 아베 고보는 스푼을 구부리는 초능력 소년에게 흥미를 갖게 되었는가.

아베 고보는 자기 자신이나 그 신변에서 일어나는 일들을 승화시켜 작품을 쓰는 작가라고 말하기보다는 오히려 사회현상에 민감하고 비판적인 작가다. 이 작품이 집필된 당시의 사회현상이라고 한다면 전 세계를 풍미한 유리 겔라의 스푼을 구부리는 초능력 붐을 들 수 있다.[10]

유리 겔라가 일본을 처음 방문한 것은 1974년 2월로 이때 일본 전국을 석권한 '스푼 구부리기' 소동이 막을 열었다. 당시 유리 겔라는 26세였다. 그후 유리 겔라는 일본을 두 번 방문했다. 유리 겔라가 출현한 이래 '스푼 구부리기' 화제가 매스컴을 통해 일본 전국을 떠들썩하게 만들어 놓았을 뿐만 아니라 여기저기서 "나도 초능력이 있다"는 소년들이 대거 출현하였다.[11]

그러다가 초능력 논쟁이 벌어져 그 트릭을 벗기는 실험으로 인해 열광적이었던 초능력 붐은 차츰 식어가 지금은 그 흔적조차 남아있지 않다. 도대체 그 당시 초능력은 존재하였던가. 지금 생각해 보면 초능력이라고 하는 그 자체가 당시 이상하게 들뜬 하나의 유행, 이상 현상에 지나지 않았던 것이다. 물론 이러한 현상이 유행하게 된 데에는 현대사회의 한 일면을 잘 보여주고 있다고 생각하는 바이다.

르포라이터인 '나'는 처음부터 초능력에는 거리를 두고 있다. 소설의 첫 부분에서도 밝혔듯이 초능력의 진위에 대한 논의보다는 그 주변에서 일어나는 파문 등에 관심이 있다. 내용을 보면 '나'는 초능력에 의한 스푼 구부리기는 믿지 않고 있지만, 소년을 만나면서부터 이상한 신비감을 느끼고 그 매력에 빠져 들어가려는 곳에서 중단되고 만다. 어쩌면 '나'는 기적에 대한 기대감에 사로잡혀 버렸는지도 모른다.

이러한 스토리 구상에 대해서 아베는 1985년 구리츠보 요시키(栗坪良樹)씨와의 인터뷰에서 다음과 같이 설명했다.

> 《초능력 소년》의 내면을 여러 가지로 구상하고 있는데……(중략) 소년은 자신의 트릭을 인정하면서도 사람들한테 밝히는 것은 금하고 있다. 그러므로 연기를 계속하고 있다. 그러는 와중에 그만 자기 자신도 어느 것이 진실인지 분간하기 어렵게 되고 만다. 정신을 차려보니 논픽션이 픽션으로 변해버렸다. 기적이라는 것은 자연의 인과관계를 뒤엎어버린다. 초능력의 진위보다는 그 주변에서 일어나는 기적에 대한 기대 현상을 써보고 싶었다.[12]

즉 '나'는 자신의 내면에서 일어나는 기적에 대한 기대를 통해서 사회현상 저변에 깔려있는 인간 심리에 주목하고 싶었던 것이다. 아베는 이러한 주제를 통해서 합리성과 공리성, 그리고 과학기술 만능론이 지배하는 현대사회와 그것과 반비례하듯이 인간의 왜소화가 심해지는 폐쇄 상황을 예리하게 그리려 했던 것은 아닐까. 다만 그와 같은 현대사회에 만연하고 있는 기적에 대한 기대라는 주제가 리얼리즘 방법으로 가능한 것인가 하는 것이 의문으로 남는다.

3. 『초능력 소년』

1) 『초능력 소년』 - 1차 원고(표④)

텍스트④는 1993년 11월에 나온 <新潮 전자 라이브러리>인 디지털 북 『하늘을 나는 남자』에 수록되어 있는 『초능력 소년』에 해당된다. 내용은 창작 메모 ②에 쓴 작품 구상과 거의 일치하고 있다.

디지털 북 『초능력 소년』은 컴퓨터 PC9800시리즈에서 읽을 수가 있다. 이 프로그램에는 여러 가지 기능이 있다. 그 메뉴를 보면 먼저 '페이지 넘기기' 기능이 있고 그 속에는 '하이퍼 점프'와 '자동 넘기기' 기능이 있다. 이 밖에 '참조 윈도우'를 비롯하여 '동일어 검색', '확대', '발췌' 등의 기능이 있다.

여기서 주목하고 싶은 것은 검색 기능이다. 검색 기능에는 단어 표시와 사용 빈도수 표시가 나온다. 이렇듯 컴퓨터만이 지니는 기능에서 어느 정도까지 새로운 연구가 나올지는 모르겠다.

현재 독자들의 손에 주어진 소설은 대부분 작가에서부터 편집, 출판, 유통, 그리고 판매에 이르기까지 모든 영역에 컴퓨터 테크놀로지가 관계하고 있다. 많은 작가들은 워드프로세서로 작품을 집필하고 출판사는 전산사식으로 문자를 입력해 컴퓨터로 편집 작업을 한다.

큰 인쇄소에서는 인쇄용지 반입에서부터 오프셋 윤전기 가동까지 모두 컴퓨터의 관리 하에 있다. 제본된 책은 컴퓨터 시스템을 통해 서점에 배포된다.

서점에서는 최신의 바코드 시스템을 이용해서 책을 판매해서 최종적으로 독자의 손에 들어온다. 현재 소설(넓은 의미에서는 서적 일반)은 이러한 컴퓨터 테크놀로지 지원 없이는 유통조차 할 수 없는 상황이다.

이러한 상황, 다시 말해서 정보화 시대에 숙성한 컴퓨터 테크놀로지에 의해 만들어진 새로운 미디어 환경이 '새로운 문학' 개념을 창출해 낼 것이며, 그에 따라 '새로운 연구방법'이 나올 것이다.

우선 본고에서는 활자화된 형식을 상정해서 고찰하는 것이 목적이므로 전술한 바와 같이 디스켓에서 출력한 원고(워드프로세서 원고)를 텍스트로 이용한다.

「리포트」에서 『초능력 소년』이 나오기까지는 작품의 구상에 많은 변화를 찾아볼 수 있다. 그 중에서 가장 두드러진 변화는 논픽션에서 픽션으로 바뀌었다는 것이다. 먼저 '나'라는 시점 인물이 사라지고 '호네 오사무(保根治)'라는 중학교 교사가 시점인 물(보는 쪽)인 동시에 시점 대상 인물(보여지는 쪽)로 등장한다. 호네는 당시의 사회현상 중의 하나인 소위 체벌 교사로 설정되었다. 또 모티브도 스푼 구부리는 초능력은 남아있지만 오히려 사회적으로 문제가 되었던 교내 폭력이나 체벌 교사라는 사회현상에 더 중점을 두고 있다.

『초능력 소년』은 첫 머리에 마치 병원의 카르테처럼 "환자 이름 호네 오사무(保根治), 남자, 36세, 중학교 교사, 증세 불면증 또는 불면 환상, 병명 역행성 미주(迷走)증"이라고 쓰여 있다. 이 카르테는 이후 간행본 『하늘을 나는 남자』에 이르기까지 변함이 없는데 텍스트⑤ 단계에 이르면 병명에 '가면 우울증'이 추가로 나타난다. 게다가 텍스트⑨에 이르러서는 그의 직업이 중학교 교사에서 고등학교 교사로 바뀐다. 이것은 마치 부인에 의한 수정인 것이다.

이 디지털 북에 실려 있는『초능력 소년』이 과연 일련의 텍스트 군 속에서 어느 위치에 있는가 하면『하늘을 나는 남자』와 구별해서『초능력 소년』이야기를 탄생시킨 텍스트라고 할 수 있다. 왜냐하면 소년은 아직 하늘을 날고 있지 않기 때문이다.[13]

집필 시기는 다음 1986년1월 인터뷰 기사를 보고 추정해 본다.

>   아　베 : 어느 날 소년은 갑자기 공중부유(空中浮遊) 능력이 있음을 깨닫는다. 그 순간 그대로 하늘을 난다.
>   고바야시 : 구성상 어느 부분에서 날기 시작합니까.
>   아　베 : 될 수 있으면 일찍 날게 하고 싶은데……(중략) 그러나 맨 마지막 장면에 날게 하고 싶은 생각도 버릴 수가 없지.[14]

이 인터뷰에서『초능력 소년』의 집필 시기는 1986년 1월 이전으로 본다. 텍스트는 1장에서 6장까지 되어 있으며 6장은 미완인 채로 끝났다. 각 장의 구성은 1장 심야에 걸려온 전화, 2장 기묘한 사건, 3장 찰스톤에 탄 배달부, 4장 신변 보호를 위한 최루가스, 5장 위기일발, 6장 가면 우울증으로 되어 있다.

『초능력 소년』의 모두 부분은 다음과 같다.

>   전화가 떠들어댄다. 나는 맨발로 나무 무늬 장판 위에 서있다. 전화를 바라다 볼 뿐 수화기를 집어들 생각은 추호도 없다. 손목시계는 새벽 4시 12분을 가리키고 있다. 전화를 받거나 할 시간은 아니다.[15]

이 모두 부분을 보아도 「리포트」하고는 상당한 차이를 보인다. 스토리도 상당한 변화가 있어서 오히려『하늘을 나는 남자』쪽에 가깝다.

어느 날 중학교 교사인 호네씨 집에 한 소년으로부터 전화가 왔다. 소년은 자신은 호네씨와는 이복동생으로 지금 자신은 살인 용의를 받고 도망 중이라며 도와줄 것을 부탁하였다. 게다가 자신은 초능력을 지녔다고 말하고는 전화를 끊었다. 그후 호네 신변에 기묘한 사건이 일어나기 시작한다.

소년은 누구일까. 호네가 본 소년의 인상을 보기로 한다.

> ·연령을 알 수 없는 젊은이다. (중략) 가벼운 발걸음으로 신호기 오른쪽을 돌아 횡단보도를 걷고 있다. 소매 없는 회색 T셔츠에 청바지, 유난히 가는 목에 큰 머리, 아직 애송이 티를 벗지 못했다. 10대 후반인 것 같다. (중략) 그러나 발달한 가슴과 짙은 귀밑털로 보아 20대 전반 같기도 하다.[16]
> ·상쾌한 미소. 틀림없이 20대 전반이다. 본인 희망대로 소년이라고 부르기로 하자. 그러나 동생으로 인정하기에는 좀 힘들다. 게다가 초능력 소년이라니. 어딘가 유치 한데가 있다.[17]

「리포트」에 나오는 소년은 신경질적이고 우울한 인상인데 비해 『초능력 소년』에 등장하는 소년은 상쾌한 느낌이다. 게다가 연령 미상인 점이 어딘지 모르게 신비감을 더해준다. 「리포트」에서는 소년의 나이에 관한 기술은 찾아볼 수 없다.

이 『초능력 소년』에는 18세로 되어있다. 소년이라고 하기엔 무리가 없는 것은 아니지만 『나는 남자』에서는 22세다. 소년으로 보기엔 지나친 감이 없지 않다.

2) 『초능력 소년』-2차 원고(표⑤)

이 텍스트⑤를 텍스트④와 비교해 보면 텍스트⑤ 중간 중간에 수정된 부분이 있어서 본문은 약간 다르지만 큰 차이는 없다. 텍스트⑤를 2차 원고로 본 것은 수정 부분을 대조해 본 결과다. 먼저 모두 부분의 카르테와 같은 곳을 보면 병명이 1차 원고에는 "역행성 미주증(逆行性迷走症)"으로 되어있는데, 2차 원고에는 "가면 우울증 또는 역행성 미주증 합병증"으로 되어있다. 이 수정은 이 후 『하늘을 나는 남자』에 이르기까지 변함이 없는 것으로 보아 2차 원고로 보았다.18)

3) 『초능력 소년』-최종 원고(표⑥)

텍스트⑥은 워드프로세서 원고에 아베가 가필·수정한 필적이 그대로 남아있는 원고다. 표지에는 "The Spoon-bender boy/by/Kobo Abe"라는 영문 표기가 되어있고, 게다가 친필로 「최종 원고」라고 쓰여 있다. 이 텍스트는 텍스트⑤에 내용을 더 첨가하여 7장과 8장이 가필되어 있다. 이 가필된 부분을 통해서 모두에 있는 카르테와 같은 부분의 존재 이유가 밝혀진다.

중학교 교사인 호네는 학생이 자신을 폭행할지도 모른다는 생각에 그 과잉 반응으로 학생들에게 가스 스프레이를 뿌렸다. 이 일로 호네는 결국 정신 병원에 입원하게 된다. 텍스트의 모두 부분의 카르테는 정신병원에서 받은 정신 감정표였던 것이다.

그런데 왜 호네를 체벌 교사로 그린 것일까. 게다가 체벌 교사와 교내 폭력이 세트가 되어 화제가 되고 있는 것에 유의할 필요가 있다. 다음 인용을 보기로 한다.

· 최근 여론은 무슨 일인지 교내 폭력보다는 체벌 교사에 대한
비난으로 가득 차있다.[19]
· 최근 체벌 110번이라는 생소한 것이 생겨났다. 학부모 중에는
꽤 많이 이용하고 있다는 통계가 나와 있다.[20]

이 인용에서도 알 수 있듯이 당시는 교사들의 수난 시대이자 학
교교육 현장은 황폐해가기만 했다. 존경과 신뢰 속에서 성립되는 사
제지간은 교내 폭력 등으로 점차 파괴되어, 교사들은 심리적으로도
육체적으로도 부담이 컸다. 그래서 교사들은 노이로제 증세가 시간
이 지날수록 늘어갔고, 심지어는 입원, 휴직, 전근, 퇴직하는 경우가
적지 않았다.[21]

그래도 학교에 남아 교내 폭력에 맞서서 대항한 교사들도 있었지
만 그 중에는 언제 그만두게 될지 불안해했던 교사들이 더 많았다고
한다.

또 한편으로는 교내 폭력은 폭력으로써 해결해야한다고 주장하여
체벌 교사들이 나오기 시작했다. 단 이 부분에서는 체벌 교사가 탄
생하게 된 환경이 문제라고는 단언할 수 없는 면이 있다. 즉 체벌
교사 문제도 단순히 학생들의 폭력에만 문제가 있는 것이 아니다.

물론 그 교사의 자질도 문제가 되겠지만, 그것보다는 오히려 '학
교'라는 집단 사회에 대한 혐오와 부정적인 시각이 있는 것은 아닐
까. 본문 중에 "학교는 망나니들의 사육장에 지나지 않는다. 모든 사
회악이 제조되어지는 공장에 지나지 않는다."[22]라는 호네의 말이
의미심장하다. 이러한 구도에는 학교라는 집단 사회의 폐쇄성에 대
한 고발을 읽어낼 수 있다.

이와 같은 '학교'라는 집단 사회에 대한 비판은 아베 고보의 인터
뷰에서도 찾아볼 수 있다.

학교는 자꾸 집단화되어 가는 경향이 있다. 거기에도 무슨 필연성 같은 것이 있는 것일까. 특히 일본에 있는 학교는 모의 군대와 같은 풍조가 현저하다. 학교는 학교가 지닌 본래 기능 이상의 것을 기대하고 있는 것 같다. 삐뚤어진 학교교육이라고들 하지만, 애초 학교를 집단 훈련의 장으로 만들려는 것 자체가 문제가 아닐까. 특히 인간은 그러한 집단에 소속될 필요는 없다. 오히려 개별화와 분업화가 사회 형성의 원동력이지 않을까.[23]

여기서 아베 고보의 비판은 학교 교실 내부에 "모의 군대와 같은 풍조"가 있다는 것에 집중되어 있다. 그것에 대한 아베 고보 비판의 근거는 "개별화와 분업화가 사회 형성의 원동력"이라는 것은 두말할 필요가 없을 것이다. 이것을 본고에서 필자 나름대로 환언하면 폐쇄성에 대한 개개인의 자유의 존중이라 하겠다.

아베 고보는 개개인 인간의 가능성을 '자유'에 있다고 믿고 있다. 그것을 구속하고 비소화하는 경향이 있다면 (그것이 있다는 것이 '집단 훈련의 장'이라고 할 수 있을 것이다), 단호하게 거기에서 뛰쳐나오든가 아니면 폐쇄성을 파괴해야만 할 것이다.

이러한 의식은 실은 초능력 주제와 일맥상통하는 기적에 대한 기대나 파멸에 대한 동경이라는 모티브와 관계가 있다. '학교'에 대한 비판에서 보여지는 개인과 집단과의 관계는 현대문학의 가능성과 현대사회에 라고 하는 관계에 대한 아날로지라고 할 수 있다.

그러나 결정적으로 다른 것은 초능력 모티브가 비리얼리즘인데 대해서 이 최종 원고에 있어서 교내 폭력과 체벌 교사 묘사는 어디까지나 '학교' 문제라고 하는 사회현상을 반영한 리얼리즘이라는 것이다. 그러므로 현대사회에 있어서의 리얼리즘의 한계, 그것이 아베의 최대의 명제였다고 본다. 거기에 워드프로세서 원고가 중단된 이유가 있을 것이다.

4. 『하늘을 나는 남자』의 탄생

1989년 12월 22일 아사히(朝日)신문 '여백 논단'이라는 인터뷰에서 아베 고보는 다음과 같이 말했다.

> 『사쿠라호 방주』가 나오고 5년이 되었다.『초능력 소년』(가제)은 소위 초능력을 다룬 소설인데 올해 안으로 마무리할 생각이었는데 아무래도 무리일 것 같다. (중략) 이번 소설은 내 소설의 집대성이 될 것 같은 생각이 든다. 주제도 그렇고 스타일도 그렇다. (중략) 내 소설에 자주 나오는 것으로 공중유영(空中遊泳)이나 공중비상(空中飛翔)이 있다. 이번 소설은 소설 처음부터 주인공 남자가 하늘을 날고 있는 장면부터 시작된다. 게다가 핸드폰으로 전화를 걸면서 말이다. 굉장히 공상적이지만 리얼하다.

이 아베 고보의 말에서 '이번 소설'은『하늘을 나는 남자』를 이른다. 이 시기에 이미『하늘을 나는 남자』에 대한 구상은 되어 있었다고 본다. 그 구상의 초점은 두말 할 필요도 없이 초능력 소년을 소설 첫 장면부터 하늘을 날게 하는 것이다.

아베는『하늘을 나는 남자』에 이르기까지의 많은 텍스트 속에서 시종일관 선보인 것이 '날다'라는 모티브다.「리포트」에서는 소년이 직접 자신은 날 수 있는 초능력을 갖고 있다고 두려워하면서 말하는 구상을 보였는데 구체적으로 언어화하지는 않았다.

그리고『초능력 소년』에서는 구상 메모에서만 나타나 있고 그것을 소설 언어화 한다는 생각보다는 그것에 대한 사회심리에 더 관심을 갖고 있었다. 그러므로『초능력 소년』단계에서는 그것을 주제로

하려는 구상이 충분히 숙성되어있지 않았다고 보는 바이다.

아베는 우화로서가 아니라 리얼리즘으로서 인간이 아무런 장치를 달지 않고 하늘을 난다고 하는 모티브를 소설 언어로 정착시키고자 했다. 이 아베의 구상은 초기 단편소설에서 보여지는 우화성과는 다르다는 것은 두 말할 필요도 없을 것이다.

그러나 앞서 이용한 인터뷰에서 아베는 "굉장히 공상적이지만 리얼하다"고 단언하고 있다. 아베는 난다고 하는 모티브를 리얼하게 그리는 것에 성공했다고 확신하는 듯이 보인다. 그렇기 때문에 "이번 소설은 내 소설의 집대성이 될 것 같은 생각이 든다"고 했을 것이다.

그것은 인간이 하늘을 난다라고 하는 모티브가 갖는 비리얼리즘을 소설 언어에 있어서 리얼리즘(실재 지각)으로 전화하는데 성공했다는 것을 의미한다. 이것이야말로 현대문학에 있어서 새로운 가능성을 제시하는 것이다.

그러면 『하늘을 나는 남자』가 탄생하기까지의 과정을 살펴보기로 한다.

1) 『하늘을 나는 남자』 -1차 원고(표⑦)

텍스트⑦에 이르러서 구상은 크게 바뀐다. 텍스트⑦은 첫 머리부터 초능력 소년이 하늘을 날고 있으며 그 이후의 스토리도 상당한 변화가 있다. 그럼 간행본으로 알려진 『하늘을 나는 남자』의 스토리를 보기로 하자.

어느 날 새벽에 "하늘을 나는 남자"는 호네 오사무(保根治)네 아파트 위를 날면서 핸드폰으로 전화를 건다. 자신은 호네 오사무 이

복동생으로 초능력을 갖고 있으며 그것 때문에 아빠는 자신을 이용해서 돈을 벌려고 자신을 찾고 있으니 도와달라고 요청을 한다. 이때 전화를 하고 있는? '하늘을 나는 남자'를 호네 옆집에 사는 29세 독신 여성이 목격한다.

그녀는 최근 스토커에 시달리고 있던 터라 '하늘을 나는 남자'를 보는 순간 스토커라 생각하고 호신용 공기총으로 '하늘을 나는 남자'를 쏘고 만다. 총에 맞은 '하늘을 나는 남자'는 호네 방으로 창문을 통해 미끄러지듯이 들어왔다. '하늘을 나는 남자'의 이름은 마리 점프. 마리는 상처를 치료받은 뒤, 스푼 구부리기를 보여주고 가버렸다. 옆집에 사는 여성은 자기가 쏜 총에 '하늘을 나는 남자'가 맞아 자기가 사는 옆집으로 떨어진 것 같아 그를 만나러 호네 집을 방문한다.

그녀가 등장하면서부터 시점이 그녀한테 이동해간다. 그녀의 이름은 고모지 나미코(小文字並子). 과거 그녀는 제약회사에 근무했는데 회사가 주식을 조작해서 큰돈을 벌었다가 결국에는 도산하고 말았다. 그때 그녀는 서무과장과 함께 실종했다. 이야기는 여기서 끝나버린다.

이러한 스토리를 정리해 보는 것으로는 앞으로 이야기가 어떻게 전개해 갈지는 모른다. 아베 고보의 풍부한 상상력과 위트, 세련된 문장, 게다가 지나칠 정도로 치밀한 주변 묘사, 그 속에 계속해서 새로운 인물들을 설정해서 등장시키려는 구도는 앞으로 어떻게 스토리가 전개될지 예측을 할 수가 없다. 어쩌면 이러한 점이 이 작품의 매력일지도 모른다.

그럼 텍스트⑦의 장 구성을 보면 1장 하늘을 나는 남자, 2장 심야에 걸려온 전화, 3장 천사의 소원, 4장 사랑에 눈을 뜬 목격자, 5장 초능력 실연, 6장 오해, 7장 누에고치 안, 8장 비둘기로 되어있다. 1차 원고 단계에서는 9장은 아직 없다. 9장은 아직 없지만 스토리는 거의 비슷하다.

이 텍스트는 작가가 직접 수정한 원고로 제목 부분을 보면 원제목인 『초능력 소년』에 두 줄로 삭제를 나타내는 선을 긋고 그 옆에 『하늘을 나는 남자』라고 쓰여 있다. 이 텍스트는 워드프로세서 원고용지로 148쪽(1쪽=10행×40자) 분량인 원고로, 발견된 당시는 1쪽에서 106쪽까지는 가운데 반을 접은 상태로 앞뒤로는 두꺼운 종이로 바쳐져 있었다.

그리고 106쪽부터 148쪽까지는 반으로 접은 흔적은 없으며 파일에 보관된 상태였지만, 제7장(107~134쪽)만큼은 반으로 접혀진 자국이 있다. 원고 사이즈는 A4로 반으로 접혀진 자국이 있다는 것은 아베 고보 나름대로 제본 형식을 상정한 것은 아닐까.

2) 『하늘을 나는 남자』 - 최종 원고(표⑧)

텍스트⑧은 아베 고보가 수정을 본 최종 원고가 된다. 물론 최종 원고라고 한 것은 작가의 죽음에 의해 수정의 가능성이 배제되었기 때문이다. 이 텍스트에는 텍스트 ⑦에 9장 '음모 성립'이 가필되었으며, 표제도 처음부터 『하늘을 나는 남자』로 되어있다. 텍스트⑦에 추고를 거듭해서 텍스트⑧이 나왔다고 본다. 집필 시기를 알 수 있는 1991년 12월 인터뷰를 보기로 한다.

　　지금 소설 『하늘을 나는 남자』에 열중이다. 이것이 끝나면 『아메리카론』을 쓸 계획이다.[24)

위 인터뷰에서 아베 고보는 이 작품을 완성시킬 의욕에 차있었음을 엿볼 수 있다. 아니 이미 완성한 것으로 보고 다음 작품을 구상하고 있다. 그러나 이러한 아베 고보의 공적인 발언과는 다르게 아베 네리씨에 의하면 이 최종 원고를 쓸 당시의 아베 고보는 자신의 죽음을 예견하고 있었던 것 같다고 술회하고 있다.

이 시기는 아베 고보가 사망하기 두 달 전 즈음의 일이다. 아베 고보의 인터뷰나 네리씨의 말을 생각해 볼 때, 작가의 공적인 발언과 사생활 사이에서 작가로서의 창작 의욕과 죽음을 목전에 둔 인간으로서의 체념을 잘 말해주는 듯하다.

이 텍스트⑧에는 간행본『하늘을 나는 남자』에 들어있는 스토리가 모두 들어있다.

3)『하늘을 나는 남자』- 마치부인 수정 원고(표⑨)

텍스트⑨는 아베 사후 텍스트⑧을 발표하려는 단계에서 부인 마치씨가 손을 본 텍스트다. 마치부인의 수정에서 가장 눈에 띄는 것은 주인공 호네의 직업이 중학교 교사에서 고등학교 교사로 바뀌어져있다. 여기에는 마치부인이 동시대 사회현상을 파악하여 작품 내에 등장하는 학생들이 중학생보다는 고등학생이 더 잘 어울린다고 판단했기 때문일 것이다.

그러나 이 뿐만이 아니라 본문을 살펴보면 가필, 삭제, 개행 등의 수정이 현저하다. 그러므로 단순히 수정에 그쳤다고는 보기 힘들다.[25]

텍스트⑧이 디스켓 상태로 발견했을 때 마치부인은 "언제 썼는지 모릅니다. 아베가 살아있었다면 분명히 또 수정에 수정을 거듭했었을 것입니다. 그렇기 때문에 모두 미완인 것입니다."26)라고 했다. 그러나 1996년 12월 마치부인의 수정 원고가 발견되자 츠지이 다카시(辻井喬)27)씨는 두 원고를 비교하더니 "저작권 계승자로서도 좀 지나친 수정이라 생각합니다. 그러나 아베 고보가 살아 있었으면 분명히 이렇게 고쳤을 거라는 마치부인의 애정 표현이었다고 생각합니다."고 말했다. 이어 아베 네리씨도 "어머니는 연극 일을 함께 해 왔기 때문에 작품을 연출해 버렸는지도 모릅니다."28)하고 말했다.

마치부인이 수정한 부분을 몇 개 예를 들어보기로 한다. 앞 문장이 텍스트⑧에서 인용한 것이고, 화살표(→) 방향의 문장은 텍스트⑨에서 인용을 했다.

・どうやら《飛ぶ男》の出現に立ち会ってしまったようである。→《飛ぶ男》の出現……29)
・しかし二十九歳の独身女性としては、とても自慢できる話ではない。→しかし二十九歳の独身女性が、狙撃の腕を自慢するわけにはいかない。30)
・目撃者は《飛ぶ男》の携帯電話で呼び出しを受けた。それ以来、強度の神経症と不眠に悩まされることになる。→三人の目撃者は《飛ぶ男》の携帯電話で呼び出しを受けた。31)

이와 같은 수정이 대폭적으로 이루어진 점을 놓고 볼 때 편집자로서의 마치 부인을 다시 한번 생각해 볼 필요가 있지 않나 생각한다. 다만 1997년부터 시작된 『安部公房全集』(전29권 별책1권)에는 텍스트⑧인 아베의 최종 원고가 그대로 실렸다.

5. 맺음말

이상 텍스트 군을 각각 소개하는 형식으로 해서 간행본 『하늘을 나는 남자』가 탄생하기까지의 텍스트 변천 과정을 살펴보았다.

이 과정에서 크게 다음 세 가지를 중심으로 결론짓고자 한다.

첫째 텍스트 변천 과정을 더듬어 보는 작업은 작가의 창작 과정을 더듬어 보는 과정과 같다고 하겠다. 이 작업이야말로 작가의 창작 궤적에 대한 간접 체험을 하는 것이라 할 수 있다.

작가가 자신의 작품을 가필하거나 삭제한다거나, 또는 스토리나 용어를 바꾸는 궤적이 그대로 원고에 남아 있는 것을 갖고 분석한다고 하는 것은 마치 작가가 창작 행위를 하고 있는 현장을 목격하고 있는 듯한 착각을 불러일으킨다.

게다가 텍스트①에서 ⑧까지는 창작의 시간성이 나타나 있다. 그러므로 추고에 추고를 거듭하면서 하나의 작품을 탄생시키는 작가의 집요한 창작 행위를 우리들은 그대로 체험하고 있다고 해도 과언이 아닐 것이다.

둘째로 주제의 연속성을 알 수 있었다. 텍스트 생성 과정에서 일관되게 변하지 않았던 것은 '초능력'이라는 모티브에 대한 아베의 집착이라 할 수 있다. 그 구현이 바로 등장인물인 초능력 소년이다. 소년은 스푼 구부리기를 비롯하여 염력, 투시, 텔레파시, 그리고 공중부유(空中浮遊) 등의 초능력을 갖고 있다.

아베 고보는 왜 21세기를 눈앞에 두고 이토록 초능력에 집착한 것일까. 아마 아베 고보는 커다란 변혁이 올 것이라는 것을 예감하고 있었는지도 모른다. 산업혁명 이래 폭발적인 진보를 해온 과학기술이 가져다준 물질문명은 인간이 더 이상 진정한 의미의 자유를 획득할 수 없다는 것을 일깨워 주었다.

　그러므로 다가올 21세기를 바라보며 그것도 유고 작품으로 초능력을 테마로 했다는 것은 틀림없이 현대사회에 대한 새로운 변혁의 기대가 있었을 것이라고 생각한다.

　마지막으로 앞에서도 언급했지만 현대문학에 있어서의 리얼리즘의 한계를 극복하려는 과정이 아니었나 생각한다.

‖ 註 ‖

1) 전자 텍스트에 의한 문학 연구는 우선 '문학'에 대한 정의부터 다시 검토해야
될 것이다. 현대문학을 하나의 미디어 장르로 보려는 경향이 농후해 가는데 이러
한 경향 역시 전자 텍스트의 발전에 따른 것이라 해야 할 것이다. 이 부분에 대해서
는 집중적으로 논의 될 필요가 있다고 생각되므로 본고에서는 생략하기로 한다.

2) 필자는 1997년 1월부터 약 6개월간 아베 전집 편집 작업에 참여한 적이 있었다.
작업은 초기 원고에서부터 유고 작품에 이르기까지의 아베 전 작품을 검토하는
일이었다. 이때 아베가 남겨놓은 미발표 초고도 검토하였다.

3) 아베 고보의 무남독녀. 산부인과 의사. 현재는 아베 사후 아베 문학 재조명과
전집 편찬 작업에 심혈을 기울이고 있다.

4) 1998년 1월 31일 필자에 의한 아베 네리씨와의 인터뷰에서.

5) 이 9종류의 텍스트는 아베 고보의 저작권 계승자인 아베 네리씨로부터 직접 받
은 것이다.

6) 원제는 「スプーン曲げ少年に関するレポート」로 직역을 하면 "스푼 구부리는 소년에
관한 리포트"다. 그런데 "스푼 구부리는 소년"이 제목으로서는 강한 이미지를 주
지 못하는 것 같아서 의역을 해서 '초능력 소년'으로 하였다. 게다가 여기서 중요한
것은 스푼을 구부리는 것 그 자체라기보다는 초능력이라 할 수 있다. 그러므로
직접적으로 초능력을 앞으로 내 세웠다. 이하 제목만큼은 "스푼 구부리는 소년"을
모두 '초능력 소년'으로 한다.

7) 「御破算の文学-破滅と再生」(『すばる』1986년 6월) p.57.

8) 여기에서 인용하는 「초능력 소년에 관한 리포트」 텍스트는 워드프로세서 원고
로 인용 페이지 수는 그 번호에 따른다. p.1.

9) 여기에서 인용하는 「창작 메모」는 인용과 설명하는데 편리하도록 일련번호를
붙였다. 인용할 때에는 그 번호를 따른다.

10) 栗崎ゆたか 『超能力』 心交社, 1995.

11) 大槻義彦 『超能力ははたしてあるのか-科学vs.超能力』 講談社, 1993.

12) 安部公房 『死に急ぐ鯨たち』 新潮社, 1986. p.133.

13) 소년이 하늘을 날고 안 날고는 이 일련의 텍스트군에서는 중요한 사건이다. 간행
본 『하늘을 나는 남자』에 이르러서 비로소 소년은 하늘을 난다. 더군다나 텍스트

첫 페이지부터 하늘을 나는 장면이 나온다. 그러므로 소년이 하늘을 날고 안 날고는 『초능력 소년』텍스트군과 『하늘을 나는 남자』텍스트군을 구별하는 기준이 되기도 한다.

14) 『死に急ぐ鯨たち』新潮社, 1986. p.150.

15) 여기서 인용하는 『초능력 소년』은 디지털 북에 있는 것을 사용한다. 페이지도 그것에 따른다. p.6.

16) 디지털 북, pp.102~103.

17) 디지털 북, p.109.

18) 원칙적으로는 일일이 수정 부분 대조표를 만들어 한 눈에 알아볼 수 있도록 해야 하는 데 지면 관계상 본고에서는 생략하기로 한다.

19) 『초능력 소년』 최종 원고, p.96.

20) 『초능력 소년』 최종 원고, p.133.

21) 屋久孝夫 『校内暴力・いじめ』黎明書房, 1991.

22) 『초능력 소년』 2차 원고, p.78.

23) 小林恭二의 인터뷰 「御破算の文学(『死に急ぐ鯨たち』新潮社, 1986.) pp.152~153.

24) 「われながら変な小説」(『波』1991년 12월)

25) 수정, 가필한 대조표는 지면 관계상 생략한다.

26) 1993년 2월 13일 『朝日新聞』「フロッピーに未完の絶筆-超能力を題材『飛ぶ男』」.

27) 츠지이 다카시(1927~) : 시인, 소설가. 생전 아베와는 절친한 관계로 아베 연극의 후원자이기도 했다.

28) 1997년 3월 13일 『朝日新聞』「安部公房の遺作『飛ぶ男』の謎」.

29) 간행본 『하늘을 나는 남자』 p.12.

30) 간행본 『하늘을 나는 남자』 p.13.

31) 간행본 『하늘을 나는 남자』 p.14.

제11장
'만주'체험과 패전 체험

2001.8.5 '만주' 탐방. 심양(瀋陽)역

제11장
'만주'체험과 패전 체험

1. 머리말

일본 문학 속의 '만주'체험은 러일전쟁을 계기로 작품에 나타나게 되었다. 그것은 일본이 자국의 존재 그 자체를 건 러일전쟁이 중국의 동북부 지역을 주요한 전장으로 전개했기 때문이다. 특히 전쟁에 참가한 군인들에 의한 기록문학은 '만주'체험을 그린 최초의 문학이 되었다[1].

이러한 '만주'체험은 일본 문학 속에 크게 3가지 유형으로 나누어 볼 수 있다[2].

첫 번째는 '만주' 여행 후, 혹은 종군기자로 전쟁에 참여한 뒤, 그 인상이나 감상을 기행문이나 창작물로서 발표한 작가들의 '만주'체험이다. 예를 들어 일본의 근대문학의 아버지라 불리는 나쓰메 소세키(夏目漱石) 작품 『만한의 여기저기』(滿韓ところどころ)(1909)를 들 수 있다. 이 밖에도 시마키 겐사쿠(島木健作)의 『만주기행』(滿州紀行)(1940)과 『어느 작가의 일기』(或る作家の日記)(1940), 단 가즈오

(檀一雄)의 『청춘방랑』(靑春放浪)(1956)과 『석양과 권총』(夕陽と拳銃)
등이 있다.

두 번째는 '만주'로 이주해서 거주자로서 생활하면서 문학 활동을
한 사람들의 체험이다. 소년 시절을 대련(大連)에서 보냈던 나카지
마 아쓰시(中島敦)를 비롯하여 일본 낭만파의 흐름을 이었다고 하는
동인지 『만주낭만』(滿州浪漫)3)에 모여든 기타무라 겐지로(北村謙次
郎), 헨미 유키치(逸見猶吉), 하세가와 슌(長谷川濬), 만주철도주식
회사 사원 중 문학 애호가들의 동인지 『작문』(作文)4)에 참가한 사람
들을 들 수 있다. 또 장편 역사소설 『만주건국기』(滿州建國記)(1942)
를 쓴 야리타 겐이치(鑓田硏一)를 들 수 있다.

특히 대련(大連)을 중심으로 일본 근대시 모더니즘 운동의 메카
로 만든 동인지 『아』(亞)5)의 멤버들인 안자이 후유에(安西冬衛), 기
타가와 후유히코(北側冬彦) 등의 시인 그룹이 왕성한 활동을 하며
'만주'의 이국적인 풍토를 그렸다.

세 번째로는 '만주'에서 태어나 '만주'에서 어린 시절을 보내며 자
랐다가, 일본 패전 후 일본으로 귀환하여 창작 활동을 한 작가들의
'만주'체험이다. 일본 전후문학의 기수라 불리는 아베 고보를 비롯하
여 『아카시아의 대련』(アカシアの大連)(1970)로 아쿠타가와(芥川)상
을 수상한 기요오카 다쿠유키(淸岡卓行), 『인간의 조건』(人間の條
件)(1956)을 쓴 고미가와 준페이(五味川純平), 이노우에 미츠하루(井
上光晴), 미키 타쿠(三木卓), 미야오 도미코(宮尾登美子)등을 들 수
있다.

여기에서는 특히 세 번째 유형에 주목하고 싶다. 이 유형에 속하
는 대부분의 작가들은 1945년 일본 패전을 계기로 비로소 일본이
철저하게 가해자라는 것을 알았다. 어린 시절을 '만주'나 한국에서

보낸 이들은 당시 일본이 이데올로기처럼 내세웠던 각종 신화적 슬로건을 온전히 믿으면서 자랐던 것이다.

본 장에서는 일본 패전 후 의사의 길을 포기하고 작가의 길을 걸은 아베 고보의 '만주' 체험을 고찰하고자 한다. 이 '만주' 체험 에 대한 고찰은 역사학적인 측면에서의 고찰이라기보다는 작가의 작품을 통해서 자신의 '만주' 체험을 어떻게 그리고 있는가를 살펴보고자 한다. 여기에서 원래 '만주' 를 중국 동북부 지역이라고 하는 것이 당연하지만, 편의상 '만주'라고 하기로 한다.

2. 어린 시절의 '만주'와 '만주' 패전

아베 고보는 1925년 2살 되던 해 아버지가 있는 '만주' 봉천(奉天, 지금의 瀋陽)시로 이주해 갔다. 아베 고보는 유년기를 비롯하여 초등학교·중학교를 '만주'에서 보냈다. 초등학교는 치요다초등학교(千代田小學校), 중학교는 봉천제2중학교(奉天第二中學校)를 졸업하였다.

당시 소위 외지인 '만주'에 있는 초등학교 교육의 특수성에 대해서 다음과 같이 이야기했다.

> 내 경우는 교과서 체험이 특수하다고 할까. 즉 원형이 되는 풍경 자체가 한줄기 지평선만 보일 뿐 아무것도 없다……그런데 학교에서 사용하는 교과서는 내지(內地)인 일본에서 사용하는 교과서 그대로였다. 그 교과서에 나오는 풍경은 집이 있고 집 바로 뒤에는 산이 있거나 강이 있거나 했다.……골짜기가 있고 시냇물 소리가 들리고, 거기에는 물고기가 살고 있다. 이 정도면 내지에 대해서 완전히 콤플렉스에 빠질 수밖에 없었겠지. 말 그대로 그것은 환타

지였고 동경의 대상이었다. 창문을 열면 산이 보인다는 것은 마치 초콜릿 상자에 그려있는 그림과도 같은 거였다.6)

아베 고보가 초등학교에 입학한 년도는 정확하게 나와 있지 않지만, 1936년 4월 12세 때 봉천제2중학교에 입학을 한 기록은 남아있다. 이것으로 미루어 보면 1930년 4월에 초등학교에 입학했다고 추측할 수 있다. 게다가 봉천 치요다초등학교 2학년 때에 아버지가 독일·헝가리로 유학을 떠났기 때문에, 홋카이도 히가시타카세(東鷹栖) 킨분초등학교(近文小學校)에 전학해서 1년 동안 지냈다.

그리고 그 다음해에 다시 '만주'로 건너가 치요다초등학교에 복학을 했다. 이러한 정황으로 미루어 보아 치요다초등학교에 복학한 해가 1933년경이라 생각한다. 1933년이라고 하면 이미 '만주'는 일본의 식민지 국가로 일본군의 통치 하에 있었을 때다. 일본은 만주국을 세워 식민지 지배를 하면서 무엇보다도 일본어 교육 정책에 힘을 기울였다.

당시 만주국에서는 한족(漢族), 만주족, 몽고족, 조선족 그리고 일본을 포함해서 5족이 민족 구성의 중심을 이루고 있었다. 이 중 가장 큰 그룹이 일반적으로 일본인이 만인(滿人)이라고 불렀던 한족과 한족화 된 만주족이었다.

이러한 이민족 중심의 복합 민족 국가에서 국가라는 관념을 침투시키는 것은 국가의 존속을 좌우하는 중대한 문제였고, 그 국민에 대한 교육이야말로 중요한 수단이었을 것이다.

이에 오족협화(五族協和)를 내걸고 이상적인 복합 국민 국가를 만들기 위해 복수 국어 제도를 실시하였다. 당시 조선·대만 등지의 식민지에서는 일본어만을 사용하도록 강요하는 정책을 폈지만, '만주'에서는 일본어를 국어로서 필수로 정하고 그 밖의 언어교육도 어

느 정도는 인정하였다. 그러다가 일본어가 완전히 만주국의 국어로 정착하게 된 것은 1937년부터였다.[7]

특히 이러한 일본어 모국어 정책은 '만주'에 사는 주민들에게 소위 국가라는 개념을 심어주고, 나아가 국가에 귀속해야 한다는 의식을 불어넣어 주기 위함이었다.

만주국은 어떤 의미에서는 국민을 규정하는 헌법이라든가 하는 법이 확립되기도 전에 국가가 소멸되어 버렸기 때문에 엄밀히 말해서 국민이 존재하지 않는 국가였다. 게다가 만주국이라는 것이 인위적인 색채가 강한 국가였기 때문에 그 정당성을 주장하기 위해 일본군은 일본어 모국어 정책에 힘을 기울였다.[8]

그러므로 일본어 모국어 정책의 일환으로 국어 교과서는 일본 본토에서 사용하는 것을 그대로 사용하였던 것이다. 이에 아베 고보는 익숙하지 않은 일본의 풍경을 그리면서 일본어를 배웠다고 할 수 있다.

아베 고보의 일본어 표현은 어딘가 번역어적인 느낌을 준다. 아마도 일본어가 모국어로서 자연스럽게 와 닿은 것이 아니라 타민족이 일본어를 배우듯이 일본어를 습득하지 않았나 하고 생각하는 바이다.

1940년 중학교를 졸업하고 도쿄에 있는 세이죠고등학교(成城高等學校)에 입학한다. 고등학교 1학년 겨울에 폐침윤(肺浸潤)으로 휴학하고 '만주' 봉천으로 돌아간다. 폐침윤 원인은 군사교련 시간에 감기가 걸렸는데 그것이 심해졌다고 한다. 그 다음해 4월에 복학을 하지만 군사교련에는 흥미를 잃고 수학에 빠져들었다.

당시 선생님은 대학에서 수학을 전공할 것을 권유했지만 정신과 의사가 되려고 1943년 도쿄대학 의학부에 진학을 한다. 전쟁은 나날이 악화되고, 이에 따라 정신마저 황폐해져서 2년 동안 거의 학교를 안 다녔다. 1944년 겨울 일본이 패전할 거라는 소문이 나돌자 건강

진단서를 위조하여 휴학을 하고 '만주'로 돌아갔다.[9]

이렇게 일부러 위험을 무릅 쓰고 '만주'로 돌아간 것은 '만주'가 자신의 고향이라는 의식이 강했기 때문일 것이다.

'만주'로 돌아간 아베 고보는 그곳에서 패전을 맞이했다. 비교적 평온했던 '만주'는 1945년 8월 9일 느닷없는 소련군의 침공으로 사태는 격변했다. 일본군은 조선을 지켜야 한다는 명목으로 끝까지 싸움도 하지 않은 채 하루 사이에 자취를 감추고 말았다. 일본군은 '만주'에 남아 있는 일반 일본인들을 그냥 버린 셈이다. 소련군은 열흘 만에 '만주' 전역을 제압하고 만다.

> 만주는 의외로 평온했고 조금도 전쟁이 끝날 기미가 보이지 않았다. 뭔가 안정되지 않는 마음으로 구렁이 담 넘어 가듯이 하루하루를 그냥 보냈다. (중략) 8월이 되자 갑자기 전쟁이 끝났다. 문뜩 세상이 빛으로 가득 차 모든 가능성이 한꺼번에 밀려오는 듯이 느껴졌다. 그러나 이어서 가혹한 무정부상태에 빠졌다. 그러나 무정부 상태는 불안과 공포를 가져다 준 반면 내게 하나의 꿈을 심어준 것도 사실이다. 아버지와 아버지로 대표되는 재산과 의무로부터 해방. 계급과 인종차별의 붕괴……오족협화(五族協和)라는 거짓 슬로건을 나는 진심으로 믿었으며, 그것을 짓밟아 가는 일본인의 행동에 강한 증오와 환멸을 느꼈다) 그 해 겨울 발진티브스가 유행하고 진료에 과로한 아버지는 감염되어 사망했다.[10]

일본이 패전하자 아베 고보는 "무정부 상태는 불안과 공포를 가져다 준 반면 내게 하나의 꿈을 심어준 것도 사실이다"고 했다. 여기서 말하는 꿈이란 일본이 패함으로서 이제 그 어디에도 소속되기를 강요받지 않을 거라는 의미일 것이다. 이제 자신은 국가나 민족, 그 어느 것에도 귀속하지 않아도 된다는 안도감이 감돌았을지도 모른다.

아베 고보는 소련 점령군에 의해 집에서 쫓겨나 봉천 시내를 전전하며 돌아다녔다. 동생 슌코우(春光)와 사이다를 제조해서 팔아 일가 생계를 유지했다. 게다가 휴대용 고체 사이다를 연구해서 팔았는데 실패를 했다. 이때 발명에 몰두해서 섬유소를 당으로 분해하는 꿈까지 꾸었다고 한다.

이 당시만 하더라도 만주국의 슬로건인 오족협화(五族協和)와 왕도락토(王道樂土)를 아베 고보는 고스란히 믿으며 자랐던 것이다. 그러나 그것이 한꺼번에 깨지는 순간이었다. 일상적인 것에 대한 믿음이 완전히 없어져 버린 것이다. 게다가 일본이 철저히 가해자임을 깨닫기 시작한 것이다. 모든 가치가 뒤바뀌는 상황을 체험한 아베 고보는 의사의 길을 포기하고 작가의 길을 택한 것이다.

그러므로 아베 고보에게 있어서 '만주' 체험 내지 패전 체험은 국가라든가 고향이라든가 하는 것의 귀속 문제보다는, 오히려 '인간이란 존재는 무엇일까'에 의문을 품기 시작했으며, 이것을 작품을 통해서 나타내고자 했을 것이다

아베 고보가 일본으로 귀환한 것은 1946년 12월이었다. 대련(大連)에서 귀환선을 타고 일본 나가사키(長崎) 사세보(佐世保) 항에 도착했으나, 귀환선 안에서 콜레라가 발생하여 10일 정도 사세보 귀환 보호국에 계류되었다. 그 후 그곳에서 풀려나 각자 고향으로 돌아갔다고 한다.[11]

이러한 귀환 당시의 체험은 10년이 지나『짐승들은 고향을 향한다』(けものたちは故郷をめざす, 1957)의 배경이 되었다.『짐승들은 고향을 향한다』는 만주 서북부에 있는 파하린(巴哈林)이라는 마을에서 일본 패전으로 인해 고아가 된 한 소년이 혼자서 만주를 종단하여 한

번도 가 본적이 없는 조국 일본을 향해 간다는 이야기이다.

일본에서는 일종의 모험소설로 보는 경향도 있지만, 모험소설로 보기에는 설득력이 부족하다. 이는 일본 패전으로 인해 만주국에 남아있던 사람들의 상황, 당시 만주국에 몰려든 정치권력 모습들이 리얼하게 그려져 있다. 게다가 만주국 멸망과 일본 패전이라는 역사적 사실에 대한 작가의 시점이 잘 드러나 있다.

말 할 필요도 없이 거기에는 작가성(作家性)이라고 하는 것이 있다. '귀환 소설'로서 모험소설과 비교해 봐도 결국 색다른 독립한 작가성을 엿볼 수가 있다. 아베 고보는 다른 '만주' 체험을 지닌 작가와 독특한 점을 지니고 있지만 일본 문학사에 있어서 그 위치를 아직도 제대로 자리 매김을 하지 못하고 있는 듯이 보인다.

3. '만주' 체험을 기록하다

아베 고보는 자신의 '만주' 체험·패전 체험을 소설로 그리려하지 않았다. 그의 많은 작품 중에서 '만주' 체험·패전 체험을 토대로 해서 리얼리티가 있는 소설로 완성한 것은 처녀작인『길 끝난 곳의 이정표에』(終りし道の標べに, 1948)와『짐승들은 고향을 향한다』(けものたちは故郷をめざす, 1957) 정도이다.

1948년 10월, 아베 고보는『길 끝난 곳의 이정표에』로 문단에 데뷔했다. 당시 도쿄대학 의학부에 재적하고 있던 아베 고보는『길 끝난 곳의 이정표에』를 처녀작으로서 작가로서 출발을 내딛게 된 것이다.

『길 끝난 곳의 이정표에』의 주인공은 일본의 떠나서 '만주'로 향하는 것으로 설정되었다. 게다가 무대가 '만주'라는 것을 암시하는 지명들이 그대로 나온다. 예를 들어 '금현성외(錦縣城外)', '사잠(沙岑)', '용호(龍湖)', '파하둔(巴河屯)', '나림(羅林)', '산해관(山海關)', '사리보(沙里保)', '부라(阜羅)', '흥안령(興安嶺)' 등으로 구체적인 지명이 나온다.

이 작품은 3권의 노트와 13장의 추록(追錄)으로 되어 있다. 주인공 '나'(다른 사람들은 T라고 부른다)는 20년 전 고향인 일본을 떠나, 지금은 결핵환자인 동시에 아편중독자로 '만주'의 한 변경에 있는 마을에서 비적(匪賊)들에게 잡혀있는 몸이다.

'제1노트'에는 현재 이러한 상황에 처하게 된 경위에 대해서 쓰여 있다. 즉, 주인공은 금현(錦縣)의 황(房, 본문에 '황'이라는 음의 표기가 나와 있어서 황이라고 함-인용자 주)이라는 소자본가가 경영하는 사이다 제조 공장에서 일하는 기술자다. 그런데 3개월 전에 황(房)씨의 딸과 약혼자 고(高)씨와 일하는 사람 두 사람을 데리고 친척집에 가는 도중 비적에게 잡히고 말았다. 그 비적의 우두머리는 진(陳)이라는 사람과 이(李)씨 형제였다. 비적에게 잡혔을 때 고(高)는 우두머리인 진(陳)에게 '나'를 이야기하기를 중대한 비밀이 있는 것처럼 이야기했다. 진(陳)과 이(李)씨 형제는 '나'에게 그 중대한 비밀을 캐내려고 특별 취급을 해주었다. '나'는 그 비밀이 사이다 제조법이라 생각하고 얼른 알려주었다. 그러나 그보다 더 중요한 비밀이 있을 거라며 묻기 시작했다. 그러나 '나'에게는 비밀스러운 비밀 같은 것은 없었다. 비밀이 있다고 한다면 「길 끝난 곳의 이정표에」라는 유서와도 같은 노트를 쓰고 있다는 것뿐이었다.

이 노트에는 '나'의 긴 방랑이 이 '만주'에서 끝이 날 것이며, 그리고 이 방랑은 '존재의 고향'을 찾아 떠난 것이라는 따위가 쓰여 있었다.

'제2노트'에는 방랑을 길을 떠나게 된 20년 전의 사건에 대해 쓰여 있다. 즉 친구와의 삼각관계 이야기다. 그러나 '나'는 일본을 뒤로 하고 일본을 떠나게 된 이유는 실연 때문이 아니라 '존재의 고향'을 찾기 위해서였다.

'제3노트' 및 '기록'에는 '나'의 비밀이 노트에 기록된 것이라는 것을 안 진(陳)은 돌변하여 '나'를 고(高)와 함께 감금해 버린다. '나'는 그곳에서 고(高)와 친해지게 되고 고(高)의 이야기를 듣게 된다. 고(高)는 팔로군[12]의 장교로 비밀공작을 위해 황(房)씨 집으로 들어갔다가 딸과 사랑에 빠지게 되고 게다가 여동생에게도 반해 오랫동안 머물게 된 것이라고 했다. 삼각관계라는 점에서 '나'는 공통점이 있다고 느끼지만 고(高)는 결국 고향에서 정착해 있는 사람이라는 생각하고, 고향을 멀리한 자신하고는 다르다고 생각한다. 결국 고(高)는 탈출을 하고 화가 난 비적은 마을 습격하였고, '나'는 자살을 결심하고 치사량 이상의 아편을 마신다.

즉 『길 끝난 곳의 이정표에』는 3권의 노트와 13장의 추록을 통해서 지금까지의 자신 그리고 현재의 자신을 이야기하며 '만주'로 향하는 여행의 의미에 대해서 자문하고 있다. 왜 고향인 일본을 떠나왔을까, 무엇을 찾아서 '만주'로 간 것일까. 그리고 그 '만주'로 향한 여정 끝에는 무엇이 남겨져 있을까 등이다.

이러한 작품 속의 '나'의 물음에는 작가 아베 고보의 모습이 투영되어 있었다고 해도 좋은 것이다. 게다가 13장의 추록에는 '진(陳)'이라는 등장인물에 자신과 만주국, 관동군, 팔로군, 국민당과의 관계를 이야기하는 부분에서 일본 패전을 축으로 해서 전후 상황이 잘 나타나 있다.

그러나 『길 끝난 곳의 이정표에』에서는 구체적으로 '만주'라고 하는 장소를 빌어 '만주' 체험을 그리려고 했다기보다는 오히려 '고향'

에 대한 의미를 제시하고 있다고 본다.

아베 고보는 여기에서 "생의 고향"(生の故郷)과 "존재의 고향"(存在の故郷)으로 고향을 두 가지 개념으로 나누고 있다. "생의 고향"은 우리들이 태어난 고향이고, "존재의 고향"은 소위 우리들을 현재 지금 여기에 있게 한 곳이라는 것이다.

아마도 아베 고보는 이러한 두 고향을 일본과 '만주'로 대비시켜 생각했을 것이다. 일본에서 태어났으므로 '생의 고향'은 일본이라 할 수 있고 현재 자신을 이곳에 있게 한 '존재의 고향'은 '만주'인 셈이다.

그러나 정작 아베 고보는 자신에 대해서 "나는 도쿄에서 태어나 만주에서 자랐다. 그러나 원적은 홋카이도이고 그곳에서도 몇 년간 생활한 경험이 있다. 즉 출생지, 출신지, 원적 세 곳이 모두 다르다." 라고 말하고, 본질적으로 고향이 갖지 못하는 인간이라고 규정하고 있다. 이것은 일종의 "생의 고향"에 대한 증오라고 할 수 있으며, 이러한 식의 증오는 아베 고보에 의하면 정착에 가치를 부여하는 모든 것에 해당한다고 할 수 있다.[13]

이와 같은 고향 증오는 아베 고보만이 느끼는 감정이 아니다. 예를 들어 『사령(死靈)』로 유명한 하니야 유타카(埴谷雄高)도 고향에 대해서 다음과 같이 말했다. "내가 내 고향에서 자랐다면 이 대지에 의해서 일본적인 감각, 일본적인 미의식 속에서 자랐겠지만, 나는 완전히 다른 세계에서 자랐기 때문에 일본 전체가 비판 할만한 싫은 존재로서 점점 새겨지게 되고 말았다. 일본적인 것에 대한 원시적인 혐오가 그 때(어린 시절-필자 주) 뿌리 깊게 내리고 말았다.[14]"

하니야 유타카도 아베 고보와 마찬가지로 일본 후쿠시마(福島)현에서 태어났지만 아버지가 타이완 제당(台湾精糖)에 있었기 때문에 유소년 시대를 타이완 각지를 전전하며 자랐다. 이때부터 지배자인 일본인에 대한 반감이 싹트기 시작했다고 한다. 아마 이러한 감정은 일본 식민지 지역에서 어린 시절을 보낸 경험이 있는 사람이라면 공감되는 부분이 있는 것은 아닌가 한다.

이처럼 『길 끝난 곳의 이정표에』에서는 고향에 대한 작가의 관념이 잘 나타나 있는 반면, 약 9년 뒤에 발표한 『짐승들은 고향을 향한다』에서는 좀더 구체적으로 '만주' 체험을 그리고 있다.

『짐승들은 고향을 향한다』는 주인공 구키와 동행인 고(高) 두 사람이 '만주' 황야를 지나 일본으로 향하는 여정을 그린 이야기라고 해도 좋다. 구키는 '만주'에서 태어났지만 엄마가 일본인이며 '만주' 멸망 당시에는 부모를 모두 잃은 상태다. 고(高)는 중국인으로 엄마가 일본인이다. 『짐승들은 고향을 향한다』는 고아가 된 구키는 어떻게 해서든지 조국이라고 생각하는 일본으로 향하려는 와중에 고(高)를 만나 함께 일본으로 간다는 내용이다.

이밖에도 아베 고보는 자신의 '만주' 체험을 간접적으로 많은 작품에 그리고 있다. 예들 들어 1951년에 발표한 『벽-S · 카르마씨의 범죄(壁-S · カルマ氏の犯罪)』를 살펴보자. 이 작품은 이름을 잃은 인물을 등장시키는 등 황당무계한 발상으로 사람들을 놀라게 했다. 아베 고보는 이 작품으로 그 다음해 제25회 아쿠타가와(芥川)상을 수상하면서 주목을 받았으며, 그 후 점점 새로운 작품 세계를 구축하여 갔다. 『벽-S · 카르마씨의 범죄』는 이름을 잃은 주인공이 결국은 현실 사회에서 소외되어 황야에서 '벽'으로 변해버린다는 이야기다. 이 작품에도 의심할 여지없이 '만주' 체험이 새겨져있다.

우선 첫째 이름을 잃었다는 설정을 보기로 하자. 이름은 호적을 비롯하여 각종 서류에 자신을 등록하는데 필요한 증명이 되는 것이다. 그러므로 이름을 잃었다는 것은 민족이나 국가 등의 공동체 귀속을 포기하는 것으로 아이덴티티의 상실이라고 할 수 있다. 이는 아베 고보의 '만주=고향' 상실을 상징적으로 나타내려했다고 볼 수 있다.

둘째로 '벽'으로의 변신 의미다. '나'는 황야에서 성장하는 벽으로 변신하다. 여기에서 벽이 갖는 이미지는 도시의 발달과 인간 소외라고 하겠다. '만주' 허허벌판에 만주국이 들어서면서 대지에는 땅속에서 불쑥불쑥 솟아오르듯이 건물이 들어섰다. 드디어 도시의 면모를 갖추고 만주국이 세워졌다. 이러한 이미지는 '만주'를 방문한 사람이라면 공감할 수 있다15).

게다가 '벽'은 일본인 거주 공간과 이민족 거주 공간을 구분 짓는 문화의 경계선이기도 했다. 아베 고보는 '만주'에서 거주 공간의 벽을 넘나들며 이문화 체험을 하였으며 동질성과 이질성 느꼈을 것이다.

이렇게 '만주'체험은 직간접적으로 다양한 이미지로 나타나 있으며, 아베 고보가 작품 속의 공간을 주로 도시를 배경으로 하는 것이나, 등장인물들의 출신이 명확하지 않은 것도 여기에서 기인한다고 본다.

4. 『짐승들은 고향을 향한다』에 나타난 '만주'체험

『짐승들은 고향을 향한다』(이하『고향을 향한다』로 함)는 『군조』(群像) 1957년 1월호~4월호에 연재되어, 같은 해 단행본『고향을 향한다』가 고단샤에서 간행되었다. 아베 고보의 그 이전까지의 작품을 보면 다음과 같다. 아베 고보의 최초의 소설은 1948년에 발표한 『길 끝난 곳의 이정표에』이다.

같은 해인 1948년 6월에 『이단자의 고발』(異端者の告發), 7월에는

『이름 없는 밤을 위하여』(名もなき夜のために)를 발표하였다. 1949년에는 아베 고보 문학에 있어서 변신 이야기의 첫 작품인『덴도로카카리야』(デンドロカカリヤ)를『효겐』(表現)에 발표하였다. 1950년에는 우화 삼부작이라고 할 수 있는『붉은 누에고치』(赤い繭),『홍수』(洪水),『마법의 분필』(魔法のチョーク)이『닌겐』(人間)12월에 실렸다.

1951년 아베 고보가 27살 때,『긴다이분가쿠』(近代文學)2월호에『벽-S·카르마씨의 범죄』(壁-S·カルマ氏の犯罪)를 발표하여 이것으로 제25회 아쿠타가와(芥川)상을 수상하여 작가로서의 위치를 확고히 하기에 이르렀다.

1952년에 시마오 도시오(島尾敏雄), 마나베 구레오(眞鍋呉夫) 등과 함께 '겐자이노카이'(現在の會)을 결성하였는데, 이 때부터 아베 고보 문학은 기록문학 성향이 나타나기 시작했다. 즉 다큐멘타리즘을 이용한 소설에 관심을 기울이기 시작했다. 이 해에 나온 다카미 준(高見順)편저『목격자의 증언』(目撃者の証言)에 아베 고보의「야음의 소동《5·30사건을 이렇게 본다》」(夜陰の騷擾《5·30事件を私がかく見る》)가 실려있다16). 1954년에 발표한『기아동맹』(饑餓同盟),『죽은 딸이 노래했다』(死んだ娘が歌った), 그리고『고향을 향한다』도 여기에 속한다고 할 수 있다.

이 작품은 일종의 다큐멘트 풍의 소설, 소위 기록문학의 성질을 띄고 있다. 아베 고보는 에세이「기록과 사실」(記錄と寫實)(1957)에서 기록과 사실에 대해서 다음과 같이 기술하고 있다.

사실(寫實)은 얼핏 보면 현실을 직시하는 듯 보이지만 실은 현실이라는 개념에 매여 있는 때가 많다. (중략) 기록 정신은 새로운 현실 인식이다. 얼핏 보면 무의미하고 우발적인 것으로 보이지만 적극적인 리얼리티를 나타내려는 입장이다. (중략) 기록 정신은 단순히 기록영화나 기록문학에 있어서 뿐만이 아니라 허구에 의한 예술 분야에 있어서 황량한 오늘날의 현실을 표현하는 방법으로 적극적으로 끌어들일 필요가 있다고 생각한다[17].

아베 고보는 '기록 정신'은 순문학 작품에서도 필요한 것이라고 단언하고 있다. 『고향을 향한다』는 아베 고보의 이러한 창작 세계 속에서 집필된 것으로 보는 바이다. 게다가 이러한 '기록 정신'은 장편소설에 잘 나타나 있다.

1) 작품 구성과 내용

『고향을 향한다』는 다음 4장으로 되어있다. 제1장 녹슨 철도(1~8절), 제2장 깃발(9~15절), 제3장 덫(16~24절), 제4장 문(25~35절)으로 되어있다. 각 장의 분량을 보면 거의 비슷하여 균등하게 4등분 되어있다고 볼 수 있다. 제1장 6절(편의상 절이라고 함)을 보면 1946년에서부터 1948년까지의 중요한 사건에 대한 기록이 있다. 예를 들어 1946년 7월 '섭외국 발표, 일본인 해외 미 귀환자 합계 4백3만9천4백17명'이라든가 또는 1948년 1월 30일 '간디 흉탄에 맞고 쓰러짐' 등이다.

집필 당시 작가 아베 고보가 어디에 관심이 있었는지 잘 보여주는 대목이라 하겠다. 제2장과 3장은 광야를 빠져 나와 심양에 이르기까지의 여정을 그리고 있다. 마지막 제4장에서는 일본의 한 항구에 이르기까지의 과정을 그렸다.

『고향을 향한다』는 다음과 같은 문장으로 시작된다. 아베 고보의 다른 작품과 비교해 보면 비교적 읽기 쉽고, 그리고 내용 파악이 용이하다고 할 수 있다. 일종의 다큐맨트 식으로 사건 중심으로 전개

될 색채가 보인다.

> "드디어 내일로 정했다. 남행 열차가 출발한다고 한다." 라고 쿠마중위가 말했다. 외투 어깨 쪽에 붙어 있는 눈이 물방울로 변해있다. "내일이라고?" 알렉산드로프 중위가 껴안고 있었던 스프 접시에서 얼굴을 반쯤 내밀며 믿을 수 없다는 듯이 상대방을 보았다. "그럼, 12호 철교 지구 국부군[18]은 어떻게 됐지?" "사라졌다더군" "사라져?" "도망갔을 거라고 생각해. 그래서 내일 아침 9시에 출발한다고 정해버린 거지" (자 그럼 내가 탈출하는 날도 드디어 오늘 밤이군)라고 스토브에 있는 재를 뒤척이면서 구키 규조(久木久三)는 생각했다.(p.302)

『고향을 향한다』의 주인공 구키는 일본 패전 후 옛 '만주'지역에 남아있던 점령군인 소련군 숙소에서 잡역을 담당하는 소년으로 2년 반 동안 그곳에서 생활했다. 그러면서도 한번도 가보지 못한 고국 일본으로 돌아갈 기회만 엿보고 있었다.

그런데 어느 날 구키는 앞의 인용문에서도 알 수 있듯이 소련 병사들의 이야기를 듣게 된다. 구키는 아버지가 죽은 뒤 어머니와 둘이서 어느 한 공장 기숙사에서 살고 있었는데, 그의 생활에 큰 변화가 온 것은 1945년 8월 9일 구키가 16살 때의 일이었다. 그날 오후 별로 본적이 없는 검은 비행기가 남쪽에서부터 날아들었다. 소련군이었다(실제로 '만주' 지역에 소련군이 침공을 시작한 날도 1945년 8월 9일이다).

그날 저녁에는 관동군[19]이 동쪽으로 이동하였다. 그 날부터 몇일 지나자 마을은 소련군에 의해 점령되었고, 구키 어머니는 탄알에 맞아 죽고 말았다. 구키는 한 순간에 고아가 된다. 구키는 공장 숙소로 돌아와 짐을 꾸려 밖으로 나와 일본인을 찾아 헤매 다녔다. 한나절

을 돌아다녔지만 800여명이나 있었던 일본인은 어디로 갔는지 완전
히 자취도 없이 사라져버렸다. 구키가 살고 있던 마을의 일본인들은
이미 피난을 갔거나 아니면 사살되었다. 구키 역시 엄마마저 총탄에
맞아 잃고 공포와 피로에 시달리게 되었다.

그 후 구키는 점령군인 소련군 숙소에서 소련군 병사들과 함께
살게되었다. 남행 열차가 출발한다고 하는 소식을 알린 쿠마 중위,
알레산드로프 중위, 센리츠(戰慄)소위, 그리고 여의사 다냐들과 함
께 공동생활을 하였다. 남행 열차라고 하는 것은 구키에게 있어서
일본으로 가는 길, 즉 고향으로 향하는 길을 의미한다.

구키는 이들 장교가 술이 취하자 음료·침구·지도 등을 몰래 준
비해서 숙소를 빠져나와 역으로 향해 남행 열차 화물칸 몸을 숨겼
다. 그러나 얼마 안 있어 화물칸 문이 열리더니 알렉산드로프가 나
타나 구키는 역장실로 끌려갔다. 중위는 온화한 목소리로 "우리와
함께 있는 것이 싫으냐"하고 물었다. 알렉산드로프 중위는 역장에게
돈을 주고 구키를 위해 특별 여행자 증명서를 발행해 주었다.

뿐만 아니라 중위는 1센티 두께나 되는 군표(전쟁터에서 사용하
는 화폐의 일종) 다발을 꺼내 구키 주머니에 넣어 주었다. 이 소련군
장교는 몰래 도망가려는 구키를 체포하기는커녕 특별 여행자 증명
서, 게다가 돈까지 건네주면서 구키가 고국인 일본으로 돌아가는 것
을 도와주었다.

결국 구키는 합법적으로 열차를 타게 된다. 그리고 거기서 왕무첸
(汪木枕)이라는 정체를 알 수 없는 중국인을 만나 서로의 운명에 공
감대를 형성한다. 남행 열차는 잠복해 있던 적의 습격을 받아 구키
와 왕(汪)은 열차에서 빠져나와 영하 30~40도나 되는 황야의 혹한
속을 뚫고 남쪽을 향해 걸어갔다.

왕(汪)은 엄마가 일본인이고 외할아버지는 조선인이라고 했다. 게다가 그 남자는 자신의 새로운 이름을 가르쳐주었는데 고세키토(高石塔)였다. 이 고(高)는 구키와 마찬가지로 일본으로 가는 길이었다. 소위 구키와 같은 처지에 처해 있던 사람이었다.

둘은 남쪽으로 향하는 힘든 여행을 계속하였다. 구키는 아직 한번도 가 본적이 없는 일본을 '누구든지 그냥 평범하게 살 수 있는 곳'으로 상상한다. 추위와 굶주림의 고통 속에서 구키 일행은 굶주림에 지쳐 어슬렁거리는 마른 개를 발견한다. 두 사람은 본능적으로 개를 잡아먹으려고 생각한다. 개도 역시 이 말라빠진 두 인간을 먹이로 하려고 그들 주위를 맴돌았다. 두 사람과 한 마리 개의 숨바꼭질이었다. 그러나 개는 의식이 몽롱해진 두 사람에게는 흥미를 잃었다는 듯이 동쪽 광야 쪽으로 사라져버렸다.

지쳐서 누워있던 두 사람 앞에 마차가 나타났다. 두 사람은 돈을 지불하고 마차를 타고 마을까지 갔다. 거기에서 고(高)는 그곳을 점령하고 있는 부대의 장교에게 부탁해서 남쪽으로 퇴진하는 군용 트럭을 타게 된다.

심양에 도착한 두 사람은 서로 헤어진다. 구키는 고(高)가 알려준 대로 공원 분수대 있는 큰 구멍 속에 몸을 피한다. 구키는 오랫동안 추위와 굶주림에 시달렸던 터라 이 대도시 심양이 천국처럼 느껴졌다. 그러나 동시에 일본이 패전한 지금은 이 도시가 구키에게는 이방인 거리처럼 낯설게 느껴졌고 완전한 이국일 수밖에 없었다. 게다가 구키의 생명을 위협하는 곳이기도 했다.

구키는 공원에서 한 소년을 만났다. 그 소년의 도움으로 일본인이 거주해 있는 곳으로 가게 되었다. 그런데 구키는 일본인 증명서가 없다는 이유로 그곳에 들어가지 못한다.

구키는 인간사회 그것도 이번에는 같은 일본인 사회로부터 소외당한다. 황야에서도 고독했지만 마을에서는 한층 더 고독을 느끼게 되었다. 게다가 구키는 지금까지 황야를 함께 빠져나온 고(高)에게서 배반당했음을 느낀다. 절망에 흐느적거리며 마을 배회할 때 구키는 일본인인 오오가네 야스오(大兼保雄)를 만났다.

그는 밀무역 브로커였다. 구키는 그 남자의 도움으로 일본을 왕래하는 밀무역선에서 일하게 되었다. 구키는 배 안에서 심양에서 헤어진 고(高)를 만났다. 고(高)는 배 안에서 구키라는 이름으로 통용되고 있었으며 마약중독 증세로 이미 미쳐있었다.

배는 일본 항구에 도착했지만 밀무역의 비밀을 알아버린 구키는 선실에 갇혀버리고 만다. 고생 끝에 일본에 도착하지만 갑판 한 장 사이에 있는 일본 땅에는 상륙하지 못하고 마는 데에서 이야기는 마친다.

마지막 부분에 구키의 심경이 잘 나타나 있는 부분을 인용해 보기로 한다.

> 빌어먹을! 마치 똑 같은 곳을 빙글빙글 돌고 있는 듯 하군……아무리 가도 황야에서 한 발짝도 벗어날 수가 없다……어쩌면 일본이라는 곳은 그 어디에도 없을지도 모른다……내가 걸으면 황야도 따라서 걷는다. 일본은 점점 도망가고 있다……순간 불꽃과 같은 꿈을 꾸었다. (중략) 없애려고 해도 끝없는 너른 하늘과 태양이 금빛으로 빛나면서 빙글빙글 돌고 있다. 그리고 그 광경을 흙 담 너머에서 피로에 지친 또 한 사람이(高-인용자 주)가 우물쭈물하면서 엿보고 있었다. 아무리해도 그 흙 담을 넘을 수가 없었다……이렇게 나는 영원히 흙 담 벽 너머에서 어슬렁거리지 않으면 안 되는 것일까.(p.451)

여기에서 흙 담은 상징적인 이미지로 나타나 있다. 흙 담을 경계로 한쪽은 황야이고 한쪽은 마을(도시)이다. 이 마을은 당시 만주국 시대로 본다면 하나의 공동체이며 나아가 하나의 국가를 의미하고 있다.

예를 들어 일본인 거주 지역은 일본이고 중국인 거주 지역은 중국으로 저마다 다른 민족이 모여 사는 곳은 국가라는 공동체를 형성하고 있었다고 해도 과언이 아니다. 그러니까 황야에서 볼 때 흙 담 저쪽 편은 국가(일본)로, 그 흙 담을 아무리해도 넘을 수 없는 의미는 일본을 눈앞에 두고도 그 땅을 밟을 수 없다는 것을 의미하고 있다.

이상과 같이『고향을 향한다』는 패전 후 '만주'지역에서 부모를 잃고 국가로부터의 보호를 받지 못한 한 소년이 고국인 일본으로 귀국하려고 하나 일본을 눈앞에 두고 상륙을 거부당하는 고난의 이야기이다.

2) 등장인물-구키 규조(久木久三)와 고세키토(高石塔)-

주인공 소년 구키는 '만주'의 오지인 파하린(巴哈林)에서 남하하여 마지막에는 배로 일본으로 향한다. 여기에 구키와 동행하는 또한 인물이 때로는 구키와 밀착해서 때로는 자취를 감추는 형태로 등장하면서 마지막까지 행동을 함께 하는 제2의 주인공이 있다. 그가 고세키토(高石塔)라는 인물이다.『고향을 향한다』는 이 두 사람이 '만주'의 황야를 지나 일본으로 향하는 여정을 그린 이야기라고 해도 좋다.

여기서 등장인물의 이름에 주목해 볼 필요가 있다. 대개 소설에서 주인공 이름을 붙일 때에는 등장인물의 존재를 나타내는 듯한 이름을 쓰게 마련이다. 그런데 이 소설에서는 등장인물의 이름을 애매모호하게 사용하고 있다. 여기에 무슨 숨은 장치가 있는 것은 아닐까.

소설 첫 부분에 등장하는 쿠마 중위의 쿠마는 '熊'로 곰이라는 뜻이고 센리츠소위의 센리츠는 '戰慄'로 전율이라는 뜻이다. 이 정도라면 나름대로 애교 있는 이름이라고 생각한다. 알렉산드로프 중위나 여의사 다냐도 특히 문제는 없는 이름이다.

그런데 주인공인 구키 규조(久木久三)는 제1장에서 알렉산드로프가 '규조(キューゾ)'라고 부르는 장면만 있을 뿐 성(姓)을 어떻게 읽는지는 확실하지 않다. 특이하게도 신쵸문고(新潮文庫)에는 이름 위에 '규조(きゅうぞう)'라고 달아놓았다. 이밖에 어느 텍스트에도 정확한 이름이 나타나 있지 않다. 성(姓)에도 이름에도 '久' 자가 쓰인 것은 우연이 아닐 것이다. 어쩌면 주인공의 영원한(에이큐, 永久), 또는 유구한(유큐, 悠久) 존재감을 나타내려는 의도가 있었던 것은 아닐까하고 생각하는 바이다. 그렇다고 해서 성(姓)도 같은 발음으로 '규키(きゅうき, 久木)'라고 읽는 것은 부자연스럽다.

이 이름에 대해서 제1장에 주인공이 "久木久三、ひさしい木のひさしい三です"[20]라고 말하자 "変わった名前じゃないか"[21](p.330)라는 대화를 주고받는 장면이 나온다. 이 성(姓)을 읽는다고 하면 '히사키(ひさき, 久木)'나 '구키(くき, 久木)', '규키(きゅうき, 久木)'를 생각할 수 있다. 필자는 이 중 일본인이 일반적으로 불리는 'くき'를 택하여 구키라고 부르기로 한다.

주인공 이름뿐만이 아니라 제2의 주인공이라고 할 수 있는 등장인물의 이름도 애매하다. 소위 제2 주인공은 제1장에서는 왕무첸(汪木枕)이라는 이름으로 등장하다가 제2장에서는 고세키토(高石塔)로 바꾸어서 나온다. 그리고 후자의 이름은 일본식 이름으로 '고세키토(コウセキトウ)'다. 그런데 제4장에서는 고(高)는 주인공인 구키 규조

(久木久三)라는 이름을 멋대로 차용해서 구키 규조라고 하면서 태연하게 다닌다. 물론 이것은 이 인물이 얼마나 미덥지 않고 수상한 인물인가를 나타내고 있다고 할 수 있다.

이 고(高)라는 인물에 대한 묘사는 비교적 상세히 적고 있다. 제1장에서는 등이 상당히 굽었으며, 왼쪽 눈이 의안(義眼)이며 국적은 중국인, 직업은 통신 공작원, 엄마가 일본인이고 이름은 왕무첸(汪木枕)이다. 제2장에서는 엄마의 아버지가 조선인이며, 후쿠오카(福岡)사투리를 쓰며 새로운 이름으로 고세키토(高石塔)를 사용한다. 제3장에서는 헤로인을 피우며 제4장에 이르러서는 자칭 구키 규조라면서 헤로인을 운반하는 인물로 나타나며 마지막에 가서는 미쳐버리고 만다.

구키라는 인물 조형은 일본이라는 고향을 모르고 '만주'에서 자란 전형적인 소년의 한 타입을 그리려 했다. "그의 아버지는 지금부터 20여년 전, 이 마을에 펄프 공장이 들어섰을 때 기술자들과 함께 기타큐슈(北九州)에서 온 목공수였다. 6개월 뒤에 어머니가 뒤를 좇아 만주로 왔다. 그 해 겨울에 구키가 태어났다." 1945년 8월 당시 구키는 16살이었다. 그러면 여기서 말하는 '그 해 겨울'이란 1930년이다.

1930년은 만주사변에 이어 만주국이 건립되기 1년 전이다. 구키는 만주국 성립과 함께 더불어 성장해 왔던 것이다. 말 그대로 만주국 태생의 일본인이다. 그러므로 그의 고향은 어디까지나 만주라고 할 수 있다. 그런데 구키는 왜 일본에 돌아가지 않으면 안 되는지 그 이유에 대해서는 명확히 나타나 있지 않다.

반면 고(高)는 만주국 건국 이후에 만주에 있었던 중국계 만주인으로 그려져 있다고 생각한다. 그러므로 특별히 일본이라고 하는 고향을 찾아 돌아갈 필요가 없는 인물인 것이다. 몸 어딘가에 흐르고

있는 일본인(어머니)의 피로 인해 일본을 향한다는 것은 그 이유로
서 약하다고 본다. 고(高)는 일본에게 지배당한 중국을 상징하는 인
물로 그려졌다고 보는 바이다. 고(高)는 혼란한 상황 속에서 무언가
를 찾으려 남쪽으로 향하는 인물, 또는 정치적인 변화 속에서 무언
가에 휘말려버리고 만 인물을 나타내고 있는 것일지도 모른다.

3) 작품 서술의 특징

『고향을 향한다』는 장르가 소설이므로 작가의 사상을 나타내기 위
해 주인공을 비롯하여 등장인물들은 만들어 내기는 했지만 거의 사실
적인 기록에 가까운 부분들이 많다. 그럼에도 불구하고『고향을 향한
다』에는 특이한 수법이 보인다. 지나칠 정도로 상세한 묘사들이다.

> 테이블 준비가 다되었다. 컵 5개와 접시 5개, 소금 통과 빵, 거기
> 에 칼집을 낸 양파와 치즈, 소시지……그러나 양은 충분했다. 치즈
> 는 어린아이 머리만큼 큰 것이 세 개나 있고, 소시지도 비계에서부
> 터 간으로 된 것까지 여러 종류가 있었고, 스토브에는 진한 스프가
> 끓어서 졸고 있었다. 그리고 사실 앞으로 몇 년간은 구키는 이 식
> 사를 언제나 절망적인 마음으로 기억하지 않으면 안 되었다. 인간
> 답게, 배불리 먹었던 마지막 식사였기에……각자의 컵에 보드카를
> 찰랑찰랑하게 가득 따랐다. 알렉산드로프와 쿠마는 그 속에 소금
> 을 한 움큼 집어넣었다. 센리츠는 양파 한 조각을 소금에 찍어 먹
> 었다. 다냐와 구키는 간 소시지를 얼른 집어먹었다. 그리고 나서
> 서로 약속이나 한 듯이 컵을 집어 보드카를 단숨에 들이켰
> 다.(p.304)

식사 장면을 이렇게 상세히 묘사하는 것 자체가 일본 소설에서는
특이하다 하겠다. 이러한 치밀한 묘사는 비록 이 장면뿐만이 아니

다. 오히려 이러한 묘사가 작품 전체를 이끌어나간다고 할 수 있다. 철저한 세밀 묘사는 하나하나 장면이 쌓여가면서 거대한 환상세계를 만들어 낸다.

아베 고보의 이러한 수법은 독자로 하여금 그 세계에 빠져들게 할 뿐만 아니라, 그 장면 장면을 공감하게 만드는 요소가 된다. 이러한 수법은 1960년대 소위 '실종삼부작'을 발표하면서 정착해 간다.

그러나 지나치게 세밀한 묘사로 인해 그 균형이 깨어져버려 세밀한 묘사로 인해 전체를 파악하기 어렵게 만드는 면도 있다. 예를 들어 『모래의 여자(砂の女)』(1962)를 보면 모래가 여자이고 모래가 주인공인 듯한 인상을 준다.

한편 사물을 세밀히 묘사하면서도 적절히 통렬한 풍자도 들어간다. 제1장에 "만들어서 붙인 페치카까지 금이 가 있어서 쓸모없게 되었고 통풍구 위를 스탈린 사진으로 막아 놓았다. 따로 스토브를 준비하지 않으면 안 되었다", 또는 "페치카의 이마에 빛이 비치는 바람에 스탈린 얼굴은 보이지 않고 센리츠의 잠자는 얼굴이 비치고 있었다" 등이다. 스탈린이 사망한 것이 1953년이므로 아베 고보가 『고향을 향한다』집필 당시에는 그로부터 4년이나 흘렀다. 여기에서 스탈린은 한 풍자의 대상으로 취급되고 있다.

5. 아베 고보에게 있어서 '만주'

1) '만주'에서 얻은 문학적 이미지

아베 고보의 작품에는 작가 아베 고보만이 지니는 색깔이 있다. 작가들이 저마다 지니고 있는 작품 세계로 인해 그 색깔이 다 다르다 하더라도, 적어도 아베 고보는 일본인 작가 중에는 독특한 작품 세계를 지니고 있다고 해도 과언이 아니다.

예를 들어 사막의 건조한 기운이라든가, 광야에서 성장하는 벽이라든가, 종잡을 수 없는 도시 속의 미로를 장치한다거나, 맥 빠지게 만드는 주인공, 항상 어디론가 사라져 버리는 여자, 힘없고 무력한 아버지 등, 그냥 읽고 넘어가기에는 개운치 않은 그 무엇이 있다.

이러한 이미지가 아베 고보의 '만주'체험에서 얻어진 것이 아닌가 하고 생각하는 바이다. 리비 히데오(リービ英雄)씨는 아베 고보의 '만주'체험을 '아베 고보 문학의 원풍경'으로 이야기하고 있다[22]. 이 부분에 대해서 필자 역시 공감하는 바가 크다. 이에 '만주' 체험에서 얻어진 이미지라고 볼 수 있는 것을 크게 사막과 황야, 그리고 벽으로 나누어 살펴보고자 한다. 나아가 진짜와 가짜에 대한 개념, 고향에 대한 의미 형성에 대해서 고찰해 보고자 한다.

① 사막·황야

　사막에는, 또는 사막적인 것에는 언제나 뭔가 말로 표현할 수 없는 매력이 있다. 일본에 대해서는 그 무언가에 대한 동경이 없었다고는 할 수 없지만, 그러나 나는 반 사막적인 지역인 만주(현재의 중국 동북부 지역)에서 유소년 시대를 보냈다. 지금이라면 향수를 느낄 수 있다고 말 할 수 있겠지만 내 기억으로는 그 반 사막적인 풍토 속에 있었을 때조차도 한층 더 사막에 대한 동경을 품고 있었던 것으로 생각합니다. 하늘이 암갈색으로 물들고 숨이 막힐 듯이 모래 바람이 불던 날, 말라버린 눈꺼풀 속으로 씻어도 씻어도 다 씻기지 않는 모래로 안절부절 했던 마음 한편에는 일종에 무언가 들뜬 기대가 있었던 것으로 생각된다[23].

아베 고보는 그의 에세이 『사막의 사상』(砂漠の思想)(1970)에 실

어있는「사막의 사상」첫머리에 위의 인용과 같이 사막에 대한 관심과 흥미를 이야기하고 있다. 사막은 유소년 시절의 추억이라는 개인적인 체험에 국한되는 것만은 아니다. 아베 고보 문학은 바로 사막에 의해서 비로소 형성된 세계라고 해도 과언이 아니다. 아베 고보에 있어서 사막은 창조의 사상 내지는 근원인 것이다.

> 사막이라고 하면 곧 죽음이나 파괴, 허무만을 생각해 떠올리는 것은 행복한 시인들의 이야기이고 일반적으로는 오히려 모래가 갖고 있는 플라스틱한[24] 성질에 끌리는 것이 보통이지 않을까. 마치 어린이들이 모래사장에서 시간 가는 줄 모르고 모래로 세계를 창조하려는 듯한 마음이 드는 것처럼……[25]

이와 같이 모래가 갖고 있는 유동적 성질을 잘 파악하고 있다. 일반적으로 사막을 부조리한 것으로만 보려는 사고방식의 한계를 파헤쳐 내부에 숨에 있는 가혹한 성질을 끄집어내는 방법을 취하고 있다.

특히 사막의 이미지를 모래의 유동적인 성질을 부각시켜 성공적으로 표현한 작품으로『모래의 여자』가 있다.

> 바람이 불고 냇물이 흐르고 바다가 파도치고 있는 한 모래는 끊임없이 토양 속에서 산출되어 흡사 생물처럼 어디나 할 것 없이 기어 다닌다. 모래는 결코 쉬지 않는다. 조용히, 그러나 아주 확실하게 지표를 침범하고 멸망시켜간다……
>
> 그 유동하는 모래의 이미지는 그에게 형언하기 어려운 충격과 흥분을 주었다. 모래의 불모는 보통 생각하듯이 단순한 건조 때문만이 아니고 그 끊임없는 유동으로 인해서 어떠한 생물이고 간에 일체 받아들이려 하지 않는 점에 있는 것 같다. 사시사철 달라붙어 있는 것만을 계속 강요하는 이 현실의 번거로움에 비하면 이 얼마나 큰 차이일까. 확실히 모래는 생존에는 적합하지 않다. 그러나

정착이라는 것이 생존에 있어서 절대 불가결한 것인지 어떤지[26].

　'유동하는 모래'의 이미지 획득으로 인해 모래는 생명력을 지닌다. 끊임없이 토양 속으로부터 생겨나 장소를 가리지 않고 지표를 침범해 가는 모래의 생성을 살아있는 생물처럼 묘사하고 있다.

　이러한 역설적인 생명 감각이야말로 반 사막적인 '만주'의 황야에서 얻은 이미지 일 것이다. '만주'에서는 모래 바람이 불면 봄이 오는 것을 예견했다고 한다. 아베 고보에게 있어서 모래는 봄의 상징이기도 했다. 우연이겠지만『모래의 여자』역시 봄이 오려는 시점에서 작품이 끝난다.

　이러한 사막·황야는 처녀작『길 끝난 곳의 이정표에』이래 아베 고보가 편애한 이미지이다. 그리고 유동 이야말로 정착과 고착을 싫어한 작가 아베 고보의 삶에 대한 핵심이기도 했다.

　② 벽

　벽에 대한 구체적인 이미지는 흙담벽에서 시작된다. 처녀작『길 끝난 곳의 이정표에』에는 다양한 흙담벽이 나온다. 예를 들어 '내 손 모양이 찍힌 흙담벽', '고향 쪽으로 나있는 흙담벽', '압박감을 주는 흙담벽', '나와 황야를 가로막는 흙담벽'등을 들 수 있다. 이 '흙담벽'은『길 끝난 곳의 이정표에』가 잡지『고세이』(個性)에 처음 실렸을 때의 원제목이고, 1951년에 발표된 중편소설『벽-S·카르마씨의 범죄』를 상기시켜준다.

　'벽'의 이미지는 '도피'(또는 도망)와 '죄'(罪)라는 모티브와 연결되어 나타난다. 이것은 말 할 필요도 없이 '만주'로부터의 도망이라고 생각되지만, 원래 '壁'(벽)이라는 한자 그 자체가 지니는 의미이기도 하다.

'壁'은 辟(피) + 土(토)자가 결합한 형성 문자다. 게다가 辟(피)자는 각 부수 辛 + 卩 + 口로 되어있으며 辛은 바늘의 형상이며, 卩은 웅크리고 있는 사람의 모습이고, 口는 바늘로 찢어진 상처의 형상으로 사람에게 형벌을 준다는 의미에서 '죄'의 의미를 도출시킬 수 있다.

또 壁은 비바람을 피(避)하다의 '避'(피)로도 해석되고 있다27). 이와 같이 한자 '壁'은 '죄' 라든가 '벌', 또는 '피하다'(도피하다)라는 뜻이 내포되어 있는 것이다.

이 '죄'나 '도피'는 아베 고보 작품에서 중요한 모티브로 '벽'(壁)과 떼어놓고 생각할 수 없는 문제이기도 하다.

실제로 흙담벽은 마을과 황야를 상징적으로 구분 짓는 경계선이다. 이 흙담벽이 끝나는 곳이 바로 황야의 시작이고 황야로 도망갈 수 있는 출발점이기도 하다. 이 흙담벽은 대부분 마을(도시)의 시작이자 끝인 것이다. 『고향을 향한다』에서도 마찬가지로 흙담벽을 경계로 한쪽은 마을(도시, 나아가서 국가)이고 다른 한쪽은 황야다.

이러한 벽의 이미지는 '만주'의 황야에서 얻었다. 실제로 1930년대 만주국이 세워졌을 당시의 심양(당시 奉天)을 보면 도시가 세워지고 마을이 형성되고, 그 마을이 끝나는 지점에 흙담이 길게 뻗어 있었다고 한다.

필자가 2001년에 심양을 방문한 적이 있는데, 지금도 심양에 가보면 시내에서 좀 떨어진 변두리에 가면 이러한 흙담벽을 볼 수 있다. 그러니까 아베 고보는 어렸을 때 보아온 이러한 벽에서 안과 밖의 개념이 자연스럽게 자랐다고 할 수 있다.

이러한 벽은 『벽-S・카르마씨의 범죄』에서는 다양하게 나타난다. 우선 공간을 나누는 벽이 있다. 그래서 방이라는 공간이 생겨난다.

추위로부터 인간을 보호해 주고 비바람을 막아준다. 형무소의 긴 담
벽 역시 공간을 가로막은 그런 벽이다. 이 경우는 공간뿐만이 아니
라 자유나 의사소통을 가로막는 장애물이기도 하다. 그리고 마지막
에 황야에서 성장하는 벽이 등장한다.

> 가까이 가보니 뭔가가 지면 틈새로 머리를 쳐들고 있었다. 완두
> 콩 싹이라도 나는 거겠지 싶어 그 옆에 앉았다. 그러자 그곳에서
> 나온 것은 식물이 아니라 장방형의 커다란 상자였다. 그러나 좀더
> 자세히 살펴보니 그것은 상자가 아니라 벽이라는 것을 알았다. 벽
> 은 대지의 압력으로 솟아 나오듯이, 아니면 주위의 공허감에 흡수
> 되는 듯이 쑥쑥 성장했다. 이윽고 벽은 끝없이 펼쳐지는 광야에서
> 하나의 선을 그으며 탑처럼 우뚝 솟았다.[28]

아무 것도 없는 넓은 광야에 땅속에서부터 솟아나는 벽을 상상해
보자. 어느새 이 벽은 성장하여 건물을 만들고 하나의 도시를 형성
할 것이다. 이렇게 만들어진 도시 속에서 어느새 인간은 자신들이
만들어 놓은 도시로부터 소외되어 황야로 밀려나기도 한다.

이러한 이미지는 마치 광활하게 펼쳐진 만주 지역에 일본이 만주
국이라는 국가를 만들 때의 이미지와 비슷하다고 하겠다. 만주국은
전통적인 마을을 끼고 발전시킨 한 것이 아니라 하나에서 열까지 모
든 것을 인공적으로 만들어낸 도시국가라 할 수 있다. 끝없이 펼쳐
진 광야, 그런 곳에 건물들이 빼곡히 들어서 있다. 마치 땅속에서부
터 솟아오른 것처럼 말이다.

그러므로 아베 고보에게 있어서 벽의 이미지는 '도시/농촌'를 상
징한다고 할 수 있다. 아베 고보는 '만주' 출신은 대부분 도시적인
인간이라고 했다. 아베 고보 소설을 보면 대부분 주인공 도시민이거

나 도시가 배경이 되는 것도 그의 '만주' 체험과 무관하지 않다. 게다가 도시적인 이미지에 벽이라든가 광야, 사막의 이미지를 부여하는 것도 극히 자연스러운 일인 것이다.

③ '가짜/진짜'에 대한 개념

지금까지 살펴본 사막·황야 그리고 벽에 대한 이미지 이외에도 아베 고보 작품 중에는 '가짜/진짜'의 개념이 하나의 장치로 나타나 있다. 이러한 '가짜'에 대한 이미지 역시 그의 '만주' 체험과 무관하지 않다고 하겠다.

1930년대 만주국 시대에 활동하던 문학자들은 대부분 민중들에 비해 일찍이 '만주'라는 침략적 실체에 대해서 인식하고 있었다. 이는 쇼와(昭和)시대에 현저하게 발달한 미디어의 역할로 이미 간파하고 있었다. 미디어는 대중들로 하여금 만주를 '꿈의 만주' 내지는 '파라다이스 만주'로 팽창시켜 나갔다. 일본이라는 국가는 만주라는 침략적 실체를 은폐하기 위해 마르크스주의뿐만 아니라 민주주의조차 억압하였다. 대중들은 알 권리를 박탈당한 채 만주에 대한 환상을 키워 나갔다. 여기에 일조를 가한 것이 당시의 일부 문학자들이다. 그들은 '만주'를 여행하면서 대륙의 환상을 대중들에게 심어주기 시작하였다.

아베 고보 역시 어릴 때는 일본이 내세운 '오족협화'(五族協和)나 '왕도락도'(王道樂土)를 그대로 믿었다고 한다. 그러나 패전과 더불어 '만주'의 실체를 깨닫기 시작했다. 만주국가라는 공동체를 비롯하여 그 모든 것이 허위(가짜)였던 것이다. 근대국가로서 기반을 갖춘 만주국은 건국해서 불과 15년 만에 완전히 붕괴하고 만다.

게다가 아베 고보는 이 허위에 찬 근대국가에서 일본을 볼 수도 없었고, 뿐만 아니라 중국도 볼 수 없었다. 즉 역설적으로 말하자면 아베 고보에게 있어서 '만주'는 그 누구도 소유하지 않았던 국가·토지였던 것이다. 이것은 일본이 패전하면서 더 명확히 드러났다.

패전 직후 '만주'는 무정부상태에 빠져 결국은 '만주'라는 국가는 현실적으로 이 지구상에서 사라져버렸다. 그러므로 아베 고보에게 있어서 국가 내지 토지는 의식의 비유였으며 나아가 하나의 서술 방식이 되었다고 보는 바이다.

즉 소유의 개념이 자연스럽게 생겨나면서 '가짜/진짜'에 대한 이미지가 형성되었던 것이다.

④ 고향에 대한 의미

『고향을 향한다』는 앞에서도 언급했지만, 아베 고보의 자서전적인 요소가 강하게 반영되어 있다. 일본이 패전한 후 아베 고보는 그 다음해 연말에 일본으로 무사히 귀국했지만 『고향을 향한다』의 주인공 구키는 일본에 귀국하지 못하고 만다. 이 점에서 소설과 아베 고보의 실제 체험과는 큰 차이점이 나타난다.

아베 고보는 '만주' 시절의 생활을 회상한 「봉천-그 산과 그 강」에서 다음과 같이 이야기하였다. 봉천은 지금의 중국 동북부 지역에 있는 심양(瀋陽)이다.

> 내가 자란 봉천은 살풍경한 만주 중에서도 특히 살풍경한 도시다. (중략) 그래도 그 살풍경한 풍경조차도 마음을 끄는 것은 역시 고향이기 때문일까. 분명히 고향에 해당하는 곳이다. 그러나 고향이라고 단언할 수 없는 것은 왜일까. 나의 아버지는 개인적으로는 평화로운 시민이었다. 그러나 일본인 전체는 무장한 침략 이민이었다. 그러니까 이런 이유로 우리들은 봉천을 고향이라고 할 자격

조차 없는 것이다.

그렇다고 해서 달리 고향이라고 부를 만한 곳도 없다. 봉천에 있을 때에는 일본 꿈을 꾸고 일본에서는 봉천 꿈을 꾼다. 나는 가끔씩 내 자신이 고향 주변을 맴돌면서 결국에는 그 속에 들어가지 못하는 아시아의 망령인 듯한 기분이 든다. 「쇠사슬에서 풀어난 아시아」라는 말에서 전율과도 같은 기쁨을 느끼는 것도 그 때문일까.[29]

아베 고보는 결국 자기 자신은 고향이 없다고 했다. 게다가 그는 고향이라는 개념에 대해서 다음과 같이 구체적으로 말했다.

나는 도쿄에서 태어나 옛 만주에서 자랐다. 그러나 원적은 홋카이도로 그곳에서도 몇 년간 생활한 경험이 있다. 즉 출생지, 출신지, 원적 이 세 곳이 모두 다른 것이다. 덕분에 약력을 쓸 때는 망설여진다. 다만 본질적으로 고향이 없는 사람(고향을 가질 수 없는 사람)이라고 말 할 수는 있다. 내 감정 속에 흐르고 있는 일종의 고향에 대한 증오도 의외로 이러한 배경에서 오는 것일지도 모른다. 정착이라는 것에 대해 가치를 부여하는 그 모든 것이 나를 아프게 한다.[30]

인용문에서도 알 수 있듯이 일종의 고향에 대한 증오는 고향에 대한 동경을 역설적으로 이야기하고 있는 현상으로 보아도 좋을 것이다. 그러나 아베 고보에게는 정착에 대해 아니 정착하는 것에 대해 가치를 부여하는 것에 강한 불신감이 있었던 것은 사실이다. 이러한 사상이 아베 문학에 저변에 깔려있다고 해도 과언이 아니다.

아베 고보는 다른 일본인이 갖고 있는 고향은 없다고 했다. 즉 자기 자신에게 있어서 생존의 외적인 기반이라고 할 수 있는 것이 없다는 뜻이다. 뿌리 없는 풀과 같은 기분으로 평생을 살았다고 할 수 있다. 따라서 『고향을 향한다』의 구키에게도, 그리고 또 다른 등장인물인 고(高)에게도 고향을 부여하지 않았다. 그들은 다음 인용에서도 알 수 있듯이 경계선 상에 있는 인물들이다.

'구키 규조'가 다다른 곳이 이 '경계선상'의 발견이다. 게다가 여기에는 아베 고보의 주제가 귀결되어있다. '현대'에는 '안정된 공간' 등은 어디에도 없으며 모든 장소가 '경계선상'에 있다. "덫에서 벗어나려고 하는 그 자체가 덫에 걸린 것이다"라는 벗어 던지기 어려운 관념이 여기에 확실히 정착한 것이다.[31]

아베 고보는 『고향을 향한다』에서 현실 세계와 관련하여 현대를 살아가는 인간에게는 어떠한 의미든 간에 안주할 만한 곳은 없다는 것을 시사해 주는 듯하다. 즉 '안정된 공간'인 고향은 존재하지 않는다는 것을 분명히 밝히고 있다.

6. 아베 고보 문학의 원풍경

아베 고보 문학은 '고향'을 찾는 시도에서부터는 시작했다고 해도 과언이 아닐 것이다. 『길 끝난 곳의 이정표에』에서는 고향인 '만주'를 향한 여정을 그렸다고 볼 수 있으며, 『짐승들은 고향을 향한다』는 태어난 고향인 '만주'를 떠나 조국이라고 생각하는 일본으로 향한 고난을 그렸다고 할 수 있다.

이렇듯 아베 고보는 어린 시절의 추억이 있는 만주국에서의 체험을 직접적으로 또는 간접적으로 작품에 담았다. 초기에 보이는 장편소설에서는 고립된 상황 속에서 고향을 찾는 본능적인 행위가 주를 이루지만, 중기 이후의 장편소설을 보면 그러한 고립된 상황 속에서 내면적인 자유를 찾으려는 갈등이 나타난다.

예를 들면 『상자 인간』(箱男、1973)은 '상자 인간'이라는 설정 통해서 인간 내면의 새로운 가능성을 찾으려 했다. 현실 세계에서 소외되어 밀폐된 공간에서 인간 재생을 가능성을 모색하려 했다. 게다가 아베 고보에게 있어서 가장 잘 알려진 작품으로 꼽는 『모래의 여자』(砂の女、1962) 역시 만주국에서의 체험이 반영된 설정이라 하겠다.

아베 고보는 만주국에서 자신의 집에서 한 발짝만 나가면 중국인, 조선인인 이민족들과 접했으며 그리고 '만주'의 황야와 사막지대가 끝없이 펼쳐졌다. 이러한 세계 속에 내던져버린 존재, 그러한 인간의 모습을 『모래의 여자』에서 그리려 했던 것이다.

물론 『모래의 여자』는 모래 웅덩이에 갇힌 인간의 모습을 그리는 데 초점을 둔 것은 아니다. 주인공은 처음에는 모래 웅덩이에 갇히게 되어 도망칠 수 없어 절망하게 되지만, 수차례 시도 끝에 모래 속에서 물을 얻을 수 있는 저수 장치를 만들어내는데 성공을 한다. 그러자 그토록 갈망했던 탈출이 의미를 잃게 된다. 주인공은 모래의 세계에서 삶의 가능성을 찾아내고는 안도감에 젖는다. 다시 말해서 죽음의 세계에서 부활을 발견해내는 그러한 모습이 작품에 나타나 있다.

이러한 비현실적인 세계에서의 고립에서부터 재생이라고 하는 테마가 실감나게 와 닿는 것은 아베 고보의 생생하고도 처절한 '만주' 체험에서 비롯되었다고 할 수 있다.

"할아버지는 홋카이도 개척민이었다. 아버지는 장남인데도 부모 곁을 떠나 만주 의과대학에서 공부하여 그곳에서 의사가 되었다[32]. 나에게도 개척자의 피가 흐르고 있다."고 말했다.

아베 고보의 원적은 홋카이도 아사히카와(旭川)로 되어있다. 1925년 아베 고보가 2살 되던 해 일가는 아버지가 있는 '만주' 봉천(奉天,

지금의 瀋陽)시로 이주해 갔다. 그러므로 아베 고보는 유년기를 비롯하여 초등학교, 중학교를 '만주'에서 보냈다. 초등학교는 봉천에 있는 치요다초등학교(千代田小學校)이고 중학교는 봉천제2중학교(奉天第二中學校)를 졸업하였다. 집에서 한 발짝만 나오면 광야가 펼쳐졌고 봄에는 숨이 막힐 듯이 황사가 날렸다.

이러한 '만주'의 혹독한 풍토 속에서 무언가 들뜬 기대감 같은 것을 느끼며 자랐다고 한다. 사막에 대한 동경, 다민족 사회였던 '만주', 이러한 것이 아베 고보 문학을 일본 문학과 멀어지게 했는지도 모른다.

아베 고보는 자신의 성장 환경에 대해서 다음과 같이 이야기하였다.

> 원적과 출생지, 성장 한 곳이 모두 달라서 나는 점점 내 과거에 대해서는 입을 다물게 되었다. 예를 들어 한마디로 출신지를 물어보면 무어라고 대답하면 좋을지 몰랐다. 아마 이런 경력이 나를 사소설(私小說)적인 발상으로부터 멀어지게 했는지도 모른다[33].

이렇듯 아베 고보는 일본 근대문학의 한 전통이라고 할 수 있는 사소설(私小說)을 정면으로 단절하려 하였다. 이는 일본 현대문학의 가능성을 제시했다고도 할 수 있다.

아베 고보 작품에는 대부분 등장인물들의 출신을 알아보기 힘들다. 아베 고보에게 있어서 '만주' 체험 내지 패전 체험은 국가라든가 고향이라든가 하는 것에 귀속되지 않고, 오히려 '인간이란 존재는 무엇일까'를 생각하게 했을 것이다.

아베 고보는 일본의 식민지 지배의 실체를 알기 시작한 것은 일본이 패전하고 난 후였다고 한다. 그러니까 '만주'에서의 패전 경험 이후다. 스파이라며 한 학생을 잡은 경관이 번화가에서 모든 사람이 보는 앞에서 행한 고문이라든지 열차 차창으로 보이는 즐비한 시체들.

아베 고보는 이미 전쟁이라는 현실이 낭만주의적인 환상이 아닌, 즉 환상이 붕괴된 후의 세대에 속한다고 할 수 있다. 『고향을 향한다』에서 아베 고보는 자신의 체험을 승화시키고는 있지만 그 기법은 사물을 어디까지나 지극히 세밀하게 묘사하는 것으로 일관했다. 프란츠 카프카의 작품이 지니는 소외감, 고독감, 또는 강박관념조차 느끼게 되는 위화감이 이 작품에서도 느껴진다.

물론 이것은 아베 고보에게서만 느껴지는 것은 아니지만 『고향을 향한다』라고 하는 개인의 체험을 담은 작품에서도 느껴진다고 하는 점에 주의해야 할 것이다.

아베 고보가 다른 작가와 다른 점은 분명히 낭만주의로부터 벗어난 징후가 보이는 점이다. 개인의 '만주' 체험을 미화한다거나 아니면 동경의 회상 문학에 그치지 않았다. 이 점만 보더라도 아베 고보 작품은 현재성을 지니고 있다고 할 수 있다.

'만주'는 어떤 의미에서는 낭만주의 속에 매몰 되어버려, 그것을 서로 쳐다보며 그 본질을 찾기에는 패로디적인 수법은 이미 충분하지 않다. 『고향을 향한다』는 패로디적인 수법은 보이지 않는다. 오히려 치밀하리만큼 세세한 묘사는 말년에 더욱더 발전하여 버츄얼 리얼리티를 확립시킨다.

작가는 사회성을 추구하면서 작품을 완성시키려고 하지만, 모순일지는 모르지만 그 출발점을 잊지 않기 위해 작가는 고립할 필요가 있다. 이는 아베 고보를 비롯하여 많은 작가들에게 보이는 고독감을 설명하는데 빼 놓을 수 없는 것이다. 그리고 그 고독감이야말로 작가를 분석하는데 중요한 포인트가 된다고 할 수 있다.

'만주'는 이 거대한 고독감, 소외감을 만들어낸 원풍경이며 반성의 자료이기도 했다. 아베 고보는 이 '만주'에서 철저히 낭만주의를 배제하였을 뿐만 아니라 일본인이 철저하게 가해자라고 느꼈다. 이는 결국 무언가에 귀속시키는 것을 용납할 수 없게 하였다. 덕분에 일본적인 서정을 파는 작가가 아니라 보편성을 갖고 세계에 통하는 작가가 되었는지도 모른다.

7. 맺음말

일본의 현대 젊은이들은 중국의 동북부 지역이라고 하는 옛 '만주' 지역을 전혀 의식하지 못한다. 이전 일본이 만주국이라고 하는 나라를 건설했다고 하는 정도의 지식을 갖고 있는 사람은 평균 이상의 교양을 지니고 있는 사람들이다. 이는 패전 후 일본인들이 의식적으로 만주국의 존재를 이야기하지 않았던 결과라 할 수 있다.

젊은이들에게 '만주' 지역은 몽고와 같이 먼 나라의 이미지로 그 관심은 파키스탄이나 스리랑카보다 없다.

그 지역에 향수를 느끼고 있는 사람들은 어떠한 형태로든 그곳에 추억을 간직하고 있는 사람들이다. 일본 현대문학에서 옛 '만주' 체험을 문학에 있어서 중요한 요소로 여기고 있지만, 그 체험들을 그곳에 살았던 사람들의 일종의 향수 문학으로 보는 경향이 짙다. 여기에 '만주' 체험의 가치를 두고 있는 실정이다.

물론 적어도 키요오카 타쿠유키(淸岡卓行)나 미키 타쿠(三木卓)라고 하는 문학자들이 아쿠타가와 상을 수상하기 전에는 '만주'는 역사 속에서 묻혀 그 누구도 이야기 하려들지 않았던 것은 사실이다.

1945년 패전 이후에 출생한 세대들은 대부분 '만주'라고 하는 풍토는 그들 의식 속에 없다. 이 세대들은 패전 후 아메리카의 점령에 의해 환태평양 문화권이라는 의식이 더 강하다. 그러므로 거리가 먼 아메리카가 중국 동북부 지역에 있었던 옛 '만주' 보다도 더 가까운 나라인 것이다.

1930년대 만주국이 건설되고 일본 군부는 '왕도락토'(王道樂土) '오족협화'(五族協和)라는 슬로건 아래, 식민지 국가 건설에 환상을 키워나갔다. 만주 개척 의용군이라는 이름 하에 농촌에 있는 청년들이 농업 개발을 위해 이주해갔다. 그 당시 '만주'는 가장 가까운 외국이었다. '만주' 개척 이주는 국가적인 목적으로 강력하게 추진되었다.

그러나 이 새로운 신천지라고 여겼던 만주국이 불과 15년 만에 붕괴하리라고는 그 누구도 예상하지 못했을 것이다. 드디어 '만주'는 철저하게 일본이 가해자라는 사실과 함께 '만주'에 살던 사람들에게는 악몽과도 같은 풍토가 되고 말았다.

당시 만주국에 대한 환상은 일종의 열광처럼 선전된 것은 사실이다. 일본의 산업과 군벌 협동의 침략 정책은 일반 일본 국민들의 갈망이었던 빈곤으로부터 탈출 심리를 이용하여 그것을 내셔널리즘 에너지로 형성해 갔다.

일본이 어떠한 정의가 있다 하더라도 역사적 현실 앞에서 일본이 가해자라는 사실은 인식하지 않으면 안 된다. 일본의 메이지(明治) 시대 이후 패전에 이르기까지 긴 세월에 거쳐 '만주' 체험을 생각할 때, 그것은 모든 중국인에게 있어서 민족적 굴욕의 세월이었다는 것을 생각하지 않으면 안 된다.

이것은 '만주' 뿐만이 아니다. 한국에 대해서도 타이완에 대해서도 마찬가지이다. 앞으로 일본 현대문학 속에 나타난 '만주' 체험뿐만이 아니라 한국 체험 또는 타이완 체험을 고찰하여 이들 체험이 갖는 의미를 분명히 하고자 한다.

▌註▌

1) 최초의 만주 체험을 그린 기록문학으로는 사쿠라이 다다요시(桜井忠温)의 『육탄(肉弾)』(1906)을 들 수 있다. 이 『육탄』은 사쿠라이가 육군사관학교 졸업 후 마쓰야마(松山)연대의 기수로서 여순(旅順) 공격에 참가해서 제1회 총격 때 중상을 입고 후퇴한 뒤에 그 체험을 기록한 것이다. 사쿠라이는 이것을 계기로 명성을 얻게 되었고, 그 후 문필 활동을 하게 되었다. 이 『육탄』에 나오는 여순이라는 도시는 당시 일본인들에게 처음으로 널리 알려지게 되었다.

2) 川村湊 『異郷の昭和文学』 岩波新書, 1990, pp.23~25.

3) 1938년 2월에 창간, 1942년 폐간.

4) 1932년 10월 창간, 1942년 폐간.

5) 1924년 11월 창간, 1927년 12월 폐간.

6) 「錨なき方舟の時代」(『すばる』1984年 1月)

7) 三谷裕美 「満州国における『国語』政策」(東京女子大学紀要『論集』第46巻 2号,1996年 3月)

8) 礒田一雄 「皇民化教育と植民地の国史教科書」(大江志乃夫編 『岩波講座 近代日本と植民地4-総合と支配の論理-』 岩波書店, 1991.

9) 만주로 돌아가는 길에 북한을 경유해서 갔는데 그 때 북한에 대한 인상을 후에 희곡 『제복(制服)』(1954)에 담았다.

10) 『新鋭文学叢書 安部公房集』筑摩書房, 1960,「自筆年譜」による。

11) 1945년 패전 이후 만주에서 인양한 사람 수는 1946년까지 100만 명을 넘었으며 1949년까지 인양은 계속 되었다. 그러다가 1949년 이후는 만주에서 인양한 사람은 한 사람도 없었다.(若槻泰雄 『戦後引揚げの記録』時事通信社,1995)

12) 중국공산당

13) 정착에 가치를 부여하는 모든 것이란 아베 문학에서 찾아본다면 고향을 비롯하여 『벽-S · 카르마씨의 범죄(壁-S · カルマ氏の犯罪)』의 '이름'이나 『타인의 얼굴(他人の顔)』의 '얼굴'을 들 수 있다.

14) 対談 「文学創造の秘密-埴谷雄高にきく-」

15) 필자는 '현대일본문학과 식민지체험' 연구의 일환으로 2001년 8월 5일부터 8월 12일까지 옛 만주 지역인 중국 동북부 지역인 대련, 심양, 장춘, 하얼빈을 탐방하였다.

16) 安部公房「夜陰の騒擾《5·30事件を私がかく見る》」(高見順編『目撃者の証言』青銅社,1952). 소위 '5·30사건'이라는 것은 노동자 궐기대회를 일컬음

17)『安部公房全集 7』新潮社, 1998. p.139~140. 번역은 인용자가 하였다. 이하 본 논문에 나오는 번역은 모두 인용자가 하였음.

18) 국부군(国府軍)은 중국의 국민정부군을 일컫는다.

19) 관동군(関東軍)은 만주에 배치되어 있었던 일본군대를 말함.

20)『安部公房全集 7』p.330

21)『安部公房全集 7』p.330

22) リービ英雄+島田雅彦「幻郷の満州」(『ユリイカ』1994年8月)

23) 安部公房『砂漠の思想』講談社,1970, p.261

24) plastic은 다음과 같은 뜻이 있다. (1)모양을 만든다, 형성하다 (2)마음대로 모양을 만들 수 있다, 창조력이 있다 (3)온순한 느끼기 쉽다 (4)인공적인, 합성된, 가짜의, 비인간적인 등의 뜻이 있다. 여기에서 '플라스틱한'은 이미지로서 (1)이나 (2)에 가깝다고 보는 바이다.

25) 安部公房『砂漠の思想』講談社,1970. pp.261~262

26) 安部公房『砂の女』新潮社, 1962. p.13

27)『広漢和辞典』大修館書店, 1983.

28)『安部公房全集 2』新潮社, 1997. p.439

29)「奉天-あの山あの川」(『安部公房全集 4』新潮社, 1997) p.484

30) 長田弘「安部公房を読む」(佐々木基一編『作家の世界-安部公房』番町書房, 1978) p.154

31) 栗坪良樹「けものたちは故郷をめざす」(『国文学 9月臨時号』1972年 5月) p.48

32) 만주 의과대학은 처음에는 만주 의학당이었다. 일본과 중국의 쌍방의 협정에 의해 만주 철로 주식회사가 개설한 것으로 1916년 제1회 졸업생을 배출하였다. 1923년에는 5년제 만주 의과대학으로 승격, 1936년에는 약학부를 증설했다.

33)「自筆年譜」

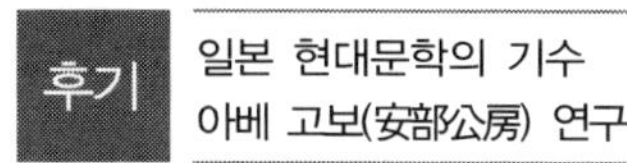

일본 현대문학의 기수
아베 고보(安部公房) 연구

나의 진리를 해치는 것은 항상 이름이었다. (『무명시집』)
벌이 없으면 도망치는 재미도 없다. (『모래의 여자』)
약자의 사랑에는 언제나 살의가 담겨져 있다. (『밀회』)
도시-폐쇄된 무한. 결코 헤매는 일이 없는 미로……그러니까 자네는
길을 잃었어도 헤맬 수가 없는 것이다. (『불타버린 지도』)
죽은 유기물에서 살아있는 무기물로! (『벽-S. 카르마씨의 범죄』)
정말이지, 현실만큼 비현실적인 것은 없다. (『기아동맹』)

위의 인용 글귀는 아베 고보 작품의 첫 부분(『무명시집』『모래의
여자』『밀회』『불타버린 지도』)이거나 주제와 연관성이 있는 부분이
다. 이런 글로 시작되는 소설을 손에 들고 있다면 다 읽을 때 까지
놓지 않을 것이다. 결국 이 글들이 나를 아베 고보 세계에 빠지도록
했다.

한국어로 된 아베 고보 연구서를 낼 계획은 5, 6년 전부터 구상해
왔다. 박사학위 논문을 토대로 한국어로 논문을 쓰면서 자연스럽게
생각한 계획이었다. 그러나 좀처럼 작업이 진행 되지 않고 시간만
흘러가고 말았다. 그러는 사이에 2005년도에 일본어로 된 아베 고보
연구서(『安部公房の小説を読む』)가 먼저 선을 보였고, 작년 2007년
도에는 아베 고보의 『타인의 얼굴(他人の顔)』을 번역 출판하였다.
원래 먼저 해야 할 작업을 나두고 딴 짓을 한 셈이다. 그래도 지금
생각해 보면 오히려 잘 된 것 같다. 일본어로 출판된 연구서는 박사
논문을 다듬어서 간행했다는 데에 의미가 있기 때문에 먼저 나온 것

이 순서일 테고, 소설『타인의 얼굴』번역은 작품이 소개되어 있으면 작품론을 읽을 때 훨씬 도움이 될 것이라는 생각이 들어서이다.

매번 느끼는 것이지만, 책이 엮어져 세상에 선보일 때마다 부족함을 느낀다. 이번에도 마찬가지이다. 이번에야말로 후회하지 말고 완벽하게 준비해야지 했는데 출판일이 다가오자 시간이 없다며 서두르고 말았다. 게다가 뒤늦게 2차 교정단계에서 사진을 넣어야겠다고 생각해 출판일정에 차질을 빚기도 했다.

아베 고보 연구 여정의 사진을 정리하다 보니 지난날이 그립기만 했다.

1996년 4월, 뉴욕 컬럼비아대학에서 개최하는 아베 고보 국제 심포지엄에 참가하기 위해 당시 같은 연구과에 있었던 나미가타 츠요시(波潟剛, 현재 큐슈대학(九州大学)교수), 히비 요시타카(日比嘉高, 현재 쿄토교육대학(京都教育大学)교수)와 함께 아메리카로 향했다. 출발 1주일전까지도 비자가 나오지 않아 심포지엄 참가를 포기하려고 했는데 출발 3일전에 비자가 나와 예정대로 아메리카로 떠나게 되었다.

심포지엄에서 외국인으로서 가장 권위 있는 일본문학 연구자 도널드 킹씨를 만날 수 있었고, 무엇보다도 큰 행운은 아베 고보의 외동딸인 아베 네리씨를 만난 것이다. 한국에서 온 자그마한 여학생이 아베 고보를 연구한다는 자체만으로도 아베 네리씨의 관심을 사기에 충분했다.

심포지엄 참가 후 약 1개월이 지났을 무렵, 아베 네리씨로부터 한번 만나자는 연락이 왔었다. 이게 꿈이냐 생시냐 하면서 벅찬 가슴으로 아베 네리씨 자택을 방문하였다. 아베 네리씨 자택 옆에는 <아베 고보 문학관>이 있다. 3층짜리 건물에 아베 고보에 관한 모든 자료가 소장되어 있다. 아베 네리씨는 일주일 두 번 정도 와서 아베 고보 전집 작업에 필요한 자료 정리를 해달라는 이야기를 했다. 이런 행운이 오다니. 나는 두말 할 나위도 없이 흔쾌히 승낙하고 그로부터 약 1년정도 <아베 고보 문학관>에서 아베 고보 작품 정리를 하였다. 연구자가 자신이 연구하는 작가의 자필 원고를 만진다거나 미발표 작품을 본다거나 하는 것만큼의 영광이 또 어디 있으랴.

이 작업은 신쵸샤(新潮社)에서 간행한 『安部公房全集(아베 고보 전집)』(전29권, 1997.7~2000.12)으로 완성되었다. 이 전집은 편년체로 구성되어 아베 고보의 창작 궤적을 살펴보는데 큰 도움이 된다. 지금도 전집만 보면 그 작업에 적게나마 참여해서 마지막 전집 29권에 이름이 실렸다는 것을 생각하면 뿌듯하기만 하다.

이 무렵 아베 네리씨의 소개로 홋카이도 아사히카와(旭川)에서 <아사히카와>라는 향토지를 간행하시는 와타나베 산코씨를 만나게 되었다. 와타나베 산코씨는 아베 고보의 이종사촌 여동생이시다. 와나나베씨와의 만남은 지금도 이어져 이번 본서 간행에 필요한 아베 고보 사진을 흔쾌히 제공해 주셨다. 감사할 따름이다.

아사히카와는 두 번 방문했다. 첫 번째는 1996년 8월 여름 방학을 이용해서 아베 고보의 원적인 아사히카와를 그저 보고 싶어 방문하였다. 두 번째는 1997년 3월 아사히카와에서 열린 <아베 고보 회상전>에 초대되어 아베 고보 국제심포지엄에 다녀온 이야기를 했다. 그 이후로 한 번도 가보지 못했으니 한 번 가봐야겠다.

1997년 겨울. 아베 네리씨의 안내로 하코네에 있는 아베 고보 작업실을 볼 기회가 있었다. 처음 계획은 당일치기로 아침 일찍 출발해서 저녁에 돌아오기로 했다. 그런데, 그 전날 내린 눈으로 작업실을 코앞에 두고 내리막길에서 차 바퀴가 길 옆 도랑에 빠지는 바람에 차를 끌어내느라 시간이 걸려 어쩔 수 없이 1박을 하게 되었다. 나는 속으로 환호를 질렀다. 밤새도록 아베 고보가 읽었던 책들을 살펴보고, 아베 고보가 즐겨들었다는 음악을 들으며 아베 네리씨와 이야기는 환상적이었다.

2001년 옛 만주지역, 지금의 중국 동북부지역 탐방은 잊을 수 없는 여행이 되었다. 왠지 아베 고보의 뒤를 쫓으며 작품론을 쓴 듯한 느낌이 든다.

이 자리를 빌어 아베 네리씨를 비롯하여 와타나베 산코씨, 신쿄샤의 미야니시씨, 아베 고보 자료관에 계셨던 이토씨에게도 감사의 마음 전하고 싶다.

그리고 이 책이 나오기 까지 도와주신 제이앤씨출판사 관계자 여러분들께 깊은 감사를 드린다.

마지막으로 연구한다고 제대로 챙겨주지 못하는 남편과 많이 놀아주지 못하는 딸에게도 고마운 마음과 사랑을 전하고 싶다.

긴 터널을 빠져 나온 느낌이다.

2008년 10월
경주에서 이 정희

보고서

일본 현대문학의 기수
아베 고보(安部公房) 연구

아베 고보(安部公房) 국제 심포지엄 보고서[1)]

아베 고보 국제심포지엄
정면 왼쪽에서 두 번째 도널드 킹씨, 세 번째가 아베 네리씨.

테마 1 : 아베 고보의 생애와 작품

심포지엄은 도널드 킹씨의 개회사로 시작하여 제일 먼저 아베 고보의 외동딸이며 의사인 아베 네리씨가 '나의 아버지의 생애와 작품'이라는 제목으로 발표를 했다. 지금까지 그다지 알려지지 않았던 사실, 예를 들면 100년쯤 전에 아베 고보의 조부모는 고향인 시코쿠(四國)를 떠나 밧줄로 뗏목을 묶어 홋카이도(北海道)의 이시가리가와(石狩川)를 거슬러 올라가 아사히카와(旭川)에 정착했다는 아베가(安部家)의 내력에 대해 공표 했는데, 이 이야기는 참가자들의 흥미를 끌었다.

그리고 네리씨는 "아버지 생전에는 웬지 모르게 아버지에게 반발했고, 아버지의 작품은 한 권도 읽지 않았습니다. 그러나 아버지가 돌아가신 후에 그 반동인지 닥치는 대로 아버지의 작품을 읽어나갔습니다. 점점 재미와 흥미를 느꼈고 단번에 고보 문학의 팬이 되었습니다." 라고 고백하여 모두를 열광시켰다.

네리씨는 아베 고보의 저작권 계승자로서 아베 고보의 업적을 다듬는 작업에 힘을 쏟고 있다. 아베 고보의 조부가 이민해 왔던 홋카이도의 현지 조사와 1994년 2월에는 아베 고보의 제 2의 고향인 옛 만주(滿洲)지역에 대한 현지조사를 하였다. 이때의 방문은 동년 1994년 4월 13일, 14일에 NHK교육 텔레비전 '아베 고보가 갈망한 시대' 라는 제목으로 방영되었다. 초기작품에 자주 등장하는 '벽(壁)' '황야' '모래'의 이미지는 아베 고보가 '만주'에서 체험한 것이 그 근거가 되었다고 하는 네리씨의 지적은 당시 필자에게 어떤 힌트를 주는 것 같은 느낌이 들었다.

다음 발표자는 전 주일 체코 대사부인이며 카렐대학 교수인 Ⅴ·빈케르헤 훼로바씨와 코펜하겐 대학 명예교수인 오로프 리딩씨였는데, 이 두 사람은 아베 고보에 대한 추억담을 이야기했다. 빈케르헤 훼로바씨는 1956년에 해외(체코)에서 처음으로 아베 고보의 작품『침입자(闖入者)』를 번역한[2] 연구자로 알려져 있다. 그 해는 아베 고보가 세계작가회의에 참석하기 위해 체코에 갔던 해이다. 훼로바씨에 의하면 그 다음 해인 1957년 체코는 일본과 외교수립을 했기 때문에 일본어가 붐을 이루었고, 통역이나 가이드를 지향하여 일본어를 공부하려는 학생들이 많이 불어났다고 했다. 그런 의미에서 아베 고보의 체코 방문은 상징적이라고도 할 수 있다.

또 훼로바씨는 아베 고보의 작품은 카프카(프라하 출신)와 유사한데가 있다고 지적했는데, 거기에 덧붙여 "카렐 차벡크라는 체코 작가가 있는데, 차벡크는 1920년대에 로봇이라는 말을 처음으로 쓴 작가로 파시즘이나 전쟁에 대한 소설과 희곡을 쓴 작가로, 아베 고보는 스스로 자기는 차벡크에 가깝다고 했습니다. 그래서 체코에서는 젊은 사람들이 아베 고보의 작품을 열심히 읽고 있습니다."라고 보고했다.

리딩씨는 유럽의 일본학회 회장을 역임한 적이 있는 분으로 생전에 아베 고보와는 마음이 잘 맞았다고 한다. 고보가 덴마크 여행을 했을 때에도 동행했을 뿐 아니라, 도쿄에서도 아베 고보와 격의 없는 대화를 나눈 기회가 몇 번이나 있었다고 한다. 리딩씨에 의하면 아베 고보는 카프카를 비롯해서 가르시아 마르케스나 엘리어스 카네티 등의 작가에 흥미를 가지고 있었다고 지적했다. 이것 또한 필자에게 하나의 힌트를 주는 듯 했다. 마르케스에 대해서는 아베 고보도 에세이 '마르케스로부터 무엇을 읽을 것인가'[3)]에서 언급하였고, 카네티에 대해서는 필자가 1995년 잡지논문 '아베 고보의 『붉은 누에고치』론―<나>의 <유대인性>에서 본 실존적 상황 ―'[4)]을 썼을 때에 결론으로 카네티의 영향에 대해서 확실하게 밝힌 적이 있어서 개인적으로 인상 깊은 발표였다.

또 리딩씨는 아베 고보의 후기작품 『방주 사쿠라호』『죽음를 재촉하는 고래들』을 예를 들면서 아베 고보가 품고 있는 국가관에 대해서도 언급했다. 아베 고보는 국기(國旗)나 국가(國歌)로 치장한 현대 국가야말로 현대의 커다란 위험이라고 말했다. "국경을 넘어 국가주의의 벽을 타파하고 새로운 국가주의에 아베 고보는 희망을 걸고 있었습니다. 지구 혹은 국가의 가치관에 초점을 맞춘 구심적인 문학이 많은 가운데서, 원심적(遠心的)으로 국가를 초월한 새로운 문학이 갖는 힘을 아베 고보는 발견한 것이 아니겠습니까" 라고 지적한 점은 스케일이 크고 시사하는 바가 많은 견해라고 생각한다.

테마 2 : 아베 고보와 작가적 사명
-병적(病的) 세계와의 갈등-

이 섹션에서는 폴란드에서 『제4간빙기』(第四間氷期)를 비롯하여 『모래의 여자』(砂の女) 『친구』(友達) 『밀회』(密會) 등을 번역한 미코와이 메라노비치 교수(폴란드)가 '병적인 문명사회에 대한 위대한 알레고리' 라는 제목으로 주로 작품『밀회』를 중심으로 분석한 발표가 있었다. 기계에 둘러 싸여 있는 현대라는 세계 속의 '병원'이라는 학살 메카니즘의 출현 또 성적지향(性的志向)이 강한 사회의 출현, 게다가 개인과 사회의 조직 속에서 서서히 인간은 조직에 의해 노예화 되어버린다는 결론은 작품『밀회』를 자기파멸의 두려움을 계시하는 우화로 받아들였다.

그 다음으로 독일의 베를린 자유대학의 토마스 슈넬베하씨는 '유물론자와 유물론자의 유령들-모노가타리(物語)와 유토피아에서의 아베 고보-'라는 제목으로 아베 고보의 "아무도 못 보는 것을 보는 것이 예술가이다. 그것은 유령과 유토피아를 보는 것이다" 라는 말을 소개하면서 이야기를 전개해 나갔다. 그리고 그 "아무도 못 보는 것을 보는" 작가의 자세가 "실종자는 있는가" 라는 아베 고보 문학을 일관하는 테마와도 연결되어 있는 것을 지적했다. 나로서도 다시 생각해 보지 않으면 안 될 테마 분석으로 시사하는 점이 많았다.

그 다음은 코노 다혜코(河野多惠子)씨가 '아베·미시마의 다이얼로그' 라는 제목으로, 1966년 2월『문예』라는 잡지에 실린 두 사람의 대담 '20세기 문학'을 소개하면서 그 해석 및 코멘트라는 형태로 발표를 하였다. 아베·미시마의 '문학적 우정'이라는 것으로 이야기를 전개해 나가며 카프카와의 차이에 대해서도 언급했다.

'20세기 문학'이라는 대담에서 화제가 된 것은 현대문학에 있어서의 섹스의 문제, 언어의 문제, 타자의 문제 등이었다. 아베와 미시마는 작풍(作風) 상에서도, 정치적 입장에 있어서도, 마치 대극적 입장인 것 같이 보이면서도 실은 서로가 깊은 이해가 있었다. 사에키(佐伯)씨는 아베와 미시마를 말할 때 다음과 같이 그 차이점을 지적하고 있다. "아베와 미시마는 출발 할 때부터 서로 다른 모더니스트였으며 끝까지 그 자세는 일관하게 변하지 않았다. 다만 아베식 모더니즘은 1920년대부터 30년대에 걸쳐 프랑스의 쉬르리얼리즘에 영향을 받았다, 게다가 릴케나 카프카의 문학사상도 가미되어 그 영향의 궤적은 만년의 실험적 연극에 나타났으며, 또 나아가서는 유작인 『캥거루 노트』에까지 확실히 나타나 있다. 한편 미시마식 모더니즘은 오스카 와일드의 영향을 받아 세기말적인 상징주의 성격이 강하며, 데카당스 취미로 그 영향의 흔적은 고전적 모티브 애용에서부터 만년의 장대한 신비취미(神秘趣味)에 이러기까지 일관해서 변하지 않았다"5)고 지적하였다.

테마 3 : 아베 고보의 마지막 십수 년간
-어디에도 속하지 않는 미래를 찾아서-

일본의 교도(共同)통신사 문학담당 기자인 고야마 테츠로(小山鐵郎)씨가 '아베 고보의 아메리카에 대한 이미지' 라는 제목으로 유니크한 발표를 했다. 고야마씨는 아베 고보의 말년 9년 동안에 5회 정도 인터뷰 한 적이 있으며 그 외에도 몇 번인가 개인적으로 아베 고보의 말을 들어볼 기회가 있었다며 아베 고보가 최종적으로 생각하고 있었던 것에 대해 발표했다. 그것은 아메리카에 대한 평론이라고 지적하면서 아메리카 문화에 대해 아베 고보는 "치즈나 콜라, 햄버거, 디즈니랜드와 같은 아메리카산이 이상할 정도로 세계에 유행하고 빠르게 유통이 된다. 이것은 왜 그럴까."라는 소박한 의문에서부터 시작했다고 한다.

이어서 고야마씨는 그 아메리카 문화가 갖는 강한 전염력이 생기는 이유를 간단히 말하면 '부모가 없는 문화의 힘'이라고 아베 고보는 생각하고 있었다는 것이다. 또 씨의 지적에 의하면 생전의 아베 고보는 아메리카 문화에 대해 "아메리카 문화는 전통으로 형성되어 온 것이 아니어서 부모가(뿌리가) 없는 문화다. 언어의 크레올 형식과 닮은 문화이기 때문에, 교육을 매개로 하지 않은 역사는 얕아도 전염력은 아주 강하다. 치즈라든가, 콜라 같은 것은 전통이라는 경로를 통하지 않은 채, 일본은 물론 모스크바 그리고 북경(北京)의 청년들에게 전파되어 강력하게 단숨에 확 퍼져 나갔다. 문화라고 하면 고유문화를 생각하기 쉽지만, 잠재적으로 넓게 기능하고 있는 것이 보편문화가 아닌가" 라고 언급한 적이 있다고 한다.

전통이나 국가나 애국심이라는 생각과는 완전히 다른 문화의 가능성을 지닌 인간들의 근원적인 힘에 의거하여 '부모는 소용없다' 또는 '부모는 불필요' '부모가 없는 문화'를 본질로 하는 아메리카를 논하려고 했었을 것이라고 고야마씨는 설명했다.

종적(縱的)인 문화, 즉 부모에서 자식으로, 자식에서 손자로 가르치고 전수하는 전통 문화는 인간의 정신을 속박하여 자유롭지 못하게 만들어버리고 만다. 그러한 종적인 문화가 아니라 어느 나라 어떤 사람도 스스로가 자기의 손으로 만들어 낼 수 있는 보편적인 문화, 옆으로 번져나가는 문화의 중요성을 아베 고보는 생각하고 있었다고 말을 하며 끝을 맺었다.

다음은 스텐포드 대학원생이며 당시 교토(京都)대학에 유학 중인 그리스트퍼 볼튼씨가 '아베 고보에 있어서 과학적 언어의 시적 취향'이라는 제목으로 작품 『제4간빙기』를 분석하면서 발표했다. 볼튼씨는 『제4간빙기』야 말로 일본에서는 본격적인 최초의 SF소설이라고 주장했다. 아베 고보가 다룬 과학적 어휘·문체·개념 등은 소설에 논리적·합리적인 분위기를 주는 한편, 그와 동시에 딱딱한 합리를 부정하는 공상적인 부분도 소설 속에 공존하고 있다고 말했다. 이 두 영역의 혼합에 의해 아베 고보는 '과학'과 '허구'의 경계를 모호하게 하고 있는 것이라고 지적했다.

테마 4 : 아베 고보 스튜디오
-극작가·연기자·혁명적인 퍼포먼스-

두 번째 날 첫 발표는 주일 폴란드대사로 『친구』의 번역자이기도 한 헨릭·리프츠씨가 '아베 고보의 『친구』와 아베 스튜디오의 회상'이라는 제목으로 발표했다. 리프츠씨가 아베 고보와 직접 만난 것은 1974년에서 75년에 걸쳐 약 1년간 일본에 유학하고 있을 때라고 한다. 유학을 마치고 폴란드로 돌아가 얼마 안 있어 연극잡지에서 일본의 현대연극이나 현대희곡을 소개 해주면 좋겠다는 의뢰가 있어 그것을 아베 고보에게 의논했더니 "『친구』가 좋지 않겠냐"고 하기에 『친구』를 번역하여 그 잡지에 게재했다고 한다. 『친구』가 폴란드에서 상연되었을 때 젊은 연출가들이 관심을 갖고 많은 코멘트가 나왔다고 한다. 그때 카프카에 관한 것과 1968년 소련군 전차가 체코에 들어가 '프라하의 봄'을 짓밟아버린 것에 대해 아베 고보가 쇼크를 받아 옛날의 써 두었든 『침입자(闖入者)』라는 단편을 새롭게 희곡 형태로 다시 고친 것이 『친구』일지도 모른다고 지적하였다.

씨는 또 아베 고보·미시마 유키오·오오에 겐자부로 이 세 사람을 일본 현대작가의 거인으로 들고, 그들의 테마는 정치적인 경계선을 넘고 있다는 것이 공통점이라고 지적했다. 특히 아베 고보의 문학에 대해서는 앞으로 얼마든지 일본 국내나 외국에서도 재발견 되게 될 것이라고 강조하고 20세기 중에서 빼놓을 수 없는 문학자·사상가·철학자·모럴리스트의 한사람이라고 말했다.

다음으로 위스콘신대학의 문학교수인 낸시 실즈씨가 '아베 스튜디오 관찰— 10년간의 회고록—'이라는 제목으로 발표했다. 실즈씨는, 아베 고보 연극에 대해 늘 움직임이 있는 연극으로 고정된 순간은 전혀 없고 유동적인 프로세서이기 때문에 영원히 완성되지 않은 극(劇) 같은 것이라고 말했다. 씨는 심포지엄 직전에 『가짜물고기(贋魚)—아베 고보 극장』이라는 제목의 책을 출판하였는데 이것은 세계 최초의 아베 고보 연극안내서이다6).

이와 비슷한 책으로서는 1973년 간행 된『아베 고보의 극장—7년간의 발자취』라는 책이 있는데 그것이 무대사진을 비롯하여 아베 고보의 연극노트, 극평(劇評), 연보(年譜), 참고문헌을 수록하여 편집한 것인데 비해 실즈씨가 펴낸 안내서에는 제1장 '주제와 기법'이라는 제목에서 알 수 있듯이 아베 고보의 창조적인 시각에 초점이 맞혀진 것이었다.

이어서 아베 고보의 연극에 대해서 쵸후(調布)시립도서관의 安保大有씨와 츠지이 타카시(辻井喬)씨의 발표가 있었다. 安保씨는 『친구』를 '시간을 둘러싼 연극'으로 보고 이에 대해 구체적으로 분석하였다.

이어서 도널드 킹씨의 '아베 희곡의 번역'이라는 주제로 발표가 있었는데, 희곡 번역의 어려움에 대해서 이야기했다. 결국 문학작품으로서의 번역과 무대상연을 목적으로 한 대본 번역의 어려움에 대해 토로하였다. "문학작품으로서의 번역은 이해가 잘 안 되는 곳에는 주석을 달아서 보조설명을 하면 되지만, 대본에는 주석을 붙일 수 없기 때문에 대사와 동작으로 완전한 것이 되어야 한다는 것이다. 그리고 또 말하기 쉬운 언어이어야만 된다. 단지 이해할 수 있다는 것만으로는 부족하고, 입에서 술술 흘러나와야 한다" 라고 언급했다. 그리고 도널드 킹씨는 마지막으로 일본어 속담 번역이 가장 어려웠다고 지적했다[7].

테마 5 : 아베 스튜디오의 연기법

3일간의 심포지엄에서 가장 성황을 이룬 것은 이가와 히사시(井川比佐志)씨와 아베 스튜디오 배우들이 아베 고보의 연기이론을 실연해 보였을 때였다. 이가와씨가 『막대기가 된 사나이』(棒になった男)에서 '막대기' 역할의 어려움에 대해서 말했다. 사토 마사부미(佐藤正文)씨는[8] 고보가 등장인물에 감정 넣기를 금한 연기론를 피로했다. 먼저 등줄기를 꼿꼿이 펴고 꼬리를 바짝 편 개를, 다음에는 등을 구부려 꼬리를 밑으로 늘어뜨린 개를 연출해 보였다. "연기자들은 어느 쪽에도 감정을 넣지 않았는데, 어느 쪽이 강한가 하는 것은 관객은 알지요. 이상하게 감정은 나중에 전해집니다."라고 말했다.

또 사또(佐藤)씨의 부인인 사토 에이코(佐藤映湖)씨도 아베 스튜디오에 입소한 날 아베 고보에게 배웠다는 연기를 피로했다. "물이 담긴 컵이 있다고 하고 그것을 저 쪽으로 갔다 나르는 연기를 해 보세요"라고 하기에 나는 조심조심 갔다 날랐습니다. 다음에는 실제로 물이 가득 차 있는 컵을 날아 보라고 해서 해보니 실은 아주 간단하게 나를 수 가 있었습니다. 그때 "의미의 전달자가 되지 말아 주세요라고 말했습니다"라는 에피소드를 말해주었다. (그 후에는 실연(實演)이 있었다)

테마 6 : 아베 렌즈
-영화와 사진-

아베 고보 문학과 영상을 에워싸고 프랑스의 연구가 쥬리 플록씨의 '아베 고보, 가면의 창시자―소설과 영화로 본『타인의 얼굴』―'이라는 발표가 있었다. 이 발표는 본격적인 작품론으로서『타인의 얼굴』의 작품 구조를 분석하여 독자 스스로가 자신의 맨 얼굴 속에서 밖으로 나온 켈로이드를 발견하고 그것을 똑 바로 볼 수 있게 하는 것이 이 작품의 존재 이유라고 했다.

이 발표에서 필자의 주목을 끈 것은 하나의 가설(假說)이었다. 그것은 영화『타인의 얼굴』로 얼굴을 부상당해 얼굴이 손상된 주인공은 일본을 상징하고, 이에 대해 의사는 미국을 상징하고 있다는 것이다. 주인공이 부상을 당했다는 것은 일본을 상처 입혔다는 것을 상징하고 있으며, 그런 이유로 상처를 입힌 후에 일본에 새로운 얼굴(마스크)을 제공하여 일본을 돕는다는 가설이 그것이다.『타인의 얼굴』이 발표된 것이 1960년대 초기이므로 이러한 가설로『타인의 얼굴』을 읽는 것도 가능하다고 생각되었다.

계속하여 '아베 고보 『타인의 얼굴』에 나타난 테시가하라 히로시 (勅使河原宏)의 변용' 이라는 제목으로 피츠버그대학의 맥도널드 게이코씨의 발표가 있었다.

그 다음에는 코네틱카대학의 명예교수 파커씨의 『상자 인간』(箱男)에 대해 슬라이드 자료를 사용하여 빛과 렌즈가 만들어낸 '상자 속의 남자'의 기원을 찾는다는 유니크한 발표가 있었다. 주로 사진에 대한 고찰이었다. 그 사진들은 『상자 인간』에 실린 8장의 사진으로 그 사진에는 각각 캡션이 붙어있다. 많은 논자들과 다름없이 파카씨는 사진의 의미와 그 캡션의 의미에 초점을 맞추었다.

파카씨의 발표가 끝난 후 아베 네리씨가 사진에 대해서 지금까지 들어보지 못한 이야기를 하였다. "『상자 인간』가 완성된 후에 소설이 너무 짧아서 페이지 수를 늘리기 위해 그러한 사진들을 첨가한 것입니다. 그리고 그 모양새를 갖추기 위해서 나중에 캡션을 넣었다고 합니다" 라는 말에는 모두가 박장대소 했다.

실은 이 사진들은 작품 내용과는 무관한 것이다, 그러나 필자는 나중에 어떠한 연유로든 간에 사진을 첨가한 것이라 해도 그것은 중요한 의미가 있다고 생각하고 있다. 아베 고보는 무언가 추가시키고 싶어 했던 것이 아닐까. 아마도 아베 고보는 골똘히 생각한 끝에 사진을 첨가함으로 해서 소설이라는 문자를 읽는다는 점에 새로운 각도를 부여한 것이 아닐까.

그러므로 아베 고보의 작품은 늘 진화하고 있다는 것을 나타내고 있는 것 같은 느낌이 들었다. 여기에서 또 아베 고보의 위트를 읽을 수가 있지 않을까.

테마 7 : 아베 고보의 정치철학

우선 츠지이 타카시(辻井喬)씨는 '전전의 파시즘과 전후의 친미주의에 대한 아베의 비판' 이라는 발표내용을 전후 시대적 추이와 고보와의 관계를 솜씨 좋게 분석하였다. 특히 이데올로기 붕괴 후의 소위 포스트모던의 현재야말로 아베 고보 문학은 재조명되어야 한다고 주장했다.

그리고 그 중에서 아베 고보의 중심 테마를 크게 두 가지 들었다, 그 하나는 문화의 크레올성이라는 문제이며 또 하나는 인간과 공동체와의 관계성이라고 지적했다. 이 두 가지의 테마는 인간에 있어 영원한 테마일지도 모르나, 이 두 가지 테마에 대해서 아베 고보의 문학만큼 많은 것을 시사해주는 문학은 없다고 강조했다.

아베 고보의 정치성에 대해서는 사에키 쇼이치(佐伯彰一)씨도 '아베 고보의 정치학―아베의 기본적인 정치적 태도 탐구―' 라는 제목으로 아베 고보와 코뮤니즘과의 관계에 주안점을 두고 발표하였다. 사에키씨의 견해는 본래 순 정치적이라고 하기보다 쉬르리얼리즘만이 길잡이였으며, 1956년의 동유럽 여행에서의 공산권 체험이 오히려 코뮤니즘과 멀어지는 계기가 되었다고 말했다.

그런 의미에서 아베 고보의『동구를 가다・헝가리 문제의 배경』[9]은 너무나도 자명한 좌익적인 언설(言說)이며, 그 반면에 체코 자유화 현실, 나아가 아베 고보의 귀국 후 얼마 안 있어 일어난 헝가리 동란의 충격에 심하게 흔들린 심경이 그 반응과 기묘하게 뒤섞여 지금 다시 읽어봐도 숨이 막힐 정도로 생생하다고 말했다.

더구나 1956년이 후루시쵸프가 스탈린을 비판한 해이기도 하여 이때 아베 고보의 관찰이나 체험의 의미는 지금 되돌아보아도 이중

삼중의 무게로 다가오는 것을 느낀다고도 했다. 이와 같은 체험에서 아베 고보의 진정한 새로운 역사소설 『에나모토 다케오(榎本武揚)』(1965년)가 나오게 되었다고 지적했다. 옛 막부(幕府)의 가신이며 네덜란드 유학생이었던 에나모토(榎本)에게 있어서의 '로열티', 즉 정치적 변절이라는 주제에 대해 아베 고보는 상당히 공감하여 샅샅이 그 발자취를 더듬지 않을 수는 없었다고 분석했다. 그 발표 후 "『에나모토 다케오』은 아버지의 자전(自傳)이었다고 생각합니다"라고 네리씨가 한마디 덧붙였다.

맺음말 ―세계 각국에서 아베 고보를 읽고 배운다

마지막 날 섹션에서는 주로 현장에서 아베 고보를 알리는 분들의 경험담으로 회장은 성황을 이루었다. 여기에서 화제가 된 것 중에 다음 두 가지 점에 대해 말하고 싶다. 그 하나는 체코의 훼로바씨의 이야기다. "아베 고보와 같은 부르주아 문학을 가르쳤다는 이유로 1970년대 체코에서 추방되었습니다. 그렇지만 공적으로는 다른 프로그램을 제출하고 실은 몰래 아베 고보의 문학을 가르쳤습니다. 체코인은 매우 유머를 좋아하기 때문에 문법 텍스트로 『친구』를 사용했습니다. 학생들이 다른 텍스트로 바꾸지 말아 달라는 부탁을 해오기도 했습니다. 『친구』에는 교제 이상의 것이 있었습니다. 전체주의에 대한 부정적인 것을 알려 주었고, 윤리적인 것도 가르칠 수가 있었습니다. 아베 고보 문학에는 힘이 실려 있습니다." 라는 이야기가 인상 깊었다.

또 하나는 시에틀 워싱톤대학의 J · W · 트리트 교수의 이야기다.

『모래의 여자』를 가르치기 위해 영화 『모래의 여자』를 학생들에게
보여주었는데, 여성에 대한 레이프를 장려하는 선생이 있다고 여학
생들이 학장에게 일러 받쳤다는 에피소드를 소개하면서, 지금 아베
고보의 문학을 가르친다는 것에 대한 어려움을 토로했다. 트리트 교
수는 그동안 15년간 가르쳐왔는데 새로운 문제가 나타난 것은 소설
을 문자대로만 읽어버리고 마는데 있다고 지적했다. 그러나 그것은
소설을 문자대로만 읽어서 생긴 것은 아니라고 나는 생각한다. 아무
리 문자대로 읽는다고 해도 그러한 결론은 나오지 않기 때문이다.
그것은 어디까지나 문화의 차이에서 오는 문제가 아닌가 생각한다.
미국의 젊은 학생들의 고발은 오히려 일본문화나 풍토를 이해하지
못한 데에서 발생하기 쉬운 의도적인 감상이 아닐까.

이에 대해 고야마(小山)씨도 소설을 문자대로만 읽음으로써 생기
는 문제라고 동의했으나[10], 소설을 문자대로 읽는다는 작업은 독자
들의 능동적 영위로서 보다 텍스트를 충실히 읽는 것이 될 것이다.
그것은 언어=기호의 분석을 통해서 보이지 않는 것을 본다는 작업
이기도 하다[11].

아베 고보의 작품은 부분적으로 읽게 되면 개개의 장면은 참으로
괴기하고 이상하고 기상천외하게 생각된다. 그것을 뚫고 나가기 위
해서도 그 어려움을 넘어 개개의 장면이 일으키는 파동에 의해 유선
형처럼 변모해 나가는 프로세서를 독자 측에서 다시 재구성한다는
능동적인 태도가 필요하다고 생각한다. 이 능동적 영위의 필요조건
으로서는 되풀이해서 말하는 것이나 보다 텍스트를 충실히 읽는 수
밖에 없을 것이다.

다카노 도시미(高野斗志美)씨는 아베 네리(安部ねり)씨와의 대담
에서 아베고보 문학을 읽는다는 것은 21세기의 문명 텍스트를 읽는

것이라고 말한 것도 같은 평가의 연장선상에 있다고도 하겠다[12].

아베 고보는 21세기가 해결하지 않으면 안 될 문제들을 거의 다 제시하고 있다. 예를 들면, 국가 문제, 도시 문제, 그리고 언어 문제 등이다.

아마도 21세기는 아베 고보가 제기한 문제를 어떻게 전개, 심화시키는가 하는 것이 아주 중요한 과제가 될 것이라고 생각한다. 21세기의 문명 텍스트로서, 또는 21세기를 사는 도시 주민들에게 없어서는 안 될 텍스트로서 아베 고보의 작품은 읽힐 것이다.

▌註▐

1) 이하의 보고는 당시 심포지엄에 참석한 여러분들의 발표를 녹음한 것을 모아 원고로 만든 것이다. 이하의 보고를 제시해 주신 연구자, 평론가, 작가 여러분에게 는 듣기에 따라 오해가 생길지도 모르나, 심포지엄 보고쯤으로 봐주시기를 원하며 미리 양해를 구하는 바이다.

2) 〈아베 고보 작품의 번역 리스트〉 참조. 「安部公房国際シンポジウムに参加して」 (筑波大学比較理論文学会 『文学研究論集』14号, 1997. 3)

3) 『すばる』 1983. 5.

4) 졸고 『稿本近代文學』제 20집, 1995. 11.

5) 佐伯彰一 「뉴욕의 아베코보」(『新潮』 1996, 7.) 302쪽

6) Nancy Shields, Fake Fish : The Theather of Kobo Abe (New york : Weatuerhi ll, 1996)

7) 예를 들면, "고양이에 엽전" "고양이 이마" 같은 것이다. 이러한 속담 번역의 어려움은 필자도 번역 일을 하고 있어서 잘 납득할 수 있는 이야기다. 이것을 한국 어로 번역하는 경우도 어렵다. 왜냐하면, "고양이에 엽전"이라고 할 때 "고양이"에 비유하는 것이 한국에선 "돼지"이며, "고양이 이마"라고 할 때의 "고양이"에 비유 하는 것은 "손바닥"이기 때문이다.

8) 사토 마사부미(佐藤正文)씨는 본래 아베 스튜디오의 배우였는데, 아베 고보의 사후, 생전의 집을 「ABE HOUSE」로 바꾸어서 관리하고 있다. 아베 고보 연극의 부활을 위해 현재도 배우로 활약하고 있는 분이다.

9) 1957년 2월에 講談社에서 간행

10) 小山鐵郎 '정치적 경계를 넘는 아베 고보문학─아베 고보 심포지엄에 참가해서─ (下)」(『주간독서인』1996. 5. 31)

11) 문자대로만 읽는다는 것에 대해 荒木正純 씨는 '읽음의 레토릭 ─'비유적 독서법' 에서 '문자대로 읽기'로─'라는 논문에서 다음과 같이 말하고 있다. "문자대로의 독서법에 의해 '광기(狂氣)'가 나타나게 되는 디스코스는 늘 '이성' 또는 '논리'가 '비유'의 코드로 읽도록 '독자'에게 요청해왔다. (중략) 문자대로 읽지 않는 버릇을 '독자'에게 갖게 하는 것은 그것이 어떠한 '제도'를 해체로 이끌 가능성을 가지고 있기 때문이다. (중략) 우리들은 '비유적 독법' 의 제도성을 자각하고 철저하게 '문 자대로'의 독서법의 레토릭을 실천하여 '제도'의 '광기'를 밝혀나가야 할 필요가

있다"(林四郎 編 『응용언어학 강좌— 제 6권 언어의 숲』明治書院, 1986.)

12) 『＜아베 고보와 아사히카와 — 아베 고보 회상전 자료—』아베 고보 회상전 실행
위원회, 1996. 1. 이것은 1996년 1월 23일에서 1월 28일까지 아사히카와(旭川) 중앙
도서관에서 개최 된 '아베 고보 회상전'의 자료로서 향토지 『아사히카와』에 게재
된 것을 실행위원회가 편집하여 작성한 것이다.

<아베 고보를 쫓아서>

아베 고보 국제 심포지엄 참가
뉴욕 컬럼비아대학 : 1996. 4. 19~4. 21

심포지엄 회의장(앞에서 둘째줄 첫 번째, 두 번째 아베 스튜디오 멤버 사토 부부. 그 뒷 줄 세 번째 필자.)

심포지엄 개회사를 하는 도널드 킹씨

도널드 킹씨와 나란히(앞에서 둘째줄 필자, 그 옆이 도널드 킹씨)

컬럼비아대학 도서관.

홋카이도(北海道) 아사히카와(旭川) 방문
1996. 8. 23~8. 26, 1997. 3. 8~3. 11

<아베 고보 회상전>(1996.1.23~1.28) 포스터

<아베 고보 회상전>(1997.3.8~8.13)에 초대 되어
(발표, 필자. 1997.3.9)

<아베 고보 회상전>자료전시회(1997.3.9)

<아베 고보 회상전>전시회 자료(1996.8.24)

와타나베씨와 함께 아이누족 전통 의상을 입고
(1996.8.24)

<아베 고보 회상전>
자료전시회
(1997. 3.9)

하코네(箱根) 아베 고보 작업실 방문
1997. 2. 5~2. 6

하코네 아베 고보 작업실 세재.
평소 애용했던 컴퓨터.(1997.2.5)

하코네 아베 고보 작업실(1997.2.5)

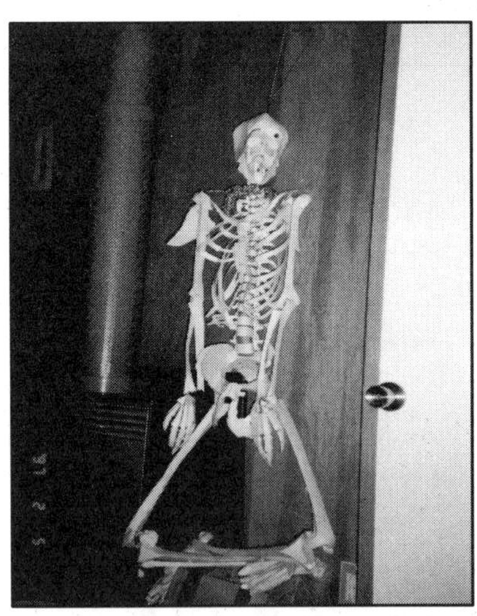

하고베 아베 고보 작업실 세재 입구에 걸려 있는
인체모형. 아베 고보의 유고작 『하늘을 나는 남
자』에 나오는 인체모형의 모델임.(1997.2.5)

옛만주 지역(지금의 중국 동북부 지역) 탐방
2001. 8. 4~8. 12

아베 고보 생가 부근에서(아베 고보 생가 지역이 1996년 하반기부터 개발되어 아파트 단지로 변함. 2001.8.6)

아베 고보 생가 부근에서(2001.8.6)

아베 고보가 다녔던 중학교.(2001.8.6)

아베 고보 부친 근무처였던 만주의과대학. 지금은 중국의과대학의 명칭을 바꿈(2001.8.6)

참고문헌

제1장 『덴도로카카리야』

ドナルド・キーン 「解説」(文庫版『水中都市・デンドロカカリヤ』新潮社, 1973)
江後寛士 「安部公房『デンドロカカリヤ』」(『現代の小説』九州大学出版会, 1981)
水永フミエ 「安部公房『デンドロカカリヤ』論」(山口大「山口国文」8, 1985. 3)
塚谷裕一 「小石川植物園の『デンドロカカリヤ』」(『図書』2,1990)
田中裕之 「『デンドロカカリヤ』論-植物病の解明を中心に」(『国文学攷』128, 1990. 12)
塚谷裕一 「『デンドロカカリヤ』異聞」(『漱石に白くない白百合』文芸春秋, 1993)
栗山博子 「安部公房『デンドロカカリヤ』論」(『大谷女子大国文』24, 1994. 3)
李貞熙 「安部公房『デンドロカカリヤ』論-または、「極悪の植物」への変身をめぐって」
　　　　(『稿本近代文学』19, 1994. 11)

제2장 『붉은 누에고치』

勅使河原宏「『赤い繭』の頃」(筑摩書房 新鋭文学叢書②『安部公房集』「月報」1960.
　　　　12)
森川達也「短篇小説の面白さ『赤い繭』」(『国文学』1969. 6)
飯島耕一「『赤い繭』の行方」(『安部公房全作品』「月報」7, 1973)
伊藤栄洪「安部公房『赤い繭』をめぐって」(『言語と文学』13, 1981. 2)
田中裕之「安部公房『赤い繭』論-その意味と位置」(『近代文学子試論』27, 1989. 12)
早川勝広「安部公房『赤い繭』を読む」(『国語表現研究』5, 1992.3)
李貞熙「安部公房『赤い繭』論-「おれ」の〈ユダヤ性〉にみる実存的状況〉(『稿本近
　　　　代文学』20, 1995. 3)
村松剛『ユダヤ人-迫害・放浪』中央公論社, 1963
小岸昭『スペインを追われたユダヤ人-マラーノの足跡を訪ねて』人文書院,1992
植村邦彦『同化と解放-十九世紀「ユダヤ問題」論争』平凡社, 1993

제3장 『바벨탑의 너구리』

広藤玲子「作品分析『ハベルの塔の狸』(広島女子大『国文』7, 1990.8)

李貞熙「『影』を加えて逃げ去る『狸』-安部公房の『ハベルの塔の狸』論」(『文学研究論
　　　　集』13, 1996. 3)

浅見克彦『所有と物象化』世界書院, 1986

平井俊彦『物象化とコミュニケーション』名古屋外国語大学, 1993

제4장 『벽-S・카르마씨의 범죄』

石川淳「『壁』の序」(月曜書房, 1951)

埴谷雄高「安部公房『壁』」(『人間』1951. 4)

武門泰淳「安部公房著『壁』」(「図書新聞」1951. 7. 2)

中薗英助「安部公房著『壁』」(『近代文学』1951. 11)

本多秋五「物語戦後文学史 変貌の作家 安部公房『壁』との格闘と解決」(『週刊読書
　　　　人』1951. 3. 5)

北村耕「『壁』の中の実存と転向 上」(『民主文学』1966. 1)

北村耕「『壁』の中の実存と転向 下」(『民主文学』1967. 2)

保日日正夫・坂田早苗「初期『壁』をめぐって(往復書簡)」(『解釈と鑑賞』1969. 9)

遠丸立「『壁』」(『解釈と鑑賞』1971. 1)

埴谷雄高「線と面の運動-『壁』」(『安部公房全作品』全15巻「月報」2)

小松左京「『壁』の思い出-青春のノートから」(『安部公房全作品』15巻「月報」10)

小笠原克「壁-S・カルマ氏の犯罪」(『国文学』1972. 9)

古田節子「安部公房『S・カルマ氏の犯罪-壁』論」(大妻女子大『国文』1973. 3)

埴谷雄高「安部公房『壁』」(日本文学研究資料刊行会編『安部公房・大江健三郎』
　　　　有精堂, 1974)

久保田芳太郎「壁-S・カルマ氏の犯罪」(『解釈と鑑賞』1978. 4)

埴谷雄高「『壁』」(佐々木基一編『作家の世界 安部公房』番町書房, 1978)

千野幸一「肉体表現の世界『S・カルマ氏の犯罪』劇評」(『テアトロ』1978. 12)

寺井真美子「安部公房の世界『壁』に見る大いなる思想」(園田学園女子短大『文芸』11,
　　　　1980. 3)

武石保志「安部公房の変貌-『終りし道の標べに』から『壁』へ」(『法政大学大学院紀要』
　　　　12, 1984. 3)

森下みづほ「境界線上の〈壁〉―安部公房研究」(南山大『国文論集』18, 1983. 3)

宮本徹也「砂漠と壁の彼方」(『レトリックの装置』教育出版センター, 1984)
佐々木基一 「フランツ・カフカ『審判』と安部公房『壁』」(『東西比較作家論』オリジン出
　　　版センター, 1986)
吉田俊彦「『S・カルマ氏の犯罪』安部公房考」(『岡山県立短大研究紀要』31, 1986, 3)
西川祐子「安部公房の〈壁〉-『S・カルマ氏の犯罪』とそのフランス語訳について」
　　　(『国際研究』4, 1986. 6)
石原千秋「安部公房 壁-S・カルマ氏の犯罪」(『国文学』3 3 -4, 1988.3)
林晃平「壁-『S・カルマ氏の犯罪』の構造」(国学院大学『日本文学論究』39, 1989. 7)
田中裕之 「『S・カルマ氏の犯罪』論-作家誕生の物語」(広島大『近代文学試論』 28,
　　　1990. 12)
植松美奈「安部公房『壁-S・カルマ氏の犯罪』論」(『大谷女子大国文』22, 1992. 3)
芳沢正憲「『壁-S・カルマ氏の犯罪』について」(『帝京国文学』1, 1994. 9月)
李貞熙「安部公房『S・カルマ氏の犯罪』論」(『文学研究論集』12, 1995. 3)

제5장 〈변신〉 모티브에 관한 것

大里恭三郎「安部公房-変身の悲喜劇」(『常葉国文』1, 1976.7)
岡庭昇「変身の論理-花田清輝と安部公房」(『第三文明』1977. 9)
早坂智子 「安部公房論-メタモルフォシスの世界」(宮城学院女子大『日本文学ノート』
　　　17, 1982. 2)
小川和美「安部公房文学についての一考察-消失,変身の意味」(九州大谷大『国文』19,
　　　1990. 7)
李貞熙 「安部公房の小説における〈変身〉のモチーフをめぐって-初期作品を中心とし
　　　て」(国文学研究資料館『国際日本文学研究集会会録』19, 1996. 10)
桜井徳太郎『変身』弘文堂, 1974
服部幸雄『変化論』平凡社, 1975
オウィディウス著 中村善也訳『変身物語 上・下』岩波文庫, 1985
安野光雅編『変身ものがたり』筑摩書房, 1988
倉持弘『変身願望-人間の仮面と素顔-』創林社, 1989
蟻二郎『変身-神話・民話。SF-』太陽社, 1992
国立歴史民俗博物館編『変身する-仮面と異装の精神史-』平凡社,1992
佐藤泰正編『文学における変身』笠間書院, 1992
高田宏『変身』TBSブリタニカ, 1993

篠田知和基『人狼変身譚-西欧の民話と文学から-』大修館書店, 1994
三原兼平『カフカ「変身」註釈』平凡社, 1995
荒木正純「〈変身〉と〈仮装〉の論理」(『文芸言語研究』5, 1980. 5)
青山太郎「西洋文学における変身のテーマ」(九州大学言語文化部『言語文化論究』, 1994)

제6장 『침입자』

小田切秀雄「鑑賞安部公房」(『日本短篇文学全集』第48巻, 筑摩書房, 1969
沼野充義「世界の中の安部公房」(『国文学』第42巻9号, 1997年 8月)
巽孝之・久間十義「アヴァン・ポップの故郷」(『ユリイカ』1994年 8月)

제7장 『모래의 여자』

大久保典夫「同時代評の変遷からみた安部公房」(『解釈と鑑賞』1971. 1.)
佐佐木基一「脱出と超克」『新日本文学』1962. 9.
三木卓「非現実小説の 陥穽」『新日本文学』1963. 11.
田中裕之「『砂の女』論-その意味と位置」『日本文学』1986. 12.
福本良之「『砂の女』試論-『溜水装置』をめぐる一考察」『天窓』1981. 9.
松原「開かれた文学への道-安部公房論」『文芸』1980. 2.
広漱晋也「メビウスの輪としての失踪-『砂の女』私論」(『近代文学集』1987. 11.)
村松定孝・武田勝彦「『砂の女』と『他人の顔』」(『海外における日本近代文学研究』
        早稲田大学出版, 1968)
鶴田欣也「『燃えつきた地図』論」「『砂の女』における流動と定着のテーマの一解釈」
        (『芥川・川端・三島・安部-現代日本文学作品論』桜楓社, 1973)
岡庭昇「仮面の意味『砂の女』と『他人の顔』」(季刊『現代批評』創刊号, 1978)
熊谷淑樹「安部公房における疎外と再生-『砂の女』『他人の顔』をめぐって」(『言文』39)
谷川渥「安部公房『砂の女』」(『海燕』1996. 10)
高野繁男「安部公房の文体-『棒』『砂の女』の表現様式」(神奈川大学『人文研究』
        1987. 10)
芝仁太郎「『砂の女』-意識の変革について」(『主潮』1979. 2)
曾木明「安部公房小論-『砂の女』と『現代の神話』について」(『論究日本文学』37,
        1974. 3)
石崎等編『安部公房『砂の女』作品論集 ,2003

제8장 『타인의 얼굴』

本多秋五・野間宏・佐々木基一「創作合評」(『群像』1964. 2)
小松左京 「仮面化反応論『他人の顔』がはらむ未来」(「日本読書新聞」1964. 10. 19)
三島由紀夫「仮面の男を主題に」(「読売新聞」1964. 11. 5)
白井健三郎 「『他人の顔』-失われた人間関係をもとめて」(『朝日ジャーナル』1964. 11)
平野栄久 「仮面の罪-安部公房『他人の顔』における作家主体と作品世界」(『新日本文学』
　　　　1966. 8)
武田勝彦・村松定孝「安部公房『砂の女』『他人の顔』について―海外における日本近
　　　　代文学研究6」(『国文学』1967. 2)
森川達也 「『他人の顔』『砂の女』」(『国文学』1970. 7)
佐藤泰生 「『他人の顔』」(『解釈と鑑賞』1971. 1)
福島章「『他人の顔』」(『ユリイカ』1976. 3)
福島章 「『他人の顔』についての散文的メモ」(佐々木基一編『作家の世界』1978)
岡庭昇「仮面の意味『砂の女』と『他人の顔』」(季刊『現代批評』創刊号, 1978)
武石保志 「『他人の顔』試論-〈書く〉ことと〈読む〉ことを通しての『他人』」(法政大
　　　　『日本文学論叢』11, 1982. 3)
鈴村和成 「人間は小説から消えた?『他人の顔』安部公房」(『現代小説を狩る』中教
　　　　出版, 1986)
熊谷淑樹「安部公房における疎外と再生-『砂の女』『他人の顔』をめぐって」(『言文』39)
波潟剛 「安部公房の『他人の顔』論-文章構成の形態とテーマをめぐって」(『文学研究
　　　　論集』13, 1996. 3)
李貞熙「潜在的痴漢と仮面時代-安部公房の『他人の顔』論-」(韓国『日本学報』
　　　　38, 1997. 5)
坂部恵『仮面の解釈学』東京大学出版, 1976
山口哲生『仮面の論理』シルフェ会, 1976
平野栄久『仮面の罪-戦後作品論-』近代文芸社, 1983
遠藤紀勝『仮面』社会思想社, 1980
中村保雄『仮面と信仰』新潮社, 1993
香原志勢『顔の本』中公文庫, 1989
香原志勢『顔と表情の人間学』平凡社, 1995

제9장 『상자 인간』

日野啓三「『箱男』-非表現世界へむかうことば」(『潮』 1971. 6)

アンドラス・ホルバト「日本人のカベを越える『箱男』の作家安部公房」(『サンデー毎日』
　　　1972. 6. 10)

篠田一士「『箱男』あるいはテクストのよろこび」(『波』 1973. 4)

高野斗志美「砂粒的人間のたどる迷路-『箱男』」(『週刊読書人』 1973. 4. 23)

松本鶴雄「安部公房『箱男』の冒険」(「図書新聞」 1973. 4. 28)

松原新一「安部公房『箱男』」(『文芸』 1973. 6)

高橋英夫「視姦者の自由と不幸-『箱男』をめぐって」(『群像』 1973. 6)

日野啓三「『箱男』」(『潮』 1973. 6)

津田孝「『箱男』の自由について-安部公房の仮面と素顔」(「赤旗」1973. 6. 25)

大橋健三郎「箱男のあたたかさ-ある『物語』について」(『早稲田文学』 1973. 7)

平岡篤頼「フィクションの熱風『箱の中の冒険』」(『早稲田文学』 1973. 7)

平岡篤頼「続フィクションの熱風 安部公房『箱男』」(『早稲田文学』 1973. 9)

平岡篤頼「箱の中の冒険」(『迷路の小説論』 河出書房, 1974)

中島誠「箱入り男のジレンマ」(『現代の眼』 1973. 10)

山川久三「『プラスチックス文学』はどこへ行くか-安部公房『箱男』などをめぐって」
　　　(『民主文学』 1973. 11)

吉川道夫「アメリカの『箱男』-書評への疑問」(『波』 1975. 4)

戸村浩「贋箱男トムの場合」(『ユリイカ』 1976. 3)

諸田和治「『箱男』」(『ユリイカ』 1976. 3)

渡辺広士「『箱男』から一歩踏み出す 安部公房著『密会』」(「東京新聞」1978. 1. 28)

高野斗志美「安部公房の『箱男』をめぐって(1)」(『旭川大紀要』14 , 1982. 4)

高木松雄「『箱男』試論」(『異端の系譜-日本の「風狂」について』近代文芸社,1983)

八重樫愛子「1980年代『都市小説』における対比研究-安部公房『箱男』と崔仁浩
　　　『他人の部屋』」(『日本学報』 12, 1984)

芳賀ゆみ子「安部公房『箱男』の世界」(日本女子大『目白近代文学』6, 1985. 10)

谷口香織「『箱男』の構造」(金沢大『国語・国文』16, 1991. 2)

巽孝之「箱女の居場所-笙野頼子または境界領域文学の夢想」(『日本文学』43,
　　　1994. 11)

亀井秀雄『身体・表現のはじまり-改訂・現代の表現思想』れんが書房, 1982

多木浩二『眼の隠喩-視線の現象学』青土社, 1982

赤坂憲雄『排除の現象学』洋泉社, 1986
前田愛『都市空間のなかの文学』筑摩書房, 1992
ジェームズ・D・ライト著 浜谷善実子訳『ホームレス-アメリカの影』三一書房, 1993
森川直樹『平成大不況-あなたがホームレスになる日』サンドケー出版, 1994
クリストファー・ジェンクス著 大和弘穀訳『ホームレス』図書出版, 1995
クリスティーヌ・ビュシニクリュックスマン著 谷川渥訳『見ることの狂気』ありな書房, 1995

제10장『하늘을 나는 남자』

大江健三郎「安部公房が追い求めたテーマ 未完の遺作に結実したか(文芸時評)」
        （「朝日新聞」1993. 2. 22~23 夕刊）
平岡篤頼「股裂きにあった小説-安部公房『飛ぶ男』のドラマ」(『新潮』1993. 3)
菅野昭正「人間の飛翔願望を照射(文芸時評)」(「東京新聞」1993. 3. 24 夕刊)
安岡章太郎「笑顔の記憶-『飛ぶ男』」(『波』1994. 1)
沼野充義「最後のメッセージ『飛ぶ男』の刊行を機に」(「週刊読書人」1994. 2. 25)
李貞熙「変貌するテキスト『飛ぶ男』考-刊行本『飛ぶ男』に至るまで」(『国文学』1997. 8)
笠原敏雄編『サイの戦場-超心理学論争全史-』平凡社, 1987
大外伺郎『「超能力」と「気」の謎に挑む』講談社, 1993
大槻義彦『超能力ははたしてあるか-科学VS超能力-』講談社, 1993
栗崎ゆたか『超能力』心交社, 1995
呉智英編『オウムと近代国家』南風社, 1996
ジナ・サーシナラ著 十菱麟訳『超能力の秘密』たま出版, 1997
沖原豊『校内暴力』小学館, 1987
大槻健編『教師の体罰・暴力』学事出版, 1987
坂本秀夫『体罰の研究』三一書房, 1995
VON KARMAN著 谷一郎訳『飛ぶの理論』岩波書店, 1979
野口常夫『飛ぶ-人間はなぜ空にあこがれるのか-』講談社, 1991
飯田誠一『飛ぶ』オーム社, 1995
今福竜太『クレオール主義』青土社, 1991
パトリック・シャモワゾー+ラファエル・コンフィアン著　西谷修訳 『クレオールとは何か』
        平凡社, 1995
黒崎政男『哲学者クロサキのMS-DOSは思考の道具だ』アスキー出版, 1993
榎本正樹『電子文学論』彩流社, 1993

제11장 '만주' 체험, 패전 체험

リービ英雄+島田雅彦 「幻郷の満州」(『ユリイカ』1994年8月)
川村湊『異郷の昭和文学』岩波新書,1990
川村湊『満州崩壊−大東亜文学と作家たち』文芸春秋,1999
川村湊『海を渡った日本語−植民地の＜国語＞の時間』青土社,1994
川村湊『文学から見る「満州」』吉川弘文館,1998
川村湊『満州鉄道まぼろし旅行』文芸春秋,1998
三谷裕美,「満州国における『国語』政策」(東京女子大学紀要『論集』, 第46巻 2号,
　　　1996年3月)
礒田一雄,「皇民化教育と植民地の国史教科書」(大江志乃夫編,『岩波講座 近代日
　　　本と植民地4−総合と支配の論理−』岩波書店, 1991.
長田弘「安部公房を読む」(佐々木基一編『作家の世界−安部公房』番町書房, 1978)
栗坪良樹「けものたちは故郷をめざす」(『国文学 9月臨時号』1972年 5月) p.48
山形和美編『差異と同一化−ポストコロニアル文学論』研究社出版, 1997
日本社会文学会『近代日本と「偽満州国』不 二出版, 1997

〈단행본〉(일부 수록 포함)

▌安部公房研究論集

高野斗志美『安部公房論』サンリオ山梨シルクセンター出版部, 1966
高野斗志美『増補 安部公房論』花神社, 1979
日本文学研究資料叢書『安部公房・大江健三郎』有精堂, 1974
ウィリアム・カーリー著, 安徹雄訳『疎外の構図―安部公房・ベケット・カフカの小説』
　　　　　　新潮社, 1975
渡辺広士『安部公房』審美社, 1976
谷真介編『安部公房語彙辞典』スタジオVIC, 1976
佐々木基一編『作家の世界・安部公房』番町書房, 1978
安部公房スタジオ編『安部公房の劇場―七年の歩み』創林社, 1979
岡庭昇『花田清輝と安部公房』第三文明社, 1980
久米博『安部公房と清岡卓行−夢の解釈字』北斗出版刊, 1982
仲村清『公房と雄高の世界』根元書房, 1983
新潮社編『新潮日本文学アルバム安部公房』新潮社, 1994

谷真介編『安部公房レトリック事典』新潮社, 1994
安部公房回想展実行委員会『安部公房と旭川-安部公房回想展資料』1996
ナンシー・K・シールズ著　安保大有訳『安部公房の劇場』新潮社, 1997
谷眞介『安部公房評伝年譜』新泉社, 2002
渡辺聰『もうひとつの安部システム』本の泉社, 2002
石崎等編『砂の女』作品論集、クレス出版、2003
波潟剛『越境のアヴァンギャルド』NTT 出版, 2005
ドナルド・キン『思い出の作家たち-谷崎・川端・三島・安部・司馬-』新潮社,
　　　2005
李貞熙『安部公房の小説を讀む』J&C, 2005
鳥羽耕史『運動体 ・ 安部公房』一葉社, 2007

단행본 수록 논문

埴谷雄高「安部公房のこと」(『鞭と独楽』未来社, 1957)
野間宏「安部公房の存在」(新鋭文学叢書『安部公房集』筑摩書房, 1960)
本多秋五「変貌の作家・安部公房」(『物語戦後文学史』新潮社, 1970)
村松定孝・武田勝彦　「『砂の女』と『他人の顔』」(『海外における日本近代文学研究』
　　　早稲田大学出版, 1968)
倉橋健「安部公房論」(小久保実編『戦後文学・展望と課題』真興社出版, 1968)
草柳大蔵　「日本的文壇に染まらない文学者-小説家安部公房」(『現代日本の200人』
　　　三宝出版, 1970)
磯田光一『悪意の文学』読売新聞社, 1972
鶴田欣也「『燃えつきた地図』論」「『砂の女』における流動と定着のテーマの一解釈」
　　　(『芥川・川端・三島・安部-現代日本文学作品論』桜楓社, 1973)
高野斗志美「叛乱の新造型-安部公房と丸谷才」(森女現文編『近代説話文学の構造』
　　　明治書院, 1979)
ドナルド・キーン「日本語·日本文学·日本人:安部公房との対談」(『日本の魅力』中央公
　　　論社, 1979)
畑下一男編『作家の性意識-精神科医による作家論からの臨床診断-』至文堂, 1979
現代文学研究会編「安部公房『デンドロカカリヤ』」(『現代の小説』九州大学出版会, 1981)
利沢行夫『戦後作家の世界』荒地出版, 1981
平野栄久「仮面の罪-安部公房『他人の顔』」(『仮面の罪』近代文芸社, 1983)

宮本徹也「砂漠と壁の彼方」(『レトリックの装置 戦後文学論』教育出版センター,1984)
大岡昇平「ハード・ボイルド−現代の眼:安部公房・村松剛・花田清輝・佐伯彰
　　　(座談会)」(『ミステリーの仕掛け』社会思想社, 1986)
佐々木基一『東西比較作家論』オリジン出版センター, 1986
三浦雅士「円環の呪縛−安部公房の世界」(『メランコリーの水脈』 福武書店, 1989)
川村湊「逃れ去る国境」(『異郷の昭和文学−満州と近代文学』岩波書店, 1989)
柴田勝二『閉じられない寓話』沖積舎, 1990
加賀乙彦「埴谷雄高と安部公房」(『現代文学の方法』阿部出版, 1990)
北川透 「メタファーとしての変身−安部公房『砂の女』まで」(佐藤泰正編『文学における
　　　変身』笠間書院, 1992)
巽孝之『ジャパノイド宣言』早川書房, 1993
小泉浩一郎 「安部公房『砂の女』論−その主題把握をめぐり」(『続・テキストのなかの作
　　　家たち』翰林書房, 1993)
白川正芳「安部公房−繰り返されるテーマ〈失踪〉」(『超時間文学論』)洋泉社,1994)
大江健三郎「安部公房の発明」(『小説の経験』朝日新聞社, 1994)
スーザン・J・ネイピア「鏡の砂漠−近代日本文学における〈他者〉の構築」(鶴田欣
　　　也編『日本文学における他者』新曜社, 1994)
日高昭二「獄舎の夢・安部公房『榎本武揚』」(『文学テクストの領分』白地社, 1995)
伊藤成彦 「断片だが濃密なリアリティ−安部公房の遺稿『飛ぶ男』」(『時標としての文学−
　　　1984〜1995』お茶の水書房, 1995)
オロフ・リディーン「日本文壇の一匹狼安部公房」(『世界が読む日本の近代文学』
　　　福岡ユネスコ協会編, 丸善ブックス, 1996)
日本社会文学会編「安部公房と『満州』」(『近代日本と偽満州国』不二出版, 1997)

▌단행본 2차 자료

G・ルカーチ著伊東・小森共訳『リアリズム論』(理論社, 1950)
国民文化調査会『左翼文化運動』1954
鶴岡善久『日本超現実主義詩論』思潮社, 1966
日沼倫太郎『現代作家案内』三一書房, 1967
川端康成(代表)『対談 日本の文学』中央公論社, 1971
立川洋『欧米作家と日本近代文学④ドイツ篇』三教育出版センター, 1975
バートン・パイク著松村昌家訳『近代文学と都市』(研究社出版, 1987)

鶴岡冬二『小説の現実と理想-作家-人にみる戦後精神の展開』日貿出版社, 1977

上田三四『一億人の昭和史別冊 昭和文学作家史』毎日新聞社, 1977

アンドリュー・ホルバト『わたしの日本文学』鷹書房, 1977

松原新一『現代の文学』別巻『戦後日本文学史・年表』講談社, 1978

関根弘『針の穴とラクダの夢』草思社, 1978

中島健蔵『回想の戦後文学』平凡社, 1979

奥野健男『小説のなかの人間たち』集英社, 1981

林晃平『日本文学史の新研究』三弥井書店, 1984

秋山邦晴『文化の仕掛人』青土社, 1985

中谷拓士『反レアリスム論-ロブ・グリエをめぐって-』創元社, 1985

河野真『人間と悪』以文社, 1987

柄谷行人『畏怖する人間』リブロポート, 1987

ラマーン・セルデン著 栗原裕訳『現代文学理論』大修館書店, 1989

森常治・福田陸太郎『昭和文学60場面編⑤小道具編』中教出版, 1992

鈴村和成『境界の思考』未来社, 1992

多田富雄『免疫の意味論』青土社, 1993

榎本正樹『電子文学論』彩流社, 1993

日本語表現研究会著『語源からわかる言葉の事典』PHP研究所, 1994

川村湊『戦後文学を問う』岩波書店, 1995

川本皓嗣・小林康夫編『文学の方法』東京大学出版, 1996

西沢赤彦『「満洲」都市物語』河出書房, 1996

鷲田小弥太『現代思想 1970-2001』潮出版社, 1996

大浦康介編『文学をいかに読むか-方法論とトポス』新曜社, 1996

山形和美『差異と同化-ポストコロニアル文学論-』研究者出版, 1997

荒木正純『ホモ・テキステュアリス-二十世紀欧米文学批評論の系譜』 法政大学出版, 1997

〈잡지 논문〉(신문 자료 일부 포함)

▎雑誌(安部公房特集号)

『三田文学』「特集 安部公房」1968. 3

『解釈と鑑賞』「特集 戦後世代の文学-安部公房・大江健三郎・吉本隆明」1969. 9

『解釈と鑑賞』「特集 1970代の前衛・安部公房」1971. 1
『月報』(『安部公房全作品』新潮社, 全15巻の「月報」) 1972. 5~1973. 6
『国文学』「特集 安部公房-文学と思想」1972 .9
『解釈と鑑賞』「特集 演劇館・三島由紀夫と安部公房」1974. 3
『悲劇喜劇』「特集 安部公房」1974. 10
『ユリイカ』「特集 安部公房-故郷喪失の文学」1976. 3
『解釈と鑑賞』「特集 安部公房の現在」1979 .6
『群像』「安部公房追悼特集」1993. 3
『海燕』「安部公房追悼特集」1993. 3
『新潮』「安部公房追悼特集」1993. 4
『文学界』「安部公房追悼特集」1993. 4
『すばる』「安部公房追悼特集」1993. 4
『すばる』「特集 安部公房を読む」1993. 6
『あさひかわ』「安部公房追悼特集」1993. 7
『へるめす』「特集 安部公房・フロッピーディスクの通信」1993. 11
『ユリイカ』「増頁特集 安部公房」1994. 8
『せんがわ・21』「特集 安部公房と仙川」1995. 8
『あさひかわ』「安部公房追悼特集」1993. 7
『あさひかわ』「旭川ゆかりの作家『安部公房回想展』によせて」1997. 4
『国文学解釈と教材の研究』「特集 安部公房-ボーダーレスの思想」1997. 8

▌잡지 발표 논문

※다음 논문 목록은 谷真介『安部否公房レトリック事典』(新潮社, 1994)에 실려 있는 「安部公房文学参考文献」을 토대로 해서 필자가 보완한 것이다. 현시점에서 다루지 않은 '연극'에 관한 자료는 게재하지 않았다. 논문은 발표 연대순으로 나열했고, 잡지 특집 및 각 장에 참조한 문헌들은 중복을 피해 여기에서는 생략했다.

1948. 6   荒正人「第二の新人-武田泰淳・安部公房・島尾敏雄たち」(「東京新聞」
          18~19日. 夕刊)
1951. 8   荒正人「新しい才能-安部公房」(「西日本新聞」1日. 朝刊)
1951. 8   埴谷雄高「安部公房のこと」(『近代文学』)

1953. 3　　関根弘 「安部公房著『闖入者』」(『近代文学』)

1955. 10　市川学 「安部公房の文章」(『言語生活』)

1955. 10　椎名麟三 「『どれい狩り・快速船・制服』」(「日本読書新聞」24日)

1956. 9　　赤塚徹・中村康古 「安部公房のこと」(『文芸』)

1957. 4　　小田切秀雄 「『東欧を行く』評」(『群像』)

1958. 11　花田清輝 「人物スケッチ安部公房」(「日本読書新聞」10日)

1959　　　飯島耕一 「報告 安部公房−あるいは無罪の文学」(『批評』2号, 春季号)

1959　　　篠田一士・菅野昭正・飯島耕一・村松剛・日沼倫太郎・佐伯彰一
　　　　　 「討論 安部公房とアヴァンギャルドの方法について」(『批評』2号, 春季号)

1959. 7　　針生一郎 「『第四間氷期』『幽霊はここにいる』評」(「日本読書新聞」20日)

1959. 8　　奥野健男 「安部公房『第四間氷期』『幽霊はここにいる』評」(「週刊読書人」
　　　　　 3日)

1959. 9　　田木繁 「海底のイーカルス、安部公房『第四間氷期』」、(『新日本文学』)

1959. 9　　埴谷雄高 「安部公房『第四間氷期』とA・アシモフ『鋼鉄都市』」
　　　　　 (「東京新聞」14日. 夕刊)

1959. 12　玉井五一 「記録云術の会の頃のこと」(『新日本文学』)

1960. 10　小林祥一郎 「安部公房『石の眼』について」(『新日本文学』)

1960. 2　　和田勉 「テレビのためのなわと棒」(『新鋭文学叢書2安部公房集』筑摩
　　　　　 書房,「月報」)

1960. 12　ヨネヤマ・ママコ「安部さんが一人の異邦人を助けた話」
　　　　　 (『安部公房集』筑摩書房,「月報」)

1960. 12　野間宏「安部公房の存在」(『新鋭文学叢書二. 安部公房集』筑摩書房,
　　　　　 「月報」)

1961. 3　　花田清輝・武井昭夫「劇評・対談『石の語る日』」(『テアトロ』)

1961. 3　　奥野健男 「人と作品 安部公房」(「新刊ニュース」)

1962. 9　　北村芙憲『コメディ・プラスチック 安部公房論』(『新日本文学』)

1962. 9　　佐々木基一 「脱出と超克」(『新日本文学』)

1962. 9　　岩田宏 「『砂の女』」(『新日本文学』)

1963. 2　　松本俊夫 「安部公房とアイ・ポイント」(「日本読書新聞」4日)

1963. 2　　奥野健男 「安部公房の文学」(「東京新聞」16〜17日. 夕刊)

1963. 4　　吉成孝史 「安部文学の原型『砂の女』の評価」(「図書新聞」13日)

1963. 6　　小野敏子 「『砂の女』と『自由』」(「アカハタ」6日)

1963. 9　古田永宏「『砂の女』二つの評論-〈対決〉の可能性はどこに」
（『新日本文学』）

1963. 11　三木卓「非現実小説の陥穽『砂の女』をめぐって」（『新日本文学』）

1964. 4　奥野健男他「映画『砂の女』批判」（『映画芸術』）

1964. 8　木鳥始「科学小説の批評性」（『新日本文学』）

1964. 11　三枝康高「『砂の女』についての試論」（『日本文学』）

1965. 1　北村美憲「小説で小説を否定『無関係な死』」（「図書新聞」9日）

1965. 1　飯島耕一「『無関係な死』『水中都市』」（「週刊読書人」11日）

1965. 4　山田博光「安部公房論」（『日本文学』）

1965. 4　長谷川四郎「『おまえにも罪がある』」（「週刊読書人」5日）

1965. 7　秋山駿「『榎本武揚』」（『群像』）

1965. 10　福田善之「『榎本武揚』」（「週刊読書人」11日）

1965. 10　勅使河原宏「文学の世界の映像」（「週刊読書人」18日）

1966. 1　間板弘「安部公房『砂漠の思想』-魂の〈赤ひげ〉診療譚」（『展望』）

1966. 3　磯田光一「『終りし道の標べに』について」（「週刊読書人」7日）

1966. 3　中村新太郎「安部公房『榎本武揚』とその批評をめぐって」
（「アカハタ」14～15）

1966. 5　磯田光一「無国籍者の視点-安部公房論」（『文学界』）

1966. 7　渡辺淳「安部公房-SF的現実」（『悲劇喜劇』）

1967. 1　田村栄「『榎本武揚』と『沈黙』について」（『文化評論』）

1967. 5　湯浅朝雄「自由の賛称者-川端・石川・安部・二島の『声明』をめぐって」
（『新日本文学』）

1967. 9　渡辺淳「安部公房の方法」（『テアトロ』）

1967. 9　安江武夫「安部公房論」（法政大学『近代文学研究』3）

1967. 11　中田耕治「不思議な国の悪意の風景『燃えつきた地図』の衝撃」（「図書新
聞」25日）

1967. 11　長尾一雄「歴史の空虚さ・活人画・牢-『榎本武揚』」（『新劇』）

1967. 12　田所泉「『故郷』と作家との闘い-安部公房・小林勝・高井有の最近作を
めぐって」（『新日本文学』）

1968. 1　秋山駿「想像はひび割れる-安部公房『燃えつきた地図』」（『文学界』）

1968. 2　桧山久雄「歴史の思想化について-大江健三郎と安部公房の近作につい
て」（『新日本文学』）

1968. 7   荒正人 「安部公房と大江健三郎」(『国際文化』)

1968. 9   磯田光一「安部公房のパロディ文体」(「週刊読書人」 2日)

1969. 2   野村喬「安部公房『燃えつきた地図』を視座として」(『国文学』)

1969. 6   森川達也「短篇小説の面白さ『赤い繭』」(『国文学』)

1969. 11   松本鶴夫「安部公房–反日常の論理と自由」(『文芸埼玉』)

1970. 1   大島勉「無機物人間の孤独」(『テアトロ』)

1970. 1   小川徹「安部公房と三島由紀夫」(『国文学』)

1970. 2   松原新一「開かれた文学への道–安部公房論」(『文芸』)

1970. 3   柄谷行人「大江、安部にみる想像力と関係意識」(「日本読書新聞」23日)

1970. 5   武田勝彦「西欧における安部公房の評価」(『解釈と鑑賞』)

1970. 6   日野啓三「『砂の女』再読–物語ることについて」(『文学界』)

1970. 6   山川久三「安部公房『砂の女』と『燃えつきた地図』
           –文学に見る60年代・作家と作品」(『民主文学』)

1971. 3   渡辺淳「安部公房–迷っ子たちの劇的イメージ」(『解釈と鑑賞』)

1971. 6   山川久三「安部公房–『砂の女』と『燃えつきた地国』」(『民主文学』)

1971. 10   古田煕生「『砂の女』について」(『古典と近代文学』11)

1971. 10   長谷川四郎「認識された行為探る『未必の故意』」(「東京新聞」11日. 夕刊)

1971. 11   石川淳「安部公房の『周辺飛行』–文芸時評」(「朝日新聞」29〜30日)

1971. 12   山田博光「『榎本武揚』」(『解釈と鑑賞』)

1971. 12   平野栄久 「安部公房著『未必の故意』–アクチュアリティの喪失と〈政治〉
           について」(『新日本文学』)

1971. 12   松本公子「安部公房・存在論の旅–何故に人間はかく在らねばならぬのか」
           (広島女大『国語国文学』)

1972. 1   笠原伸夫「安部公房–その神話的思惟・素描」(『解釈と鑑賞』)

1972. 2   高山鉄男「安部公房論–他者からの逃亡」(『自由』)

1972. 3   利沢行夫「本物の異端の明確なイメージ–安部公房『内なる辺境』」(『群像』)

1972. 3   ジークフリード·シャールシュミット「想像力による構成と現実世界–安部公房の
           場合」(『新潮』)

1972. 5   シャールシュミット・酒井和也「対談・外から見た安部公房」(『波』)

1972. 6   大島勉「土俗との対決–安部公房『巨人伝説』『未必の故意』」(『国文学』)

1972. 9   ドナルド・キーン「日本文学を読む–安部公房」(『波』8. 9月併号)

1972. 11   五十嵐誠毅「『安部公房』ノート〈初版本〉『終りし道の標べに』」(『視点』)

1972. 11　河本久広「安部公房論」(『季刊 芸術科』)

1973. 2　鶴田欣也「ジェームス・コージスの『砂の女』とアイデンティティ論」
　　　　　(『解釈と鑑賞』)

1973. 3　和田かほる「『砂の女』論」(宮城学院女子大『日本文学ノート』8)

1973. 4　百目鬼恭三郎「安部公房-自分を追い抜く男」(「朝日新聞」6 日. 夕刊)

1973. 6　武田勝彦「安部公房」(『解釈と鑑賞』)

1973. 6　小川京子「安部公房『終りし道の標べに』論」(安田女大『国語国文学論集』4)

1973. 8　大島勉「われらの内なる天皇ビトラー『愛の眼鏡は色ガラス』劇評」(「新劇」8)

1973. 6　佐伯彰一「安部公房-永遠の仮説追求者」(「週刊読書人」25日)

1973. 9　渡辺広士「アヴァンギャルドの迷路-安部公房論」(『文芸』)

1974. 3　曾木明「安部公房小論-『砂の女』と『現代の神話』について」
　　　　　(『論究日本文学』37)

1974. 5　鶴田欣也「『けものたちは故郷をめざす』におけるアンビバレンス」
　　　　　(『日本近代文学』20)

1974. 6　角田旅人「『安部公房』断章-『詩人の生涯』その他」(『国語』131)

1974. 12　高橋英郎「動詞は孤独に変化する-共同体意識への告発と疎外-安部公
　　　　　房論」(『新劇』)

1975. 3　山野浩一「アヴァンギャルドとSF-三島由紀夫と安部公房」(『国文学』)

1975. 5　小久保実「安部公房と満州体験」(『解釈と鑑賞』)

1975. 11　ドナルド・キーン「日本文学を読む 安部公房」(『波』)

1975. 12　星野光徳「安部公房の原質と飛躍」(『みとす』)

1976. 1　板垣直子「安部公房の文学」(国士館大『人文学会紀要』8)

1976. 2　田中美代子「『笑う月』-シンボライズされた夢」(『海』)

1976. 2　佐藤忠男「『笑う月』」(『婦人公論』)

1976. 2　山野浩一「聖なる落伍者の周辺旅行-安部公房者『笑う月』」
　　　　　(「週刊読書人」9日)

1976. 4　高野斗志美「安部公房(現代作家と文体)」(『解釈と鑑賞』)

1976. 4　高柳誠「安部公房の発想と文体」(『解釈と鑑賞』)

1976. 5　清水徹「夢の周辺飛行-後藤明生と安部公房」(『中央公論』)

1977. 4　篠田一士「奇譚の現実性について」(『すばる』)

1977. 6　岡庭昇「安部公房覚書 戦後の解体とアヴァンガルトの変質(『第三文明』)

1977. 10　佐伯彰一「反物語のアイロニィー-安部公房の場合」(「新潮」10)

1977. 12　芹沢俊介「安部公房の『密会』」(「図書新聞」17日)

1977. 12　中野孝次「出口なき大都会の迷路」(『波』)

1978. 1　盧原英了「白布が最大のスター『水中都市』劇評」(「テアトロ」1)

1978. 1　諸田杣治「安部公房著『密会』」(「日本読書新聞」1. 23)

1978. 1　佐伯彰一「『密会』-迷路ゲームへの果敢な挑戦」(「週刊読書人」23日)

1978. 2　芝仁太郎「曲説『砂の女』-日本の知識人の問題にふれて」(『主潮』)

1978. 3　黛哲郎「国際作家の安部公房氏」(「朝日ジャーナル」3日)

1978. 3　進藤純孝「『密会』」(『婦人公論』)

1978. 3　栗原幸夫「『密会』構造としての現代を描く」(『潮』)

1978. 6　高野斗志美「匿名性と自由の原点の発想」(『潮』)

1978. 7　岡庭昇「動物・植物・鉱物-安部公房の世界」(『第三文明』)

1978. 11　小久保実「安部公房-現代作家110人の文体」(『国文学』)

1978. 12　鳥居邦朗「安部公房・吉行淳之介-特集作家の出発期」(『解釈と鑑賞』)

1979. 2　岩崎力「ロブ=グリエと安部公房」(『波』)

1979. 2　芝仁太郎「『砂の女』-意識の変革について」(『主潮』)

1979. 3　清水邦夫「三島由紀夫と安部公房」(『国文学』)

1979 .6　武田勝彦「原点としての寓話性-安部文学解読のヒント」(「公明新聞」28 日)

1979. 10　岡庭昇「『榎本武揚』(戦後史と文学-状況のなかの作品)」(『現代の眼』)

1979. 11　川本三郎「表面の地獄-安部公房論」(『新日本文学』)

1979. 12　山田博光「安部公房論序説-リアリズムと共同体」(帝塚山学院大『研究論集』14)

1980. 2　隈本まり子「安部公房-その初期作品における一考察」(熊本大『国語国文学研究』15)

1980. 4　伊藤典夫「現代へむかうベクトル-安部公房 SFの先見性」(『ユリイカ』)

1980. 4　柘植光彦「戦後文学の異端と正統-安部公房,三島由紀夫の問題」(『国文学』)

1980. 6　栗坪良樹「燃えつきた地図」(『解釈と鑑賞』)

1980. 8　青野聡「安部公房と逃亡の磁場」(『文学界』)

1980. 9　篠田一士「安部公房『都市への回路』をめぐって-方法としての都市設計」(海』)

1980. 9　ドナルド・キーン「『都市への回路』」(『新潮』)

1980. 9　隈本まり子「安部公房『飢餓同盟』について」(『方位』1)

1980. 9　町沢静夫「安部公房論-持集・精神医学と文学」(『理想』56)

1980. 10　岩波剛「想像力の領域-安部公房『榎本式場』」(『悲劇喜劇』)

1980. 10　武石保志「安部公房における『名前』の意味」(法政大『日本文学論叢』9)

1981. 3　武石保志「安部公房『砂の女』試論」(法政大『日本文学論叢』10)

1981. 4　須山哲生「安部公房覚え書-『砂の女』をめぐって」(『青い花』)

1981. 5　横田富義「安部公房について-物語と主体の分裂」(『解釈と鑑賞』)

1981. 9　福本良之「『砂の女』試論-溜水装置をめぐる一考察」(『天窓』14)

1981. 10　隈本まり子「『けものたちは故郷をめざす』について」(『方位』3)

1982. 7　中井孝子「安部公房『棒』の教材研究と授業研究ノート」
　　　　(名古屋大『国語国文学』50)

1982. 8　山田和子「安部公房」(『国文学』)

1982. 12　山中博心「カフカと安部公房-定着と流動」(福岡大『人文論叢』14-2)

1983. 1　三浦雅士「円環の呪縛」(『海燕』)

1983. 2　小林治「安部公房と島尾敏雄-戦後アヴァンギャルド文学の実像」
　　　　(駒沢大『国文学会論輯』１１)

1983. 2　田中祥子「『安部公房論』ノート〈終りし道〉からの出発」
　　　　(宮城学院女子大『日本文学ノート』18)

1983. 10　武石保志「安部公房の出発『終りし道の標べに』試論」
　　　　(法政大大学院『大学院紀要』11)

1983. 10　山口日昌男「安部公房『棒』の文芸構造　実存的裁きを中心として」
　　　　(『活水日文』9)

1983. 11　隈本まり子「安部公房『第四間氷期』について」(「近代文学論集」⑨. 10)

1984. 2　小林治「昭和25年前後の安部公房-『夜の会』からコミュニズムへ」
　　　　(駒沢大『国文学会論輯』12)

1984. 3　武石保志「安部公房の変貌-『終りし道の標べに』から『壁』へ」
　　　　(法政大『大学院紀要』12)

1984. 3　高三猪喜和子「安部公房-『砂の女』におけるキーワード」
　　　　(『大宰府国文』12)

1984. 10　小泉浩一郎「安部公房『砂の女』論」(『近代文学研究』1)

1984. 11　山中博心「フランツ・カフカと安部公房-自我のあり方」
　　　　(岡大『人文論叢』16. 2)

1985. 2　平岡篤頼「夢人間の終末図-安部公房『方舟さくら丸』をめぐって」

（『文学界』）

1985. 2   芳賀ゆみ子「安部公房−小宇宙造形の軌跡を追って」
（日本女子大『国文目白』24 ）

1985. 3   エステラ・ゼロムスカ 「安部公房とハロルド・ピンターにおける孤独と脅威
の感覚」（東北大『日本文芸論叢』4）

1985. 3   生方洋子・藤井明子「安部公房論−『砂の女』以降」（群馬県立女子大
『国文学研究』5）

1985. 8   塩瀬宏「私的な覚え書き−旧草月ホールでの60年代前半の試みの演劇的
側面をめぐって」（『文学』）

1986. 5   石沢秀二「北京の『水中都市』」（「東京新聞」23日. 夕刊）

1986. 6   谷田昌平「『砂の女』と安部公房氏−回想・戦後の文学
（東京新聞」11日夕刊）

1986. 7   阪本竜夫「安部公房論−安部公房とシュールリアリズム」（『私学研修』102）

1986. 10   中村泰行「安部公房の〈核〉文学」（「赤旗」19日）

1986. 12   上倉麻里子「安部公房試論−その〈共同体〉の構図『砂の女』まで」
（『玉藻』221）

1986. 12   田中裕之「『砂の女』論」（『日本文学』）

1987. 2   加藤典洋「世界の終りにて−村上春樹に教えられて、安部公房へ」
（『世界』）

1987. 3   武石保志「手仕事について」（法政大『日本文学論叢』別冊）

1987. 3   深谷純一「空を飛ぶことを拒否する時代からあきらめの時代へ一人の生徒
の自殺と『空飛ぶ男』の読み」（『国語通信』293）

1987. 3   吉田恵美子「荒野と自由一安部公房小論」（法政大『日本文学誌要』36）

1987. 10   高野繁男「安部公房の文体−『棒』『砂の女』の表現様式」
（神奈川大学『人文研究』）

1987. 11   広瀬晋也「メビウスの輪としての失跌−『砂の女』私論」（『近代文学論集』）

1988. 3   オフロ・G・リディン「安部公房の国際主義」（『新潮』）

1988. 3   五十嵐亮子「初期安部公房研究−寓意空間の創造」（東京女子大『日本文
学』69）

1988. 4   石川健夫「安部公房−覚書・戦後の文学」（「東京新聞」5日, 7日. 夕刊）

1989. 1   アンドレア・ドウォーキン「皮膚の喪失」（『現代思想』）

1989. 3   八木原陽子「安部公房−比喩表現の変遷について」（『大宰府国文』8）

1989. 10　柴垣竹生「安部公房『砂の女』についての一考察『第四間氷期』との比較
　　　　　検討を主軸として」(花園大『国文学論究』１７）

1990. 1　アーニー・チェッキ「安部公房−捜査=探究の物語(世界の中の日本文学
　　　　　90)」(『新潮』)

1990. 2　西田智美「『終りし道の標べに』の改訂について」(福岡女子大『香椎潟』36)

1990. 11　芳賀ゆみ子「安部公房『方舟さくら丸』小論」(日本女子大『目白近代文学』
　　　　　10)

1990. 12　ドナルド・キーン「安部公房の儀式嫌い」(『新潮』)

1991. 3　田中実「〈大皇制〉と〈いじめ〉の構造−安部公房の掌編『公然の秘密』
　　　　　をめぐって」(立教大学『日本文学』64)

1991. 6　鳴瀬久美「安部公房作品における〈対極〉のモチーフ『終りし道の標べに』
　　　　　『けものたちは故郷をめざす』『砂の女』を中心に」(『古典研究』18)

1991. 10　李徳純「内部精神の深層開発−中国から見た安部公房・大江健三郎・
　　　　　開高健の文学」(『すばる』)

1991. 11　柴垣竹生「『ロマネスク』と『物語』の拒絶−安部公房『人魚伝』の位置」
　　　　　(花園大『国文学論究』10)

1991. 11　石田健夫「時代の陰画−文芸記者のメモ帳から」(「東京新聞」11日. 夕刊)

1992. 1　笠井潔「〈変わらない〉作風の新しい音味−『カンガルー・ノート』」
　　　　　(「週刊読書人」6日)

1993. 2　日野啓三「砂について」(「読売新聞」12日. 夕刊)

1993. 7　浜田雄介「安部公房を読む1変形が変革するもの」
　　　　　(『月刊国語教育』13-6)

1993. 8　浜田雄介「安部公房を読む2迷走する認識の彼方」
　　　　　(『月刊国語教育』13-7)

1993. 9　浜田雄介「安部公房を読む3仮説と推理の反世界」
　　　　　(『月刊国語教育』13-8)

1993. 9　中山真彦「『『書く』ことが『行う』ことである時−安部公房の長編小説とそのフ
　　　　　ランス語訳について(上)」(『東京女子大学紀要論集』41-1)

1993. 10　浜田雄介「安部公房を読む4境界を失効させる謎」
　　　　　(『月刊国語教育』13-9)

1993. 11　浜田雄介「安部公房を読む5記述の迷路のエロス」
　　　　　(『月刊国語教育』13-10)

1994. 12　浜田雄介「安部公房を読む6手触りのための飛行」
　　　　　（『月刊国語教育』13-11）

1994　　　有村隆広「安部公房の初期の作品(1)『名もなき夜のために』:リルケ影響
　　　　　-リルケ、ニーチェ、カフカ」（『言語文化論究』5）

1994. 3　中山真彦「物語とレトリック―安部公房の長編小説とそのフランス語訳につ
　　　　　いて(中)」（『東京女子大学紀要論集』44-2）

1994. 6　北村直理「安部公房文学研究-〈砂〉と〈壁〉をめぐって」（『玉藻』30）

1994. 7　酒井和寿「『砂の女』形成論-『チチンデラ ヤパナ』からの変形痕跡を軸と
　　　　　する―アプローチ」（『立教大学日本文学』72）

1994. 9　中山真彦「解体する風景にひとつの地平が現れる―安部公房の長編小説
　　　　　とそのフランス語訳について(下)」（『東京女子大学紀要論集』45-1）

1994. 11　藤江正子「『終りし道の標べに』論―昼と夜と境界線」
　　　　　（『芸術至上主義文芸』20）

1994. 12　石橋佐代子「囚われの構造―『砂の女』に」（『名古屋近代文学研究』12）

1994. 12　田中裕之「安部公房『けものたちは故郷をめざす』考」（『近代文学試論 32』）

1995.　　有村隆広「安部公房の初期の作品(2)『異端者の告発』:ニーチェの影響-リ
　　　　　ルケ、ニーチェ、カフカ」（『言語文化論究』6）

1995. 2　高野斗志美「いま、なぜ、安部公房なのか」（『あさひかわ』）

1995. 4　高野斗志美「安部公房の作品を読む1『無名詩集』」（『あさひかわ』）

1995. 5　高野斗志美「安部公房の作品を読む2『終りい道の標べに』その一」
　　　　　（『あさひかわ』）

1995. 6　高野斗志美「安部公房の作品を読む3『終りい道の標べに』その二」
　　　　　（『あさひかわ』）

1995. 7　高野斗志美「安部公房の作品を読む4『デンドロカカリヤ』と『夢の逃亡』」
　　　　　（『あさひかわ』）

1995. 8　高野斗志美「安部公房の作品を読む5『S・カルマ氏の犯罪』その一」
　　　　　（『あさひかわ』）

1995. 9　高野斗志美「安部公房の作品を読む6『S・カルマ氏の犯罪』その二」
　　　　　（『あさひかわ』）

1995. 10　高野斗志美「安部公房の作品を読む7『バベルの塔の狸』」（『あさひかわ』）

1995. 11　高野斗志美「安部公房の作品を読む8ヴィジュアルな空間へ-若き
　　　　　Koboabe」（『あさひかわ』）

1995. 12　高野斗志美「安部公房の作品を読む9戯曲『友達』-関係の強要・共同体
　　　　　の悪夢」(『あさひかわ』)
1996.　　有村隆広「安部公房の初期の作品(3)『終りし道の標べに』:ドイツの文学、
　　　　　思想の影響-ハイデッガー、ニーチェ、リルケ、カフカ」(『言語文化研究』7)
1996. 1　岩崎正則「安部公房小説はおもしろい」(『あさひかわ』)
1996.1　保坂一夫「詩人の生涯-安部公房のお母さんの質問」(『あさひかわ』)
1996.1　高野斗志美「安部公房の作品を読む10『けものたちは故郷をめざす』」
　　　　　(『あさひかわ』)
1996. 2　高野斗志美「安部公房の作品を読む11『詩人の生涯』-大人のための童話」
　　　　　(『あさひかわ』)
1996. 3　高野斗志美「安部公房の作品を12『第四間氷期』未来に裁かれる物語」
　　　　　(『あさひかわ』)
1996. 10　谷川渥「安部公房『砂の女』」(『海燕』)
1997. 2　クリストファー・ボルトン「科学とフィクション、そしてポストモダン」
　　　　　(『昭和文学研究』34)
1997. 3　石川陽一「自分流 安部公房の楽しみ方」(『あさひかわ』)
1997. 3　波潟剛「安部公房『燃えつきた地図』論」(筑波大学比較・理論文学会『
　　　　　文学研究論集』14)
1997. 3　李貞熙「安部公房作品の翻訳リスト」(筑波大学比較・理論文学会『文学
　　　　　研究論集』14)
1997.10　鳥羽耕史「安部公房『第四間氷期』」(『國文學研究』第123号)
1997.12　田中裕之「『箱男論(一)―『箱男』という設定から―」」(『梅花女子
　　　　　大学文学部紀要』) 第31号
1998.2　石橋紀俊「安部公房『壁-S.カルマ氏の犯罪』論」(『昭和文学研
　　　　　究』第36号)
1998.2　渡邊正彦「＜分身小説＞の系譜」(『群馬県立女子大学紀要』)第19号
1998.3　有村隆広「安部公房の最初の作品集『壁』-フランツ・カフカとルイ
　　　　　ス・キャロルの影響-」(『言語文化論究』第9号)
1998.3　北村雄一「臨床心理学における『現実』についての一考察-安部公房
　　　　　『箱男』とW.ギーゲリッヒ『アニムス-心理学』を手がかりに-」(『京都
　　　　　大学教育学部紀要』)第44号
1998.12　杣谷英紀「安部公房『異端者の告発』の意義」(『日本文芸研究』第

　　　　　　50巻3号)

1999.3　　有村隆広「安部公房の小説『けものたちは故郷をめざす』ーカフカ文学との対比ー」（『言語文化論究』第10号)

2000.6　　杣谷英紀「安部公房『壁ーS.カルマ氏の犯罪』の方法」（『日本文芸研究』第52巻1号)

2001.9　　이정희「아베 고보(安部公房)」（『세계의 소설가Ⅰ』한국외국어대학교출판부)

2001.5　　江藤智哉「安部公房初期小説における変貌ー＜分身＞の物語ー」（『文芸と批評9-3)

2001.6　　김현희「아베 고보의 『수중도시』에 나타난 변신과 시간」（『日本学報』第47輯)

2001.10　　오미정「아베 고보의 『틈입자(闖入者)』論」（『日本文化研究』5)

2001.8　　김병진「아베 고보의『벽-S.카르마씨의 범죄』에 관한 고찰」（『日本語文學』15)

2001.11　　鳥羽耕史「なにが『壁』なのか(上)」（『文芸と批評9-4)

2001.11　　이정희「아베 고보와 ＜만주＞체험-『짐승들은 고향을 향한다』를 중심으로-」（『日語日文學研究』第39輯)

2004.7　　趙千枝子「安部公房『制服』の構造に関する考察」（『日本文化研究』11)

2004.7　　홍성범「아베 고보의 『타인의 얼굴』고찰」（『日本文化研究』11)

2005.3　　鄒波「中国における安部公房の受容について」（『東アジア日本教育日本文化研究』8)

2005.7　　趙千枝子「安部公房『終わりし道の標べに』論」（『日本文化研究』15)

2005.11　　鳥羽耕史「実践としての寓話ー安部公房とイソップー」（『国文学　解釈と鑑賞』70)

2005.11　　이영순「安部公房『砂の女』論-＜남자＞의　탈출을　중심으로-」（『日本近代文學研究』第11輯)

2006.3　　木村陽子「文学の冷戦と安部公房『R62号の発明』試論」（『国文学研究』148)

2006.5　　友田義行「風景と身体ー安部公房/勅使河原広映画『砂の女』論ー」（『昭和文学研究』53)

2006.6　　　이정희 「1945년 일본 패전과 '전후문학'」(『21세기의 문학』 33)

▌映像資料

「NHK教育テレビ・訪問インタビュー:斎藤季夫のインタビュー」1985. 1. 14~17(2時間)
「NHK教育テレビ・ビック対談-物質・生命・精神そしてX-:渡辺格との対談」
1986. 3. 8(1時間 30分)
「新春インタビュー-ロボットと人間:堤清二のインタビュー」1983. 1(1時間)
「NHK・ETV安部公房・文明のキーワード・世紀末の現在:養老孟司のインタビュー」
1987. 9. 10(1時間 30分)
「NHK・ETV 安部公房特集」1994. 4. 13~14(1時間 30分)
▌新潮社カセット「安部公房公演-小説を生む発想・『箱男』について」1973(1時間)

작가 연보 ●●●

※이 작가 연보는 『安部公房レトリック事典』(谷真介著, 新潮社, 1994)에 실려 있는 아베 고보 연보를 참고해서 작성하였음.

1924년(1세)

3월 7일 도쿄에서 태어남. 본명은 아베 기미후사(安部公房). 본적은 홋카이도. 조부모는 시코쿠(四国)에서 홋카이도로 이주해 간 개척민이었음. 아버지는 만주봉천의과대학(満州奉天医学大学)에 진학, 졸업 후 조교수가 됨. 영양학을 전공하여 비타민 연구로 박사학위를 받음. 어머니는 도쿄여자고등사범학교(東京女子高等師範学校), 현재 오차노미즈(お茶の水)여자대학 국문과 재학 중에 사회주의 운동 단체에서 활동 하다가 퇴학 처분을 받고, 이후 프롤레타리아 문학에 관심을 두었음. 창작「스핑크스는 웃는다(スフィンクスは笑ふ)」를 아베 고보 탄생 2주일 후에 간행. 만년에는 단가(短歌)를 지었음. 부모는 1922년 말에 결혼.

아베 고보는 2남 2녀의 장남(남동생은 가업을 이어 의사, 장녀는 요절, 차녀는 디자이너)으로, 아버지가 도쿄국립영양연구소에 파견되어 있던 때에 태어남.

1925년(2세)

부모와 함께 만주 봉천시(현재 瀋陽市)로 이주. 아버지는 후에 봉천에서 개업의를 하였음.

1936년(13세)

봉천 치요다(千代田)초등학교 2학년 때 아버지가 독일, 헝가리로 유학을 갔기 때문에 1년 남짓 어머니와 함께 홋카이도에서 지냄. 아버지 귀국 후 다시 만주로 돌아가 치요다초등학교에 복학함. 초등학교 시절 아베 고보는 작문을 좋아했다고 함.

4월, 봉천제2중학교(奉天第2中学校)에 입학. 중학교 시절 「세계문학전집」과 「근대극문학전집」을 읽었고, 에드가 앨런 포를 탐독했음. 특히 수학에서 기하를 좋아했고, 어학은 잘 하지 못했음. 곤충채집과 모험에 흥미가 많았고, 검도와 2000M 장거리 선수로도 활약하여 100M를 12초에 달렸음.

1940년(17세)

중학교를 졸업하고 도쿄 세이죠고등학교(成城高等学校)에 입학. 아베 로쿠로(阿部六郎)에게 독일어를 배움. 그러나 학교생활에 잘 적응하지 못하고 문학서를 탐독하여 도스토예프스키에 심취함. 일본 문학에는 그다지 대부분 감명 받지 못함.

겨울에 빗속 군사 훈련 탓으로 폐침윤(肺浸潤)에 걸려 휴학을 하고 봉천 집으로 돌아와 휴양.

1942년(19세)

4월, 병이 회복되어 다시 도쿄 학교로 돌아감. 파시즘이 강화된 가운데 니체, 하이데거, 야스퍼스 등의 철학서를 읽음. 또한 카프카의 『심판』도 읽었지만 당시 받았던 인상은 약했다고 함. 학교 군사훈련은 최하위였지만 수학만은 여전히 좋아하여 2학년 말에 3학년 교과서를 마스터함. 이때부터 「세이죠 유사 이래 수학천재」라고 불렸고 수학 선생님이 졸업 후 대학에서 수학과에 진학을 갈 것을 권했다고 함.

1943년(20세)

2월, 세이죠고등학교 교우회지에 철학적 에세이 「문제하강에 의한 긍정적 비판—이것이야말로 크게 개미집을 빛낼 빛이다—(問題下降に依る肯定の批判—是こそは大いなる蟻の巣を輝らす光である—)」를 게재.

당시 아베는 "해석학"이라는 말을 오히려 데카르트적인 회의의 방법에 가까운 의미로 풀고 있었음. 세상에 횡행하고 통용하고 있는 모든 기성관념이나 이데올로기를 철저히 비판하고, 상식의 두터운 지반을 타파하기에 이름. 여기에는 그가 이미 깊이 몰두하여 읽었던 니체와 도스토예프스키의 영향이 컸다. 특히 『지하 생활자의 수기(地下生活者の手記)』에 강한 영향을 받음.

9월, 고등학교를 조기졸업하고, 도쿄제국대학(현 도쿄대학)의학부에 입학. 대학 졸업 후에는 정신과 의사가 될 생각이었다고 함.

전쟁이 악화됨에 따라 정신 상태도 점점 악화되어 2년 동안 학교에는 거의 가지 않았음. 하는 일 없이 나날을 보내면서 오로지 릴케의 『형상시집(形象詩集)』을 읽음.

1944년(21세)

연말, 패전이 멀지 않았다는 소문을 듣고 도쿄공업대학 재학 중인 중학교 시절 친구와 함께 학교는 무단결석인 채로 폐결핵 진단서를 위조, 헌병의 감시의 눈을 피해 만주 집으로 돌아감.

돌아가는 길에 경유한 북한에 대한 인상은 후에 최초의 희곡 『제복(制服)』의 소재가 됨.

1945년(22세)

자택을 이용해 병원을 차린 아버지의 일을 거듦. 8월에 제2차 세계대전 종전. 겨울에 발진티푸스가 대유행하여 진료에 임했던 아버지는 감염되어 사망.

1946년(23세)

점령군에게 집에서 쫓겨나 봉천 시내를 전전하며 생활. 동생과 함께 사이다를 제조하여 팔아 일가의 생활비를 벌어들임. 발명에 열중하여 당분으로 셀룰로오스를 분해하는 실험에 열중, 더욱이 휴대용 고체 사이다를 만들어 내다 팔았지만 실패.

연말에 가까스로 일본행 귀환선을 탈 수 있게 되어 만주를 떠남. 하지만 일본 본토에 상륙하기 직전 배 안에서 콜레라가 발생. 나가사키 사세보 항에서 10일 가까이나 계류되어 발광하는 정신 이상 상태까지 나타났음. 이 당시의 체험이 훗날 장편소설 『짐승들은 고향을 향한다(けものたちは故郷をめざす)』의 배경이 됨.

1947년(24세)

1월, 조부모가 계시는 홋카이도에 도착. 그러나 학업을 계속하기 위해 남동생과 여동생, 어머니를 남겨두고 도쿄로 돌아가 1년 아래 학급에 편입. 극도의 빈곤과 영양실조로 학교는 거의 가지 않고 굶주림에서 헤어나기 위해 암거래 브로커와 같은 일을 하면서 방황. 불신과 증오로 늘 화가 난 듯한 정신 상태였음. 항상 릴케의『형상시집』을 손에 들고 다니며 릴케 풍의 시를 씀. "그것은 시(詩)라기 보다도『사물』과『실존』에 관한 대화 와 같은 것이었다"(자필 연보)

3월, 일본 미술을 전공하고 초현실주의 미술에 관심을 두고 있던 오이타 출신의 야마다 마치코(山田眞知子)와 결혼. (부인은 미술 제작 외에도 잡지에 삽화를 그리거나 아베 고보가 쓴 책의 장정을 맡기도 하였고, 후에는 무대장치 등을 담당하여 전위적인 무대미술가로서 활약. 1969년 11월에는 아베 고보가 직접연출·상연한『막대기가 된 남자(棒になった男)』3부작의 참신한 무대장치로 기노쿠니야(紀伊国屋) 연극상을 수상).

결혼 후, 나카노(中野), 네즈(根津), 하코네(箱根)에 있었던 지인들의 별장 등을 전전하며 신혼 생활을 보냄. 생활을 위해 된장절임이나 숯덩이 행상 등을 하며 산문을 쓰기 시작. 노트에 쓴 장편소설『길 끝난 곳의 이정표에』를 고등학교 시절 독어 선생님인 아베 로쿠로(阿部六郎)에게 보임. 아베 로쿠로는 친구인 하니야 유타카(埴谷雄高)에게 소개. 하니야씨는 오오카 쇼헤이(大岡昇平)와의 대담에서 "표제는 처음엔『점토벽(粘土塀)』이라고 쓰여 있었다. (중략) 이러한 새로운 존재 감각이 있는 작품을 내는 것이야말로 전후의 의미가 있다"고 말했다. 자필 연보에는 "소설을 쓸 의도가 아니었다. 철학 논문 같은 것으로 (이하 생략) 소설이라기보다도 오히려 사상 표백의 의도"라고 쓰여 있음.

5월, 처음으로 <야회(夜の会)>모임이 열림. 출석자는 하나다 기요테루(花田清輝), 오카모토 다로(岡本太郎), 하니야 유타카(埴谷雄高), 노마 히로시(野間宏), 사사키 기이치(佐々木基一), 시이나 린조(椎名麟三), 우메자키 하루오(梅崎春生), 나카노 히데토(中野秀人), 와타나베 가즈오(渡辺一夫)였으며, 세키네 히로시(関根弘)와 아베 고보는 방청자로 참석.

이 해 여름에 시 12편, 산문시 1편, 에세이 1편으로 된『무명시집(無名詩集)』50부를 자비로 출판.

1948년(25세)

1월, <야회>가 정식으로 발족. 멤버는 첫 모임에 출석했던 와타나베 가즈오가 빠지고, 오노 도자부로(小野十三郎)가 새로이 가담. <야회>는 월 2회 연구회·토론회를 열고, 전후파에 의한 아방가르드라는 새로운 예술운동의 거점이 되었음.

2월,『길 끝난 곳의 이정표에』가『개성(個性)』에 게재됨.

3월, 도쿄대학 의학부 의학과를 졸업. 인턴이 될 것을 단념함. 사사키 기이치의 소개로 창작 「목초(牧草)」를 『종합문화(総合文化)』에 발표.

5월, 『근대문학(近代文学)』에 에세이 「살아있는 언어(生の言葉)」 발표.

6월, 『차원(次元)』에 창작「이단자의 고발(異端者の告発)」 발표.

7월, 시이나 린조(椎名麟三), 우메자키 하루오(梅崎春生), 미시마 유키오(三島由紀夫), 시마오 도시오(島尾敏雄) 등 16명과 함께 『근대문학』 동인이 됨. 『종합문화』에 창작 「이름도 없는 밤을 위해(名もなき夜のために)」 발표.(이 작품은 8, 9, 12월호 및 「근대문학」11, 다음해 1월호에 나누어 게재되었음). 『시사신보(時事新報)』의 「문예시평」을 담당.

이 시기의 아베 고보의 인상에 대해 오카모토 다로는 다음과 같이 기억함.

"……얼마 되지 않아 모임(야회)은 회원 이외에도 방청객으로 자유롭게 참가할 수 있는 공개 형식을 취하여 월 2회씩 참가하게 되었다. 거기에 젊은 아베 고보가 나타났다. 아마도 그 당시 그는 도쿄대 의학부를 졸업한 지 얼마 되지 않았을 무렵이었던 것 같다. 그저 마르고 두꺼운 녹색 안경만이 눈에 띄던 이 젊은이는 유창하진 않아도 독자적인 상상력과 그것을 전개하는 명석한 논리가 서로 얽혀 있어 기묘하게 사람을 끌어당기는 설득력이 있었다. 그는 젊은층의 중심 멤버로 주목되었다."

8월, 『차원(次元)』7·8월호에 에세이 「평화에 대하여」 게재. 『종합문화』의 좌담회「20대 좌담회—세기의 과제에 대하여」에 출석. 이 전후에 <세기의 모임(世紀の会)>의 전신인 <이십대의 모임(二十代の会)>발족.

9월, 에세이 「우리들은 전쟁을 이렇게 본다—절망에 대한 반항」을 『근대문학』에 게재. "아프레게르 신인 창작선"의 한 권으로 장편소설 『길 끝난 곳의 이정표에』를 진선미(眞善美)사에서 간행.

10월, 『근대문학』에 에세이 「물질의 불륜에 대하여(하니야 유타카『사령(死霊)』론)」을 게재.

1949년(27세)

이 무렵부터 사상적으로 마르크스주의에 접근. <세기의 모임>의 회원이었던 화가 가쓰라가와 히로시(桂川寛)는 아베 고보가 일본 공산당에 입당한 것은 1950년이라고 함.

1월, 『개성』에 창작 「박명의 방황(薄明の彷徨)」 게재.

4월, <세기의 모임(世紀の会)>결성. 보다 폭넓은 예술운동의 주체가 되려고

결성한 <세기의 모임>은 <야회>발족 직후 아베 고보가 <이십대의 모임>을 만들고 싶다고 하여 생긴 것으로 회장 아베 고보의 강렬한 개성이 이 모임을 이끌어 갔음.

5월, <야회>에서 펴낸 『새로운 예술의 탐구』에 「사회주의 리얼리즘에 대하여」, 「픽션에 대하여」, 「인간의 조건에 대하여」, 「반시대적 정신」 등의 보고서 및 토론을 수록. 14일, <세기의 모임>과 도쿄대학 문학부 주최로 열린 강연회에서 「카프카와 사르트르」란 주제로 강연.

8월, 『표현』에 창작 「덴도로카카리야(デンドロカカリヤ)」 발표. 에세이 「쉬르리얼리즘 비판」을 『수채화(みづゑ)』에 게재.

9월, 『근대문학』 9월·10월 합병호에 에세이 「문학과 시간」 게재. 집필자 약력에 「포부는 사회적 실존문학의 방법 확립」이라고 적고 있다.

10월, 『인간』 추계 증간호에 창작 「꿈의 도망(夢の逃亡)」 발표.

이 무렵, 하나다 기요테루·오카모토 다로가 창설한 <20세기 연구회>의 아방가르드 예술 연구회에 가담하여 한층 더 새로운 창작 활동을 지향함. 당시 하나다 기요테루에게 가장 큰 영향을 받았고 쉬르리얼리즘이 실마리가 되어 점점 유물론에 접근해 감.

1950년(27세)

1월, 일본 공산당은 코민포름 비판을 둘러싸고 주류파와 비주류파로 분열. 6월에 한국전쟁이 일어나 맥아더는 공산당 중앙위원 24명을 추방해서 두 파의 항쟁은 점점 격화되었음. 신일본문학회(新日本文學會) 내에도 그 파문이 미침. 이 시기에 아베 고보는 주류파로서 입당해 있었음.

4월 8일, <세기의 모임> 연구회에서 「반 부르주아론」을 발표·토론. 토론은 혁명의 합리성과 비합리성의 문제에 집중되어 아베 고보는 혁명 정신과 혁명 방법의 구별을 강조. 결론으로 "혁명은 필연적이지만 신격화된 사회에 대한 신앙을 거절하는 데에 혁명 정신이 있는 것이고, 혁명의 노예가 되는 것과는 투쟁하지 않으면 안 된다"고 하여 실존적 세계관의 소유자였던 아베 고보는 급진적 사고방식으로 점점 변하고 있었음.

12월, 『인간』에 창작 「세 가지의 우화」(「붉은 누에고치(赤い繭)」·「홍수(洪水)」·「마법의 분필(魔法のチョーク)」) 발표.

이 무렵, 부인 마치코씨는 주변 아이들에게 미술을 가르치는 한편, 신문·잡지 등에 삽화를 그리기도 하며 생활비를 충당함.

1951년(28세)

궁핍한 생활 속에서도 문학 서클 조직으로 분주하게 뛰어다님.

2월,『근대문학』에 창작「벽—S·카르마 씨의 범죄(壁—S·カルマ氏の犯罪)」발표. 게재에 즈음하여『근대문학』편집부는 본문 서두에 다음과 같은 이례적인 문장을 덧붙임. "『길 끝난 곳의 이정표에』로 남달리 뛰어난 재능을 지닌 전후문학 신문학 세대의 한 사람임을 우리들에게 고한 아베 고보가 이 신작 속에서 훌륭한 변모를 달성하고 있음을 독자들은 인정할 것이다"

또한 집필에 관련하여 아베 고보는 다음과 같이 기술하였다.

"『벽—S·카르마 씨의 범죄』는 소설에 대한 나의 자세를 크게 바꾸어 준 작품이다. 구상이 성숙했다고 생각한 순간 갑자기 자유로워진 느낌이 들었다. (중략) 앞으로 나의 작업 방향을 결정짓는 것이 되었다."

3월,『근대문학』의 좌담회「정치와 문학」에 출석.

4월,「붉은 누에고치」로 제2회 전후문학상 수상. 이 무렵에 이시카와 준(石川淳)을 알게 됨.

5월, 창작「바벨탑의 너구리(バベルの塔の狸)」를『인간』에 발표. 최초의 작품집『벽(壁)』(수록작「S·카르마씨의 범죄」·「바벨탑의 너구리」·「붉은 누에고치」·「홍수」·「마법의 분필」·「사업」, 서문—이시카와 준)을 월요책방(月曜書房)에서 간행. '후기'에 다음과 같이 적혀 있다.

"(생략) 벽이라는 것은 바로 그 방법론입니다. 벽이 어떻게 인간을 절망 시키는가 라기 보다, 벽이 어떻게 인간 정신에 좋은 운동이 되고 인간을 건강한 웃음으로 이끄는가 라는 것을 나타내는 것이 목적이었습니다. 그러나 이것을 쓰고 나서 벽에도 계급이 있음을, 그리고 이 벽이 너무나도 지나치게 소시민적이었다는 것을 생각하고 후회했습니다."

7월,『군상(群像)』에 창작「손」,「사업」발표.「벽—S·카르마 씨의 범죄」로 제25회 아쿠타가와(芥川)상 수상. 그러나 선고 위원 중 한 사람인 우노 고지(宇野浩二)는 "이해할 수 없는 소설", 심지어는 "이번 아쿠타가와 상은 <무>에서 <유>를 만들어 낸 일"이라고 혹평하기도 함.

10월,『문학계』에「굶주린 피부(飢えた皮膚)」,『문예』에「시인의 생애(詩人の生涯)」를 각각 발표.『문예춘추』에「아쿠타카와상 수상에 대하여」를 게재.

11월,『신조(新潮)』에「틈입자(闖入者)」발표. 후에 희곡『친구들(友達)』로 발전.

1952년(29세)

1월,『군상』에 「노아의 방주(ノアの方舟)」 발표. 기록문학에 대한 보다 강한 지향으로 시마오 도시오 등과 <현재의 모임(現在の会)>결성.

3월,「새로운 전위시 운동의 중핵체」로서 잡지『열도』 발행. 노마 히로시, 세키네 히로시, 시이나 린조 등과 편집위원이 됨.

5월, 에마 슈(江馬修), 도쿠나가 스나오(德永直), 노마 히로시 등의『인민문학』에 참가.

6월, <현재의 모임>의 기관지『현재』 창간. 그가 공산주의자로서 가장 활발히 활약하고 있던 때에 쓴 작품 「수중도시」를『문학계』에 발표.

10월,『인민문학』의 좌담회 "일본 문학의 중심 과제는 무엇인가",『조수(潮)』의 좌담회 「절실한 것—오늘날의 문학자」에 각각 출석.

12월,『문예』에 「이솝의 재판(イソップの裁判)」 발표. 작품집『굶주린 피부』(수록작「굶주린 피부(飢えた皮膚)」「시인의 생애(詩人の生涯)」「손(手)」「틈입자(闖入者)」「덴도로카카리야(デンドロカカリヤ)」「이솝의 재판(イソップの裁判)」등)와『틈입자』(수록작 「틈입자」「수중도시(水中都市)」「노아의 방주」 등) 간행.

1953년(30세)

1월, 에세이 「나의 감상 —카프카에 관한 것」을『문예』에 게재.『근대문학』의 좌담회 「전후 문학 총결산」에 참석.

3월,『문학계』에 창작 「R62호의 발명(R62号の発明)」 발표.

4월,『개조(改造)』에 에세이 「배반당한 전쟁 범죄인(裏切られた戦争犯罪人)」 게재.

8월,『희망』의 좌담회 「국민문학론 총결산」에 출석.

1954년(31세)

2월, 장녀 네리 탄생. 장편소설『기아동맹(飢餓同盟)』간행. 이 무렵부터 희곡을 왕성하게 발표하기 시작.

4월,『군상』에 「변형의 기록(変形の記録)」 발표.『인민문학(人民文学)』에 에세이 「문학 운동의 방향」 게재.

5월,『문학계』에 「죽은 딸이 노래한……(死んだ娘が歌った……)」 발표.

여름, 1년 정도 전에 하나다 기요테루의 권유로 신일본문학회에 입회했던 하리우 이치로(針生一郎)에게 당원이 되는 것을 조건으로 일본 공산당 소감파(所

感派)가 만든 일본문학 학교에 교무주임 역으로 들어오지 않겠냐는 권유를 받고 승낙함.

10월, 『문예』좌담회 「전후 작가는 무엇을 쓰고 싶은가」에 출석.

12월, 『군상』에 희곡 『제복(制服)』 발표.

1955년(32세)

3월, 희곡 「제복」 상연.

4월, 『문학계』에 창작 「맹장(盲腸)」 발표. 이 작품은 후에 TV드라마 「양장인류(羊腸人類)」, 희곡 「녹색 스타킹(緑色のストッキング)」으로 발전함.

6월, 「노예사냥(どれい狩り)」 상연.

7월, 『문예』에 「막대기(棒)」 발표. 이 작품은 라디오 드라마 「막대기가 된 남자(棒になった男)」와 희곡 「막대기가 된 남자」(3부작)로 발전.

9월 『신극(新劇)』좌담회 「왜 희곡을 쓰는가」에 출석. 첫 희곡집 『아베 고보 창작극집(安部公房創作劇集)』(수록작 「노예사냥」「쾌속선(快速船)」「제복」 후기 ─「실재하지 않는 것에 대하여」) 출간.

11월, 『언어생활』 10월호 에세이 「S・카르마씨의 본질(S・カルマ氏の素姓)」을 게재.

12월, 『신일본문학』에 「노예사냥」 게재.

1956년(33세)

2월, 『신일본문학』에 하리우 이치로와의 대담 「해체와 종합」 게재.

4월, 신일본문학회 및 국민문학회를 대표하여 프라하에서 열린 체코슬로바키아 작가 대회에 참가. 대회 기간은 22일~29일까지였으나 돌아오는 길에 발칸 제국, 동독, 프랑스를 방문하고 6월 24일에 귀국함.

9월, 『지성(知性)』에 에세이 「동유럽에서 생각한 것」 게재.

10월, 『아쿠타가와상 작품집①』에 「벽」수록. 『신일본문학』에 「예술이 당면하는 제문제(체코 작가 대회 보고)」 게재. 『지성』에 에세이 「일본공산당은 세계의 고아이다」 게재.

11월, 『연극 수첩(演劇手帖)』의 좌담회 「소설에서 연극으로」에 출석.

12월, 작품집 『R62호의 발명』(수록작 「R62호의 발명」「변형의 기록」「죽은 딸이 노래한……」「막대기」외 6작품) 출간.

1957년(34세)

1월, 장편소설『짐승들은 고향을 향한다(けものたちは故郷をめざす)』를『군상』
에 연재.

『신일본문학』의 삼자 회담「헝가리 문제와 문학자의 입장」(하니야 유타카·
오니시 교진(大西巨人))에 출석.

2월, 여행기『동구를 가다—헝가리 문제의 배경(東欧を行く—ハンガリア問題の
背景)』간행.

이 여행기로 일본공산당의 비판을 받음.

『신일본문학』의 좌담회「공산주의와 문학—일본공산당·신일본문학회 비판」
에 출석.『일본독서신문』4일, 11호의 좌담회「현재의 눈—하드보일드」에 출석.

4월, 에세이「생활과 감정의 실험실·내 안의 만주」를『일본독서신문』15일
호에 게재.

장편소설『짐승들은 고향을 향한다』간행.

11월,『중앙공론(中央公論)』에 에세이「아메리카 발견」게재. 라디오 드라마
「막대기가 된 남자」를 문화방송에서 방송, 예술제 장려상을 수상. 이에 대해 우
치무라 나오야(内村直也)씨는 "작가 아베 고보의 판타지가 음향의 세계에서 꽃
을 피웠다.(중략)아베 고보는 라디오 작가로서 귀중한 한 사람이 되었다"라고
평함.

12월, 첫 평론집『맹수의 마음에 계산기의 손을(猛獣の心に計算器の手を)』간
행.「후기」에 다음과 같이 덧붙이고 있다.

"첫 평론집이다. 거의 근래 10년에 걸친 내용이다. 연령적으로도 시대적으로도
정말로 변화가 격심했던 10년간이었다. 나 자신, 실존주의에서 쉬르리얼리즘, 그
리고 공산주의로 사상적으로도 방법상에서도 큰 변화가 있었다.(중략)……이 10
년 동안 줄곧 변하지 않은 것이 하나 있었다. 끊임없이 의식적으로 예술 운동
속에 마음을 쏟아 왔다는 것이다. 나의 변화 자체가 그러한 일관성 속에서 만들
어져 왔던 것이다.(중략)그리고 그 어느 것이나 현재에도 역시 반복하여 강조하
고 싶은 것들뿐이다."

「마법의 분필」「시인의 생애」「붉은 누에고치」가 체코슬로바키아에서 번역됨.
앞의 두 작품은 체코의『세계 문학—1957년』에 게재됨.「붉은 누에고치」는「노
비오리엔트(新東洋)」지에 게재됨.

1958년(35세)

1월, 에세이 「영화예술론」을 12월까지 『군상』에 연재. 『세계』의 좌담회 「과학에서 공상으로」에 출석.

4월, 라디오 드라마 「거지의 노래(こじきの歌)」를 중부 일본방송에서 방송.

5월, 에세이 「기록 정신에 대하여」를 『주간 독서인』 19일호에 기고.

6월, 대담 「예술과 언어」를 『문학』에 게재. 「유령은 여기에 있다(幽霊はここにいる)」를 배우좌(俳優座)에서 상연(21일 초연).

여름, 하나다 기요테루・사사키 기이치・노마 히로시 등과 함께 <기록 예술의 모임(記録芸術の会)>을 결성. 7월부터 이듬해 3월까지 『세계』에 장편소설 『제4간빙기(第四間氷期)』 연재.

8월, 대담 「현대연극의 해체와 재결성」을 『신일본문학』에 게재.

10월, <기록 예술의 모임>의 기관지 『현대예술』 간행.

11월, 『군상』 삼자회담 「문학자란」(미시마 유키오・오에 겐자부로(大江健三郎))에 출석. 10일, 신일본문학회가 주최한 「신경찰법 반대 대강연회」에서 가이코 다케시(開高健) 등과 강연.

12월, 희곡 「유령은 여기에 있다」로 기시다(岸田)연극상 수상. 『군상』에 연재했던 영화예술론 『재판 기록—영화예술론(裁かれる記録—映画芸術論)』 간행.

이 해에 방송 드라마 「할머니는 마법사(おばあさんは魔法使い)」(NHK 라디오), 「마법의 분필」(NHK TV), 「돼지와 양산과 도깨비(豚とこうもり傘とお化け)」(NHK 라디오)를 방송.

1959년(36세)

1월, 에세이 「"예언기계" 속의 미래」를 『주간 독서인』 1일호에 기고 『문학계』 좌담회 「문학자와 정치적 상황」에 출석.

2월, 『현대예술』 2호 좌담회 「문학과 연극의 사이」에 출석. 동호에 TV드라마 「인간을 꼭 닮음(人間そっくり)」 게재. 후에 이 작품은 같은 이름의 SF장편소설로 발전.

4월, 연극 쇄신 운동을 개시하기 위해 하나다 기요테루, 노마 히로시 등과 함께 「삼삼회(三々会)」를 결성.

6월, 희곡 『유령은 여기에 있다』 간행. 『현대예술』 좌담회 「장르의 종합화와 순수화」에 출석.

7월, 장편소설 『제4간빙기』 간행.

8월, 뮤지컬 「귀여운 여자(可愛い女)」 상연.

10월, NHK 오사카에서 TV드라마 「일본의 일식」 방영, 예술제 장려상을 수상.

11월, 제9회 <신일본문학회>대회에서 간사(39명)로 선출됨. 아사히 방송에서 TV드라마 「시인의 생애」 방영. 『신일본문학』 좌담회 「예술운동의 새로운 방향」에 출석.

12월, 에세이 「시대의 벽─현실 공포로부터」를 『도쿄신문』1, 2일 석간에 기고.

1960년(37세)

3월, 희곡 「거인 전설(巨人伝説)」을 배우좌(俳優座)에서 상연(3일 초연). 에세이 「얼굴 속 여행=실험적 시나리오」를 『예술신조(芸術新潮)』에, 에세이 「영상은 언어의 벽을 파괴 하는가」를 『군상』에 게재. 대담 시평 「현대연극론」을 『신일본문학』에 개재.

6월, 장편소설 『돌의 눈(石の眼)』간행.

9월, 『문학계』에 「친친데라야파나(チンチンデラ ヤパナ)」발표. 후에 『모래의 여자(砂の女)』로 발전.

10월, TV드라마 「연옥」을 큐슈 아사히 방송에서 방영, 예술제 장려상을 수상. 후에 이 작품은 영화 「함정(おとし穴)」으로 발전.

11월, 희곡 「제복」상연(30일 초연). 이 해에 「유령은 여기에 있다」가 체코슬로바키아 상연 결정.

1961년(38세)

신일본문학회와 일본공산당의 항쟁 격화. 「신일본문학상·평론 부문」의 선고 위원이 됨.

1월, 『신일본문학』 좌담회 「문학 운동의 과제와 발전」에 출석. 『현대 예술』 좌담회 「공포에 대하여」에 출석.

3월, 『신일본문학』 좌담회 「예술운동에서의 종합화의 의미」에 출석.

4월, 『군상』에 「타인의 죽음(他人の死)」발표. 후에 「무관계한 죽음(無関係な死)」으로 제목을 바꿈. 또한 희곡 「너에게도 죄가 있다(おまえにも罪がある)」로 발전.

6월, 에세이 「가설의 문학─공상과학 소설에 대하여」를 『아사히신문』3일 석간에 기고.

7월, 9월까지『군상』창작 합평(創作合評)을 담당.

19일, 25일 개최된 일본공산당 제8회 당 대회를 전으로 아베 고보 외에 오니시 교진·구로다 기오(黒田喜夫)·노마 히로시·하나다 기요테루·하리우 이치로 등 14명의 신일본문학회의 당원 문학자들이 대회 연기를 요청하는 "진리와 혁명을 위해 당 재건의 제1보를 내딛자"라는 의견서를 발표.

10월, 15일 잡지 회관에서 총회를 열고 <기록 예술의 모임>을 해산. 기관지『현대 예술』은 11, 12월 합병호를 끝으로 폐간.

12월, 「함정」으로 시나리오 작가 협회상 수상.

1962년(39세)

1월, 에세이 「먼로의 역설(モンローの逆説)」을 『新潮』에 게재.

2월, 하나다 기요테루·하리우 이치로·오니시 교진 등과 함께 일본공산당에서 제명됨.

영화 <함정(落し穴)> 제작 상연.

4월, 신일본문학회가 문학학교를 개설, 강사가 됨.

6월, 『모래의 여자』 출간. 세계 각국에서 번역 소개됨.

이해에 라디오 드라마 「짖어라(吼えろ)」로 예술제상을, TV드라마 「챔피언(チャンピオン)」으로 민방제상(民放祭賞)을 수상.

1963년(40세)

1월, 『모래의 여자』로 요미우리(読売) 문학상 수상.

12월, TV드라마 「벌레들은 죽어라」로 예술제 장려상 수상. 24일 미시마 유키오 자택에서 연 크리스마스 파티에 참석.

1964년(41세)

2월, 영화 「모래의 여자」완성. 이 영화는 칸 영화제 심사 위원 특별상, 샌프란시스코영화제 외국영화 부문 은상, 마이니치(毎日)영화콩쿨 일본영화상, 블루리본 작품상 등을 수상.

8월, 소련 작가 동맹 초대로 이시카와 준 등과 함께 소련과 미국을 방문하고 10월 말 귀국.

9월, 장편소설『타인의 얼굴』출간.

11월, 작품집『관계없는 죽음(無関係な死)』출간.

12월, 작품집『수중 도시』출간. TV드라마「목격자」로 예술제 장려상 수상.

1965년(42세)

7월, 장편소설『에노모토 타케오(榎本武揚)』출간.

10월, 에세이집『사막의 사상(砂漠の思想)』출간. 후기에 "이 책은 소위 내 창작 수업을 공개한 것이다. 물론, 하나하나가 독립된 표현이고 나름대로 존재 이유도 갖고 있다. 그러나 이렇게 정리해 보자, 내 자세가 너무나 복안적인 것을 알았다. 테마도 방법도 확산적으로 시간이나 공간적인 면에서도 아무튼 일관성이 결여되어 있다"

12월, 처녀작『길 끝난 곳의 이정표에』의 전면적인 개정판 출간.

1966년(43세)

1월,「커브의 저편(カーブの向う)」발표. 후에「불타버린 지도(燃えつきた地図)」로 발전.

2월, 미시마 유키오와의 대담「20세기 문학」을『문예』에 게재.

4월, 도호(桐朋)학원 단기대학 문학부 예술과에 연극 코스가 신설되어 교수로 취임.

7월, 영화『타인의 얼굴』완성, 상영.

8월 소련에서 개최한 AA(아시아・아프리카) 작가 회의에 참석.

1967년(44세)

2월, 작품집『인간을 꼭 닮음(人間そっくり)』출간.

3월,「친구(友達)」를 청년좌에서 공연.

9월,『불타버린 지도(燃えつきた地図)』출간. 아베 고보는 "『모래의 여자』에서는 도주한 남자가 주인공이었다. 이번 작품에서는 역으로 쫓는 남자를 주인공으로 했다. 도시……타인뿐인 사막……그 미로 속에서 탐정은 점차 자신을 잃어버리고 만다"라고 말하고 있다.

희곡「에노모토 타케오(榎本武揚)」을 극단 구름에서 공연, 12월에 예술제상을 수상.

희곡「친구」로 다니자키 준이치로상 수상.

1968년(45세)

4월, 작품집 『꿈의 도망』 출간.
6월, 영화 『불타버린 지도』 완성.
11월, NHK 교육TV 좌담회 「정치체제와 자유」 출연.
이해에 『모래의 여자』로 프랑스에서 최우수 외국 문학상을 수상.

1969년(46세)

11월, 「막대기가 된 남자(棒になった男)」 공연
이해에 『불타버린 지도』가 뉴욕 타임즈 외국 문학 베스트5에 선정.

1970년(47세)

1월, 『아베 고보 희곡 전집』 출간.
8월, 일본에서 개최된 「국제 SF 심포지엄」 실행 위원 선정.
이해에 『제4간빙기』가 아메리카에서 번역 출간.

1971년(48세)

1월, 『국문학 해석과 감상』에 「특집 70년대의 전위·아베 고보」 게재.
9월, 희곡 『미필적 고의(未必の故意)』 출간.
11월, 에세이집 『내면의 변경(内なる辺境)』 출간.
이해에 16밀리 영화 「시간의 벼랑」 제작, 「가이드 북」 연출·공연으로 문교부
장관상 수상.

1972년(49세)

4월, NHK 교육TV 좌담회 「현대 과학에 편입된 인간 -이단과 정통」 출연.
5월, 『아베 고보 전집』 전 15권 신쬬사(新潮社)에서 출간 개시.

1973년(50세)

1월, 연극 모임 <아베 고보 스튜디오> 결성하여 새로운 연극 창조 개시.
3월, 『상자 인간(箱男)』 출간.
5월, 『사랑의 안경은 색유리』 출간.
6월, 「사랑의 안경은 색유리」 공연.

11월, 희곡 「가방」, 「가짜 물고기」 공연

1974년(51세)

4월, 대담집 『발상의 주변(発想の周辺)』 출간.
10월, 희곡 『녹색 스타킹(緑色ストッキング)』 출간.
11월, 「녹색 스타킹」 연출·공연. 요미우리 문학상 수상. 뉴욕 타임즈에 "아베 고보 특집" 게재.
이해에 소련에서 『아베 고보 희곡집』 출간.

1975년(52세)

5월, 희곡 『웨(신 노예사냥)』 출간. 이 작품은 아베 고보 스튜디오에서 연출, 공연. 아메리카 콜롬비아대학에서 명예 인문과학 박사 학위 수여.
9월, 국제동양학자대회에서 강연.
11월, 『웃는 달(笑う月)』 출간.

1976년(53세)

10월, 세이브극장에서 "아베 고보의 세계"를 개최하여 연극, 영화 상영.

1977년(54세)

6월, "소리+영상+언어+육체=이미지 시(詩)"라고 하는 새로운 무대 공간을 창조하는 <이미지의 전람회>를 아베 고보 스튜디오에서 작곡·연출·공연.
10월, 『꿈의 도망(夢の逃亡)』 출간.
11월, 장편소설 『밀회』 출간.
이해에 아메리카 예술·과학 아카데미 명예 회원으로 추대.

1978년(55세)

1월, 미국에서 「친구(友達)」 공연. 사진전 <카메라에 담긴 창작 노트> 개최.
3월, "이미지 전람회" 「시간의 벼랑」 공연.
6월, "이미지 전람회 PART II" 「유괴」 공연.
10월, 「S. 카르마씨의 범죄」 연출·공연.
11월, 사사키 키이치(佐々木基一)편 『작가의 세계 아베 고보』 출판.

1979년(56세)

3월, 도널드 킹과의 공저『반극적인 인간(反劇的人間)』출간.

5월, 아베 고보 스튜디오를 이끌고 미국 방문. "이미지 전람회"「새끼 코끼리는 죽었다(仔象は死んだ)」를 뉴욕 등지에서 공연하여 호평을 얻음. 아베 고보는 "문화의 독자성보다는 보편성이 현대는 요구하고 있음을 체험했다"고 하였다.

6월,『아베 고보의 극장―7년의 발자취』출간.

9월, 영상 작품「새끼 코끼리는 죽었다」완성.

1980년(57세)

1월, NHK 제2라디오 "일본 명작 드라마"에서『R62호 발명(R62号の発明)』방송.

2월, NHK TV "역사로의 초대" 출연.

6월,『도시로 가는 회로(都会への回路)』출간.

12월, 키노쿠니야 홀에서 신쵸사 문화 강연회에서「영원한 카프카」강연.

1984년(61세)

6월,「너에게도 죄가 있다(おまえにも罪がある)」를 배우좌(俳優座) 창립 40주년 기념 공연으로 상연.

11월,『방주 사쿠라호(方舟さくら丸)』출간. 이 작품은 처음으로 워드프로세서로 집필하였음.

이해에『유령은 여기에 있다』를 모스크바에서 공연.

1985년(62세)

1월, NHK 교육TV「방문 인터뷰」방영.

5월, 오사카에서 개최된 국제심포지엄에서「기술과 인간」강연.

1986년(63세)

1월 뉴욕에서 개최된 국제 펜클럽 대회에 참석.

3월 대담「물질·생명·정신 그리고 X」NHK교육TV에 방영.

4월, 직접 고안하고 제작한 간이 탈착형 타이어 체인으로 뉴욕시에서 개최한 제10회 국제발명가 엑스포에서 은상 수상. 중국 베이징 극장학원에서『수중도시』 시연.

9월, 에세이집 『죽음을 재촉하는 고래들(死に急ぐ鯨たち)』 출간.

10월, 『아베 고보 영화 시나리오선』 출간.

1987년(64세)

1월, 에세이 「이문화와의 만남-크레올」『아사히신문』 게재. 1월 9일 NHK ETV 「아베 고보·문명의 키워드·세기말의 현재」에 출연.

4월, 에세이 「크레올의 혼」을 『세계』에 발표.

1988년(65세)

이시카와 준의 영결식에서 조사 낭독.

1989년(66세)

스웨덴 영화 「친구」완성. <도쿄 판타스틱 영화제'89> 공식 상영 작품으로 선정되어 상영.

1990년(67세)

여름 하코네 작업장에서 쓰러져서 장녀 네리씨에 의해 위기를 넘기고 두 달 동안 입원.

10월, 『요미우리신문』 인터뷰 「장편의 열쇄는 하코네의 유리」게재.

12월, 『아사히신문』을 통해 오에 겐자부로와 대담.

1991년(68세)

1월, 7월까지 『신조』에 장편소설 「캥거루 노트」 연재.

9월, 긴자 세존극장에서 『에노모토 타케오』 상연.

11월, 『캥거루 노트』 출간.

12월, 새로운 작품으로 <아메리카론>을 적극적으로 구상.

1992년(69세)

1월, 『산케이신문』 인터뷰 「의미보다 감성, 작품 세계는 건재」, 『일본경제신문』 「문학세계에는 테마가 필요없다」 게재.

　　12월, 25일 하코네 산장에서 집필 도중 뇌내출혈로 의식장애를 일으켜 응급실로 실려감.

1993년(70세)

　　1월, 『신조』에 「여러 아버지(さまざまな父)—제1화(소멸)」 발표.

　　1월 16일 경과가 양호하여 일단 퇴원하였다가 20일 의식장애로 다시 입원. 22일 급성 심부전으로 사망.

　　2월, 『신조』에 「여러 아버지—제2화(재생)」 발표.

　　사후, 플로피 디스켓에서 집필 중이던 소설 「하늘을 나는 남자(飛ぶ男)」 162매, 에세이 「두더지 일기」 240매가 각각 발견됨.

日本現代文学の旗手、安部公房

　不思議な生い立ちをたどった作家が時々いる。1924年東京生まれ、満州に渡って青年期を送り、敗戦とともに日本に引き揚げてきた、という数奇な経歴をたどった作家安部公房もその一人かもしれない。この生い立ちというのは、日本の激動の歴史をそっくりそのまま体験をしたものと言っても過言ではないだろう。いやむしろ、その時代の先端を走りつづけた作家であった。

　敗戦によって満州から引き揚げてきた後、医者への道をあきらめ、作家への道を歩んだ安部公房は、1951年『壁─Ｓ・カルマ氏の犯罪』で芥川賞を受け、作家としての地位を確立した。そのとき彼が受けた評価は「戦後文学の収穫」「新しい文学の典型」というものであった。その後、1960年代に『砂の女』『他人の顔』『燃えつきた地図』という失踪三部作を書きあげた頃から彼の評価は、たとえば「故郷喪失者」「無国籍者」「伝統を断ち切る作家」「アヴァンガルド」というように微妙な変化をとげている。さらに、何回もノーベル文学賞にノミネートされたことで、日本近代文学を超出した作家像を定着させてきた。1993年安部公房の死後「戦後文学の旗手」「表現主義者」「国際的な作家」という言葉が彼を飾るようになった。一生をとおして、このようにさまざまな修飾語が付いた作家もいないだろう。

　このような、安部公房への評価からわかるように、彼は戦後の日本が歩んできた軌跡と切り離して語ることはできない。敗戦直後の荒涼たる1950年代、高度成長経済社会の1960年代、戦後の国家体制があらためて問われた1970年代から1980年代にかけて、日本の社会が大きく変動したことにともない、安部公房は〈新しい〉文学への可能性を切り開こうとした。そして1980年後半から1990年代にはいってからのマルチメディアの発達した世界においても、安部公房は絶えざる変貌をみせてくれた。

　安部公房の死後、あらためて彼の文学の再評価が始まった。1996年4月にニューヨークのコロンビア大学において「安部公房国際シンポジウム」が開催されたことがひとつの現れであった。日本人の作家についての再評価が外国で

開かれたということは、実は安部公房の文学の本質と結びつくものといっても
よかろう。

　安部公房に即して言えば、現代文学はまさに普遍性、世界性を価値とする文
学と規定してもよい。日本文化の伝統との断絶による現代文学へ指向性という
ことは、いうまでもなく彼の文学作品の方法と主題に深くかかわっている。そ
のためにもまず、彼の作品の方法の特色を大きくとらえておくならば、

　(1) シュルレアリスム小説やＳＦ小説の作風を主とする作品。それらの小
説の多くは、主要登場人物が＜変形＞したり＜変身＞するというモチーフを共
通にしている。

　(2) 超現実的あるいはＳＦ的な作風が影をひそめ、より現実社会に密着し
ようとする作風へと変貌するが、その方向性はリアリズムを基盤にした近代小
説とは異なり、公房に固有な方法論を駆使した、「現代小説」としての特性が
姿を現してくる。それを下位区分として指摘するならば、

　ａ．1960年代の東京という都市を無名化するという手法で、どこにでもある
都市として一般化し、それと並行して登場人物たちも無名化したり記号化（そ
のなかには言葉遊び的な記号が大きな特色となる）することで、現実の東京と
いう限られた都市の人間関係における実存の問題やその不毛性を、むしろ現代
の都市一般の普遍的な人間関係の問題として扱おうとする方法論による作品。

　ｂ．小説の空間を現実には存在しない架空の空間に設定し、そこに人間関係
を据えるという手法で、日本文化と社会（人間関係）の制度や伝統から切り離
して、現代における人間存在一般の問題として扱おうとする方法論による作
品。
という特色が指摘できよう。

　このように公房の作品（叙述手法）を概括できるとすれば、その指向性はい
うまでもなく、特定の都市における特定の人間関係をそのまま作品化するとい
うことではなく、より普遍的な人間関係から人間存在の根源的な主題にせまろ
うとするところにあるといってよかろう。それは一言でいえば、まさに世界文
学への指向であろう。

　私が最初に安部公房と出会った接点というのは、安部公房を日本文学のなか
で、日本人作家として、日本の文学作品を読んだときのことであった。つま
り、安部公房の文学をとおして、現代日本の文化の特異性を読もうとする動機
があったということである。

　日本国内では初期につけられた「カフカの真似」というレッテルが、公房には晩年まで付いていたが、その一方で彼は、西洋では「外国に通じる普遍的な作家」という賛辞を受けている。はたして、この分裂した理解のままでよいのであろうか。

　安部公房、あるいは安部公房の文学は、1930年代以後の東アジア地域に固有の歴史や文化のなかから生まれたものだと思われる。つまり、安部公房の「見る」という眼差しの原点は1930年代の「満州」という歴史的環境にあった。安部公房は、帝国主義の妄想が生んだ満州国の建国と滅亡という、東アジア地域に巨大な悲劇をもたらした負の歴史のなかで、つまり植民地時代に成育期を送った。いまの中国東北部の荒野、半砂漠、砂、壁、乾いた大気など、安部公房の文学のイメージの原像はそこから生まれたものだ。

　しかし公房は、この負の所与の条件を正の価値へと転化した。というのは、このような歴史と風土のなかで自分が見たことを個人の体験譚にとどまらず、現代日本の社会と文化のアンティテーゼに据え、現代日本を客観的に見ることができたからだ。私はそれゆえ、正の価値への転化とみるのである。

　私にとって安部公房の文学は、異文化である「日本の文学」であったが、それと同時に私にはその文学には何らかの普遍的なるものの存在を感じた。私が彼に共感をおぼえたのは、このようなイメージの原像があったからであろう。このことは、おそらく欧米でも受け入れやすい側面であったろう。

　1996年ニューヨークのコロンビア大学で開催された「安部公房国際シンポジウム」に参加して、そこから受けた印象からもいえる。まず一番印象的なことは、西洋から見た「安部公房」と、アジアから見た「安部公房」が違うということである。具体的にいえば、私たち東洋人は、一般に小説から安部公房に接近していくのに対し、西洋の研究者たちは、安部公房研究を彼の演劇の作品から始めていたということである。なぜなのかと私は思った。私が考えたことは、西洋には、文学の基本的ジャンルとして劇文学があったからだというものであった。以上が私の研究の主体的な背景である。

　本書は以上のような安部公房文学の特色をふまえながら、彼の作品を一つ一つ丁寧に読む作業から始まった。9篇の作品の考察と安部公房の＜満州体験＞をも考察してみた。

찾아보기

저자 ●●●

이정희(李貞熙)

덕성여자대학교 일어일문학과 졸업
일본 쓰쿠바(筑波)대학 대학원 지역연구연구과 수료(지역연구석사)
일본 쓰쿠바(筑波)대학 대학원 문예언어연구과 수료(문학박사)
현) 위덕대학교 일본어학부 교수

저역서 및 논문

『벽』(위덕대학교출판부, 2000) <원작 安部公房短編集 『壁』>
『타인의 얼굴 』(문예출판사, 2007)<원작 安部公房 『他人の顔』>
『安部公房の小説を読む』(제이앤씨, 2005)
『세계의 소설가 I 』(공저, 한국외국어대학교출판부, 2001)
『나쓰메 소세키에서 무라카미 하루키까지』(공저, 글로세움, 2003)
「安部公房『壁—S・カルマ氏の犯罪』論」(『文学研究論集』12)
「安部公房の小説における<変身>のモチーフをめぐって」(『国際日本文学研究集
　会会録』19)
「潜在的痴漢と仮面時代」(『일본학보』38)
「현대일본문학과 식민지체험—<만주체험>을 중심으로—」(『일본문화학보』13)
「아베 고보(安部公房)와 <만주체험>—『짐승들은 고향을 향한다』를 중심으로—」
　(『일어일문학연구』39) 외 다수.

일본 현대문학의 기수

아베 고보(安部公房) 연구

초판인쇄 2008년 11월 25일
초판발행 2008년 12월 1일

저자 이정희

발행한곳 제이앤씨
책임편집 김진화
등록번호 제7-220호

우편주소 서울시 도봉구 창동 624-1 현대홈시티 102-1206
대표전화 (02) 992 / 3253
팩시밀리 (02) 991 / 1285
홈페이지 http://www.jncbook.co.kr
전자우편 jncbook@hanmail.net

ⓒ 이정희 2008 All rights reserved. Printed in KOREA

ISBN 978-89-5668-663-9 93830 **정가** 27,000원

 * 이 책의 내용을 사전 허가없이 전재하거나 복제할 경우 법적인 제재를 받게 됨을 알려드립니다.
** 잘못된 책은 구입하신 서점이나 본사에서 교환해 드립니다.